君心向晚

1

目次

壹之章　重活一世恨難弭

南燕朝。孝文帝四年。京城。

二月初，剛經歷了一場春雪，新建伯府的青瓦屋簷上，薄薄的白雪凝成了冰，在初升的暖陽下，折射著點點瑩光。

蓮香居的暖閣裡，氣氛異常凝重。

新建伯曹清儒咆哮得幾近失聲：「晚兒，妳真是太讓我失望了！」

教他如何敢相信？長子竟和寄養的外甥女俞筱晚做出無媒苟合的無恥行徑來！這樣的醜聞偏偏還被傳出了府去……以後朝中的同僚會如何看待他？會如何評價曹家的家風？

「此事……夫人，妳來處置吧。」

說完這句話，曹清儒便欲甩手離去。

俞筱晚失神地跌坐在冰冷的青金石鋪就的地板上，半張著嫣紅小嘴，神情震驚，目光呆滯地仰望著，耳邊反覆迴響著驗喜婆婆的話：「表小姐已非完璧。」

已非完璧？

昨日傍晚，她只是託敏表哥轉交未婚夫韓二公子一封信，請韓二公子成全她，解除婚約。她帶著良辰、美景兩個大丫頭，在敏表哥的屋裡坐了不到半盞茶的功夫，連茶都沒喝上一口，誰知今日一早竟會傳出她與敏表哥有染的流言，還配合良辰和美景的口證，和她不小心「遺落」的肚兜作為物證。

舅父怒火萬丈，大聲責問她，無論俞筱晚如何為自己辯解，舅父都不相信。為了證明自己的清白，她只得忍著強烈的羞辱感，讓驗喜婆婆驗身，卻沒想到成了這樣的結果。

眼見舅父要走，俞筱晚終於有了反應，忙撲上前去抱住舅父的大腿，哭求道：「舅父，晚兒品行如何，您素來是知曉的，晚兒如何會做出如此下作之事？舅父，求您相信晚兒，晚兒願意再請幾位驗喜婆婆來證明清白，讓趙嬤嬤去請好嗎？不要讓舅母去。晚兒能證明，事情不是舅母說的那樣……」

再傻，她也知道，她落入了圈套。良辰、美景和驗喜婆婆與她無怨無仇，若不是背後有人指使，怎麼會無緣無故讒害她？她們都是曹府的家生子，哪個不是聽從舅母的吩咐行事？若是再讓舅母去請人，只怕結果仍會是一樣。

只是，舅母素得賢名，對自己亦是十分疼愛，舅父對她十分敬重，沒有確鑿的證據，俞筱晚知道自己無法指責舅母。

曹清儒不及答話，臨窗短炕上端坐著的曹夫人張氏，緊蹙眉頭，神情無比傷痛地看著俞筱晚道：「晚兒，妳讓趙嬤嬤去請驗喜婆婆，是不是想讓趙嬤嬤出錢收買？婚前失貞這等醜事，妳還想讓多少人知道？我又說了妳什麼？明明是爵爺下朝回府，才與我說起的。」

最後這話成功地阻止了曹清儒的心軟，一想到今日一下朝，韓大人就滿面怒火地將他叫到一旁，把晚兒的生辰八字和她親手書寫的退婚信甩到他懷裡。他還真不知道這個平日看起來軟弱溫柔的外甥女，竟會做出這等失德敗行之舉——主動要求退婚！

面對韓大人的責問，他當時羞愧得幾乎想找個地洞鑽進去……證據確鑿，還有什麼可驗證的？

曹清儒恨聲道：「休想！你們俞家的人不要臉，我們曹家可丟不起這個人！」

說罷，似是對外甥女極度失望，他一腳踹開了俞筱晚，大步離去，對她悲泣的懇求充耳不聞。

待丈夫走遠，張氏臉上的傷痛和失望瞬間一收，目光冰冷，略帶兇狠，「雖然妳姓俞，但妳母親臨終託孤於我曹家，我便有教養之責。今日杖責二十，明日剪了髮，送去家廟。」

杖責？家廟？憑什麼！

從心頭湧上來一股不知是絕望還是憤怒的感覺，俞筱晚的心幾乎收縮成了一團，死死地瞪著舅母。舅母素日裡的親切笑容，變成了刻薄的鄙視，唇角陰冷地緊抿著，一望而知，無論她怎樣求情，舅母都不會給她證明清白的機會。

名節重於生命啊，為何要栽給她這樣的罪名，讓父母在天之靈都無法瞑目？

俞筱晚不禁喃喃地問：「為何要這樣對我？是因為睿表哥嗎？因為睿表哥對我鍾情，拒絕了惟芳長公主的情意，又不願娶憐香縣主，妨礙了舅母妳想要的富貴前程嗎？」

張氏聞言，眸光一閃，冷冷地道：「隨妳怎樣想！」

俞筱晚直視張氏，嘴唇哆嗦著，語氣卻是前所未有的堅決，「我不服！我要去官府擊鼓鳴冤，我要證明我是清白的！」

張氏的目光瞬間布滿陰鷙，冷笑著反問：「妳以為我會讓妳跑到公堂之上，污衊曹家的名聲嗎？妳真是不識好歹。我給的已是最輕的處罰，妳若禁不住杖刑，也是妳太體弱。若我是妳，早就一頭撞在牆上，以死明志，好歹留個烈女的美名。」

張氏的手一揮，一旁的粗使婆子便衝了上來。俞筱晚被幾個婆子按得喘不過氣來，驚恐地睜大眼睛。那話裡的意思，竟是想我死嗎？

她勉力抬頭竭力反抗，「妳不怕我父母泉下有知，託夢來責問妳嗎？妳不怕舅父日後知曉真相，會處置妳嗎？」

張氏還不及回答，就聽耳旁有人嘶吼：「妳害我家小姐，我跟妳拚了！」忠心的奶娘趙嬤嬤一直被押在外間，這會子不知怎麼掙脫了旁人的鉗制，撲了過來，衝著張氏一頓亂抓。

張氏的臉上瞬間多出數道抓痕，頭髮也散亂了。丫頭婆子們慌得鬆開了俞筱晚，上前幫忙，狠狠將趙嬤嬤推倒在地上。趙嬤嬤的太陽穴正好砸在青銅香爐的尖角上，頓時血流如注，昏迷了過去。

俞筱晚駭得撲過去，用手帕按壓著趙嬤嬤的傷口，可是鮮血仍是從指縫中噴湧而出，她急得手腳發軟。她從汝陽帶上京城的幾個俞家的丫頭僕婦，如今已經只剩下趙嬤嬤了。趙嬤嬤是一手奶大她的奶娘，更是對她忠心耿耿，無論如何，她都要保下趙嬤嬤。

俞筱晚哭著央求張氏道：「舅母，求您使個人去尋府醫來，為嬤嬤包紮一下吧。」

張氏絲毫不為所動，在丫頭們的服侍之下，整理了儀容，這才重重一拍炕桌，大聲怒道：「這等衝撞主母的刁奴，本就當杖斃，我看誰敢替她療傷！」

俞筱晚不禁急哭了，「舅母……我……我不要嫁給睿表哥了，不告官了，求您放過我們吧！我們回汝陽去……嗚嗚……不再……不再回京了，我發誓！」

她不要證明自己的清白了，她只要趙嬤嬤能好好地活著。

張氏的眸光一閃，想回汝陽？做夢！妳所有的田產都已經歸到了我的名下，休想叫我吐出來！

「晚兒，妳這話是什麼意思？妳自己做出這種有辱門風之事，卻求我放過妳？是我求妳放過我、放過曹家還差不多！」

疾言厲色之後，張氏又換上極度失望的語氣：「妳與敏兒的私情，攀扯上睿兒做什麼？妳不想嫁給韓二公子，完全可以好生與妳舅父和我商量，怎能與敏兒做出這等無媒苟合之事？自妳父母雙亡寄養到我家，我自問對妳是悉心管教，妳卻做出這等腌臢之事，妳是想讓旁人說我曹家沒有教養，讓妳的幾個表妹都許不著婆家嗎？」

「到底是妳父母親自小就寵溺縱容著妳，才讓妳這般任性妄為、不知廉恥？還是妳父母親根本就不知教養女兒，連累我被人戳脊梁骨？」

聽到舅母言語間辱及她九泉之下的父母，俞筱晚漲紅了小臉，激動地嚷道：「不是的，父母親自幼教導晚兒，要謹守禮儀、三從四德、恪守孝道……」

張氏冷笑一聲，眼神凌厲惡毒，又帶著掩飾不住的得意，「妳若真是孝順的孩子，又怎會不滿妳外祖母給妳定下的親事，親筆寫信讓韓家退婚，讓妳外祖母在九泉之下不能瞑目？這就是妳嘴裡的孝順？做出這等失德敗行之事，丟妳父母的臉面，死後都要被人戳脊梁骨，這就是妳的孝順？真是可笑至極！」

說著，張氏取出那封信揚了揚，痛快地看著俞筱晚的臉色變得蒼白。

感覺到自己的生命急速地流逝，趙嬤嬤勉強睜開眼睛，緊握著自家小姐的手，啞聲道：「小姐，絕不能擔上這樣的罪名啊！否則，爵爺和夫人泉下有知，也無法安息……」

趙嬤嬤話未說完，就被曲嬤嬤一腳重重踢倒在地，「閉嘴！」

趙嬤嬤的頭再一次重重砸在香爐上，發出「砰」的一聲悶響。她不甘心地仰面倒下，眼睛仍是睜得大大的，死不瞑目。

「嬤嬤，嬤嬤，妳醒醒！」俞筱晚抱起奶娘，可是無論她怎樣呼喚，趙嬤嬤再也不可能回應她了。

呆怔了不知多久，俞筱晚才緩緩放下趙嬤嬤的遺體，站起身來，目光幽幽地在眾人臉上轉了一圈，駭得一眾丫頭僕婦不自覺地避開她的目光。最後，她的目光落在張氏的臉上。

張氏只覺得一陣頭皮發麻，勉強支撐著強硬之姿，喝罵僕婦們道：「還杵著幹什麼？拉表小姐下去杖責！」

門外的曹中睿正在躊躇、猶豫、掙扎，聽得這話，心中一驚，忙進屋內，挨坐到母親身旁，懇求道：「孩兒想請母親成全，允我納晚兒妹妹為妾。」

他不敢忤逆母親，更捨不得漂亮溫柔的表妹，只能如此了……

他這般自以為是的良策，卻同時惹怒了對峙中的兩個女人。

表哥定然是知情的！心中的訝異如同驚濤駭浪，瞬間摧毀了俞筱晚的理智。為她作詩，為她畫畫，對她海誓山盟、噓寒問暖的睿表哥，竟與舅母一同來算計她？到了這個地步，還說要納她為妾？

俞筱晚清麗的小臉上布滿哀傷，心中的劇痛令她整個人幾乎縮成了一團，胸腔窒息著，連質問的話都問不出聲。

而張氏卻是震驚地瞪大眼睛，厲聲喝道：「你知道自己在說什麼嗎？她和你大哥的事已經傳到了府外，你還要納她為妾？兄弟聚麀，你就不怕壞了名聲，從此仕途無望嗎？」

曹中睿看向母親的目光中滿是哀求，將聲音壓得極低極低地道：「母親，父親要的都已經拿到了，我保證以後不讓晚兒離開內宅半步，求您就饒了晚兒妹妹吧！」

曹中睿的聲音雖小，可是俞筱晚仍是聽見了，她驚駭地死死盯著曹中睿問道：「舅父要的什麼都已經得到了？」

原來不只是因為睿表哥與她定情一事嗎？原來一直疼愛她的舅父也參與其中了嗎？她一介孤女，有什麼可以讓舅父謀算的？

張氏恨恨地瞪了兒子一眼，這樣的話也是能隨便說出口的嗎？好在，這屋裡院外全是心腹之人！好在，晚兒不可能再見到明天的日出！

她定了定神，敷衍道：「不過是妳的一點子田產店鋪而已。妳在曹家寄住幾年，總得有所回報。況且，妳若真是愛慕睿兒，就應當主動為他著想。妳一個無父無母的孤女，如何能幫襯他的前程？對他沒有幫助，又憑什麼想占這正妻之位？」

是這樣的原因嗎？俞筱晚仔細地看著舅母那張精描細畫的臉，心中並不怎麼相信。若只是為了她的財產，完全可以設計令她委身為睿表哥的妾室，可是舅母的用意卻是為了讓她永遠消失在這個世上。

張氏優雅地抬手端杯，輕啜了一口熱茶。衣袖滑下的瞬間，露出手腕上龍眼大小的蜜蠟刻福字手串。

俞筱晚的眼睛頓時睜得溜圓，厲聲道：「那是母親的心愛之物，摘下來，妳不配戴！」

她想衝上前去搶回來，卻被丫頭們輕易地按壓在地上，動彈不得。

張氏毫不避忌地賞玩著蜜蠟珠子，嘴裡不停地道：「那憐香縣主可是攝政王妃的親妹子，更難得的是，對睿兒一片癡心。這還沒訂親呢，就幫睿兒在攝政王面前說盡了好話。娶了她，對睿兒只有好處。妳卻一意攛掇著睿兒娶妳，阻礙睿兒的前程，我幾次三番地暗示妳，妳都不聽勸，這不是在逼我處置妳嗎？」

「況且我真冤枉了妳嗎？一個已訂親的姑娘家，跟別的男人眉來眼去，還大膽到請未婚夫上門來退婚，妳是想到公堂之上告訴大伙兒，妳那才貌雙全的母親，就是這樣教導妳的嗎？妳就是這樣來敗壞妳父母親名聲的嗎？換我是妳，我必無顏苟活於世。」

這一字一句，猶如針尖一般，狠狠地扎在俞筱晚的心上，一針一串血珠，慢慢匯成了一條絕望的河流。舅母這般作為，定是想掩飾什麼吧？可是她已經無力查問，也沒有退路了。

她是家中獨女，沒有兄弟姊妹們幫襯，除了官府，沒人能為她主持公道。然而，就像舅母說的那樣，告官同樣令父母親蒙羞。她唯有一死，才能保全名聲。

俞筱晚的心中空茫茫一片，怔怔地轉頭看了看地上趙嬤嬤的屍體，又看了看舅母和睿表哥。

這就是口口聲聲說要待她如親生女兒一樣的舅母？這就是滿腔柔情發誓要愛護她一生一世的表兄？

他們竟聯手將她推至如此境地。

恨！真是恨啊！

兩行清麗的淚水，滑下俞筱晚柔嫩的臉龐。

張氏撂下了那些話，心頭頓時輕鬆了，「晚兒，妳也學過烈女傳，應該知道如何做才不給父母臉上抹黑，我就幫妳一把。來人，請表小姐喝酒。」

「母親……」曹中睿弱弱地喊了一句，卻又在張氏強勢的目光之下，扭轉了頭，似乎不願見到表妹慘死一般。

張氏制住了兒子，便用目光示意眾僕人動手。她不想再等了，快快了結了，好去翻翻晚兒的箱籠，挑些名貴華麗的首飾，好戴著參加明日肅王府的宴會。

至於丈夫那裡，他雖是很疼愛晚兒這個外甥女，可是他更在意家族名聲和自己的官聲。若是晚兒死了，對曹家來說，只有好處。爵爺縱使傷心一陣子，也就無事了，必不會追究。

而且敏兒這會子只怕已經被打斷一條腿了。一個瘸子，又聲名狼藉，還怎麼可能與睿兒爭這爵位？

真真是一箭三雕啊！

思及此，張氏差點忍不住笑出聲來。

丫頭僕婦們朝著俞筱晚衝過來……

俞筱晚忽地大吼一聲：「我看妳們誰敢過來！」隨手拔下髮間的簪子，將鋒利的簪尖朝向眾人。許是她從來沒有這般猙獰過，一時間屋裡大大小小的丫頭僕婦，都被她身上散發出的濃烈恨意和決絕的氣勢給駭住，待在原地不敢亂動，生恐那簪子會在自己的眼睛上戳出個窟窿來。

張氏也被俞筱晚掃過來的目光嚇得心裡打了個突，繼而給自己壯膽道：「將死之人，怕她作什麼？」

為了給自己打氣，她猛地一拍几案，「還不快點，難道要夫人我親自動手嗎？」

靛兒和良辰兩個丫頭對望了一眼，遲疑地靠了過來。

而曲嬤嬤早就端著一杯毒酒準備好了，只等俞筱晚被按壓在地上，就強行灌進去。

不行！不能死在這個毒婦和這些勢利小人的手中！

俞筱晚也不知從哪裡生出的力氣，居然一把推開了擋在身前的幾人，飛速地往內室跑去。

只可惜，張氏帶來的人太多，兩三下就攔住了她。雖然俞筱晚竭力反抗，但仍是被幾個粗壯有力的婆子強行按跪在地上，良辰和靛兒兩個人，一人揪住她的頭髮，令她不得不仰起頭，一人用力扳開她的下頜，讓曲嬤嬤將毒酒灌進去後，再用力捏住她的鼻子。

呼吸不暢，俞筱晚不得已吞嚥了一口氣，嗆喉的毒酒滑入了腹中，旋即引發一陣絞痛。

曲嬤嬤覺得時辰差不多了，便示意婆子們鬆手，俞筱晚立即倒地翻滾了起來。

痛！劇痛！

淚水和著鮮血，從眼角流了出來，俞筱晚忍著劇痛，勉力睜大雙眼，用兩隻通紅的眼珠子死死地盯住張氏和曹中睿。

眼前似乎蒙上了一層血霧，透過那紅濛濛的輕紗，她看見張氏正得意地笑，曹中睿輕輕地啜泣……

她猛地咳出一灘鮮血，張著含血的紅唇，一字一句，厲聲發願：「我寧可永不轉世，也要讓你們不得好死！」

鑽心的疼痛襲來，她睜著血紅的眼睛，永墮黑暗。

「啊——」

從黑暗中驚醒，俞筱晚大口大口地喘著氣，心怦怦怦的劇烈跳動，那種痛徹心扉，被背叛與被欺騙的憤怒，還在灼燒著她的理智。

外面的人似乎察覺了床內的動靜，床簾被一隻素白小手挑起一角，一張粉嫩可愛的圓臉伸了進來，一見俞筱晚睜開了眼睛，立即驚喜地道：「姑娘可算是醒了，覺得還好嗎？要喝水嗎？」

初雲？三年前投井自盡的初雲？

俞筱晚震驚地睜大眼睛，難道這裡是地府？

初雲柔柔地問：「姑娘怎麼這樣看著婢子，好像不識得婢子似的？」

初雲，竟不怨她呢！

俞筱晚熱淚盈眶，一把抓住初雲的手道：「初雲，對不起，是我害了妳，我應當為妳求求情的！」

當年初雲與曹府中的丫頭爭吵，按規矩要打十板子，可是張氏竟讓人扒了初雲的褲子行刑。雖然打板子的是老婆子，可當時有一個外院的男管事「無意間」路過，將初雲的難堪狀看在眼底，結果初雲想不開，投井自盡了。

現在想來，這都是舅母的計畫，先一步一步除去她的丫頭，再將自己的人安排到她的身邊。都怪她太軟弱，縱然對事情的始末懷有疑問，也不敢向盛怒中的舅母求情，才會令初雲香消玉殞。

她真是恨死自己這種性子了！

初雲被小姐的眼淚弄得手足無措，慌忙地將初雪和趙奶娘給喚了進來。

看到趙嬤嬤，痛哭中的俞筱晚忽地一頓，旋即撲到趙嬤嬤的懷裡，哭得更加傷心，「嬤嬤，我們終於在地府團聚了。」

趙嬤嬤愣了愣，哭笑不得地道：「我的小姐呀，妳不過是坐馬車走遠路不習慣，吐了一場，大夫說好生休息一天再上路便沒事了。」

「啊？」俞筱晚頓時怔住了，眼淚也忘了流。

她抬頭打量了趙嬤嬤和初雲幾眼，這才發覺，她們都是幾年前的樣子。趙嬤嬤的髮間沒那麼多白髮，而初雲和初雪的樣貌也不過十三四歲……她心中驚駭著，遲疑地伸出自己的手看，白皙、細嫩，只是手很小，似乎還是年幼時的樣子。

花了一整天的時間，經過反覆多次地確認再確認，俞筱晚終於弄明白，自己重生到了四年前。

這一年，父親忠信伯在打獵時不慎從馬背上摔下，醫治無效而亡；母親悲傷過度，也跟著去了，丟下年僅十一歲的她。她是父母的獨生女，俞家無人繼承伯爵之位，朝廷收回了爵位，另賜她良田百頃、財寶無數作為補償。

母親臨終前將她託付給舅父曹清儒，是敏表哥親自上汝陽來接她的。她還記得，途中她的確是病過一場，算起來，明日就會到舅舅家了，又要與偽善的舅母和懦弱自私的睿表哥見面了。

只要一想到這兩個人，俞筱晚的手便恨得緊握成拳。莫非是上天垂憐，特意安排她來揭穿舅母的偽善面具，為自己清洗冤屈，報仇雪恨？

她微微凝眉，仔細思索著如何對付慣裝賢慧的舅母。她前世繼承了母親的傾城之貌和善良柔軟的性子，幾乎從未與人紅過臉，這一時之間還真不知要如何辦才好。

趙嬤嬤服侍小姐用過飯、梳洗完，嘴裡就開始念叨：「明日就要到曹府了，小姐還是聽老奴說一說曹府中的人和事吧，這不是打探旁人的私密……」

的確，知己知彼，百戰百勝！俞筱晚仰起小臉道：「嬤嬤現在說與我聽聽吧。」

「您願意聽了？」趙嬤嬤又驚又喜，忙將自己多方打聽到的訊息一一細稟。

「當年，舅夫人嫁入曹家不久就懷上一胎，後來滑了，之後幾年都再沒開懷。實在沒有辦法了，才給舅老爺抬了一個武姨娘，生了敏少爺。敏少爺一生下來，就被舅夫人帶在身邊，原是要按照習俗，待敏少爺滿了六歲，正式記入族譜過繼到舅夫人名下的。哪知在敏少爺四歲那年，舅夫人竟再度懷孕，生下了睿少爺，舅夫人便立即將敏少爺還給了武姨娘。」

「這麼一來，敏少爺的地位就難堪了，原本一直當嫡少爺養著，外邊的人也都知道，可轉眼又成了庶子。我聽夫人說過，老夫人和舅老爺的意思，還是依原來的將敏少爺過繼給舅夫人，當成嫡子養，可是舅夫人不願意，只是不敢太過強硬地拒絕。這些年來，敏少爺一直就是這樣不嫡不庶的……」

俞筱晚邊聽邊將前世的一些經歷拿出來對照，瞬間明白了許多事情。難怪舅母對敏表哥總是有些外熱內冷，陷害她的同時，還要捎帶上敏表哥，原來還有這個緣故在內。

敏表哥比睿表哥大了近五歲，很早就在衙門裡任了個小主事，為人平和謙虛，與世無爭，辦事沉穩老練，世故圓滑，比只知道吟詩作對的睿表哥，似乎還強上一些。若舅父曾說過將敏表哥當嫡子養，那麼這個伯爵之位，舅父很有可能考慮由敏表哥來繼承。

正思索著，門外傳來初雪的通稟聲：「小姐，敏少爺求見。」

俞筱晚忙道：「敏表哥快請進。」

話音一落，曹中敏便轉過屏風走了進來，他十七八歲的年紀，穿一身藏青色蜀錦對襟直衫，頭髮用玉簪束著，腰間僅佩了一個荷包，腳踩皂底雲靴，俊朗沉穩。來到近前，在靠牆的八仙椅上坐下，先是關切地問：「表妹的身子可好些了？」

俞筱晚柔柔地道：「多謝表哥掛懷，好多了。」

曹中敏又關心了幾句，才轉了話題，「明日就能入京了，表妹有什麼要見的人，可以在入京前見一見，否則到了府中，表妹住在內宅，就有諸多不便。」

俞筱晚心中一動，這話是在暗示說，我應當先見一見俞管家嗎？看來，敏表哥在暗中與舅母作對呢！

所謂敵人的敵人就是朋友，自己困在後宅之中，不方便四處奔波，若是能與敏表哥聯手，必是如虎添翼。

前一世，她年紀太小，經營等這類煩心的事都不願理會，而且一個還未出閣的姑娘見外男終是有些不妥當，印象中，她似乎只見過俞管家兩面，就在舅母的挑唆之下，賜了些遣散銀子，讓他離去了。這一世既然要看管好俞家的財產，自然要見一見這位父母口中忠心的管事。

拿定了主意，她便頷首道：「還是表哥想得周到，明日一早請表哥安排俞管家來見我吧。」

俞文飆是俞家的家臣，沒有賣身契，所以在見到小姐時，僅是抱拳拱了拱手，「給小姐問安，不知小姐傳喚小人是為何事？」說完，就退守到一旁。

「文伯請坐。」

「謝小姐！」俞文飆很自然地謝過之後落座。

俞筱晚輕柔地向領路的曹中敏道：「還請敏表哥暫時迴避一下，我要與文伯商量莊子上的事情。雖說我見外男不甚妥當，但俞家僅留下我這一個孤女，事且從權，也是沒法子。」

俞文飆訝異地抬眸看了小姐一眼，旋即又垂下目光，心裡卻在想著，小姐怎麼忽然開竅了，之前自己想與她說說經營上的事，她都讓自己與曹中敏談……

曹中敏亦是暗暗一驚，表妹怎麼忽地防範起我來了？

可俞筱晚直接說要商量莊子上的事，他卻是不方便再留下，只得依言出去了。

俞筱晚示意初雲、初雪準備茶點，斯文地朝俞文飆道：「我只是想知道我目前都有些什麼田產地契，要如何經營才得當。」

好在俞文飆早有準備，從懷裡取出幾份詳單，雙手呈給俞筱晚，上面分類歸總了俞筱晚目前所擁有的財產。

俞筱晚看到最後的匯總數時，不由得暗暗咋舌，竟然有兩百三十萬兩紋銀之鉅，難怪舅母要覬覦。

曹家以前只是普通的官宦之家，舅父曹清儒之前擔任的是正五品中書省左司，因為在攝政王身邊辦差辦得好，立了大功，去年底，新皇登基後，才晉封伯爵爵位，家底自然是比不上俞家這樣的百年世家。

俞筱晚的眸光閃了閃，認真問起經營之事。她前世不懂這些，也沒想過要學習掌握，自然要向俞管家討教一番。

俞文飆一一詳細回答了田莊要如何管理、店鋪要如何經營，直談了一整天，快到掌燈時分才介紹完畢。俞管家見小姐蹙起秀麗的眉頭，邊聽邊思索，似乎是在強行記憶，便提議道：「小姐不妨每月安排小人或是其他管事見面，這樣也好隨時瞭解莊子裡的情況。」

這倒是個好主意，只要時常與俞家人見面，舅母也不敢對自己太過了。

俞筱晚抬眼細看俞文飆，只見他仍是恭謹地垂頭看地，似乎只是一項普通的建議，沒有半分暗示的意味。她便和婉地道：「好的。四月望日，還請文叔安排各管事來曹府，我與大家見見面。」

俞文飆應了聲「是」，神情極是欣慰，只要小姐不引狼入室，他定然能為俞家守住這些家業。

商議完之後，俞文飆便順勢談到了明日進京的事，「就由小人陪小姐入府吧，小人也應當去拜會拜會曹爵爺。」

這是幫她掌眼的意思吧？俞筱晚心中升起一股感動。文伯不是府中的管家，而是外莊上的管家。父親過世後，她才與他見過一面，可是文伯卻這般忠心地想要護著自己。

第二日一早，曹中敏仍如往常一般，為俞筱晚安排好了早飯和馬車。對於昨日俞筱晚與俞管家密談了一整天的事，他提都沒提半個字。這樣老練世故的一個人，應當對舅母心中的小九九十分清楚才是。

俞筱晚囑咐了俞管家仔細觀察敏表哥，自己則不急著拉攏敏表哥。總要針對他的弱點，拋出利誘的餌，才能使得盟約鞏固。

不及細想，馬車已經來到了曹府正門前的小坪上。

論理，俞筱晚應當從側門走，可是曹老夫人十分疼愛女兒，更心疼年幼失去父母的外孫女，一定要俞筱晚走正門入府。

曹清儒攜了張氏在前院大堂裡等候，聽得門僮來稟報表小姐到了，忙快步走出來。

俞筱晚扶著初雲的手走下馬車，提裙緩步朝大門走去。

忽地，一輛馬車疾風一般從拐角衝了出來，車夫緊張地大吼：「驚了馬，讓開！讓開！」

看到瘋馳而來的馬車，俞筱晚一愣，一段記憶在腦中閃現，當年是舅母和舅父疾衝下來，將她推到了一旁，而馬車則揚長而去……

「小姐讓開！」

不等曹清儒和張氏跑近，俞管家便將俞筱晚推到了一旁，揮手一揚，袖中的長鞭凌空揮出，重重地捲住馬脖子。他暗用內力，使勁將瘋狂的馬匹拉得摔倒在地，馬車也跟著翻倒，而車夫則重重地摔了個狗啃泥。

「晚兒，妳沒事吧？」

曹清儒和張氏跑來俞筱晚的身邊，張氏不顧自己跑得釵環皆亂，先拉著俞筱晚的手上上下下地仔細打量，見她真的無事，這才長舒一口氣，「萬幸！萬幸！」她輕撫胸口，欣慰地看著俞筱晚。

曹清儒亦是一臉欣慰，「沒事就好！沒事就好！」旋即看著那名摔暈過去的車夫，怒道：「你們還愣著幹什麼，先把人關到柴房去！我倒要看看，這是誰家的奴才，怎麼趕的馬車？」

一旁的家丁忙蜂擁上前，將車夫放到一塊門板上，從小門抬進了曹府。

俞筱晚忍了幾忍，才緩緩地將自己的手從舅母手中拿出，盈盈朝舅父舅母一拜，「晚兒見過舅父舅母，舅父舅母萬安。」又問道：「不知舅父打算如何處置那名車夫？」

曹清儒道：「若是無意的，就交給他的主子小懲大戒；若是失職，就交由官府，以鬧市擾民罪論處。」

神情真誠無偽。

可是真會這般處置嗎？記得前世自己就是被舅父舅母救下並心存感激，但現在一想，卻發覺不少疑點。這條胡同裡都是大戶人家，出門就會趕馬車，但大戶人家的馬車哪裡這麼容易受驚？又哪裡有這樣的巧合，正巧自己下了馬車，馬就受驚了？

是舅父故意安排的嗎？是為了施恩於自己，好向自己要那樣東西嗎？

不容她細想，張氏又拉起了她的手，眸光中滿是親切的溫情，「晚兒可真是長大了，妳還記得舅母嗎？妳滿月時，舅母還抱過妳的，一轉眼就成了大姑娘了。」

張氏一路不停地說著溫馨的話語，將俞筱晚迎了進去，一段小插曲就這般風過水無痕。

「何嫂子，妳先帶人將表小姐的行李搬到蓮香居，再灑掃一次。」

「請表小姐的嬤嬤和兩位小妹妹去小茶房吃杯茶。」

全都安排好了，芍藥才折返入暖閣。

延年堂的暖閣裡，曹清儒和張氏好不容易安撫了抱頭痛哭的母親和外甥女，石榴領著小丫頭們服侍祖孫兩個淨了面。

曹老夫人睜著渾濁的眼睛，看向眼前的小人兒。

十一二歲的年紀，白玉一樣晶瑩剔透的皮膚，兩頰因傷感而染上的紅暈，花朵般的惹人憐愛。雖然眉目還未長開，但眼睛哭得腫成一條縫時，仍然能看出日後定然是個大美人。

尤其是哭泣的時候，紅豔豔的小嘴一張一翕的，跟她娘一個樣子。

俞筱晚抽泣著道：「母……母親要晚兒，代……她在外祖母膝前盡孝。」

曹老夫人心疼地抱緊俞筱晚，安慰道：「乖孩子，以後妳舅父舅母必定拿妳當自己的女兒一樣看待，妳就安心住在這裡。妳沒有兄弟姊妹，敏兒、睿兒就是妳的兄長，雅兒就是妳的妹妹。」

聞言，張氏趕緊鄭重介紹自己的一雙兒女。

俞筱晚忙起身與表兄曹中睿、表妹曹中雅相互見了禮。

曹中睿仍是同四年前一樣，看著她微微一笑，從牆邊的長條几上擺著的聳肩美人瓶裡，摘下一朵清雅美麗的蕙蘭，輕輕遞給她，笑道：「晚兒妹妹真是仙子一般的人兒，只有這樣豔麗耀目、風韻高雅的蕙蘭，才配插在晚兒妹妹的髮間。」

那一笑，如同春風撫過園牆，令院中百花怒放。小小的年紀，就已經有了日後京城三大美男的風範，難怪自己會傾心。

俞筱晚忍住心中微帶酸澀的怒火，和幾乎要衝出口的質問，伸手接過了那朵蝶形的花兒，卻沒有如同四年前那般含羞插在髮間，而是垂頭掩飾眼中的恨意，語氣傷感地道：「重孝在身，縱然是素色的花，晚兒也不敢簪，還請睿表哥見諒。」

曹中睿的笑容一僵。他今年雖然才十三歲，可是已經頗負才名了，而且相貌十分俊美，在女孩子面前十分有臉面，被這般軟軟的拒絕，還是初次體驗。加之富貴人家的公子哥兒，自幼就有婢女服侍，多半情竇開得早，被這個第一眼就十分喜歡的表妹拒絕，讓曹中睿心中堵塞難過，吶吶地不知如何接話才好。

曹中雅與俞筱晚同年，小了兩個月，是一位俏麗嬌憨的小美人，不過她卻是第一眼就不喜歡這個明顯比自己漂亮的表姊，忍不住挑高了眉，挑剔且嫉妒地看著俞筱晚素色孝服上銀線細紡的暗荷花紋，還有耳垂上那一對閃亮如星辰的金剛鑽耳墜。

臭顯擺什麼？連孝服都要加銀絲，就妳是伯爵千金嗎？

表面上，曹中雅卻天真地睜大雙眼，讚歎道：「表姊生得真好，像天上的仙子一樣，這耳墜就跟天上的星星一樣，特別襯表姊。」說著，小手就抬了起來，想去摸耳墜。

這是母親留給我的，可不能讓妳碰！

俞筱晚不動聲色地轉過身，拉起曹中雅的小手往一旁走，嘴裡說道：「表妹也很漂亮呀，我準備了幾份薄禮，不成敬意，希望外祖母和舅母、表妹妳們能喜歡。」說著，讓初雪將禮物呈上來。

送給曹老夫人的是一身福字不斷頭的絳藍色雲錦外袍。福字都是用金線繡成的，富貴又內斂。送給曹中雅的見面禮是一對掐絲琺瑯鑲多寶的蝴蝶簪。蝴蝶栩栩如生，戴在頭上俏麗可愛，十分符合曹中雅的年齡。

曹中敏和曹中睿的禮物，各都是一副文房四寶。

而送給張氏的，則是一對上品羊脂玉鐲，色潤如脂，可稱得上是價值連城。張氏暗暗吸了口涼氣，俞家果然有錢。她心中不由暗喜，這可真是來了一個大財源了。

她這伯爵夫人剛剛上任不過幾個月，家底兒太淺，出席貴婦們的聚會時，總是被那些世家夫人們比得無地自容，現下一眼看見這對玉鐲，頭一個想到的，就是過幾日文大人家的宴會，她要戴著去顯擺一下。

這目光裡的貪婪，並未逃過俞筱晚的眼睛，她心中不由得冷笑，舅母果然是貪財的，也不枉我精心挑選這份禮物了。

前一世，張氏對俞家的財產是徐徐圖之，花了幾年的時間慢慢蠶食，可是她這一世卻不想等這麼久，所以才刻意用這麼貴重的首飾來刺激張氏。希望舅母不要辜負她的期望，快點出手搶奪她的財產，她才好在疼愛自己的外祖母面前，揭穿舅母的偽善面具！

曹老夫人歡喜地收下了禮物，賜了晚兒一對赤金鑲紅寶的步搖。

張氏也送上自己準備的見面禮，又笑道：「這份禮我很喜歡，不過以後不要這麼生分了，雖說下月初便是我的生辰，可不許妳再送什麼賀禮！」

是真的不希望我送嗎？俞筱晚藏起眼中的鄙夷，恭謹地道：「舅母生辰，晚兒怎麼能不送禮呢？」

張氏心花怒放，嘴裡卻道：「哎呀，晚兒，說了不必這般見外，妳若覺得過意不去，隨意送個妳繡的荷包便是。」

曹老夫人也道：「確是如此，晚兒，妳的好東西都留著日後當嫁妝，妳舅父舅母不缺這個。」

俞筱晚諾諾地應了，心道：下月初舅母您生辰的時候，我必然會送您一份大禮！

曹老夫人遂又向張氏問起晚兒日後的飲食起居。

張氏忙一一細稟道：「蓮香居的人手，媳婦都已經安排好了，一應事宜都按照雅兒的份例。」

曹老夫人點點頭，「晚兒失了父母，爵爺政務又忙，妳這個當舅母的，要多費些心。雖然姑爺膝下無子，朝廷收回了爵位，可晚兒仍然是伯爵小姐，這身分是自生下來就註定了的。」

張氏恭順地表示：「媳婦絕不會虧待了晚兒。」說著又看向俞筱晚，「這蓮香居的蓮字，與妳母親的名字相同，也能解妳的思母之痛。」

曹府與其他的府第一樣，分為三進。前院是男主人處理公務之處，中院和後院都是內宅。中院是女主人和少爺們的居處，後院是未出閣的小姐們的居處。可是蓮香居卻在中院之中，而且緊鄰曹中睿的墨香居，只是此時俞筱晚年紀小，張氏又給出了這麼一條堂而皇之的理由，曹老夫人才未覺得有何不妥。

前一世，俞筱晚為舅母的安排而感動，可是現在想來，舅母只怕當時打著的主意，是想讓她與睿表哥作親呢！

所以，這一世若想杜絕舅母故技重施，必須換個地方住著。於是，她在一旁天真地問：「蓮香居在表妹的院子旁邊嗎？晚兒想與表妹多多親近呢！」

張氏的笑容一僵，慌忙看了婆婆一眼，見婆婆沒有什麼懷疑之色，這才笑道：「雅兒住在翡翠居，嗯……隔著一段距離……」

曹老夫人蹙眉道：「我倒是沒注意這個，晚兒眼瞧著也大了，還是安排在後院吧，住在墨玉居。」

這蓮香居花了張氏許多心思，為的就是方便兒子接近。為了討好婆婆和丈夫，她還從庫房裡挑了不少好東西擺放在蓮香居內，卻被婆婆一句話就給否定了，若是分辯，可能會被認為她不知禮數，連內院、中院都分派不清。

一口悶氣瞬間湧上喉頭，堵得難受，可是婆婆發了話，丈夫又不幫腔，張氏也只得笑道：「媳婦這就讓人去收拾墨玉居，只是這也需得幾日的時間，這幾日，晚兒還是暫且住在蓮香居吧。」

俞筱晚柔柔地應道：「但憑舅母吩咐。」

用過晚飯，俞筱晚的奶娘趙嬤嬤和俞管家，帶著兩個大丫頭初雲、初雪進屋來磕頭。

曹老夫人看了賞，叮囑她們好好服侍小姐，而後感覺精神不濟，眾人便識趣地告辭。

曹清儒帶著一家子親自送外甥女去蓮香居，四處走了一圈兒，對內外的布置十分滿意，讚許地瞥了張氏一眼。張氏心中大喜，這馬屁拍對了地方。

張氏邀功似的將自己挑的人帶到俞筱晚面前，介紹道：「咱們府中的小姐都是一個奶娘、兩個二等丫頭、兩個三等丫頭和一個管事嬤嬤，院子裡另配粗使的丫頭和僕婦若干。周嫂子還算是忠心，也沉穩能幹，可以幫妳管管院子，良辰和美景知冷暖、會梳妝，暫且先領三等丫頭的份例，日後晚兒若是覺得得用，再提上來貼身服侍。」

三個人一起給俞筱晚磕了頭，俞筱晚忙讓初雲賞了各人一個荷包，荷包裡面裝著三兩碎銀。

三人謝了賞，良辰、美景的臉上笑開了花，周嫂子謙恭平靜，並沒因為賞銀多而竊喜，卻是讓俞筱晚高看了她幾分。

良辰、美景的為人如何，俞筱晚上一世已經清楚領教了，這個周嫂子卻還要找趙嬤嬤問一問，怪只怪她以前對這些俗務太不上心，現在便覺得兩眼一抹黑。

張氏見自己安插的幾個眼線，俞筱晚都恭順地收下，沒有拒絕，心中是抑制不住的歡喜。

曹清儒交代了奴婢們幾句，便打算讓外甥女好好休息，「一路舟車勞頓，早些安置吧，請安這些虛禮，待休養好再說。妳只管當這裡是自己家，短了什麼，向妳舅母開口便是。」

俞筱晚忙應道：「多謝舅父舅母體恤。」

剛剛重生就入了府，若想報復舅母，她還有許多事要安排，的確是需要幾日的時間。

張氏客套了幾句，想當著丈夫的面，將外甥女的田莊鋪子的經營權拿過來，免得日後被人說嘴想占孤女的財產，名聲不好聽，還會讓丈夫心生隔閡。

於是，張氏便關切道：「聽說皇上收回妳家的爵位時，賞賜了妳數百頃良田和諸多珍寶作為補償。那些個黃白之物可以造了冊，存放在倉庫之中，至於田產和店鋪，我想妳年紀太小，不懂經營，正好我名下也有莊子，那幾個管事還算能幹，不如就由我幫妳管著，待妳日後出嫁之時，再還與妳。」又轉向丈夫問道：「爵爺，您看，這樣可好？我幫著管，也免得那些個刁奴欺瞞幼主，待日後晚兒出嫁之時，再分文不動地還給晚兒。」

曹清儒微一沉吟，便贊同地點了點頭，「帳冊要單獨記錄，不可與府中的產業混淆了，那些都是晚兒的嫁妝。」

俞筱晚飛快地抬眼掃了張氏一眼，這樣冠冕堂皇卻虛假的話，從前她怎麼就會信以為真？俞家忠心的老僕被舅母趕走，她居然還信了舅母的說辭，認為是那些老僕包藏禍心……也難怪那麼多田產會一點一點裝進舅母的腰包了，是自己太傻太天真！

心思悠悠轉著，俞筱晚垂下頭，緊緊握住了手中的素絹軟帕，一副小女孩兒沒有主見的樣子。

張氏以為她不願意，便笑道：「請爵爺放心，我會將晚兒的嫁妝打理好的。」這麼一說，將田產轉交給她，變成了爵爺的安排，若是不依，一頂不孝的帽子就會扣下來，日後晚兒還要寄養在爵爺的名下，哪裡敢逆著爵爺的意思？

張氏心裡打著小算盤，笑容親切地看著俞筱晚，只等她點頭，自己一會兒就立即讓敏兒安排俞家店鋪的管事明日過府交帳冊。

只可惜，眼前的這個小人兒已經不再是那個軟弱又膽小的小丫頭了！

俞筱晚仍是攥緊手中的帕子，顯得怯懦不安，細聲細氣地回話道：「多謝舅父舅母關心，只是父母臨終前交代了晚兒，俞管家是忠誠可信之人，要晚兒將一應事務交由俞管家打理。晚兒不敢有違父母遺訓，還請舅父舅母見諒。」頓了頓，她又揚起清麗的小臉，討好地道：「待年終俞管家來交驗帳冊的時候，晚兒再請舅母幫著查驗帳目，可好？」

先請舅母您嘗一嘗，巨額財產看得見摸不著的滋味，可好？

待送走了曹清儒和張氏，俞筱晚的心中並不輕鬆，舅母什麼都沒說，表面上還是那般和氣親切，但她知道，舅母不會甘心的！

她清楚地記得，四年前，她一開始也不曾將父母留下的田產交由舅母代管，可是一年之後，她的一座田莊就出了一件大事。田莊裡的一名佃農在做工時，摔到枯井裡死了，但俞管家不知怎的沒有安撫好那名佃農的家人，讓人告上了衙門，鬧到最後，變成了她指使奴才虐待佃農……

事後，還是舅母主動站出來幫忙，帶著她上張府，求見了舅母的大哥，通過張伯父官面上的交情，才將事情給平息下來。

那時的她才不過十二歲，沒經過大事，嚇得不知如何是好，舅母這個忙，真是幫到她的心坎上去了。後來見舅母和其兄在幫了忙後，一句要求回報的話都沒有，她便讓趙嬤嬤挑選了幾樣珍貴的瓷器和玉件兒，送給舅母及其兄張伯父，聊表謝意，可都被她們給退了回來。

當時，舅母親切地拉著她的手道：「晚兒啊，我是真心將妳當成自己的女兒一般來疼的，妳的事便是我的事。這一次舅母還是從別人的嘴裡聽說此事，以後舅母希望妳有什麼為難的事兒，就主動來告訴舅母，只要是舅母能幫得上的，舅母必定會幫，幫不上的，也可以想法子找人來幫。咱們本來就是一家人，一榮俱榮，一損俱損，所以妳別再提什麼回禮，這樣太生分了！」

這一串話感動得俞筱晚熱淚盈眶，頓時對舅母產生了一股近似母女的孺慕之情。從此之後，真正拿舅母當自己的長輩看待，對舅母無比的信任，還將所有田莊和店鋪的帳冊親手交到了舅母的手中……

現在想來，那件事會鬧得這般大，必定是舅母指使人去幹的，說不定，那名佃農都是她派人給害的，可笑自己中了計不說，還將惡狼當成了善人！

好在現在她已經知道了，就要想盡一切辦法防住。舅母是個內宅婦人，不可能指使人去殺人、去衙門告狀，絕對是外面有人幫忙，而且必定是張家的人。只要田莊的管事能防住張家的人，這事兒就好辦了。

可是若他們被人收買，裡通外賊怎麼辦？雖然她已經同外祖母說了，每個月見一次管事們，也讓俞管家多多注意這些小管事，可是知人知面不知心呀！她足不出府，要如何才能掌控一切？

趙嬤嬤見小姐蹙著秀美的眉頭，坐在妝鏡前不知在想些什麼，不由得暗暗一嘆，小姐自那日病了一場之後，就像變了個人似的，沒了少女的活潑，總是愁眉不展，彷彿滿懷心事。

「小姐，在想什麼呢，能不能告訴嬤嬤？」

俞筱晚回頭瞧見趙嬤嬤擔憂關切的眸光，心中一軟，嬤嬤凡事都替她想在前面，她以前卻總是信了舅母的挑唆，覺得嬤嬤多事，偶爾嬤嬤同自己說起要注意誰誰誰，她還指責嬤嬤喜歡挑事……她這樣傷嬤嬤的心，嬤嬤卻對她沒有半句怨言，最後還為了自己慘死。

趙嬤嬤見小姐什麼話都不說，卻拿那種不曾有過的依賴目光看著自己，心疼得摟緊小姐道：「小姐在擔心什麼？有嬤嬤在，嬤嬤不會叫任何人欺負了小姐去！」

俞筱晚的眼眶一紅，哽聲道：「我知道嬤嬤待我最好了。」說著將小腦袋埋進趙嬤嬤的懷裡，貪婪地吸取著趙嬤嬤的體溫，好將自己被凍得冰冷的心捂熱一點。

趙嬤嬤感受到她的依賴，不由得將她的小身子摟得更緊。

彷彿從奶娘的身上吸取了力量似的，俞筱晚很快便調整了心情。她是來報復的，怎能連這點小事都應付不來？外頭有文伯管著，自己再多看多學，總能度過難關。至於這院子內……

俞筱晚對趙嬤嬤道：「嬤嬤，妳去叫周嫂子進來。」

不多時，周嫂子便進了屋，恭敬地納了萬福，而後垂手站在一旁等候吩咐。

俞筱晚看似隨意地打量了她幾眼，溫和地道：「在我這裡不用拘著，日後院子裡的事，妳同趙嬤嬤一起管著。不知府中給妳的月銀是多少，我再給妳添一兩銀子。」

周嫂子欠身道謝，沒拒絕，也沒表現出歡喜。

不為錢財所動的人，才最是難應付。

俞筱晚沒再留她，讓她退下了，而後對趙嬤嬤道：「嬤嬤以後多幫我看著點良辰和美景……」

正說著，門外忽地傳來初雲的責問聲：「妳鬼鬼祟祟地躲在這裡偷聽什麼？」

趙嬤嬤臉色一變，快步走出屋去，厲聲道：「妳們在幹什麼？」

幾個人拉拉扯扯地進了屋，初雲是個急性子，竹筒倒豆似的道：「小姐，剛才良辰躲在屋外偷聽。」

良辰朝俞筱晚福了福，臉不紅氣不喘地道：「回表小姐的話，婢子是想來問一問表小姐您要不要熱水，只是聽到屋內似乎在說話，一時不知該不該進來。」

俞筱晚看著她毫不膽怯的小臉，心知舅母一定是許諾了她什麼，否則哪個奴婢被抓了個正著，還一點不懼的？

俞筱晚不屑地輕笑，揚起小臉問趙嬤嬤：「嬤嬤，咱們府中的規矩，丫頭衝撞了主子，要如何處罰？」

趙嬤嬤也正在惱怒，她走過的路可比良辰吃過的飯都多，自不會相信良辰的說法，正想向小姐進言呢，小姐就主動問了起來，她忙答道：「不論什麼原因，在主子屋外偷聽就是死罪。」

良辰的小臉一白，嘴裡嚷道：「妳們無權處置我，我是曹府的奴婢，可不是妳們俞家的。」

良辰還真沒讓她失望，知道她等的便是這句話！舅母口口聲聲說拿自己當親生女兒，可她親自挑的丫頭卻不將自己當成主子。

俞筱晚的小臉忽地一下布滿哀傷，緊咬著下唇，眼眶中頓時蓄滿了淚水。趙嬤嬤一瞧，心疼得什麼似的，立時恨恨地道：「咱們無權處置妳嗎？那我倒要請來舅夫人問一問清楚了！」

找張氏理論，良辰心中自是不急，小臉上還閃現過一絲竊喜，正要說幾句轉圜的話，門口便傳來了曹老夫人威嚴的聲音：「這是在幹什麼？」

俞筱晚暗喜，她比旁人多出的一點優勢，就是知道外祖母今晚會到蓮香居來探望她，所以才要利用這個時機給舅母吃點苦頭。

俞筱晚忙起身迎上去，扶著外祖母的手進屋，輕柔地問道：「這麼晚了，外祖母您怎麼過來了？」

曹老夫人拍了拍她的手，視線在屋中轉了一圈，將一切瞧在眼裡，不動聲色地道：「我讓人熬了些安神湯，妳趁熱喝下吧。」

俞筱晚謝了恩，乖巧地喝下安神湯。

這麼一會子功夫，曹老夫人已經將事情的大致經過問清楚了，當即發作道：「去將夫人請來！」

不多時，張氏扶著大丫頭靛兒的手疾步來到蓮香居，髮上只簪了一根白玉簪，顯然是已經準備歇下了的。還未及請安，就被曹老夫人劈頭蓋臉地責問：「這丫頭是妳挑的吧？我倒要問一問妳，怎麼挑的丫頭，偷聽主子說話，還不服管教！」

張氏一路上已經得了訊兒，自是暗恨良辰不省事，面上卻要裝成不知情的樣子，訝異地反問道：「這丫頭居然敢偷聽主子說話？」隨即又轉而看向良辰，厲聲質問：「說，到底是怎麼回事？」

良辰雖然年紀小，卻是個人精，知道自己免不了一頓板子，更加要服從夫人，才能暗地裡減輕處罰。她忙磕了個頭，將先前的話原原本本又說了一遍，又哭求道：「婢子並非不將表小姐放在眼中，只是聽說俞家的規矩是要杖斃，心中害怕，才說出那些混帳話，求老太太、太太、表小姐饒了婢子這一回！」

張氏恨恨地道：「不單是我，就連老太太和爵爺都是將表小姐放在心尖尖上疼的，我看妳素日裡謹守規矩，府裡上上下下都讚妳聰慧體貼，這才調妳過來服侍表小姐，妳居然頭一天就惹表小姐生氣！如此就應當按表小姐說的來罰，便是俞家規矩嚴酷些，妳也只能生受著！」

說完又拉起俞筱晚的手，再三表示將良辰交由俞筱晚來處罰。

俞筱晚忍了又忍，才強忍住將張氏的手揮開的衝動。

舅母那一番話，裡裡外外都是在說，良辰其實是個守規矩的，怎麼一來服侍妳，就鬧得雞飛狗跳？是不是妳太嚴苛了？還暗暗指責俞家的規矩嚴酷……

若換成以前的俞筱晚，自然是輕易地饒過了良辰，可是現在不同，她必須將良辰打發出去。良辰比美景的心眼兒要多得多，又是個巧舌如簧的，當初「作證」的時候，幾乎都是良辰在說話。俞筱晚看到良辰的臉，心中就有一團火在燒。雖然看到舅母時，亦是這般的感受，可是在動不了舅母的情況下，至少要先除去一個，替自己消消火。

俞筱晚咬了咬紅潤的下唇，輕聲道：「舅母愛惜晚兒，晚兒感動萬分。家父是一方大吏，府中諸多朝廷中和地方上的機密文檔，規矩自是嚴厲一些，府中丫頭僕婦從來不敢不經傳喚靠近主屋，故而奶娘方才才會有杖斃一說。良辰既是曹府的丫頭，又是舅母親自挑選的，自然不便用俞家的規矩來處置，還是請舅母來處置才妥當。」說完，不好意思地垂下了頭，露出一小片雪白的脖頸。

妳俞家還只是地方上的官吏，就這般嚴格要求府中奴僕，爵爺身為朝廷命官，如何能放縱僕人隨意偷聽主子談話？這是想說我曹家沒有規矩嗎？張氏暗暗惱怒，這些話，一句一句將自己頂到了牆壁上，上不去又下不來。而且，妳還強調良辰是我挑選的，挑個沒規矩的丫頭來服侍投親的孤女，這不是指責我惡毒刻薄又是什麼？

這般小小的年紀，竟就有了這麼縝密的心思！

張氏又恨又慌，忙偷看了婆婆一眼，果然見極疼愛外孫女的婆婆皺著眉頭，略帶指責地看著自己。這個婆婆可是個厲害的，爵爺幾乎對其言聽計從，自生下睿兒後，她千般討好，才哄得婆婆歡喜，卻因為一個晚兒就生了自己的氣。

一口悶氣頓時湧上心頭，梗堵不快。張氏也知道速速處置了良辰，就能重新討得婆婆的信任，可是處置完了，再想將良辰留在晚兒身邊卻是難事。倒不是說她多喜歡良辰，而是良辰的年齡和心智都是最好的，換成別人，只怕沒那麼容易打探到她想要的消息。

心思一轉，她便歉意地道：「是我考慮不周，這丫頭年紀還小，許多規矩還得慢慢教，還請晚兒原諒則個。」

俞筱晚也忙表示自己完全沒有怪罪舅母的意思，「晚兒明白，舅母哪裡管得過這麼多人來。」是在說我沒能力管好下人嗎？張氏暗惱在心，細細端詳外甥女的表情，只見那張巴掌大的清麗小臉上，滿是小心翼翼的忐忑不安，分明就是寄人籬下的小孤女，怕自己怪罪她，日後無所依靠的樣子。

莫非真是無心之言？一時之間，張氏有些拿不準分寸了。

曹老夫人等了半晌，沒等到媳婦的決定，不由得皺眉煩躁道：「這點子事還不好處置嗎？將這丫頭押下去重打二十板子，罰去廚房當燒火丫頭。」

張氏倒抽了一口涼氣，良辰的相貌十分出挑，她日後還有大用處的，降成燒火丫頭，只怕不得兩年就被熏成黑炭了，她忙強笑道：「這樣是不是罰重了？」

曹老夫人蹙眉道：「重？若是不重重罰她，日後府中的奴才哪個還會將晚兒當正經主子？妳管不住奴才們，難道連殺雞儆猴都不知道嗎？」

話說到這個分上，張氏哪裡還敢多言，只得令人將良辰架了下去。

「表小姐饒了婢子吧，求求您了！」良辰哭得一張小臉通紅通紅的，鼻涕眼淚糊弄到一塊，完全看不出日後的豔麗之色。

前世自己性子軟，良辰、美景犯了錯，總是出面來給她們求情，這兩個丫頭何曾將自己放在眼裡過？現在居然也會向自己求情了嗎？

這般處置一個下人，是俞筱晚以前從來沒做過的，可是現在做了，卻沒有半點心軟的意思，反而有種暢快感，尤其是看到舅母眼中那抹消散不去的陰鬱，心中更是痛快。

終於斬去了舅母的一隻耳目，至於美景，日後再收拾吧。

次日一早，俞管家拜見了曹清儒之後，便在二門處的會客廳裡與小姐敘話，他見左右都是俞家的僕人，便壓低聲音道：「小姐，昨日那名車夫是攝政王府的，因為喝醉酒胡亂揮鞭，才讓馬匹發狂的。曹爵爺昨夜親自將人押去攝政王府，也只見到了大管家。」

這事兒，一大早舅父就來向她說明了，攝政王賞了她幾件玩意兒當作賠禮，再沒別的表示，畢竟她沒受傷。宰相門前七品官，何況是攝政王，人家能派大管家出面接見舅父，已經是很給面子了。

俞文飆又嘆道：「京城之中王侯公爵多如牛毛，遇上了，也只能自認倒楣。」

這是在勸我息事寧人吧？

俞筱晚的眸光閃了閃，昨日的那一幕十分驚險，不過在當年，她也僅是嚇了一大跳，沒幾日便淡忘了。只是這車夫醉得太是時候了，到底是衝著自己來的，還是真的是巧合？

不過，他是攝政王府上的……先帝去年駕崩，傳位於年僅八歲的嫡皇子，並封皇長子為攝政王，總攬軍政大權。像攝政王這樣高高在上的人物，應當是不會與自己一個小孤女為難才對。

俞筱晚輕敲桌面，凝神思索了片刻後，忽地道：「文伯，不如你教我武功吧。」

看文伯昨日救下她的那一掌，就知是個高手。俞爵爺是個軍人，俞筱晚雖然沒習武，但耳濡目染，總歸是識貨之人。她也是因昨日的事臨時起意，有一技傍身，大大便利，如若當初自己會些武功，趙嬤嬤又何至於慘死呢？更何況，她還想弄明白，舅父到底拿走了她的什麼東西！

只不過，俞筱晚的這個建議，卻遭到了俞文飆和趙嬤嬤的聯合反對，「您是大家閨秀，怎能學這樣的東西？」

俞筱晚卻堅定地道：「我無父無母，也沒兄弟姊妹，若是連一點防身之技都沒有，如何自保？」

兩位忠僕聽得一愣，這話的確是有道理，只是小姐小小年紀，自幼養在深閨，老夫人、舅老爺、舅夫人又這般疼愛她，她怎麼會有這樣的打算？

俞文飆立即追問趙嬤嬤：「可是舅夫人給小姐吃了掛落兒？」

「不是，我就是想習武而已。」俞筱晚緩緩地道。垂下長長的眼睫，掩飾眸中的傷痛和恨意，她的仇恨不能告訴兩位忠心的僕人，但是她會堅持自己的決定。

只是商量到最後，仍是沒有辦法。若是在俞家還好辦，可在曹家，俞文飆是外男，不能隨意出入內宅，如何教導她武功？

她只得叮囑文伯：「先多去尋些孤兒，年幼些的，男女都要，你親自教導他們武功，以後給田莊店鋪當護院也好。」

其實她主要的目的還是想多些能保護自己的人手，此番入曹府是為了復仇而來，舅母和睿表哥自不在話下，可若是連舅父也……那麼她也不會手軟。但舅父是朝廷命官，即使處置得十分隱密，也難保不會被人察覺，因此她得先給自己留條後路。

這事兒一直放在俞筱晚的心裡，幾乎令她睡不安穩，等著文伯回信，不過挑選資質上佳的孤兒，哪裡是容易的事情？俞文飆一走就是三天沒了音訊。後來著人去打聽，原來是在大門處就給張氏派去的人擋下了，說是外男不便入宅，要他等逢年過節時再來。

這天用過早飯，俞筱晚去延年堂給外祖母請安，順便提出請求，想幫俞管家討張帖子，方便隨時進府商議經營上的事情。

此時也正是張氏給婆婆請安的時辰，聽了這話，心中一動，卻不多說什麼，只溫和地道：「給張帖子不是難事，就怕他也不願時時進府呢。」

雖然沒有明說，卻也點明了俞管家很有可能欺負幼主，曹老夫人疼愛外孫女，自然擔心維護，「是妳家的總管事，來議議事沒什麼不可，只是妳會嗎？要不要妳舅母在一旁幫襯一下？莫要給人騙了去。」

俞筱晚忙道：「俞管家是俞府的老人，父母親都說可以信賴。」說著又看向張氏，怯怯地笑道：「府中上上下下幾百口丫頭僕婦都等著舅母的吩咐才能行事，舅母每日裡忙得抽不出空來，晚兒如何再敢打攪？況且這是晚兒的產業，日後總要學著經營的，不如早些學了，方不怕被惡奴欺了去。」

張氏最愛在丈夫和婆婆面前說自己如何如何忙碌，彷彿她為了這個家鞠躬盡瘁，死而後已，如今被俞筱晚拿她的話堵了她的嘴，真真是有苦說不出，只能盼著婆婆幫她出頭。

可曹老夫人聽了這話卻覺得十分合理，欣慰地道：「妳這般堅強，真不愧是妳娘的女兒。那就好生學吧，若有什麼不懂的，只管問妳敏表哥，他幫著管了些府中的產業，經營得不錯，是個好手。」

俞筱晚正愁沒好藉口與敏表哥交流，當下忙笑著應承：「多謝外祖母、舅母愛惜，晚兒一定會向敏表哥好生討教的。」

俞筱晚的餘光一直在不著痕跡地打量張氏，發現外祖母誇敏表哥能幹之時，她的笑容僵了一僵，才又放鬆下來。看來，舅母認為敏表哥是睿表哥承爵的絆腳石，所以聽不得外祖母誇讚敏表哥。

陪著外祖母說了一陣子話，俞筱晚便起身告辭。

張氏也一塊站了起來，向婆婆笑道：「我去蓮香居瞧一瞧還有什麼要添置的沒。」

曹老夫人點頭道：「妳多上些心，別虧了這孩子。」

張氏忙道：「請母親放心，我是真將晚兒當成自己的孩子。」

俞筱晚施了禮，與張氏攜手而出。一路上，張氏淨揀些好話兒、軟話兒說，神情和藹親切，無微不至地噓寒問暖，及至後來，話鋒一轉，輕笑道：「其實，妳睿表哥也極會經營，妳日後也多與妳睿表哥親近親近，雖然他白日裡要去學堂，但晚上卻是有空閒的。」

方才俞筱晚見張氏一副若有所思的模樣，就知道她必定在想什麼對策，必不會讓自己與敏表哥走得太近，如今聽了這話，更是認定了一件事，當初睿表哥會那般討好自己，必定是張氏攛掇的。

到了岔路口，張氏仍不鬆開俞筱晚的手，親切地笑道：「今日雅兒有些咳嗽，我怕過了病氣給老太太，沒讓她過來請安。不過我出門的時候，雅兒還在念叨著晚兒表姊呢，這孩子喜歡妳得緊。左右無事，不如一同隨我回雅年堂，妳們姊妹說說話兒，也順道取名帖。」

俞筱晚柔笑道：「那晚兒就去舅母那兒討個嫌。」

一行人剛進得張氏平日休息理事的東房，便聽到一把老成持重的婦人聲音在說：「清白之家有五不娶，一則喪婦長女不娶，無教戒也。」

曹中雅稚嫩的聲音緊跟著問：「此言何解？」

老婦人解說道：「清白之家不會娶母親過逝的女子，因為沒有人教戒，不知禮數。所以世人若是妻子早亡，就會聘娶繼室，或是託孤於親友，教養女兒。」

說話間眾人進了東房，一位嬤嬤極端莊地向張氏和俞筱晚問了安。張氏眸光閃動，看向俞筱晚笑道：「這是我從宮中請來的教養嬤嬤，姓師，晚兒要不要一起來學學？」

呵呵，故意在這個時候解說五不娶，無非就是要告訴她，必須聽張氏的話，否則日後無人聘娶！而前世，她就是被師嬤嬤教成了一個麵團兒，隨便舅母怎麼拿捏。

不過舅母此番可是打錯了算盤，這個師嬤嬤是個圓滑的人，誰給的銀子多就聽誰的，而且一直有個私心，極好利用。況且，明日就有一位重要人物來曹府了，前世自己沒好好地和她交流過，這一次必不放棄這麼好的機會。

俞筱晚垂下長長的眼睫，掩飾眸中的嘲諷與不屑，小嘴裡回道：「若是能得嬤嬤教導，自是晚兒的福氣。」

張氏滿意地一笑，讓俞筱晚行了拜師禮，又讓人封了十兩銀子來給師嬤嬤，言道：「多了一個學生，自是要加賀儀的。」

正說著，曹中睿由丫頭陪著來給母親請安，請過安後，又斯文地與俞筱晚打招呼：「晚兒妹妹應當多來走動才是，入府幾日了，總是不見妹妹的身影。」

俞筱晚淡笑著應了一句，不欲與睿表哥過多交集，便開口要了俞管家入府的名帖，尋了一個藉口告辭，張氏想留她在雅年堂用中飯，也被她婉拒了，「今日還有些行李未整理完，況且明日要跟師嬤嬤學規矩，還會來打擾舅母。」

張氏無奈，只得讓她先走了。

到了傍晚時分，俞筱晚請師嬤嬤到蓮香居來，客氣地讓了主座，令初雲奉上一只錫皮小匣，匣子裡裝著幾錠紋銀和一支成色極好的玉簪。

從師嬤嬤的眼中看到一抹滿意之色後，她才柔柔地開口道：「日後要辛苦嬤嬤教導，晚兒愚笨，還望嬤嬤不要嫌棄。」

因有這些重禮打頭陣，師嬤嬤極好說話，與俞筱晚親切地談了起來。俞筱晚適時地將話題引到自己此番的目的上，佯裝好奇地問：「嬤嬤以前服侍貴人，為何還要做教養嬤嬤？」

這是師嬤嬤一生的遺憾，她果然面露傷感之色。她服侍的是先帝的淑妃，可是淑妃早歿了，她才不得已出了宮，在富貴人家之中當教養嬤嬤，雖然體面，卻仍是個奴才。若是淑妃能晚些再歿，她說不定能混到個高等女官再出宮，衣錦還鄉，風光無限。

前一世的時候，師嬤嬤盡心竭力地輔佐曹中雅，為的就是送曹中雅入宮為妃，自己沾光，她的這點小心思，正是俞筱晚可以利用的。

第二天，俞筱晚到雅年堂來學規矩，近晌午時分，府中來了兩位客人，是一對母女。母親是武姨娘的親妹妹，因丈夫過世了，孤兒寡婦無法生存，特來投奔武姨娘。只是，要想在曹府長住，必須得問過張氏的意思。

小武氏風韻猶存，其女吳麗絹剛剛及笄，是位嬌滴滴的大美人。俞筱晚記得舅母怕她們勾引舅父，不允她們住下。母女倆被打發出去，租了個小四合院，靠武姨娘的周濟度日。隔了許久之後，俞筱晚聽說，吳麗絹成了攝政王的寵妾……

這會子，張氏已經拒絕了武姨娘，端著一臉威嚴，譏誚道：「若是親戚，供養一世都無所謂，可並不是什麼人都能跟咱們曹府攀上親戚的。」

武姨娘俏臉一白，暗暗捏緊了手帕。因生下長子，她已經被抬為了側室，比一般的姨娘地位高很多，娘家人也算是曹家的親戚。可這些年張氏的兄長官運亨通，連帶著張氏的底氣也足了，私底下已經將她打回了姨娘的位置，在府中的吃穿用度與別的姨娘一樣，現在又說出這樣的話，分明就是在打壓她……

俞筱晚低頭刮著茶沫，用餘光打量廳中的情形。武姨娘與張氏不對盤，現在張氏還能壓住武姨娘，不過，一會兒她要幫武姨娘扶持一個強硬的後盾，一年之後可就難說了。

此時曹清儒下朝回府，也來到雅年堂，見到兩位陌生女子，而且只半轉了身子，卻並未避到屏風後去，不由得一怔。

俞筱晚一派天真地介紹道：「舅父，這是小武姨母和吳表姊，來投奔曹府的。」

俞筱晚的稱呼並沒不妥之處，只不過正戳中張氏的心窩子，好一陣生疼。若不是她沒早一步生出兒子，武氏怎麼會抬進府來？低賤的商人之女，怎麼會成為僅次於她的側室？

曹清儒聽說是來投奔的，便大方地道：「妳們只管住下，就當這是自己家。」

竟不問過我的意思！張氏氣得指甲掐入掌心，還想要辯，俞筱晚卻已經一臉崇拜地看向曹清儒道：「舅父高義，無論誰來投奔都能收留，晚兒要向舅父學。」

曹清儒被捧得神采飛揚，拍著她的小腦袋道：「皇帝也有幾個窮親戚，咱們為人處世，講的是窮則獨善其身，達則兼濟天下。別說本是親戚，就算是無親無故之人上門求助，也應當盡力相助。」

張氏的話都被堵住了，又恨俞筱晚多嘴，暗暗地瞪了俞筱晚一眼，面上卻只得強行端出笑臉，十分賢慧地開始安排小武氏母女倆的住處。

可俞筱晚並不只是想讓吳麗絹住下而已，若吳麗絹命中註定跟著攝政王，那麼她就要好好地利用一下，讓其成為她的強援。一個小小的妾室能幫的有限，若是能參加今年秋季的甄選，以吳麗絹的外貌和身段，被攝政王選為側妃也不成問題。

況且，日後張氏之所以那麼囂張，就是因為侄女張君瑤是攝政王的側妃，她若是不為張氏樹立一個競爭對手，怎麼對得起慘死的自己？

俞筱晚挽住舅父的胳膊晃了晃，撒嬌道：「能不能讓吳表姊跟我和雅兒一起學規矩？人多才有趣，而且吳表姊生得這麼美，我看比宮中的貴人們也不差，說不定是王妃貴人的命呢！」

張氏差點沒被氣死，嗔怪道：「晚兒，商人之女哪能與宮中的貴人們相提並論？若不是妳年紀小，說出這樣的話來，理當挨上幾板子。」

張氏心想若是吳麗絹成了哪位王爺的妃子，那武氏不就會囂張了？這樣的情形她絕對要阻止。

可俞筱晚的話聽在曹清儒和師嬤嬤的耳朵裡，卻又各自有了分解。

曹清儒細瞧了吳麗絹幾眼，果然是國色天香，朝廷要為攝政王選妃一事，他是知道的，若吳麗絹真的成了攝政王的人，自己收留過她，也算是她的恩人了，那麼在攝政王面前就更加有體面。

師嬤嬤一心要投靠一個高貴的主子，改變自己奴才的命運，當下亦是動了心，便湊近張氏，壓低聲音進言道：「夫人此言差矣。先帝就有幾位出身商賈的妃子，我看這位吳小姐的相貌是有福氣的，夫人若是好好栽培，日後亦多個助力呀。」

助力個屁！吳麗絹若是成了王妃，得到助力的就是武姨娘！

不等張氏尋到合理的藉口，武姨娘便秀秀氣氣地開口道：「妹夫是清河縣令之子，吳姑娘是官家出身，並非商人之女。」

張氏鄙夷地反駁：「是九品候補縣令的庶子！」

可曹清儒已經拿定了主意，「那也是官家之子，吳姑娘就同晚兒雅兒一起學規矩吧。」

武氏姊妹和吳麗絹忙向曹清儒深深一福，「謝爵爺恩典。」

張氏憋氣憋得一張臉鐵青，臉上的脂粉都掩蓋不住，可是一家之主已經發了話，她還能說什麼？

貳之章　巧設連環鴛鴦計

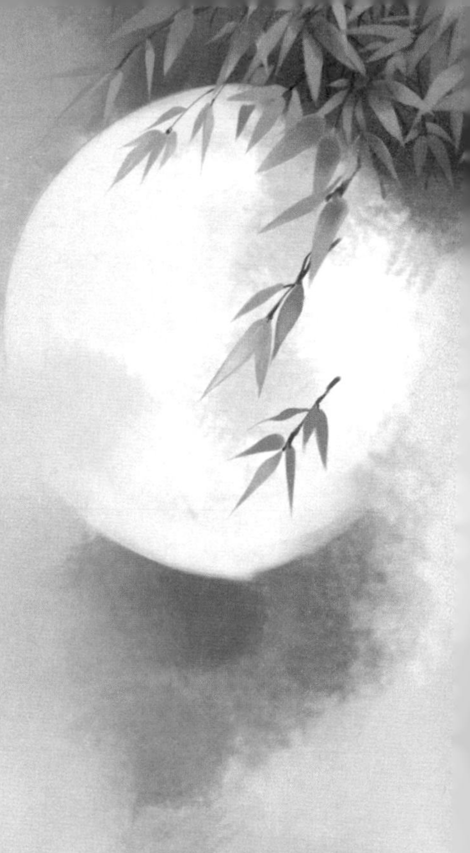

俞文飆向俞筱晚彙報完了產業上的事情之後，便由曹府的小廝引著出了曹府。俞筱晚示意初雲給在二門會客廳裡服侍的幾個曹府丫頭打賞，小丫頭們謝了賞，暗暗捏了捏荷包，都露出了驚喜又興奮的笑容。

初雪鄭重叮囑道：「這是我們姑娘念妳們辛苦，特意犒賞的。方才我們姑娘與俞管家商量的是俞家的家務，妳們應當知道這些話不能外傳。」

幾個丫頭忙屈膝應道：「婢子們明白。」

俞筱晚抬眼掃了一下，其中一個丫頭的眼睛骨碌碌地轉，顯然口是心非，不過她們在這裡服侍，本就是張氏授意來偷聽的，她本也就是要她們去學給張氏聽，反正她真正想知道的事情，已經用別的方法得知了。

扶著初雲的手走出會客廳，吳麗絹的丫頭喜兒便遠遠地迎上來，笑盈盈地道：「表小姐安好，我們姑娘親手做了些芙蓉糕，想請表小姐嘗一嘗。」

俞筱晚淡笑道：「我現在想休息了，下午還要去學規矩，請吳表姊帶去雅年堂可好？」

這話說得圓滿，不說不吃，喜兒只得訕訕地應了，退到一旁，將小路讓給俞筱晚。

待走得遠了，趙嬤嬤便笑道：「吳小姐倒是個有心的，念著姑娘的好呢，時常做些糕點請姑娘吃。」

俞筱晚笑道：「若真是特意給我嘗的，如何不送到蓮香居來，每次都非要在這人來人往的路上邀請我？」

趙嬤嬤笑容一滯，心思一轉便明白了，微惱道：「她是想讓舅夫人覺得妳們感情好是吧？明知舅夫人不待見她們母女，她還強拉小姐妳站在她一邊，這不是讓舅夫人討厭小姐嗎？」

俞筱晚笑了笑，弱小的人要聯合起來，才能與強大的敵人對抗，吳麗絹會這麼做，她原就想到了。吳麗絹若是不聰慧，當年也不可能成為攝政王的寵妾。她也的確有與吳麗絹結交的意思，不過不是現在……現在，只需要讓張氏狠狠打壓武姨娘和吳麗絹，等火候差不多了，她再出手相助。

雅年堂的正房裡，張氏聽了丫頭的稟報，一雙漂亮的丹鳳眼睜成了滴溜圓的龍眼，「俞家真的有這麼多的產業？」

「回夫人的話，婢子絕對沒記錯。」回話的正是在會客廳服侍的丫頭，名叫七兒。

張氏揮手讓七兒退下，一顆心怦怦直跳。乖乖，這麼多的產業，若是在我手中，給睿兒買個官，多結交些權貴，那該多好！

曲嬤嬤深知主子心裡在想什麼，便在一旁笑道：「夫人不是有心將表小姐收作媳婦嗎？這些家底日後不就都是夫人和少爺的了。」

張氏聞言蹙了蹙眉，「我原來的確是這樣打算的，可是晚兒卻幾次三番地與我作對。上回為了良辰的事，母親這幾日都在數落我，怪罪我對下人管束不嚴；前幾日她幫著武姨娘對付我，把吳麗絹給弄進府中來。妳還說她的性子像清蓮，哪裡有半點像了？」

小姑子曹清蓮可是個麵團一樣的軟和性子，可是晚兒卻總給她陰陰的感覺。

俞筱晚的品行如何，是曲嬤嬤的兒子去汝陽打探的，曲嬤嬤自是要幫兒子說話，忙開解道：「表小姐應當不是故意的，她才十一歲，天真純善，大約是見吳小姐生得貌美，起了結交之心。您也聽到了，吳小姐幾次邀表小姐去她那兒，表小姐都沒去，今日還叫她把點心帶到雅年堂來吃，完全是小孩子的心性。」

小孩心性嗎？張氏側頭想了想，晚兒對自己一直乖順有禮，平時對雅兒也十分親近，雅兒看中她屋裡的那對古董花瓶，她也大方地送給了雅兒，難道真的是自己多心了？

張氏恨恨地道：「她小孩子心性，什麼話張口就說，卻害苦了我！爵爺已經連著三天宿在武氏那兒，若是讓武氏再生個什麼出來，我的睿兒、雅兒怎麼辦？」說罷又怨，「睿兒成天就知道賞雪吟梅，仕途經濟的學問卻只學了個半吊子，爵爺也是，總不肯遞立嗣的摺子上去。」

曲嬤嬤忙著安慰，「爵爺去年才封的爵，總不能這麼快就立繼承人，而且少爺是嫡子，哪有不立嫡子立庶子的？夫人，您是太憂心了。」

「妳懂什麼！敏兒年前辦的那趟差，韓丞相都讚了他，待幾年之後，若是睿兒無所建樹，而吳麗絹又成了攝政王的人，爵爺將爵位交給敏兒，不是沒有可能！」

不行！絕不能允許這種事發生。張氏暗暗握緊拳頭，眼中閃過一絲陰鷙，忽地轉眸問道：「吳小姐是在大廚房做的糕點吧？」

曲嬤嬤忙應道：「是的，小武氏母女的一舉一動，老奴都派人盯著呢。」

張氏沒理曲嬤嬤邀功的話，只陰險地笑道：「這種天氣，糕點應當是放在灶臺上溫著，才不會變硬。」

午歇之後，俞筱晚準時到雅年堂的廂房，跟著師嬤嬤學習禮儀和規矩。休息之時，吳麗絹讓喜兒將食盒打開，裡面放著兩碟糕點，一陣清香撲鼻而來，她笑著邀請俞筱晚和曹中雅品嘗。

曹中雅正在好吃的年紀，當下連吃了兩塊，才讚道：「真好吃。」

張氏扶著曲嬤嬤的手剛進門，聽到這話便笑道：「什麼好吃？」

曹中雅道：「吳姑娘做的糕點。」

張氏趨近前來，看了一眼，亦笑道：「爵爺也喜歡吃這種芙蓉糕。」

吳麗絹忙道：「正好還有一碟，請爵爺品嘗吧。」

張氏笑睇了她一眼，「那就多謝了。」說罷，示意曲嬤嬤收下。

俞筱晚心中一動，不對，舅母正恨著吳小姐母女，怎麼會讓舅父品嘗吳小姐做的點心？

課時結束，俞筱晚從雅年堂出來，便吩咐初雪，讓汝陽老家跟來的丫頭豐兒在雅年堂附近盯著。

小半個時辰之後，豐兒快步跑回來稟報：「舅老爺在雅年堂坐了兩盞茶的功夫，如今正往這邊來呢，婢子聽到林管家在說什麼南偏院。」

南偏院是安排給小武氏和吳麗絹的住處，難道是舅父要去那裡？舅母不跟著，難道不用避男女之嫌？

俞筱晚眉頭緊蹙，忽地想到自己前世無意中聽丫頭們嚼舌根時的故事，不由得渾身一震，忙起身道：「我們去給外祖母請安，嬤嬤去將那支百年山參取出來，要快！」

趙嬤嬤不解其意，但還是俐落地拿出鑰匙，到碧紗櫥後堆放箱籠的夾間裡，取出一枝老山參裝了盒。

俞筱晚已經換好了外裳，讓初雲幫著披了斗篷，從袖筒裡掏出條素錦帕子，遞給初雲道：「總是吃吳表姊的點心，我都怪不好意思，這條帕子是我親手繡的，作為回禮，妳代我送給表姊。表姊今日做給舅父的點心味道極好，若能將方子寫給我就好。」

待初雲接了帕子，俞筱晚便帶著趙嬤嬤、初雪幾個，提裙往外走。

剛出得蓮香居，在青石小徑上迎面遇上舅父曹清儒。俞筱晚端莊地納了個萬福，「舅父安好。」

曹清儒見到外甥女，眉舒眼笑，知道晚兒在跟師嬤嬤學規矩，便關心地勉勵道：「跟著宮中的嬤嬤學規矩，對妳日後的名聲非常好，妳要認真地學。」

俞筱晚謙恭地聽訓，曹清儒聽說她這是要特意去探望生病的母親，更是欣慰，「難得妳孝順，願意去母親身邊侍疾，若是雅兒和睿兒像妳這樣懂事就好了。」

俞筱晚忙替二人解釋道：「雅兒妹妹這幾日身子也不爽利，去了反倒添亂。睿表哥每日要上學堂，下了學還要幫我們糾正姿勢、解說烈女傳，實在是不得閒呢。侍疾的事，晚兒一力承擔便是了。」

曹清儒聽得眉頭緊蹙，睿兒一個大好男兒，成日跟妹妹們混在一起成什麼話！就是沒請教養嬤嬤，也不用他來解說烈女傳，自己的學問不做，還有閒心指點旁人！

他越想越怒，敷衍地對俞筱晚道：「妳快去吧。」

待俞筱晚走遠，他立即折道回雅年堂，抓著曹中睿狠狠罵了一頓。

再說初雲將帕子送給了吳麗絹，吳麗絹眸光一閃，便讓喜兒先帶初雲和豐兒下去吃茶，言道馬上將點心方子寫出來。初雲想著小姐要這方子，便退到廂房去等。

武姨娘和小武氏都在，吳麗絹便將心中的疑惑說出來道：「芙蓉糕我明明是做給表小姐嘗的，怎麼表小姐也說是我特意做給爵爺的？這裡面有些不對勁。」

小武氏也道：「是啊，她還特意送這回禮過來，之前幾次也沒見她送。」

爵爺……回禮……武姨娘眉毛一跳，問吳麗絹道：「夫人可曾賞了妳什麼？」

吳麗絹指著靠牆花幾上的那盆蟹爪蘭道：「賞了這盆花，倒不是什麼稀罕物。」若是稀罕物，她早就起疑了。

武姨娘走到近前，盯著這盆蟹爪蘭一歇兒，忽地恨恨地咬牙道：「夫人好毒的心思！」遂低語了一番，直讓小武氏和吳麗絹恨得要死。

一會子功夫，初雲便被叫回了正廳，吳麗絹將點心方子交給她，還指點了一番。武姨娘在一旁狀似無意地道，「絹兒妳就去教教表小姐吧。」

初雲福了福，回道：「回武姨娘的話，表小姐去延年堂了，不在蓮香居中。」

武姨娘做恍然狀，「是啊，老太太身子不爽利，妹妹妳們正應當去請個安。」

小武氏和吳麗絹都道：「極是極是。」

延年堂的正房裡，張氏正陪著曹老夫人說話，見到俞筱晚進來，她便驚訝地問：「晚兒怎麼來了？老太太說了這幾日不用妳們來請安的。」頓了頓，加深笑容道：「妳熱孝在身，老太太又正病著，不必總往延年居來。」

世人都覺得遇上穿孝服的人不吉利，尤其是曹老夫人近日病了……被張氏這般一說，好像俞筱晚就是特意來衝撞曹老夫人似的。其實，不過就是怕曹老夫人覺得晚兒孝順，自己的女兒雅兒不懂事罷了。

俞筱晚只做沒聽懂，柔靜地請了安，送上老山參，問起外祖母的身體來。曹老夫人笑道：「不過是有些頭疼，哪有妳們說的這般嚴重？」

張氏又道：「山參是好，可是火性重，母親頭疼可吃不得。」

曹老夫人最疼愛的便是遠嫁的女兒曹清蓮，愛屋及烏，自然也十分心疼晚兒，聽張氏略有指責之意，便出言維護道：「晚兒的一片孝心，我留著日後切片泡茶也是一樣。晚兒留下來用晚飯，一會子妳舅父和表兄也該來了。」

張氏逮著了機會，忙道：「爵爺恐怕還要晚些才能來，他幫吳小姐拿到了甄選的牌子，這會子去了南偏院，要將注意事項交代一下。」

曹老夫人點了點頭，「若是能幫上吳小姐，咱們曹家也能沾光，是件好事。」

站在曹家的立場來說，自然是好事，可是站在她的立場可就不是了！張氏抿唇輕笑，隨口附和。

等了兩刻鐘，曹清儒還沒來，倒是武姨娘帶著小武氏和吳麗絹來了，張氏的笑容頓時一僵。怎麼會這樣？爵爺吃了那加料的點心，再去聞那加料的蟹爪蘭，過得片刻，應當就會與小武氏糾纏在一起。她掐好了時間，這會兒正要提議去「請」爵爺，好來個捉姦捉雙呢！這「雙」中的一個，竟然跑到延年堂來了！

張氏急急地問：「爵爺呢，不是說去找妳們嗎？」

武姨娘輕柔地笑道：「爵爺的身子似乎有些不爽利，妾身讓靛兒扶爵爺先回屋去歇歇。」

張氏刷的一下便站了起來，許是動作過大，引來了曹老夫人的側目，她忙強自掩飾地道：「爵爺身子不好，我去看看。」

曹老夫人點頭道：「去吧，若是不舒服，就不必來請安了。」

張氏得了這話，如同火燒尾巴似的疾步走了。

俞筱晚在心中竊笑，一會子有熱鬧看了。

今日之計，張氏多半又是想布出個小武氏勾引舅父的局來，先跑來延年居摘清自己，然後去捉姦。小武氏是個寡婦，舅父不能納為妾室，只能遠遠地送去別苑養著，這麼一來，吳麗絹自然也沒了出頭之日，而武姨娘的妹妹這般無恥，外祖母也會厭棄了她，順帶著，敏表哥也會受牽連。

真真是一石三鳥！

只可惜，讓武姨娘給破解了。

俞筱晚的視線在武姨娘略顯卑微的臉上轉了一圈，心道：武姨娘果然是個厲害的角色，張氏會這麼忌憚庶長子，不是沒有原因的，自己不過點了幾句，她就猜了出來，並尋到了破解之法。靛兒可是張氏的心腹大丫頭，這相當於是張氏親手將靛兒送上了舅父的床……記得靛兒也是個有心機的漂亮丫頭，不知這對主僕日後還會不會那般親密無縫？

菜肴擺上桌，曹老夫人親切地叫武姨娘和小武氏、吳麗絹、俞筱晚陪著一起用飯。武姨娘雖是側室，卻也是第一次得到這樣的榮寵，秀麗的臉龐滿是掩蓋不住的喜悅。她自然明白，這是因為曹家把外甥女吳麗絹看成日後的貴人，心裡更加堅定了要將吳麗絹培養出來的決心。

餐桌上正一團和氣，延年堂的院子裡忽然響起一陣嘈雜聲，曹老夫人臉上的笑容一斂，渾濁的眼中閃過一絲怒色，「吵吵嚷嚷的，成何體統！」

芍藥忙轉了身，想出去看看情況，剛挑起簾子，卻差點與迎面而來的張氏撞了個正著。

芍藥忙欠身福了福，「夫人安好。」

張氏平時沒少籠絡這個婆婆最信任的大丫頭，可今日心裡裝著事，眼睛都沒往芍藥身上睃一下，便直直地走進來，撲通一聲跪在曹老夫人跟前，未語淚先流，嗚嗚地哭了起來。

曹老夫人忙令芍藥扶張氏起來，又是心疼又是心急地問：「這是怎麼了，有事就好好地說，就是儒兒薄待了妳，我也給妳罵他！」完全是一副要幫忙出頭的口氣。

張氏的心中大定，扶著芍藥的胳膊站起來，臉上閃現幾絲淒然之色，哽咽道：「非是媳婦受了什麼委屈，是爵爺被人使計害了，名聲不保啊！」

「什麼？妳快快說來！」聽說兒子被人陷害，曹老夫人哪裡還吃得下飯，當即將碗筷一丟，拄著拐杖進了暖閣。

武姨娘和俞筱晚自是要跟進去的，可小武氏和吳麗絹卻是外人，正要告罪離開，張氏掃了武姨娘一眼，肅容道：「有些話要問吳奶奶，還請吳奶奶和吳姑娘留下。」眸中閃過一絲得意，旋即又拿帕子掩了面，悲悲切切地讓人扶著進了暖閣。

俞筱晚心中暗驚，她原以為舅母頂多是跟舅父和靚兒鬧騰一下，畢竟武姨娘已經搶先說讓靚兒扶舅父回去了，這便洗脫了小武氏的嫌疑，舅母總不能硬往客人的頭上安罪名，難道舅母這麼快就想到了回擊的法子？若真是如此，那她還是太低估張氏的臉皮厚度和心機手段了。

思索間進了暖閣，俞筱晚挑了個不起眼的角落看熱鬧，瞧見武姨娘一臉篤定的神情，對接下來的對峙越發期待了。

先喝下一杯溫茶，待曹老夫人等得急了，張氏才緩緩開口道：「母親，爵爺被人下了藥，作出了一些……有違本心之事，媳婦也是急得慌了，才這般失了儀態，還望母親莫怪。」

曹老夫人聽說兒子被人下藥，如何能不急，哪裡還會管張氏失沒失儀，張口便問：「妳快將事情的前後經過仔細分說與我聽！」

張氏拿帕子擦了擦眼角的淚水，才哽聲道：「爵爺下了朝回府，先是在媳婦那坐了坐，然後說給吳姑娘送牌子。媳婦一早兒便吩咐了靛兒，讓她快到飯點時，提醒爵爺來母親這裡請安用飯。她到了南偏院的中廳裡，見爵爺臉色潮紅，似乎是病了，武姨娘便讓靛兒扶著爵爺回去，哪知才進了媳婦的雅年堂，爵爺竟就……唉，可憐靛兒這孩子，最是忠心實誠的，我早便允了她，待再過兩年發還她的身契，給她找個小康之家，做正經奶奶去的……嗚嗚嗚……」說罷又哭了起來。

俞筱晚都幾乎要站起來給張氏鼓掌了。

這番話說得可真是滴水不漏啊！

先是說靛兒是她派去的，再說瞧見舅父「面色潮紅」，這便暗指武姨娘說謊，並非是武姨娘主動讓靛兒扶爵爺回去，很可能是事情敗露了，才不得不為之。又說早允了靛兒做正經奶奶，有正經奶奶可做，哪個丫頭會想著當小？所以爵爺中的這個藥，就不可能是靛兒下的，必定是在南偏院染上的。

再加上舅母素日裡很會裝大度裝賢慧，外祖母肯定不會懷疑到她的頭上去。

果然，曹老夫人的臉色凝重了起來，眸光意味不明地在武姨娘和小武氏的臉上掃了一下，沉聲問：「那妳可查清楚了，爵爺是在哪裡著了道？」

張氏顯出為難之色，吞吞吐吐地道：「媳婦方才將爵爺回府之後的飲食都查了一遍，爵爺只在媳婦那兒喝了幾口碧螺春，吃了幾塊吳姑娘親手做的點心。」

張氏既然去查，就必定會差人檢驗點心和茶水，而回話的時候，張氏的眼睛連睃了吳麗絹幾眼，傻子都能猜到，這「吳姑娘親手做的點心」肯定有問題。

不過，張氏又像後悔這般說了似的，扭頭看向俞筱晚道：「那點心晚兒也吃了的，怎麼會……唉，我方才審問僕人的時候，聽人說，那點心原是做給晚兒的，放在廚房裡溫著，怕涼了沒滋味。因著晚兒想到雅年堂來吃，吳姑娘立即使人去廚房取了，待學規矩的時候帶過來的。晚兒，是不是這樣？」

竟要拖我下水！俞筱晚心中一凜，舅母想必是聽說自己半路上攔著舅父，懷疑我了吧？這話裡裡外外盡是套子。既是放在廚房溫著怕涼的點心，卻在聽說到雅年堂用後就去取，這不是要加料又是什麼？若說是，就等於是我給小武氏和吳姑娘定了罪，若說不是，可提議到雅年堂品嘗的的確是自己，總不能否認……

見曹老夫人和張氏都殷切地盯著自己，俞筱晚趕忙站起來，神色迷惘地道：「晚兒是懶怠去南偏院那般遠，又想著去雅年堂可以同雅兒妹妹一起品嘗，才這般提議的。雅兒妹妹嘗了點心，還說味道極好，舅母聽到了，說舅父也喜歡吃，難道是點心有什麼不對嗎？會不會是擱得久了，天太冷，變了味？」

張氏被她這番話給氣得差點仰面倒下，她居然說點心擱得久了……在哪擱的？雅年堂啊！這話分明就是說，點心從吳麗絹的手中轉到自己手中也有許久，如果加了什麼料，不見得就是吳麗絹幹的！

張氏恨得直咬牙，問妳是不是，妳回答是與不是就成了，說這麼多有的沒的，是故意與我作對嗎？她強忍著氣，咬著後槽牙道：「這麼說，的確是妳提議到雅年堂來用點心的了，沒錯吧？」她仍是要將話扭到她的設想上去。

曹老夫人見俞筱晚一臉的迷糊兼惶恐，不由得責怪張氏道：「晚兒一個小孩子，哪裡懂這些個？妳少說一句。」

可武姨娘卻是不能坐以待斃的，身為側室，只能讓主母先說，既然主母已經說完了，總得讓她說幾句了吧？

輕咳了一聲，將所有人的注意力吸引到自己身上後，武姨娘柔柔地一笑，「絹兒將點心取回，其實是有緣故的，因為有幾個人總是圍著那點心轉悠，她怕被人偷吃了。」

話說到這個分上，自然要將廚房裡的僕婦叫來問一問，結果還真有人說，看到何善家的總打量那盒點心。

叫來了何善家的，又只說是自己想學學這個。曹老夫人的臉色十分難看，何善家的是她的陪房，這不就是繞到自己頭上來了嗎？哪有母親會這樣害兒子的？

瞥了一眼張氏因震驚和慌張而睜大的眼睛，還有她手中那條幾乎要擰斷的素帕，俞筱晚微不可察地翹了翹唇角，然後低下頭，專心地捏著杯蓋兒刮茶沫子。

想在點心上做文章，自然要買通廚房裡的人作偽證，而這個人必須是外祖母的人，說出的話才會令人相信。想要擊破張氏的陰險，就得找出這個人，好在俞筱晚比旁人多經歷了一世，一下子就想到了何善家的，也想到了令何善家的改口的法子。

若是按張氏之前與何善家的套好的詞，這事兒已經八成落定在大小武氏和吳麗絹的頭上了，至於她們母女為何要這般作為，可以是小武氏孀居寂寞，也可以是吳麗絹怕甄選落空，想先攀上新建伯這棵大樹，反正要怎麼說，就由張氏來定了……就算不能將客人如何，卻足以令曹老夫人和曹爵爺厭棄了武姨娘。

可現下將矛盾引到曹老夫人的身上，曹老夫人必定會親自出馬查驗此事，那麼結果就不會按著張氏的盤算來了。這是張氏所不樂見的，難怪會這般焦急。

果然，不待張氏想出轉圜的話將事情抹平，曹老夫人便威嚴地吩咐芍藥和身邊的老人翟嬤嬤：「去，立即將廚房裡的人和南偏院的人都帶過來，老身要好好地問一問，到底是誰幹下這等無恥之事！」又轉向小武氏和吳麗絹道：「還請貴客原諒則個，雖是我府中的家務事，但若是不查問清楚，怕些小人亂傳流言，對吳姑娘甄選亦是不利。」

這話說得委婉，小武氏忙表態道：「正是這個理，老太太只管查問。」

客人放低了姿態，曹老夫人滿意地點了點頭。

一時間延年堂裡燈籠高懸，照得亮如白晝，院子裡被押來的丫頭僕婦們分成幾列，站在寒風中輪流審訊，說話躲閃的，立時便被拖下去重打板子。不過半個時辰，便確定清楚了，沒有人在點心下藥，那點心上抹的，不過是健體的藥粉。

曹老夫人嗔怪地看向臉色蒼白的張氏，怒瞪了半晌，一聲長嘆，「妳要我說妳什麼才好！」

張氏猶在夢遊，不知早就謀算好的計畫怎會臨時生變，好在她早讓人調換了那盤蟹爪蘭，否則一個沒弄好，還會將火燒到自己身上。沒拿捏得住小武氏事小，她一個當家主母，沒憑沒據的就將爵爺的私事當著客人的面嚷嚷開來，丟了伯爵府的體面，便是極大的過錯了。

她在心裡盤算了又盤算，才不得不承認，已經回天乏術了。何善家的一改口，之後的人證也紛紛改口，轉眼，她就成了惡意中傷、容不下側室娘家親戚的氣量窄小的主母。

曹老夫人肯定不會放過她，明日一早爵爺若是知道了，以他暴躁的性子……張氏忍不住打了個哆嗦，一抬眼，正對上曹老夫人威嚴的怒容，她雙膝一軟，撲通一聲便跪了下去，捂住臉，嗚嗚地哭了起來，「母親，是媳婦的錯，竟沒將事情弄明白，就鬧到您跟前來，害得爵爺沒了體面⋯⋯」

這便是張氏的拿手本領——會裝。不單是會裝賢良淑德，還會裝孫子、裝龜蛋，該服軟的時候堅決服軟，該認錯的時候果斷認錯，哪怕一旁有等著看熱鬧的側室和客人，她也不怕丟這個人，反正待她東山再起之時，一定會連本帶利地還回去。

俞筱晚瞧見外祖母的臉色和緩了，心中暗生戒心，人至賤則無敵啊！此招一出，果然令外祖母心軟了，還會顧忌曹府的顏面，主動為張氏圓場，果真不能小看了張氏！

跟著，聽到武姨娘掐準了時間上前進言道：「先前妾身見爵爺似乎就染了風寒，許是什麼人趁著服侍之機自個兒爬上了主子的床，卻怕夫人責怪，想汙在旁人身上。」

張氏不知道武姨娘為何會幫自己，猜忌著沒接這話，曹老夫人卻贊同地頷首，朝張氏道：「不錯，這事是靛兒那丫頭一人說出來的吧？妳心善，信任那丫頭，卻不知有些人是狼心狗肺的。」

小武氏也跟著感嘆，「可不是嗎？從來到曹府就一直得夫人善待，知道夫人賢慧淑良，只是被親信之人蒙蔽了。」

張氏適時地流露出懊惱和羞愧之色，喃喃念道：「靛兒這丫頭⋯⋯虧我這般信任她⋯⋯我一定要剝了她的皮！」

這幾人一唱一和，便將罪名安在了靛兒的身上。如此一來，保全了張氏這個當家主母的顏面和曹府的名聲——一切都不過是個想攀高枝兒的丫頭在作祟罷了。

靛兒，那個前世按著自己灌毒的丫頭，應當是見不著明日的太陽了。俞筱晚的眸光閃動，指甲掐入了掌心，覺得暢快，又有些胸口憋悶，忍不住將視線轉向張氏。誣陷客人的罪名除了，可張氏卻也要擔上一個識人不清的名聲。識人不清的人，是不宜當家主事的。

曹老夫人笑著向小武氏道歉：「讓貴客看笑話了⋯⋯」

小武氏是個精乖的，忙截住話道：「老太太說的哪裡話？查清楚了便好。」反正張氏只是暗指，並未明說是她勾引了爵爺，她如今有求於人，當然樂得裝傻，待日後有了靠山，再慢慢找張氏討回不遲。

曹老夫人含笑讚小武氏大度，又將吳麗絹誇成了天仙，再令廚娘們整治一桌好菜送去南偏院，親自送了這母女倆出延年堂才折返回來，冷淡地對仍舊跪著的張氏道：「妳且回去將那下作東西處置了，這幾日好好休息，府中的事暫且交由武姨娘代妳管著，日後妳們有商有量地將曹府管好，免得再讓外人看笑話！」

張氏渾身一震，沒想到曹老夫人這般草率地就決定分她的權，可她也知道現在不是反駁的時候，在心中忍了忍，終於勉強笑道：「但憑母親吩咐。」

武姨娘真沒想到幸運這麼快就降臨，呆了一呆，才上前推諉道：「老太太，妾身不才，只恐怕幫不上夫人……」

曹老夫人一擺手，制止了她虛偽地推辭，淡漠地道：「妳只是幫著夫人理家，多看多學，上心一點就成了。」

武姨娘深知曹老夫人精明，怕再推脫，反倒讓她厭煩，忙福了福謝恩，又表態說一定會盡力而為。

曹老夫人不想看到這些個妻妾，打發走了兩人，便拍了拍身邊的空榻，疲倦地道：「晚兒，坐過來。」

俞筱晚乖巧地坐過去，曹老夫人感嘆地道：「妳還小，本不該看到這些，可是妳既然寄名在妳舅舅名下，日後的親事定然也是京中的名門望族……男人多是三妻四妾，大宅門裡就是這般。今天的事我也不求妳明白，妳且仔細記在心裡，當家主母要有手段，也得要有氣度……至少，使手段時得讓旁人覺得妳有氣度，否則就安靜忍著。」

原來，曹老夫人知道張氏打的什麼盤算，所以才故意讓武姨娘上位，就是警告她，有自己在，休想任性妄為。

趙嬤嬤從外邊回來，給初雲和初雪使了個眼色，徑直往內室而去。初雪笑嘻嘻地挽住美景的胳膊，殷勤地道：「小姐昨兒賞我一個金線荷包，我想送與姊姊，姊姊願意去瞧瞧嗎？」嘴裡詢問著，腳步不停地將美景半拖半拽地帶出了正房。

美景想到自己的職責，有一瞬間的遲疑，不過她素來愛占便宜，立即就順從地跟了出去。初雲則搬了張小杌，拿著針線簍子坐在門口，不讓人隨意打探。

趙嬤嬤進到裡間，走近俞筱晚，壓低了聲音稟報：「何善家的已經打發妥貼了，必不會說出小姐來的。」頓了頓，又憂鬱地勸道：「小姐何苦管這些腌臢事，沒得與舅夫人生分了。」

俞筱晚正慵懶地歪在床柱上看書，聽了這話，知道趙嬤嬤不像她多經歷一世，在此時，滿心希望她能與舅父舅母好好相處，畢竟日後她的婚姻要託付給他們的。

她放下手中的雜記，拉著趙嬤嬤坐到床邊，抱住趙嬤嬤的胳膊，小貓一樣地在趙嬤嬤的頸窩處蹭了蹭，撒嬌道：「嬤嬤，妳可知今日一早舅母找我說了什麼話嗎？她要我快點將箱籠整理好，該鎖好的就鎖到庫房裡去。」

趙嬤嬤眉頭一蹙，舅夫人這是什麼意思？金銀首飾自有鐵箱鎖著，一路從汝陽運上京，也沒招來什麼賊，非要鎖到曹府的庫房裡做什麼？三番四次地催，難道也跟俞家那些個遠房親戚一樣，打小姐身家的主意？

俞筱晚瞧見趙嬤嬤的神情，就知只需點這一句便足夠了，當初可是趙嬤嬤發覺舅母貪婪，多次提醒自己當心的。這會子還沒識清舅母的真面目，就由她來幫忙好了。她算計舅母，為的就是讓外祖母看清舅母的真面目，這回還順便處置了靛兒，不得不說是個意外的驚喜。

慢慢敲掉張氏的爪牙，再幫她扶持一個敵人，即使她有強硬的娘家做後臺，也會在這曹府中腹背受敵。

處置靛兒、分張氏的權，曹老夫人嚴令禁聲，府中的下人們連私下議論都不敢，這件事便雲淡風輕地過了。次日吳麗絹到雅年堂來學規矩，仍是如往常一般與曹中雅親親熱熱地說笑。

這也是個人物！俞筱晚瞧在眼裡，暗生警覺，這樣的人可以互惠互利，但絕不可以深交，更別想與她談什麼友情！

剛學了如何給貴人請安，曲嬤嬤便慢慢地走進東房，笑盈盈地道：「夫人請吳姑娘和表小姐過去說說話兒。」

吳麗絹和俞筱晚忙跟著曲嬤嬤到了正廳，張氏熱情地讓了座，示意紫兒捧上一只托盤，裡面裝著三支宮花、三支赤金鑲紅寶簪子、一支銀鑲琵琶的雙股釵和一只絞絲銀鐲，「這是我的一點心意，送給吳姑娘的，明兒開始要學妝飾，沒有首飾怎麼行？」

吳麗絹立時紅了眼眶，起身深深一福，「多謝曹夫人。」

張氏熱情地拉著吳麗絹的手道：「昨日都是靛兒那丫頭弄出來的誤會，妳需知我也盼著妳好，女孩兒出嫁，總歸得有娘家靠著，咱們曹府就是妳的娘家。」

這話裡的意思太過明白，即便是吳麗絹被攝政王選上了，要站穩腳跟，還得有人支持著。

吳麗絹忙諾諾地應了，又謝了一次恩，才收下首飾。

張氏先讓吳麗絹走了，朝俞筱晚笑笑，「妳如今還在熱孝期，戴不得首飾，待妳出了熱孝，我再送妳。」

俞筱晚忙道：「晚兒省得，先行謝過舅母。」

她迎向張氏的目光平和溫婉，不躲不閃，張氏心中嘀咕，難道真與她無關？一早張氏就暗暗差人調查，她到底管家了十餘年，多少有些威信，很快查出俞筱晚的人昨日單獨去廚房點過茶點，便開始懷疑是不是俞筱晚與武姨娘勾結了，可是現在看到俞筱晚這般真誠鎮定的模樣，又不由得猶豫了起來。按說，晚兒得罪了我，對她沒有半點好處，莫非真的不是她？

張氏溫和親切地道：「聽說妳讓管家在京城中尋門面，想開間鋪子？」

俞筱晚忙答道：「是的，田產和莊子都在汝陽，太遠了，晚兒便想將店鋪結束了，改到京城來開，也便於管理。」

張氏贊同道：「正是這個理，妳日後嫁人也是嫁給京中的名門子弟，嫁妝莊子那邊遠，太不方便了。我同妳說，城中的鋪子都是滿的，插不進手，城西倒還有三家門面，我本是想買下給曹府置辦產業的，妳若是要，我就先讓給妳。」

俞筱晚露出又驚又喜之色，忙故作真心地道了謝。

「我明日讓人將店鋪的位置指給妳。」張氏還想多套套俞筱晚的話，問她想開什麼鋪子，可是被爵爺踹了一腳的腰窩子處，坐久了就火辣辣的痛，她只得先讓俞筱晚回去學習了。

俞筱晚忙起身告退，注意到張氏站起身時，重心都壓在曲嬤嬤的身上，這大冷天的，曲嬤嬤的額頭都滲出了一層薄汗……她不由得暗笑，舅父那般火爆的性子，哪裡會輕易饒了舅母？

好不容易蹭回了正房，張氏立即不顧形象地歪在軟榻上，哼哼唧唧起來。曲嬤嬤是張氏的陪嫁丫頭，後來許給了外莊的大管事，十分有體面，對張氏極是忠心，當下便心疼地道：「太太，要不要奴婢幫您揉揉？爵爺也是，不就是睡個丫頭給人知道了嗎，居然下這麼狠的腳！」

張氏老臉一紅，睡個丫頭不算大事，主要是她說爵爺是中了藥才……是個男人都會覺得沒面子，可是二十幾年的夫妻，說踹就踹，也的確是太狠心了。又一想到靛兒，心中暗恨，這死丫頭，明知爵爺是什麼情況，居然不來向我稟報！心裡雖氣憤，面上卻要傷感道：「可憐她服侍我一場，沒替她找到好歸宿，卻成了武姨娘的替罪羊，就這麼白白地去了，我這心窩子呀，真是剜肉一般的疼！」

曲嬤嬤忙勸慰道：「太太，您太心善了，靛兒這丫頭只怕早就想爬上爵爺的床了。她自己有貪心，這回不出事，下回也會出事，總會被武姨娘拿了當槍使，怎麼能怨您呢？」

張氏聽了這勸，心情似是平復了一點，寫了封信，交給曲嬤嬤道：「告訴舅老爺，一切按計畫行事，那個俞管家似乎是個厲害的，要小心別露出端倪來。」

如今武姨娘已經上位，她是要對付的，可為防萬一，得有別的退路，比如說，手中若有大筆的銀錢，就能多送幾樣好禮給朝中權貴，為睿兒謀個好差事，辦幾場像樣的宴會，給自己打出賢慧能幹的好名聲。

「非是我要貪圖晚兒什麼……」張氏替自己辯解道：「若是晚兒老實地將產業交給我打理，我不過就是商借商借，為睿兒謀了好前程，不就是幫了她自己嗎？」

曲嬤嬤附和道：「可不是嗎？難得夫人您不嫌表小姐只是一介孤女，願與她作親呢。」

曲嬤嬤前腳從西角門出府，趙嬤嬤後腳也跟了出去。俞筱晚沒事人兒似的用過午飯，歇了午，便去雅年堂學規矩。

晚飯的時候，曹老夫人滿面喜色地道：「後日韓丞相的夫人要帶幾位公子小姐來咱們府中做客，這是咱們的榮幸，得好好地準備準備，媳婦，妳要上心些！」

丞相夫人豈是一個側室能招待的，自然還是要著落到正室夫人的頭上。

才交了一日權就收回了，老天爺都不幫著武姨娘，張氏喜不自勝，面上卻端著謹慎又恭敬的笑容道：「請母親放心，媳婦一定辦得漂漂亮亮的。」還想要像往常那樣說幾句謙恭的話，卻被曹老夫人揮手打斷，「妳記得安排好了來稟明我。」

這就是不放心張氏，要事事管著的意思了。

張氏只覺得體內某處的氣息一滯，梗得胃痛，表面上還是要恭敬地應著：「這是自然，媳婦事事都會來向母親稟報。」

原還指望著婆婆說上一句「揀緊要的稟明就行」，哪知曹老夫人張口卻道：「妳事事帶著武氏，讓她學著些，日後這些應酬的場合，她也能幫襯幫襯妳。」

張氏只覺得心兒肝兒都疼了，她要武姨娘幫襯什麼？難道還想讓她在公開場合承認武姨娘的側室身分嗎？做夢！

之後商量流程、人手安排等，曹老夫人留俞筱晚在一旁聽著學著，俞筱晚滿臉都是天真懵懂的神情，眼眸中卻流露出認真的神情，曹老夫人看著很滿意。

張氏抽了個空兒，含著笑對曹老夫人道：「墨玉居已經收拾妥當了，明個兒媳婦先安排人幫晚兒將箱籠什物搬過去，您看如何？」

曹老夫人想了想道：「也好。」

俞筱晚知道是因為自己在熱孝期，一身孝服容易衝撞客人，所以才要將她安排到後院避著。不過，似乎前世的時候，舅母總是用盡藉口不讓自己見客，刻意將她隔離在貴族圈外，京城中的貴婦們，幾乎沒幾人見過她這個忠信伯的千金。正是因為連個朋友都沒有，日後張氏才敢那般誣衊她、詆毀她，因為沒有人瞭解她，沒有人會對曹家的藉口持疑。

所以這一世，她不能再困在一方小小的庭院之中，一定在京城的貴族圈中建立自己的人脈。

明日的這位客人，是韓丞相的夫人和兒女們的其中一位，便是日後與睿表哥一樣同為「三大美男子」和「四大才子」，並與她定有婚約的韓二公子。

對於前世的未婚夫，俞筱晚聽過傳聞，聽過趙嬤嬤特意打聽來的他的喜好，卻未見過其人，又不知這一世，外祖母還會不會將她許給他。心中也有著幾分愧意幾分羞怯，見與不見十分猶豫，但是韓夫人在貴婦圈裡卻是出了名的賢慧幹練，俞筱晚十分想結識她。

只不過，她熱孝在身，還故意跑出來會客，舉止就會顯得輕浮……要如何才能吸引韓夫人的注意呢？

曹老夫人見俞筱晚並不接話，便和藹地道：「若是後日嫌悶，就讓妳貞表姊陪著妳。」

張氏也是連聲地勸，十分希望庶女們去陪著她。

俞筱晚忙笑道：「不必了，我不悶，貞表姊陪著韓府的小姐便是。」

辭了曹老夫人出來，俞筱晚便聽到後面有人秀氣地喚她：「晚兒表妹。」

一回頭，就見曹中貞提著裙襬快步趕上來，含羞帶怯地送上一個繡著並蒂荷花的香包，裡面裝著數味香料，「這是我自己做的，給妹妹玩兒。」

這是剛才她拒絕貞表姊陪伴的謝禮，俞筱晚含笑接過，道了謝。賢慧的張氏拿捏庶女十分厲害，兩位庶女都成了她手中的棋子，嫁入對睿表哥的前途有利的人家過得並不幸福，她怎會剝奪她們出閣前的這一點小娛樂？

曹中貞按著自己的思路，認為俞筱晚定然也是想同丞相千金結交的，便柔聲寬慰道：「日後總有機會。」

俞筱晚不想解釋，只是道：「聽說墨玉居旁種了一株四面景，這時節應當要開花了，表姊有空來玩兒。」

曹中貞隨口應了。

轉眼到了韓夫人登門的日子，曹府上下都敬候大駕，曹老夫人與張氏親自將客人迎入延年堂中廳，寒暄一畢，張氏想讓兒子多與韓二公子交往，便提議讓晚輩們自去園子裡玩耍。

韓夫人沒帶嫡女，只帶了次子、三位庶女過來，張氏身後是自己的一雙兒女和兩個庶女，幾個晚輩都不過十一二歲，還沒到男女大防那般嚴苛的年紀，況且還有丫頭和僕婦們跟著，韓夫人便應下了。

出了正廳，曹中雅便眼巴巴地看著哥哥，曹中睿牢記著自己的使命，要想法子撮合妹妹與韓二公子韓世昭，便含笑請客人們到花園欣賞那株開了花的緋爪芙蓉。

茶花因株形優美，其葉濃綠而富有光澤，花形豔麗繽紛，品種多、花期長，能從每年的十月開到來年的四月，而備受南燕國人的喜愛，幾乎所有的貴族之家都有種植茶花。

緋爪芙蓉是茶花中的珍品，花形大而優美，花瓣上有幾道緋色的彩痕，像是被小貓的爪子抓出的痕跡，故而得名。

曹府花園種的茶花不多，只這一株珍品，欣賞一番就也無趣了。韓家的子女極有涵養，並未露出不耐之色，但是曹家人也看出客人沒了興致。曹中貞眼珠一轉，便提議道：「我家後花園還種了一株四面景，也是這幾日開花，不知貴客可有興致去瞧瞧。」

偏韓世昭在諸多茶花中，最愛四面景和蒼梧幻境，聽了這話，便溫文爾雅地道：「客隨主便。」

一行人便又到了後花園。

忽地，一陣悅耳的琴音，裊裊音律入耳，如泣如訴，眾人的眼前都呈現出一幕母慈子孝的感人畫卷。隨著曲調忽地拔高，眾人心中又都忍不住生出「誰言寸草心，報得三春暉」的感慨。

就在眾人聽得入迷的時刻，琴聲驟斷。

靜了許久，韓世昭才不由自主地鼓掌道：「好！曲美、藝佳，最難得的是這琴魂，感人肺腑！」

韓世昭的話音剛落，牆內的趙嬤嬤就唬了一跳，怎的貴客到這後院來了，又怕小姐一身孝服令客人忌諱，忙忙地附在小姐耳邊道：「小姐，咱們快回屋內避避吧！」

俞筱晚乖巧地點了點頭，扶著初雲的手站起身，她原就只是要旁人佩服她高超的琴藝，給客人們留下個深刻的印象而已，並不是要趕在這時節見客人。

哪知才剛從小竹林裡走出來，站到天井當中，竟迎面遇上了曹氏兄妹和韓府的公子千金一行八人！

原來是韓世昭希望曹中睿能簡單介紹一下，擁有如此高超琴藝的是哪位。他不過是想知曉一下罷了，可曹中睿卻引著眾人來相見。

張氏老早便說，待俞筱晚孝期一過，便將晚兒許給他，所以在曹中睿的心中，晚兒就是他的，他自然要在這個才貌都不輸於自己，卻明顯出身更加高貴的韓二公子面前炫耀一番。

趙嬤嬤迅速地擱在俞筱晚跟前，不讓外男輕易瞧了去。

原本韓世昭應當秉承「非禮勿視」的禮儀，不去看俞筱晚，不過他方才聽曹中睿說其表妹才十一歲，為何會有這般高超的琴藝，他實在是好奇，便抬眼看去。

一身素白的粗布襦裙，只用腰間的汗巾子繫出窈窕的身線，頭髮在腦後綁了兩根大辮子，用白頭繩紮著，簡單而穩重。脂粉未施的小臉上，明眸、皓齒、朱唇。

韓世昭只掃了一眼，便馬上垂下了目光，非禮勿視，可是「清水出芙蓉，天然去雕飾」這句話，卻印在他的腦海。

俞筱晚感應到韓世昭的目光，不由得側了側身子，將自己藏得更嚴實一點。

趙嬤嬤抬頭看去，只見正中當前的兩位公子中，眼生的那位身穿秋香色直圓領長袍，只在袖口和衫襬處繡著青竹花紋，腰繫青玉飾帶，左右各垂掛著一只荷包、一塊晶瑩剔透的羊脂玉佩，簡單大方又富貴內斂。他長眉入鬢，朗目如月，讓人一眼望去就挪不開眼睛。年紀不大，稚氣未脫，卻已然風華絕代。尤其神情平和，溫文爾雅，眉目之間透出了一股高貴不可逼視的威嚴。

趙嬤嬤不由自主地彎腰行禮，「給表少爺、表小姐請安，給韓公子、韓小姐們請安。」

曹中睿得意萬分地走至近前，小聲道：「晚兒表妹，他們聽到妳的琴聲，有意結交，也說了不介意，我來替妳引薦一二。」

客人已經登門，總不能將其趕出去，俞筱晚只得從趙嬤嬤身後走出來，與韓世昭和幾位韓小姐相互見禮。俞筱晚引眾人到花廳小坐，趁丫頭們上茶水果子的時機，暗暗將幾位韓家小姐打量了一番，很快得出結論，這裡面沒有日後被稱為帝都之花的韓五小姐韓甜雅。

韓世昭禮貌性地等曹中睿先寒暄了幾句之後，便溫和地問：「俞小姐的琴藝實在令人嘆服，不知是何人教授的？」

他也酷愛瑤琴，自問是有天賦的學生了，可是琴藝卻遠比不上眼前這位俞小姐。而且他師從宮中最盛名的琴師瀟湘子，才藝非凡，只聽剛才結尾處的處理，就知道是最繁複的落葉飛花指法，這指法沒個十來年的功力是練不成的，可這位俞小姐也不過十一歲，難道從娘胎裡就開始練習？

俞筱晚略欠了欠身，垂眸答道：「韓公子謬讚了。我的琴藝是跟母親學的，我三歲習琴，母親對我要求極嚴，若真如韓公子所言，琴藝尚能入得貴客之眼，那都是母親的功勞。」

說到此處，想起母親溫柔卻又嚴厲的教導，不分寒暑，都要求她必須撫琴兩個時辰，才使得她琴藝超群，有這吸引人的本領……俞筱晚眼眶一酸，明亮的大眼睛裡就含了一汪晶瑩的淚水。

韓世昭已經從曹中睿的口中得知，俞筱晚是父母雙亡來京投奔的，這會子見她梨花沾雨欲墜不墜，知道自己這問題怕是引來了小女孩的傷心事，忙起身歉意道：「韓某唐突了，打擾小姐清靜，還請小姐見諒。」說完便沒再多留的意思。

曹中睿原還想關心體貼一番，但當著這許多人也說不出什麼，只得低聲寬慰幾句，引著客人們往花園而去。

待客人們走後，俞筱晚平復了心情，悠然地問：「文伯那兒可有回信？」

趙嬤嬤見左右無人，這才從袖籠裡取了張便條出來遞過去。俞筱晚展開一看，原來那三間店鋪沒問題，這麼說，舅母是打算等她的鋪子開起來之後，用其他方法搜括錢了。反正她已經做好準備，既然人家好心好意送三間店鋪給她，她何苦不收？

閒著無事，又把韓世昭和睿表哥比較了一番。睿表哥是那種看上去溫柔體貼，還略有點淡淡憂鬱的美少年，而韓世昭則是位看著溫文爾雅，實則略帶著幾分冷意，用如沐春風的笑容，將旁人推拒在安全距離之外的人。

她心中就不由得想，不知日後盛名遠播的三大美男中的另外一位，楚王府的二公子君逸之長得是何相貌……嗯，好像美男都是在家中行二……

有些事還真是不能想，一想就成真。

她這廂正胡思亂想著，門外的美景便急匆匆地跑進來稟道：「表小姐快梳妝一下，楚太妃要來看您。」

俞筱晚對美景不經應允就闖入內室十分不滿，要笑不笑地問：「哦？楚太妃是何人？」

這個美景可就答不出了，只是聽到「妃」這個字，就知道不可能是一般人。

倒是趙嬤嬤一早兒用心記過京中的貴人，忙介紹道：「楚太妃是楚王殿下的生母，皇上的親姨母。」一邊說邊喚上初雲和初雪，「快替小姐梳妝。」自己則去衣櫃裡翻素白色的綢衣，嘴裡嘀咕道：「再將麻衣披在外面便是，這樣才不至於衝撞了娘娘。」

美景也忙點頭，「是啊是啊，夫人便是這般說的，不能失禮衝撞了娘娘，所以才特意讓婢子先行通稟表小姐，梳妝一番。」

俞筱晚意有所指地道：「嬤嬤可得幫著約束一下丫頭們，別惹怒了貴客。」

趙嬤嬤服侍完了小姐，也想起了美景私闖入內這事兒，當下就道：「美景姑娘一會子可不得傳召就往太妃娘娘的面前衝，王府中的嬤嬤可沒小姐這般和善！」

美景這才意識到自己的失禮之處，小臉一紅，心中卻又有些不忿，抬眼見趙嬤嬤一雙利眼盯著自己，到底不敢反駁，諾諾地應著退了出去。

一盞茶後，浩浩蕩蕩一行人直往墨玉居而來。俞筱晚帶著墨玉居的大小丫頭僕婦站在院門處候駕，遠遠看到曹老夫人和張氏一左一右陪著一位華衣高鬢的老婦人慢慢走來。老婦人身後還跟著一位十四五歲的少年，頎長的個子，頭髮用玉簪束著，一張俊美無雙的臉在前排幾人行動的縫隙間時隱時現。

韓夫人原本應當走在楚太妃的身邊，由曹老夫人和張氏陪著，可她卻退後一排，與君逸之並排而行，溫和地笑問他的學業、師承、有何愛好之類。

君逸之一一作答，不過答得簡明扼要，絕不多說一個字，恍若神祇般的臉上也是一副要笑不笑的神情，明亮的鳳眼還時不時看向徑邊的花草，明顯心不在焉。

一行人來到近前，俞筱晚忙上前端端正正地納了個萬福，從姿勢到神情都標準得無可挑剔，人群中的師嬤嬤滿意地微微頷首。

楚太妃熱情地上前扶起俞筱晚，含笑道：「快別多禮。我是眼見著妳母親長大的，聽說妳來京了，就想著怎麼也應該見一見故人之女。」

楚太妃拉著俞筱晚的手，一面往裡走，一面和藹地道：「妳也莫太難過了，死去何所道，托體同山阿，妳父母在天之靈，一定都希望妳能過得平安幸福。」

韓夫人也忙表示：「是啊，我還聽廟裡的高僧說過，若是親人對亡魂太過牽掛，會令他們無法安心投胎。」

貴客們這般安慰，俞筱晚忙柔聲致謝，張氏立即介面道：「可不是，我也常勸這孩子，萬莫太過悲傷了，今日還勸她來給貴客們請安，莫憋悶了。」

這話就是在向貴客和曹老夫人說明，並非我拘著晚兒不讓見客，是她自己不願的。因為楚太妃今日就是衝著俞筱晚來的，一進門便問起她，還暗指曹府將人藏起來，居然不告訴故交們……天知道，楚王可是皇上的親堂兄，哪個敢隨意跟他們攀交情！

俞筱晚面露歉意地望了張氏一眼，又看向楚太妃和韓夫人道：「舅母的確是勸過晚兒，只是晚兒一來怕孝服衝撞了貴客，二來昨日才搬來墨玉居，還有許多箱籠要整理，也不得閒。」

張氏的笑容一僵，這話可就值得商榷了，明明已經入府半個來月了，偏偏趕在昨日搬地方，怎麼聽都惹人猜想……

楚太妃和韓夫人都只是道：「我們不信什麼忌諱。」誰也沒多看暗自糾結的張氏一眼。

進了正廳，依次落座後，俞筱晚又認真行了晚輩禮。

禮畢，楚太妃便將她拉到自己身邊，感嘆道：「同妳母親真是一個模子裡印出來的，都是這般清雅脫俗！」又細細問了她幾歲、讀了些什麼書，便送上了見面禮，一支翡翠玉琉璃釧、一對青玉芙蓉紋的玉如意。

俞筱晚恭謹地應著話，不多說一句。她此時重孝在身，不好過多表現，謝過賞，便退到曹老夫人的身後站著。

韓夫人不由得喟嘆：「真是乖巧懂事，比我家那個小猴子強上了不知多少，我出門做客，從來不敢帶她。」

韓夫人說的是嫡出的女兒韓甜雅。她這般自謙，曹老夫人卻是要誇讚一番的，「都說韓小姐是傾國之姿，旁人都羨慕夫人呢。」

張氏也忙接話道：「下回還請夫人帶韓小姐過來，我家雅兒與韓小姐的閨名中都有個雅字，可是難得的緣分，正可以好好交往一番。」

韓夫人笑著端茶輕啜，並未接話。女孩兒家名字中有雅字的可不少，她家老爺是百官之首，朝中不知多少官員的女兒想與她女兒結交，這個朋友卻不是隨便可以交的，怎麼也得等她教會了女兒如何識人之後，再將女兒帶出來。

楚太妃卻只盯著俞筱晚瞧，真是越瞧越滿意，忙趁聊天空檔的時機，指著自己的愛孫介紹道：「這是我家那個混世魔王！逸之，還不過來見見你晚兒妹妹！」

君逸之撇了撇嘴，懶洋洋地站起身來，朝著俞筱晚躬身施禮道：「見過晚兒妹妹。」

俞筱晚忙還了一禮。

曹老夫人眼睛一亮，想到當年，清蓮可是聞名京城的才女，楚太妃多次表露出選清蓮做兒媳的意思，只是那時曹老太爺官職不高，兩家地位相差太遠，先帝不允，另賜了門親事給楚王爺，這才沒作成親。現下，楚太妃一聽說晚兒入京了，便急巴巴地趕到曹府來看晚兒，又這般正兒八經地介紹二公子，莫非是……

曹老夫人這般想著，便又著意打量了君逸之幾眼。

十四五歲的年紀，蜜色的光潔臉龐，透著稜角分明的冷峻。狹長深邃的鳳眸，如同蓄了一池星光。那濃密的眉、高挺的鼻、完美的唇形，無一不在張揚著高貴與優雅。這般的年紀就有了如此的氣度，日後怎能仰望？原本以為韓世昭已是再世潘安，哪知這位公子竟比潘安更勝一籌！

也難怪之前幾位小姐都被此人的絕美之貌給震懾得愣在當場。

楚太妃見曹老夫人不住打量愛孫，心中萬般篤定，這世上就沒哪個女人會不喜歡她的孫子！於是笑道：「讓他們小孩子去園子裡玩吧，不用陪著我們這些老骨頭。」

曹老夫人意味不明地笑笑，「極好。」

晚輩們乖順地來到後花園，韓三小姐便笑道：「俞姑娘的耳墜真漂亮，金剛鑽真是亮。」

韓四小姐則說：「這樣的金剛鑽，應該鑲在簪子上。」

原來是因為這耳扣，韓家的小姐才對俞筱晚感興趣。曹中雅放心了，隨即秀眉微蹙，略帶同情地道：「表姊重孝在身，別的首飾都不能戴，自然只能挑好一點的耳扣了，或許有成套的簪子，只是此時不方便戴而已，是吧，表姊？」說著，偷偷打量韓世昭一眼，希望能從他的臉上看到鄙夷的神情，可惜三位美少年都看向別處，根本沒注意這邊。

不過，她的話成功地激起了韓家小姐們的強烈嫉妒心，這種成色的金剛鑽，至少得幾百兩銀子一顆，一套頭面下來，得多少銀子啊！韓夫人對庶子女並不刻薄，可是身為庶女，也不可能得到多好的首飾，她們便忍不住流露出了一絲鄙夷，便有人故意小聲道：「原來是熱孝期不方便戴成套的。」

俞筱晚心中冷笑，臉上卻隱隱哀慟道：「父母已經撒手人寰，唯餘下我一人孤伶伶在這世上，我哪有心思挑揀首飾？只是母親從小教導我，德言容功，我片刻不敢相忘，只得為客人梳頭整妝。」

婦容亦是妝容整潔，不可失禮於人前，她為了見客才著意打扮，這是禮數周全。反過來說，即使她妝容不妥，作為有修養的客人也應當視而不見，可是她們卻當著她的面談論，便失了女德中的婦言一項。

韓世昭抬眼迅速看了俞筱晚一眼，又淡淡地掃了自家姊妹一眼，駭得三位韓小姐忙垂頭賞花。

君逸之聽著女孩們打嘴仗，不屑地撇撇嘴，依舊是那副心不在焉的樣子，完全無視韓家姊妹花暗暗投來的目光。

曹中雅沒能當著心上人的面奚落成俞筱晚，只得強打精神，引著客人們到涼亭小坐。

俞筱晚特意慢上幾步，不與花枝招展的千金們同行，後面的君逸之卻忽地湊上前來，小聲哼道：「為了客人才著意打扮的俞小姐，可否也是為了客人才隔牆撫琴？」說完便蹭蹭蹭躥到了前面。

俞筱晚的腳步微微滯了一滯，這個人竟看穿了她是特意為了吸引人的注意，才撫琴一曲……可是，這又關他什麼事，這人怎麼這麼討厭！

「世人都愛以花喻人，要我說，以茶花來比喻女子最是合適不過。有嬌媚的，如同倚蘭嬌，抑或眼兒媚；有清秀淡雅的，如同紅妝素裹，抑或二喬；還有嫻靜溫雅的，如同那七仙女或是八寶妝；當然，還有些百般做作、賣弄才藝的女子，就有如茶花中的落第秀才或是織娘，怎麼繁盛，也難登大雅之堂。」

一行人在涼亭坐定，少女們便嬌羞地請求幾位少年公子指點如何品茶花，輪到君逸之的時候，他便是這般說道。他目光輕輕掃過一眾花癡少女，還若有若無地在俞筱晚的臉上多停了一歇。

俞筱晚心中大怒，不就是想說她百般做作、賣弄才藝嘛！他以為他是親王之子就很了不起嗎？她的品行如何，用得著他來評頭品足？

待曹、韓幾位小姐的讚美之聲稍頓，俞筱晚淡淡地道：「佛經有云：一花一世界。以花喻人，不過是人將自己的想法強加之於花草之上，所謂嬌媚、淡雅、嫻靜，不過是憑入眼的喜好而得出的結論，無異於以貌取人。」

曹中睿聞言暗自焦急，晚兒妹妹這話可是衝著君二公子去的，人家可是親王之子，貴不可攀，萬萬得罪不得呀！

君逸之挑了挑眉，微微一笑，待要再辯兩句，韓世昭卻鼓掌道：「不錯，正所謂人不可貌相，茶花亦然！」

聽了韓世昭之言，君逸之倒不好再說什麼了，於是轉了話題，這時卻比之前熱絡了許多，不但與曹中睿和韓世昭說話，還與幾位小姐都有交流。

只不過俞筱晚已經對此人懷有成見，怎麼瞧都覺得他言辭輕佻。

午間的宴席上，俞筱晚尋了個藉口避開，獨自回墨玉居用飯。趙嬤嬤滿臉掩飾不住的喜色，不停地旁敲側擊，問俞筱晚對君二公子的印象。

俞筱晚煩躁不已，淡淡地道：「不過是個輕浮狂妄的傢伙，有什麼好說的！」

趙嬤嬤一怔，那般高貴的少爺會是這種人嗎？她自是不信，可是瞧見小姐一個字也不想多提的樣子，便也只好不再追問。

宴後俞筱晚也沒露面，待客人要走之時，她才與曹家人一同送客。

正逢曹清儒下朝回府，忙向母親打聽韓夫人此行可否滿意。曹老夫人笑道：「滿意！韓夫人還邀請咱們初一一同去潭柘寺打醮呢。」說著笑睇了張氏一眼道：「這也是媳婦安排得好。」

曹清儒瞧了妻子一眼，想到除卻令他丟臉的那件事，妻子一直是很賢慧很能幹的。大戶人家出身的，到底還是比武氏強得多了，便露了一絲微笑。

俞筱晚的目光在張氏的臉上轉了一圈，張氏剛得了婆婆的誇獎，臉上是壓抑不住的受寵若驚和彷彿發自內心的恭順，這般的賢良淑惠。

舅母一定覺得翻身的機會來了，可是我不會讓妳順意的。

況且，今日的情形俞筱晚瞧得很清楚，舅母想讓雅兒表妹嫁入高門，只不過在韓二公子和君二公子之間，似乎還未敲定人選。真真可笑，人家那樣的門第，也是曹中雅可以挑三揀四的嗎？

眾人聚在曹老夫人的延年堂裡用過晚飯，各自回屋。曹清儒和顏悅色地對張氏道：「妳今日做得不錯！」

張氏親手服侍丈夫換常服，一臉謙虛地道：「爵爺是我的天，我自然萬事要為爵爺考慮，與韓夫人交好，對爵爺亦有助力。爵爺有了好前程，曹家才會子孫興旺、富貴綿長，我便是再辛苦，也是應當的。」

曹清儒滿意地點了點頭，隨即又一皺眉，「妳有此想法就好，以後行事要穩當，三思而後行！」

張氏知他是想到了前幾日的事，忙誇張地輕嘆一聲，泫然垂淚道：「爵爺教訓得是，日後這府中的事物我還是不要再管了，將武妹妹教會之後，請武妹妹來管吧，她比我穩妥得多了。」

曹清儒蹙眉道：「哪有正室在堂，卻由側室掌家的道理？她不過是幫幫妳，免得妳勞累了。」

張氏要的就是他的這句話，對她來說，忍一時風平浪靜，退一步絕不是海闊天空。她可以忍，但日後一定要雙倍地討回來才成。武姨娘，且先讓妳得意著！

第二天，送走了早朝的丈夫，張氏便將曹中睿和曹中雅叫到自己的房中來，仔細問他們在小花園裡坐了那麼久都談了些什麼，聽說君逸之似乎對俞筱晚很反感，張氏心頭一喜，可一聽說韓世昭幫著俞筱晚說話，她又不由得蹙緊了眉

她極鄭重地交代曹中睿：「晚兒那裡你要多上點心，肥水不流外人田，可別讓她那麼大筆的嫁

妝落入旁人的腰包。」

自打用上了俞筱晚送的那套文房四寶，學裡的同窗哪個不羨慕他，曹中睿自是早就認定了晚兒妹妹，卻聽不得娘親說得這般粗俗市儈，當下微蹙了眉頭，含糊地點了點頭。

張氏瞧著他這樣子就煩，可是兒子大了，也不能總是斥責，只得諄諄告誡地道：「娘就你和雅兒兩個孩子，自然是希望什麼好的都落到你們的頭上。你跟韓二公子是同窗，明天記得要多幫你妹妹美言幾句。韓家世代鐘鼎之家，韓大人又是首輔，百官之首，若是你妹妹與韓二公子結了親，日後對你的幫助也極大。」

轉而又道：「我看君二公子的人品、相貌都十分不錯，又是皇族之人，對你的幫助更大，你也幫著你妹妹打聽打聽，到底挑哪門親，你也幫著拿個主意。」

曹中雅不滿地嘟起小嘴道：「初一難道真要讓表姊一同去嗎？」

張氏的眸光暗了暗，輕笑道：「去，不單是妳表姊，連吳小姐也要一同去。」

曹中雅大驚，表姊倒還罷了，穿著一身素服，豔麗不到哪去，可吳麗絹的相貌十分出挑，又正逢二八年華，今日才特意拘著沒讓她露面，免得被韓二公子給相中了，怎的母親忽然決定帶她一起去進香？

張氏壓低聲音將自己的計畫說了，笑了笑，道：「去一趟回來就能做成兩門親事，這可是大善事呢。」

曹中睿的俊臉微微一紅，「這……怕旁人會說晚兒妹妹不孝……」

張氏瞪他一眼，「你懂什麼！就是要她有些錯處，日後你才好拿捏，大振夫綱！」

今年是閏年，二月有二十九天，正是俞筱晚百日熱孝期滿除服之日，脫去了粗麻孝衣，換上了素色的錦緞衣裳。

俞筱晚對著鏡子扶了扶釵環，問趙嬤嬤道：「吳小姐明日真的跟著去潭柘寺？」

「是啊。」

俞筱晚的眸光一閃，外祖母明明說過，吳麗絹的庚帖和畫像都已經遞至禮部了，出身相對又低了些，若是想一次選中，就不要輕易見外客，保持神祕感方是上策，怎麼會讓她去廟裡祈福？只怕又是舅母在打什麼鬼主意！

她招手讓初雲過來，低聲吩咐幾句，又揚聲道：「妳去廚房買幾樣東西，咱們自己熬粥喝。」

美景在外頭探頭探腦地看著初雲提著個小食盒，帶著豐兒去了。半晌後回來，初雲端著大丫頭的架子，使著豐兒、美景去熬粥，自己則進到內室，小聲地稟報：「三月初一是皇上的生辰，不光是潭柘寺，京城附近的大小寺廟，屆時都會大興法事，為皇上祈福。舅夫人特意給府中幾位小姐和吳小姐置了新衣，就是為了風光體面地去打醮。」

這麼說，去打醮的就不光是女眷了，貴族男子也會去。潭柘寺雖然不是皇家寺廟，卻因歷史悠久、風景秀麗而著稱，去潭柘寺的貴族必定極多，舅母還主動幫吳麗絹置新衣……俞筱晚想了一歇，便讓趙嬤嬤想法子傳消息給文伯，讓他先去潭柘寺查看一番，看有無發現，若是沒有，她這邊也有個以不變應萬變的法子。

轉眼便是三月初一，曹老夫人和曹清儒帶著曹府上下的少爺小姐們和武氏、小武氏母女，到丞相府門前會合了韓夫人及韓府的少爺小姐們，一同到京郊的潭柘寺進香。

潭柘寺位於寶珠峰南麓，寺後九峰環抱，寺前山峰好像一座巨大屏風，山門裡的建築依地勢而上，一個更比一個高，寺院中極為幽靜雅致，碧瓦朱欄，流泉淙淙，綠竹蔥秀，頗有江南園林的意境。

眾人一同參加了由住持大師親自主持的法事之後，韓夫人和曹老夫人覺得有些乏了，便分別到寺裡安排的廂房小憩。張氏和武氏留下服侍婆婆，幾個晚輩則到寺院的後院玩耍。

這回韓夫人仍是只帶了三位庶女出門，曹中雅不耐煩招呼，指使兩位庶妹帶人到竹林去玩，自己則親熱地挽著俞筱晚的手臂，拉著俞筱晚和吳麗絹到後山的小亭裡歇息。

為方便香客休息，寺僧早用厚重的棉簾將小亭圍了起來，密不透風，又升著火爐，三位小姐便除下了斗篷，圍坐在一起。

曹中雅一身嬌嫩的鵝黃色的撒花煙羅衫，繫一條蕊黃色銀線繡百蝶度花裙，嫩得就像一朵迎春花。吳麗絹身穿海棠色彈花暗紋短襦，繫一條淺紫色百花曳地裙，顏色配得清雅，但因質地不算上佳，略略失色。

俞筱晚只一身素白銀絲暗遍地撒梅花的直褙，配秋香色百褶如意月裙，素淨的顏色，卻更顯得她膚白勝雪、眉目如畫。

曹中雅暗含嫉妒地讚道：「表姊這件斗篷真漂亮。」

俞筱晚的斗篷是深紫色的貂皮，內襯為猩紅色的蜀緞，耀目而華麗，瞬間就將曹中雅的八團喜相逢厚錦鑲銀鼠皮披風給比了下去，難怪曹中雅會含酸。

俞筱晚只笑了笑，從趙嬤嬤手中接過一個包袱打開來，取出一件翠紋織錦羽緞斗篷，雙手遞給吳麗絹道：「吳表姊，我這幾年穿不了什麼豔色的衣裳，這件斗篷送給妳。」

這件斗篷的面料裡面用金線和銀線交織，摺放著的時候，就流光隱隱，展開來後，流光襯著翠色，光華奪目。吳麗絹又驚又喜，卻竭力推辭道：「這麼貴重，如何使得？」

俞筱晚輕笑道：「小妹預祝妳一朝入選，鳳棲梧桐，小妹還圖著日後姊姊贈幾件宮中的物件呢！」

吳麗絹一想也是，若自己沒有好衣裳襯著，再豔麗的容顏也會失色，日後若成了側妃，什麼好東西沒有，還怕回贈不了一件斗篷嗎？於是她便沒再矯情，含笑收下，道了謝。

曹中雅在一旁看著眼熱，拉著俞筱晚撒嬌道：「好表姊，怎麼不送我一件？」

俞筱晚輕笑道：「哪裡會忘了妳，我只怕妳看不上眼！」說著又從包袱裡拿出了一件斗篷，才一展開，曹中雅的眼睛就黏上去了，焦急地伸直手，「給我披披看。」

這斗篷用料不算華貴，但卻是用百鳥羽毛製成的絲線繡成花紋，行動間會折射出各種色彩，一旁服侍的丫頭婆子們都交口稱贊。曹中雅得意非凡，含著笑步出小亭，在空地上旋了個圈，斗篷如同波浪一般翻滾起來，帶出七彩光環。

吳麗絹也不由得眼熱了起來，卻知自己不可能同時得兩件的便宜，忙又禮數周全地讚美。俞筱晚含笑看著，眼裡劃過一絲嘲諷，卻掩飾得極好。

這一幕被不遠處高大柘樹上的兩名男子瞧在眼中。其中一名年紀略小，看著沉穩些地輕笑道：「這個俞小姐倒是個大方的人。」

另一人哂笑，「這兩件斗篷只怕是她自己不喜歡才送人的，沽名釣譽！」然後仔細看了幾眼，微蹙了眉道：「怎麼這件斗篷到了暗處，顏色就成了墨綠，與那位美人之前的斗篷那麼像。」

之前說話那人聽了這話，仔細瞧了幾眼，也點了點頭道：「是像，不過天下顏色只有這幾種，相似也不奇怪吧。」

「呵呵，若是別人送的，當然沒什麼奇怪的，可是她送的就不對勁了，她做事都是有目的的。」

那人拿肩膀撞了撞他，輕嘲道：「你對她有成見喔！莫不是因為你家老太妃喜歡她，想說給你做媳婦，你怕她潑悍，日後被她管著，沒法子遊戲花叢？」

兩人說話間，一名小丫頭過來稟報：「楚太妃來了，老太太請小姐們過去相見。」

三位小姐便起身回寺院。

不多時，一名青衣小廝匆匆地跑了過來，不住地呼喚：「二公子、二公子……老祖宗喚您呢！」

之前說話那人踹了另一人一腳，「你家老太妃找你去見媳婦呢！」

被踹那人正是楚王府的二公子君逸之，他站著沒躲閃，只加上幾倍力氣回贈一腳，嘴裡卻道：「才懶得去！」

他居高臨下，看著俞筱晚給一旁的一名丫頭打了個手勢，那個丫頭悄悄慢下腳步，一溜煙兒的跑遠了……有意思！

俞筱晚等人是去見楚太妃，君逸之自然不會跟著，他的同伴還有要事，先行離開了，左右無事，他便跟著那個小丫頭，轉到了後山院牆邊的一間小雜屋旁。

那裡已經有一位中等個兒、相貌堂堂的中年男子在等候了，君逸之遠遠發覺那名男子目光銳利、太陽穴高高鼓起，想來是位練家子，而且內功不俗，當下更是對俞筱晚的舉動起了好奇之心。

小心地掩藏了行蹤，也不敢靠得太近，在左近的一株柘樹上藏好了身形。君逸之側耳細聽男子與小丫頭的對話，越聽越是驚訝，原來，她竟是在幫助別人嗎？

君逸之瞇了瞇漂亮的鳳目，之前因為祖母總是誇她母親端莊賢慧，是難得的才女，然後推想她也一定淑惠優雅有才情，他便武斷地認為俞筱晚跟別的名門千金一樣做作無趣，尤其是發覺她用琴聲吸引客人注意之後，更是不恥至極，卻原來她也是有苦衷的。

一瞬間，他對俞筱晚這個人產生了一絲興趣……嗯，不如去廂房尋祖母，隨便嚇唬嚇唬她，看她知道她的小動作被自己發覺了，會是什麼表情。

君逸之拿定主意，笑咪咪地悄然撤離，沿著通道來到廂房，給楚太妃、韓夫人、曹老夫人等見了禮之後，才發覺人群中沒有俞筱晚，頓時覺得沒了意思。

楚太妃將愛孫的表情看在眼中，笑得瞇了眼，偏不告訴他，晚兒丫頭覺得氣喘，先回房休息了。

「原來晚兒妹妹在這裡。」曹中睿欣喜地走了過來，問也不問便自動坐在俞筱晚的對面。

俞筱晚忙低下頭，咬了咬唇，她還是沒法子平心靜氣地面對曹中睿。就是為了躲開他，才特意告了罪，避到這個小亭裡來，哪知他竟會黏上來！

曹中睿絲毫不知自己不受歡迎，興致勃勃地道：「馬上要用齋飯了，表妹隨我回廂房吧。下午還有一場法事，圓德大師還會到大殿中為香客解籤，表妹不去試試可是萬分遺憾的，圓德大師鐵口直斷，解籤最準的，表妹便是想問姑父姑母在地下如何，可否投胎轉世，都能問到。」

俞筱晚裝出驚訝又心動的樣子，「那我一定要求支籤。」

指甲深深地掐入掌心，表哥，原來你這麼早就開始欺騙我了嗎？可笑我前世卻被你的甜言蜜語矇騙，還以為若能嫁與你，便是負了全天下亦是值得！

她低頭用力閉了閉眼，再抬頭時，卻是笑容明媚，「我們回廂房吧，莫讓老太太和舅母久等了。」

這是怎樣的麗色啊，如同罌粟一般豔絕人寰，媚入骨髓，迷惑人的魂魄！曹中睿完全沒了當世才子的翩翩風度，直呆呆地看著她，下意識地隨她站起身，跟在她身後回廂房。

用過齋飯，眾人都到寺廟安排的廂房中休息，等候下午的法事開始。

初雲小聲稟報俞筱晚：「俞管家已經打點好了，圓德大師不會亂說話的。」

這位圓德大師聲名遠播，可是俞筱晚卻知道，他是一個專門拿錢替人消災的酒肉和尚，四年後的一件事，會令他原形畢露。

俞文飆查到張氏派人單獨找圓德大師送香油錢，俞筱晚便知道，張氏肯定是想讓圓德大師定她的姻緣，無論她所求的是什麼，圓德大師必定解的是姻緣籤，世人就會認為，她求的便是姻緣籤。

張氏倒是打的好算盤，為了她的財產將她跟睿表哥綁在一起，可是她孝期之內求姻緣籤，世人會如何評價她？不孝、輕佻、無德！背著這樣的名聲，她這一輩子都抬不起頭來！

俞筱晚越想越恨，忽地喚住即將退出去的初雲，附耳道：「還記得今日在廟門口遇到的那位何侍郎千金嗎？」初雲點了點頭，她又繼續道：「妳去告訴文伯，讓圓德大師這般解睿表哥的籤。」

剛剛吩咐完畢，隔壁廂房就傳出了曹中雅的驚叫聲，「啊——你是誰？滾出去！」

俞筱晚的唇角微微勾了起來，初雪忙道：「婢子去瞧瞧發生了什麼事。」

俞筱晚淡笑道：「我已然睡下，卻被驚醒，妳們應當服侍我起身，讓我親自去瞧發生了什麼事。」

待俞筱晚「起身更衣」，扶著初雲的手來到隔壁廂房時，裡面已經站滿了人。曹中雅哭紅了雙眼，這會子還躲在張氏的身後，不停地抹眼淚。

張氏臉色鐵青，雖極力壓抑著，可是整個人仍是氣得發抖，兩手緊握成拳，長長的指甲幾乎嵌入掌心。她咬牙切齒地道：「北王世子莫要再胡言，否則這官司打到攝政王殿下的跟前，小婦人也不會氣短半分！」

被稱作北王世子的是位十六七歲的少年，膚若凝脂、面如冠玉，生得一副好皮囊，可表情卻是眼斜嘴歪，坐姿也是懶散得快滑到地上的樣子，一瞧就是個流裡流氣的。

見張氏不承認，他索性從腰帶上繫著的百寶筒裡拿出牙籤，慢慢剔著牙，吊兒郎當地道：「明明是你們府上的小丫頭說，妳家小姐傾慕爺，約爺來此相見。怎麼著，約了我來，卻又不承認，當爺是呼之即至，揮之即去的小廝嗎？曹夫人，妳若想去皇舅父跟前打官司，爺也不怕，大不了就是納妳家小姐為妾，爺也不是這般不負責任的人。」

俞筱晚悄悄地問一旁等消息的芍藥：「芍藥姊姊，這是怎麼回事？」

芍藥見是俞筱晚問，又遲早會公開的，便將她拉到角落裡，壓低了聲音道：「這位北王世子好生無理，闖入三小姐的廂房，不但不道歉，還硬說是三小姐約他來的，詆毀三小姐的閨譽！」

北王世子怎麼會無緣無故跑來廂房？還不是張氏派人給引來的！

他是京城中出了名的紈褲子弟，最愛拈花惹草，身分又高貴，霸占了平民之女，人家也只能認倒楣，而京中權貴的女兒，則是聽到他的名號，能躲多遠就躲多遠。這樣的人若是見著了國色天香的吳麗絹，自然會強要了去。吳麗絹本就是參選的秀女，指給皇族也是常理，與嫁與攝政王唯一的區別就是，到了北王世子的手中，再寵也不過幾個月光景，對張氏的地位就沒有任何威脅。

只可惜，廂房的安排不會由著張氏來，只能用別的方法吸引北王世子的目光。張氏為吳麗絹新置的那件醒目的墨綠色斗篷，已經被俞筱晚給換下了，而俞筱晚還送了一件在暗處就呈墨綠色的斗篷給曹中雅。

俞筱晚暗暗翹起唇角，張氏這回可是自己種的苦果自己嘗了。曹中雅亦生得美貌，北王世子可不會這麼容易甘休，定要纏得張氏和曹中雅顏面盡失才甘心。

張氏見北王世子糾纏不休，直氣得胸口悶痛，可她一介婦人總不能跟個男子對罵，只得盼著爵爺出面調停，「爵爺呢，請來了沒有！」

話音剛落，便聽到門口傳來曹清儒的聲音，「到底是怎麼了？」

曹清儒來了，北王世子仍是不讓步，非讓曹中雅向他斟茶道歉，不該勾引他。北王爺曹家惹不起，斟茶道歉不是什麼難事，難的是這道歉的內容。若是這樣道歉，就等於是承認自己勾引北王世子，傳了出去，曹中雅哪裡還會有閨譽？哪裡還說得著婆家？

曹清儒聽到北王府的下人異口同聲地稱，是曹府中的丫頭主動來找世子的，當時就作不得聲，恨恨地掃視一圈，最後目光兇狠地落在張氏的臉上，「妳立即把人都叫來，請世子爺指認！」

張氏聽得心頭猛然一跳，眼前一黑，身子忽地一軟，暈厥過去。

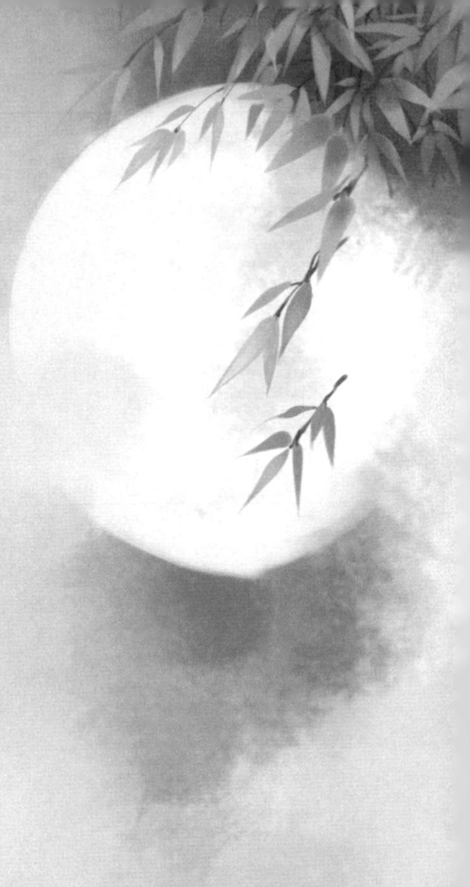

參之章　移花接木現劣行

張氏這麼一暈，可把一旁的丫頭婆子給嚇壞了，曲嬤嬤立即攙扶住張氏，就想幫著掐人中，忽覺掌心被長而圓滑的指甲摳了幾下，又見張氏的睫毛動了動，立時明白了，夫人這是要我去打發了那個丫頭，並將北王妃請來。

曲嬤嬤誇張地大叫：「夫人暈過去了，得請會醫術的大師來。」

曹清儒到底還是關心髮妻的，立即道：「去請智能大師，就說我說的。」

曲嬤嬤屈膝福了福，忙忙地去了。

裝暈的張氏這才暗暗鬆了口氣，心中大罵娘家嫂子，說什麼北王世子最怕攝政王，害她想堵著北王世子的嘴，張口就說告到攝政王那去，原以為北王世子會嚇得立即跑掉，提也不敢再提，哪知人家根本不怕，還跟她拗上了。

早知如此，她一開始就會好聲好氣地哄著北王世子，送兩個美貌丫頭堵了他的嘴，再慢慢套出「墨綠色斗篷」這一點，將髒水潑到吳麗絹的頭上去，何至於鬧成現在這樣？雖說這小院被曹家給包了下來，但今日寺廟裡人多嘴雜，就怕萬一傳了出去，要雅兒日後如何做人！

這廂北王世子原以為會見到個美貌佳人，見了才知不過是個瘦巴巴的小丫頭，他半點胃口都沒有。本打算掉頭就走，哪知這個小丫頭叫得跟殺豬一樣，還口口聲聲說他欲非禮。

他才沒興趣非禮搓衣板咧！這是對他超凡脫俗的眼光的極度汙辱！兩個人就這麼卯上了，隨後張氏便來了，一出口就是威脅，他更是不滿，這才鬧了起來。

可見張氏暈了，他頓時覺得沒意思透了，懶洋洋地站起身，打算離開這裡，去尋母妃。

「慢著！北王世子請留步！」張氏在丫頭們的推拿下適時地「醒了」，及時叫住了北王世子。若是不說清楚，雅兒的名聲可就毀在這裡了！

張氏扶著丫頭的手勉力站起來，一副搖搖欲墜的柔弱樣子，先向北世子福了一福，懇切道：

「臣婦適才多有得罪，還望世子看在母親擔憂女兒的分上，原諒則個。」又接著責怪自己：「沒注意聽世子說的話，原是有丫頭請世子過來的嗎？臣婦懇請世子幫忙指認，還小女清白。」說著吩咐帶曹府的丫頭過來給北王世子指認。

北王世子這人一向吃軟不吃硬，見張氏放低了身段，自然就消了一大半火氣，目光在人群中一掃，不由地皺眉道：「沒在，妳不會藏起來了吧？」

這人說話真難聽！張氏暗恨得咬牙，面上卻是陪笑道：「今日一共帶了十六名丫頭，連在老太太身邊服侍的都喚了過來，事關小女的名聲，臣婦如何敢作假？」

曹清儒聽說沒那名丫頭，懸著的心頓時放下一半。

此時，門外一聲通傳，竟是曲嬤嬤去請了北王妃來了。北王世子嘿嘿一笑，他母妃最是寵他，正好可以推給母妃來管，他懶得跟張氏這個婦人說話。

眾人迎了北王妃進來，在上首坐下，說明原委，張氏恭敬地道：「還請世子說一說那丫頭的相貌特徵。」再不追問「墨綠斗篷」的事了。

北王妃亦是一府之主母，手段只怕還在她之上，哪會看不出這其中的貓膩，說出來只會自取其辱，所以她只得暫時放過吳麗絹，先保了女兒的閨譽再說。

北王妃便寵溺地對北王世子道：「嗚兒，你好好地說說。」

北世子想描述，卻忽然發覺很難，只得勉強說了幾句。

俞筱晚站在角落裡，暗暗挑了挑眉。張氏還真是精明，挑了個眼睛鼻子說不出特徵的平凡丫頭，衣著又是丫頭們常穿的青衣比甲式樣，別府的丫頭也是這般穿，這如何能找得著人？而且隻字不提斗篷，想來是打算放過吳麗絹了。

她尋了個時機，慢慢靠到曹中雅的身邊，遞上一方小帕，小臉上滿是關切的神情和溫和中透著憐愛的舉動，向曹中雅表明，妳真是受委屈了。

曹中雅的確是覺得委屈。北王世子直說她勾引他，她會勾引他？論出身，北王是異姓王，怎比得過皇族血統的君逸之？論相貌，就更別提了，韓二公子和君二公子打噴嚏都比他好看！心裡一委屈，她又要開哭了。俞筱晚忙按著她的手，柔聲道：「北王妃在此，妳且低聲，切莫壞了舅母的主張。」

芍藥在一旁看了，直點頭。表小姐真是十分替三小姐擔憂，這般手足情深，又識趣聰穎，不愧是名門千金！

張氏聽完北王世子的描述，這時才真正將心放在肚子裡，不枉費她精心布署，終是沒留下任何痕跡。她為難地看向北王妃道：「王妃，您看……臣婦聽說何侍郎府上、江寺丞府上的丫頭們也是穿青衣比甲，唉，這……這可怎麼辦？」

北王妃暗罵一句老狐狸，她亦是一府之主，哪裡聽不出這其中的關鍵？若是鳴兒指認不出那名丫頭，曹家就能反咬一口。王府雖能壓人家一頭，但曹家也是勳貴，她夫君又剛巧與攝政王兄長政見不合，還真怕有人拿這事兒作筏子……

趁現在張氏有意將矛盾往別的府上繞，北王妃便順坡下驢道：「可不是嗎？或許是旁的府中的人相請……這……唉，旁人的事，本妃不方便說，只是此事鳴兒著實不該，即便是有小姐約你，你也應當秉執禮法，不來相見。旁人如何不自重是旁人的事，你是世子，得有自己的莊重。」

這話明著是說北王世子，其實暗罵曹中雅不自重。張氏如何會聽不出來？只不過，鬧到現在這番地步，這已經是最好的結局了，她哪裡還敢回嘴，只是道：「既然是一場誤會，那就當作沒有發生過吧。」

這便是要求北王世子不要四處亂傳。

北王妃笑盈盈地道：「本就沒發生什麼事，是本妃帶了世子過來，與曹卿家的家眷結識一番而已。」

張氏得了這番保證，心下大喜，忙將曹中雅拖出來見禮。北王妃細看了幾眼，笑讚「真漂亮」，她身後的嬤嬤便遞上一只成色不錯的玉鐲。張氏百般推辭，北王妃佯怒道：「給晚輩的見面禮，還沒聽說過不收的。」

張氏這才令曹中雅收下，算是跟北王妃結識了。女孩兒家雖是及笄之後才出嫁，可是到了十一二歲就得開始張羅親事了，北王妃主動送見面禮，對曹中雅來說是件大好事，令得她日後在貴女之中多一項人脈。

居然讓舅母扭轉了局勢，只能說，舅母的心思縝密，事前做了萬全的準備。俞筱晚暗暗提醒自己，日後跟舅母鬥心眼兒，得多多留意，萬不可出一點差錯。

送走了北王妃，曹清儒瞥了張氏一眼，先行去母親的廂房候著。張氏知道還有兩個人要說服，卻還要提醒屋內的所有人：「今日之事不許說出去，要是漏了一個字出去，不論誰是誰，一律打了板子，全家發賣。」

提點了丫頭們後，這才發現俞筱晚居然也在屋內，張氏忙將下人打發出去，拉著俞筱晚的手，兩滴淚水就這麼流了出來，「也不知是哪個黑心肝的，居然這樣害雅兒？幸虧這屋裡還有人伺候，便是傳出去，雅兒的名聲也不會受損。」

俞筱晚忙表示：「方才不是北王妃帶世子過來小坐嗎？哪裡有人害表妹？」

張氏將淚水一斂，專注地看向俞筱晚，俞筱晚神態平和地迎視回去，目光平和，沒有半分不自在，也沒半分嘲笑之意，真真是好定力！張氏壓下心頭的驚訝，含笑拍了拍她的手，對她如此識趣表示欣慰。

張氏親自到曹老夫人住的廂房，曹老夫人和曹爵爺都在等著她過去說明，她先抹了抹淚，暗示道：「爵爺最近辦了幾件大案，也不知是不是暗中得罪了誰，就算是冤了誰，這些人怎麼就不能在朝堂之上光明正大地質問爵爺呢？」

曹老夫人原也想不到會是張氏一手策劃到自個兒的女兒身上，當時聽到這事，便認為是旁人故意陷害，現在聽了張氏的暗示，更加堅定了，心頓時便揪了起來，沉吟道：「沒錯，這樣的腌臢事素來不少，兒啊，你可想得到是哪些人嗎？」

曹清儒的思路也立時被引到了這上面，他如今是攝政王手下的強兵，朝堂中又暗分了幾股勢力，私下不服攝政王的官員多的是，雅兒還真可能是被牽連的！想到這一層，他立時大怒道：「豎子，有本事就衝著我來！」

曹老夫人嘆道：「他們就是沒本事，以修身不正為由被罷官的官員可不在少數，你日後更加要注意自己的言行！」又朝張氏道：「咱們內宅婦人也要注意，不能給爵爺抹黑！」

張氏心知度過一劫，忙連聲應承，又殷勤地問：「母親若是歇了午了，可是打算聽法事？聽說圓德大師今日說禪。」原想成就兩門親事的，已經失敗了一項，另一項一定得成功。

曹老夫人含笑道：「那就去聽圓德大師說禪。」

圓德大師口才極好，什麼事都能引經據典，卻又講述得生動活潑。眾人聽過禪後，都請求圓德大師解籤，原來許多人是事先就已經抽了籤的。

那圓德大師一派高人風範，拈花淺笑，「本座今日只為五位有緣人解籤，其餘的施主請自便。」說罷，手指拈花，在空中虛點幾下，被點中的五人都露出驚喜之色，而沒被點中之人，只能遺憾地退出去。一般求籤問的都是隱密之事，不能旁聽。

韓曹兩家只有曹中睿和俞筱晚被選中，曹老夫人喜不自勝，催著他倆去大殿中抽籤。

俞筱晚心中冷笑，面上卻顯出受寵若驚之狀，與曹中睿一同到大殿佛像前的蒲團上跪下，告祝之後，閉上眼睛搖起了籤筒。

「不是有銀子就能辦好事的，圓德這和尚可不敢得罪當朝權貴。」

一個好聽的男聲悄悄鑽入俞筱晚的耳朵，極輕又極近，駭得俞筱晚張目四望，不期然地就對上了君逸之那雙高貴漂亮，隱含促狹的鳳目。

見她望過來，君逸之微微一笑，露出一口雪白貝齒，「想知道我知道多少？先說妳之前為什麼要躲著我。」

俞筱晚心中一滯，緊張地回眸掃了睿表哥一眼，怕被他聽見。

君逸之嘿嘿地笑，「妳放心，我用了傳音入密，我的話只有妳能聽到。還是要我這樣說，妳才放心？」他忽地將身子傾過來，作出耳語狀。弧線優美的豐滿唇瓣，幾乎要貼上了俞筱晚的耳朵。

俞筱晚駭得猛往後仰，想與他拉開安全距離，可是力度過大，她又不曾習武，控制不了動作幅度，整個人往後倒了去。幸虧她及時用肘撐地，才沒當著兩大美男的面跌上一跤。

君逸之氣定神閒地跪在蒲團上，對她的驚險動作視若無睹。俞筱晚狼狽地以手撐地，重新跪好，不忘惡狠狠地瞪他一眼，低聲罵道：「無聊！」

君逸之挑眉邪笑，「我是無聊，若不是我這個無聊之人幫妳圓了謊，妳以為妳能破了這一局嗎？只怕還是得跟妳這位俊俏表哥成雙成對呢！」

聽這話，他肯定全都知道了，俞筱晚咬住下唇，用力搖籤筒，終於搖出了一支籤，揀起來便走，完全無視君逸之。此時他年紀不大，旁人不知道他，她卻是知道的，就是一個只會吃喝玩樂的貴族子弟，雖沒做什麼大惡之事，但也沒幹過什麼正經事。

曹中睿也抽了籤，睜開眼睛，卻沒見到表妹，只有君逸之在一旁探頭看著自己的籤，絕世無雙的俊臉上滿是促狹之色，「好籤哪，紅鸞星動！」

曹中睿俊臉一紅，忙作揖道：「借君公子吉言。」又告了罪，去追表妹了，這事兒她可得在場啊！

君逸之看著他的背影嘲弄地一笑，忽地生出了幾分興趣，背著雙手，慢慢溜達過去看戲。

圓德大師正在解俞筱晚的籤，「上上籤，所求如意。」

俞筱晚聽後感激地福了福，「多謝大師指點。」然後退到一旁。

曹中睿有點發呆，不由自主地看了母親一眼，不是應當說，命中之人已經出現嗎？張氏也蹙了蹙眉，當著家人的面卻不好問。

圓德大師那廂等得不耐煩，伸手搶過曹中睿的籤，細讀一遍之後，笑道：「這位施主大喜，近期紅鸞星動，命中之人已經出現，還是三生三世修來的好姻緣。」

張氏和曹中睿掩飾不住內心的喜悅，忙追問道：「敢問是哪家的千金？」

圓德大師高深莫測地一笑，「小施主出得門去，若是見著一位一身淺紫色衣裳的千金，便是你命中之人。」

張氏和曹中睿都傻了眼，曹老夫人和曹清儒卻來了興致，圓德大師聲名遠播，他們都想看一看這命定之人是誰。能穿淺紫衣裳的，也必定是官宦之家的千金，身分不會差，這兩人忙忙地站起身，催促曹中睿出門去看。

曹中睿無計可施，只得依言走到門口，正好遇上一位身穿淺紫色衣裙的千金小姐拿著支籤走過來。她相貌清秀，身段苗條，唯二就是沒有脖子，走路有點高低腳，怎麼看怎麼怪。

曹中睿不知此女是誰，可站在他身後的曹老夫人和張氏卻是知道的。她是戶部左侍郎何庭的長女，因著脖子短得幾乎瞧不見及長短腿這兩點，芳齡二十還未許親……這樣的女子，也是三生三世修來的好姻緣？

張氏瞪大眼睛，渾身直抖，半晌才緩過勁來，回頭朝曹老夫人笑道：「圓德大師也開起玩笑來了。」

圓德大師正色道：「老衲不打誑語。」說完便眼觀鼻，鼻觀心，五心向天，開始打坐了。任張氏如何怒瞪他，都恍若未覺。

張氏想狠狠地嘲諷他幾句收錢不辦事，可也明白，圓德大師盛名遠播，崇高的地位哪是她一個平凡婦人幾句話就能撼動的，於是暗推了呆傻的兒子一把，同時給曲嬤嬤使了個眼色。

曲嬤嬤念頭急轉，這事兒是她男人來辦的，之前已經跟圓德大師談妥了的，不知圓德大師怎麼會臨時改口。不想幫忙也就罷了，偏還給二少爺配了個京城中最大的剩女，一會兒回府之後，自己一家子不知會被夫人怎麼罰呢。

她忙在一旁提醒道：「聽說求籤也要誠心，二少爺平日從來不事佛祖的，許是不相信這些，所以沒誠心求籤吧？」

不誠心求來的籤，自然是不準的，那麼所解的也就做不得數了。

張氏略帶責怪地看了曹中睿一眼，「睿兒，圓德大師是世外高人，難得親自為你解籤，你太不知珍惜機會了！」

曹中睿正色道：「孩兒本就只是好玩兒，若任何事都來問籤就能解決，這世上哪還需要朝堂和官員？」

曹清儒立時讚道：「說得好！事在人為，正是此意！」

圓德大師仍是一派高人風範，對曹氏父子幾近詆毀的言辭沒有半點反應。

那何小姐也是來求圓德大師解籤的，見禪房裡有人，便停在階邊等待。

何小姐求的必定是姻緣籤，張氏唯恐圓德大師再說出什麼驚人之語，忙按壓住焦急，詢問般地看向婆婆。有長輩在，若是長輩不說告辭，她是不能說的。

曹老夫人雖對圓德大師解籤的這番話不滿，心中卻是敬畏佛祖的，不敢這般大聲附和，只暗暗地點了點頭，恭敬地向圓德大師告辭，提議先去尋了韓夫人等，問一問是否一同回府。

韓夫人與楚太妃談得正歡，見曹老夫人和張氏來了，便拉著她們問圓德大師解的何籤，一時不說要走。

曹中雅經歷了晌午那事兒之後，整個人就懨懨的，曹中貞、曹中燕和俞筱晚陪著她坐在一間小廳內，有一搭沒一搭地陪她說話。俞筱晚忽地起身，紅著臉小聲道：「我想盤整一下，失陪一會兒。」

曹中貞笑道：「好的，妹妹不熟這裡，我讓秋兒陪妳去。」說罷吩咐自己的丫頭秋兒，領表小姐去如廁。

待俞筱晚方便完了，初雲、初雪還有幾位曹府的丫頭央她等一等，這一整天都服侍著主子，沒得半刻清閒，都有些憋不住了。俞筱晚輕輕一笑，「去吧，我到那邊石凳處坐一坐。」

初雲覺得放小姐一人在此不妥，便指揮著丫頭們分批去，自己則先與趙嬤嬤陪伴小姐。

俞筱晚嫻靜地坐著，心中卻在想著君逸之如何會知道圓德大師的事，還有他說他幫了她，也不知是真是假。

忽然，右側的草叢裡傳來一陣窸窸窣窣的聲響，俞筱晚以為是寺廟裡養著的受傷的小兔之類，悄然靠近一看，原來是一名僕役裝扮的老婦人，正不知何故抱著雙臂抖成一團。

俞筱晚讓初雲上前扶住老婦人，初雲摸了摸她的額頭——不燙，但兩手卻是冰涼，於是問：「大娘，您覺得如何？」

老婦人哆嗦著道：「回小姐的話，老婦這是舊疾，常常……發冷……」想是覺得太冷了，老婦人話說都不利索，呼出的氣呈白霧狀。

俞筱晚忙扣住她的手腕，凝神為她診脈，沒注意到老婦人眼中一閃而逝的凶光。

這是……瘧疾！瘧疾在外人看來是無法治癒的病症，但俞筱晚小時體弱，得過此症，差點死了。也是她命不該絕，機緣巧合，一名遊方僧人路過俞府化齋，俞夫人想為她積福，好生招待了僧人一番。那僧人便開了張藥方，囑她連吃十五副，就可藥到病除。而她後來果然康復，那藥方便一直保留了下來。

俞筱晚安慰老婦：「大娘，您放心，這病服上幾副藥就能根治了。」

老婦人一臉不可思議的神色，她這病看過無數大夫，都說無法根治，會隨時因打寒顫而手足抽搐，她不得不躲到寺院裡當雜役，逃避以往的勁敵。

這個絕麗的小姑娘居然敢說她能醫治？

老婦人的眸光閃了閃，狀似一臉恭敬地笑道：「原來小姐是位神醫，請恕老婦眼拙。若能得小姐善心醫治，老婦感激不盡。」

俞筱晚不以為意地笑了笑，只問她：「您可否隨我回曹府？此症需用藥半月，時時要喝藥。」因那遊方僧人並未允她將藥方外傳，她就不方便告訴老婦人，打算親自熬藥為老婦人治病。

那老婦人忙道：「可以可以，是高僧們慈悲，收留老婦。老婦平時在寺廟中幫忙打掃院中落葉，要走只須與智能大師說一聲便可。」

俞筱晚便隨老婦人一同去了趟偏院，見著了那位據說醫術十分高明，原要請來為張氏診脈，但因張氏自動「康復」而未曾露面的智能大師。

智能大師的輩分比圓德要高，可是年紀卻小了許多，不過二十出頭，生得丰神俊朗，俞筱晚也不由得驚了一下，果然是悟道只看天賦，不看年齡啊。

不過一轉眼，對上一雙似笑非笑的鳳目，俞筱晚的心情立時便差了。

怎麼這個傢伙也在？

君逸之正在與智能大師弈棋，他氣定神閒，相較於手執黑子，擰眉沉思的智能大師，顯得胸有成竹。聽到腳步聲，便抬眼看去，見是俞筱晚，意味不明地挑眉一笑，「來向我道謝的？」

智能大師想棋想得入神，沒發覺禪房內多了幾個人，直到君逸之說話，他才醒了神，抬眼看過來。

老婦人忙上前福了一禮道：「多謝大師收留，這位小姐說能治好老婦的舊疾，老婦想隨她回府治病。」

智能大師這一生酷愛禪理與醫理，聽說俞筱晚會治瘧疾，激動得站了起來，快步走到俞筱晚的面前，顫聲詢問：「請問小姐要如何醫治？是否用黃花、青蒿入藥？是否用銀針探四白、氣舍穴？」

俞筱晚小時身體很弱，算是久病成醫，可也只限於普通的病症，這些深入的醫理卻是不懂的，只得向智能大師行了個禮，歉然道：「小女子只是從前得過此症，被一位遊方僧人治好，知道藥方而已。」

智能大師聞言大喜，懇求道：「不知小姐可否將這藥方公諸於世？這樣可以解救許多臨危之人！」

若是那位僧人願意公布，藥方應當早就流傳於世了才對。俞筱晚猶豫了一時，誠實地道：「這方子的主人不是我，實在無法答應大師，還請大師恕罪。」

聽得她這般說辭，智能大師只得遺憾地請他們離開，自己再想法鑽研。別人能配出藥方來，他也一定能。

俞筱晚福了一禮，帶著人退出禪房，耳邊忽地響起了君逸之的聲音：「下回我們打個賭，就賭妳這張藥方。」

俞筱晚頓了一頓，「兩次。」賭兩次，藥方分為上下半張輸出去，便不算是外傳了吧？

她腳步沒停地走了出去，回到前院廂房。張氏正派了人來尋她，言道要回府了，俞筱晚坐上馬車，讓初雲扶老婦上供丫頭們乘坐的青帷車。

那老婦人走到俞筱晚的馬車前，低聲道：「小姐若能幫老婦治好這個頑症，老婦必定銘記於心，日後必當報答小姐三次大恩。」頓了頓，加強語氣，「什麼事都行。」

俞筱晚只笑了笑，便放下了車簾。她阻了張氏的陰謀，心情極好，並未沒發覺到老婦人說這番話的不妥之處：若是真正身分卑微的人，必定會感動得跪倒磕頭，說「做牛做馬來報答」之類，而不是像這個老婦這樣許諾「三次」、「什麼事都行」。

回到墨玉居，趙嬤嬤服侍著她梳洗過，便輕聲道：「剛差人問了俞總管，他說在與初雲密談時，似乎一旁的確有人，可他察看後，又沒發現什麼人。若真有人，那麼此人的武功就極為高強，他說小姐一定要注意防範。」

俞筱晚微微蹙眉，武功極為高強，那自然不是君逸之了，或許是他家中的侍衛……以後躲著此人便是，沒必要糾結。

趙嬤嬤又道：「還有一事，咱們回府之後，曲管事悄悄去找了圓德大師。」

曲管事是張氏身邊的曲嬤嬤的相公，圓德大師收了張氏的禮，卻沒辦成事，定會透露一二。俞筱晚想到之前請求帶老婦人回府時，張氏那隱含猜忌的眼神，恐怕已經在猜忌她了，若她想暗中送斗篷，多的是法子，可她就是要這般光明正大，讓張氏猜忌，甚至是篤定，卻又拿不著她的把柄，最好抓狂得日日夜裡睡不著，磨損了容顏才好。

趙嬤嬤邊整理床鋪邊道：「那婦人姓蔣，安排在咱們院中的後罩房裡了。」又擔憂地道：「若是舅夫人發覺是小姐您從中作梗，恐怕……」

俞筱晚揚唇一笑，「怕什麼，若是被外祖母和舅父知道，她想把吳麗絹推給北王世子，斷了曹家攀附攝政王的路子，只怕會禁了她的足，所以她不敢明著拿我怎樣，頂多是私下使絆子。」

此時，張氏在屋內質問曲嬤嬤：「妳倒是說說看，妳是如何辦事的，我要妳何用？現下什麼事都沒辦成，妳一句圓德大師說有權貴逼迫他改口，就想逃脫責罰不成？」

曲嬤嬤撲通一聲跪下，涕淚橫流道：「老奴冤枉啊！外子的確是已經求得了圓德大師首肯，後來會改口，實在是因為有人給的香油錢更多而已……」

香油錢更多！張氏倏地站起來，來回在屋內走了幾圈，恨得直咬牙，「可知是誰？」

曲嬤嬤搖頭道：「不知是誰，只知個頭不高。」

個頭不高？莫非是俞家那個總管事俞文飆？

張氏又驚又恨。

次日，張氏的娘家嫂子張夫人過府來探望她，小聲兒地道：「俞家已經買下了那三間鋪子，我著人問了，打算賣她們汝陽莊子上的特產。妳去與她說道說道，讓她開間綢緞鋪或者香料鋪，那些個東西，咱們插不進手。」

提到俞筱晚，張氏就暗暗咬牙，直恨不得將她的財產全數歸攏到自己名下，將其一文不名地趕出曹府。

張夫人聽了昨日的事後，蹙眉道：「難道她知道咱們想誆她的銀子？不對啊，這事兒還未進行，她如何能得知？」

這也是張氏想不通的地方，昨晚看到俞筱晚送給雅兒的斗篷，她幾乎可以肯定俞筱晚是故意壞她的事，可是訛她銀錢的事還沒開始，她不可能知道自己對她這麼好，還想讓睿兒娶她，讓圓德大師出面，不過是因為她要守三年孝期，怕夜長夢多，先定下來而已。對她來說，並非壞事，她為何要與自己作對？

張夫人挑眉拍了拍張氏的肩膀，「不論有意無意，我都覺得妳這個外甥女不簡單，讓吳麗絹留下的人是她，深居內宅就能壞妳大事的也是她，就算她不是故意的，也是生來剋妳的。此番妳正可以試探她一下，她若是識趣，就會將鋪子交由妳打理，妳便照顧她一世無憂；若是不識趣，妳又何必與她客氣？是她要來依附妳，難道不應當好生孝敬妳嗎？」

張氏的眸中閃過一絲陰沉，良久，拿定了主意，方抬頭笑道：「大嫂說得極是，妳放心，我明日就會給妳消息。」

送走了張夫人，張氏喚過曲嬤嬤，耳語一番，待張氏處理完家務，曹清儒也下了朝。

張氏熱情地迎上去，服侍丈夫更衣，又喜悅地道：「今日北王妃使人送了禮品過來，說是代世子道歉的，原來約世子的那丫頭說，她的小姐穿的是墨綠色的斗篷。」

曹清儒尋思了一番道：「咱家可沒什麼墨綠色的斗篷。」

張氏笑著介面道：「可不是嗎。」

正說著話兒，門口傳來紫兒的通稟聲：「三小姐來請安了。」

門簾一挑，曹中雅儀態端方地走了進來，「父親安好、母親安好。」

「快過來坐。」張氏笑得慈祥，示意紫兒幫女兒脫去斗篷。

曹清儒無意中一瞥，神色就是一變，厲聲道：「這是妳的斗篷？」

曹清儒聲音洪亮，這般疾言厲色地喝問，頓時把曹中雅駭得倒退幾步，小臉上泫然欲泣，驚惶地往張氏身邊靠了靠，小聲地囁嚅道：「是晚兒表姊送我的，就是昨日在潭柘寺裡送的。」

張氏忙護著女兒道：「爵爺，您這是發什麼火？」

曹清儒指著紫兒手中疊成方塊狀的斗篷道：「妳自己看看。」

張氏順著他的手指細瞧一眼，頓時也怒了，站起身來，將曹中雅拖到自己眼前，厲聲責問：「妳給我老實說，昨日可是妳引北王世子相見的？」

曹中雅委屈得哭了起來，「女兒怎會做這等醜事，女兒昨日就解釋過了，父親母親怎的忽然又問起？」

「我只問妳，是不是妳？」

「不是！女兒若有半句虛言，就天打雷劈，不得好死！」

張氏鬆了口氣似的看向曹清儒，「爵爺，您也聽到了，這般的毒誓雅兒也敢發，我相信雅兒不會這般不自重。再說這斗篷，昨日瞧著，明明是五彩的，拿進屋來怎麼會變成墨綠的？」

曹清儒其實並不像他表現出來的那般魯莽，張氏又暗示得這麼明顯，他自然就懷疑到，是不是晚兒故意送件會變色的斗篷？

張氏見火候差不多了，便使了個眼色，讓女兒退出去，從頭到尾不讓女兒沾上一星半點。待暖閣裡只有她夫妻二人時，張氏便溫柔體貼地親手捧了杯熱茶，送到曹清儒的手中，柔聲問：「爵爺在想什麼？」

曹清儒瞥了張氏一眼，輕嘆一聲，「在想晚兒怎麼忽然送雅兒斗篷。」

張氏輕柔地一笑，「或許是湊巧吧，也可能是北王世子後來見過雅兒穿這件斗篷，才將這話傳過來，想是北王妃不想讓我們怨恨北王世子吧。」說著按住丈夫的胳膊，「爵爺可千萬別懷疑晚兒，雖說這兩次晚兒總想在韓夫人面前有所表現，偏韓夫人對雅兒更親善些，但她才多大年紀，哪裡懂得這些彎彎繞繞？」

堂堂丞相夫人怎麼會無緣無故到曹府拜訪，雖然韓夫人沒有明說，但曹清儒和曹老夫人、張氏都知道，是因為大年初一百官聚會之時，曹中睿作了一首文采出眾的詩，得了攝政王和百官們的交口稱贊，韓夫人偏又有個年紀相當的女兒，這才特意上府來相看。

豪門世家聯姻之前都是這般，不明說，尋個藉口過府相看，看得順眼了，再請關係好，或者有體面的保山出面暗示。另一方若是也有意結親，就給個准信，對方才好遣了媒人上門提親。從來不會貿然地提親，若是被拒絕，日後在朝堂上還如何相見？

因此，曹家才會在得知韓夫人要登門之時那麼高興，在曹清儒的心裡，兒子是十分優秀的，是未來的國之棟梁，被丞相夫人相中那是必然的。現在聽得張氏之言，似乎韓夫人對雅兒也十分滿意，可是晚兒卻也對韓二公子有些意思……他不由得眉峰一蹙，惱道：「妹妹和妹夫在世之時是怎麼教女兒的？女孩兒家的一點也不知自重！」

婚姻大事皆是父母之命，媒妁之言，她卻想自己往韓夫人跟前湊，還敵視被韓夫人欣賞的雅兒？「不必問了，斗篷必定是她故意送的，小小年紀，心思忒的歹毒！我要去教訓教訓她！」曹清儒說罷便站了起來。

不說是害雅兒名聲，而只說送斗篷，還是看在妹妹、妹夫屍土未乾的分上。

張氏心中大喜，臉上卻越發地憂鬱，忙站起來攔住曹清儒道：「爵爺，您這般說可有何證據？不過是您的猜測罷了。若不是晚兒所為，您去質問，會傷了她的心；若真是她所為，您也得看在妹妹、妹夫的分上，原宥一二。她年紀尚小，慢慢教，總歸是改得過來的。清蓮妹妹是何等的品行，您我二人最是清楚，那真是天下最溫柔最和善的人了，晚兒由她自幼教導，怎麼會這麼歹毒？多半是她身邊的人給她出的主意！」

這勸說的話說到後面，卻是直接給俞筱晚定了罪，可是曹清儒卻沒覺得有何不妥，當下便道：「沒錯，多半是那些個腌臢老貨教壞了她！」

張氏好像在替俞筱晚開脫般地繼續誘導：「晚兒只怕也是擔心自己的婚事。旁人家的女兒，這般年紀已經開始琢磨人家，通常十二三歲就能訂下親事，可她還得守孝三年，待她孝期滿了，好人家的兒郎也都訂親了。」

曹清儒聞言更怒，用力一拍茶几，「在孝期還成天想這些，是哪個挑唆的？給我查出來，我要將她打板子發賣出去！」

張氏遲疑地道：「若是晚兒不肯說，如何能查得出？就說引北王世子見雅兒這事，她如何知道北王世子素來蠻不講理，又是如何知道他人在哪裡的？依我看，她身邊的人中肯定有人心思重，外頭也得有人打點才能成事。她身邊的人我注意一下便能管住，可外頭的人怎麼管？」

「那些奴才只怕是想慫恿著晚兒同咱們離了心才好，這樣便無人管束他們，他們想怎麼欺負晚兒都成，所以我才一直說，要找人幫著晚兒管理她的田莊鋪子，在晚兒能明辨是非之前，還是不要讓她與那些人相見的好！」

曹清儒連連點頭，「妳說得沒錯！」

張氏輕嘆一聲，「爵爺明白就好，我也不過就這麼說說，若果真去跟晚兒說，要她將田莊鋪子交給咱們管著，只怕不單是她，就連母親都會覺得咱們想占她的便宜！」

她一口一個咱們，把自己的私心摘得乾乾淨淨，偏曹清儒還相信她，淡定地道：「此事妳的確是不方便出面，我自去與母親說明，讓母親出面與晚兒說。」說罷徑直往外走。

這一回張氏沒再攔著他，只是笑著叮囑道：「爵爺可別在母親面前提斗篷的事，手心手背都是肉，母親會為難。」

「還好妳寬容，換作別人的母親，怎肯輕易原諒陷害自家女兒的人？」

張氏笑得越發賢慧，「我發誓要將晚兒當成自己的女兒般來看待的，她行差踏錯，我只會怨自己沒教好她，怎麼會計較？」

曹清儒感動地拍了拍張氏的手，這才轉身走了。

曲嬤嬤躡手躡腳走進來，小聲道：「恭喜夫人得償心願。」

張氏得意地一笑。小樣的，還想翻出我的手掌心？

墨玉居。

俞筱晚仔細聽完豐兒的回稟，輕輕地一笑。雅兒猶帶淚痕地離去，一炷香後，舅父氣沖沖地去了延年堂，這麼說來，張氏已經開始動手了？

她從容吩咐：「嬤嬤來給我梳妝，該去給外祖母請安了。」

俞筱晚帶著趙嬤嬤和幾個丫頭出了墨玉居，先繞道去南偏院，依約叫上吳麗絹。

武姨娘正坐在南偏院的暖閣裡，同妹妹小武氏聊天，見俞筱晚來了，熱情地迎了上去，「表小姐，快進來坐。」

俞筱晚還了半禮，輕柔一笑，「姨娘好。」

吳麗絹還在梳妝，俞筱晚便與武氏姊妹聊起閒天，「敏表哥定是在日夜苦讀吧。」

她重生之後，便立即將自己記得的前世發生的大事摘錄了一份，知道今年秋闈敏表哥第四次落第，舅父失了耐性，讓他安心在衙門做事。其實敏表哥處事圓滑，讀書也不錯，年紀不大就中了秀才，後來又入了國子監，認真讀下去，一個進士怎麼也能中的。可張氏「好心」託兄長在詹事府幫他謀了個職位，從八品的右清紀郎。

科舉三年一次，進士們都能為官，官員子弟另有舉薦一途，因此在吏部掛了一輩子「候補」的進士不知道有多少。敏表哥一介秀才就能當官兒，聽起來是不錯，而且還是在詹事府。詹事府掌管皇后和太子的家族事務，聽起來離權力中心極近，其實曹中敏那職務就是個跑斷腿還難討得好的苦力，差事占用了他絕大多數的時間，學業自然就落下了。

因而說到讀書，武姨娘便是一嘆，「他哪有時間？」若是不能中個進士，敏兒這官就難得升上去，一輩子就是個小官吏。

俞筱晚柔柔地笑道：「家父的同窗乃是當朝翰林院學士吳舉真吳大人，若是敏表哥能調去翰林院，自是有時間研讀，還能得良師指點。」

武姨娘聽得眼睛一亮，「若是晚兒能幫上這個忙，日後有什麼為難之事，都讓敏兒給妳一力承擔。」

俞筱晚柔笑道：「都是自家親戚，本就應當互相幫襯。我想在京城開鋪子，也想請表哥幫忙打點呢。」說著從袖中取出一封信和一張名帖，遞給武姨娘道：「請敏表哥自去運來客棧尋俞總管便是，俞總管往年幫家父送過土產給吳大人，與吳大人是熟識的。此事宜早不宜遲，現在吳大人也應當下朝回府了。」

這就是一刻都別耽誤的意思。

武姨娘雖擔心這麼大的事一介總管能不能辦好，可這天大的好處卻使她十分心動，忙接過信和名帖，立即使人送去給兒子，讓他立即去找俞文飆，並向俞筱晚承諾道：「我這廂先謝過，晚兒妳放心，妳的店鋪，我必會讓敏兒盡心照看。」

吳麗絹正巧走進來，聽到對話笑道：「晚兒妹妹可是請對了人，敏表哥人緣極好，讓他幫襯著，妳的鋪子包賺不賠。」

俞筱晚回過頭，細細打量一眼，淡淡地笑：「表姊這身翠色月裙真是漂亮，舅母不是送了表姊一件雙面斗篷嗎？顏色正配，今兒風大，穿著也免得著了涼。」

吳麗絹便是一愣，她雖不知俞筱晚為何這樣說，卻也笑道：「的確是那件的顏色更配一些。」說罷讓喜兒去取了來換上，與俞筱晚攜手出了院子。

兩人一出門，小武氏便蹙眉道：「怎麼我覺得俞小姐似有所指？」自打媚藥一事之後，她可半點不敢小瞧了這位年紀尚幼的俞小姐。

武姨娘目光有些幽暗，「得找雅年堂的人問一問。」

那廂，俞筱晚與吳麗絹出了南偏院，便道：「哎呀，我給外祖母帶的禮盒忘在你們院的中廳了，我得去拿。」說罷轉了身。

吳麗絹忙笑道：「妹妹等我片刻，我去幫妳拿。」

俞筱晚看著吳麗絹走回院子，淡淡一笑，這下她們必定會好好琢磨琢磨了。武姨娘在這府中住了二十年，多少會有些人脈，張氏想一手遮天，只怕很難。

她不再等吳麗絹，徑直來到延年堂，在中廳門口遇上了曹中雅，便輕柔地笑道：「雅兒妹妹怎麼不等我？」

原是早說過三人一同給老太太請安的，曹中雅辯不得，她到底年紀小，心思掩藏得不夠好，極力壓抑著，眉目間卻比往常冷淡了許多，只皮笑肉不笑地道：「表姊好。」想著母親說是表姊引北王世子去自己廂房的，到底不甘心，暗刺道：「表姊，妳送我的斗篷我很喜歡，父親看了也說好呢。」

原以為俞筱晚總要心虛一下，哪知她淺笑盈盈地說道：「喜歡就好。」

眼神專注地看了曹中雅一眼，那一眼平靜無波，竟沒有一絲慌亂。宛若古井深潭般的眸子，讓曹中雅心底不知怎的一怯，微微退了半步。

芍藥已經打起了簾子，俞筱晚當先進了中廳，曹中雅愣了一下，才跟進去。

曹清儒只說是俞文飆常來府中，旁人已經有了風言風語，道是曹府門禁不嚴。門禁不嚴的流言傳出去，對姑娘們的閨譽不好，這讓親口允了俞管家入府稟事的曹老夫人有些難堪，但一個人的臉面沒有曹家的臉面重要，縱使是出爾反爾，她也不得不與俞筱晚分說。

在兩個孫女恭恭敬敬請了安後，曹老夫人將俞筱晚拉到自己身邊坐下，和藹地笑問：「聽說妳的管家已經買好了鋪面了？我仔細尋思了一番，妳年紀太小，還是跟著師嬤嬤學規矩和女德要緊，況且未出閣的姑娘總是與外男見面也不妥當，這些俗務且讓妳舅父找個可靠的人幫妳管著，待妳出嫁之前，再轉還與妳。」

聽到這話，曹中雅差點憋不住臉上的笑容，已經想見俞筱晚的巨額家資大半落入了母親的口袋，她也能像別的名門千金那樣披金佩玉，滿頭珠光了。

俞筱晚表情恭順，眸光誠懇，「外祖母所言極是，晚兒也想到了此節。上回外祖母說敏表哥行事妥當、有章法，晚兒相信外祖母的眼光，方才正跟武姨娘商量，請敏表哥幫忙照看鋪子。」

曹老夫人聽著眸光微微閃動，笑看著兒子道：「爵爺覺得如何？自家兒子幫忙管著，總比讓奴才管的好。對敏兒來說，也是個歷練，日後他總要幫忙管理家中產業的。」

世家勳貴，通常都是嫡子繼承爵位和產業，由庶子幫忙管理……曹清儒只略一沉吟，便笑道：「母親看著合適就成，我一會兒去交代敏兒，讓他盡心盡力。晚兒，妳讓總管事過來拜見敏兒。」

俞筱晚恭順地應了。

張氏為了避嫌，掐準時間踩著優雅的步伐進屋來，見一屋子和樂融融的，不由得暗暗一愣，看向曹清儒，以為是爵爺還未提及。

曹老夫人見張氏來了，便笑道：「妳來得正好，剛剛在說晚兒的產業，先交由敏兒打理，咱們府中交給敏兒辦的事，妳且先安排旁人去做吧。」

張氏震驚地睜大眼睛，迅速看了爵爺一眼，得到肯定的眼神之後，只覺得喉頭一甜，一口血就要噴了出來。

她辛苦謀劃，居然竹籃打水一場空，白白讓武氏母子得了便宜！

俞筱晚淡看張氏那張極力鎮定，卻依然流露出幾絲怨恨的精美容顏。舅母一定在為沒法將俞家的家財收入囊中而悲憤吧？前世為了侵吞她的財產，張氏竟灌她穿腸毒藥，那椎心的痛、徹骨的恨，縱然已經重生，依然不能釋懷，反而愈久彌盛……

張氏深吸口氣，勉強鎮定下來，溫婉地笑著，坐到曹清儒身邊，商量似的說道：「母親和爵爺商量好了的，媳婦本不該多言，只是有一處，不得不提一提。府中的事自然可以安排旁人去辦，可是衙門裡的事呢？敏兒在詹事府任職，那是多少人羨慕的差事，萬一耽擱了太后娘娘或是攝政王殿下的正事，影響了敏兒的前程，這該如何是好？」

張氏那描畫得完美無缺的青黛眉，恰到好處地蹙成一個小川字，彷彿真心替曹中敏的前途擔憂一般。

曹老夫人淡淡地問：「那依妳之言，該如何是好？」

張氏的笑容越發恭謹，越發溫婉，「依媳婦之見，府中有不少的管事都是會經營的，交給他們去打點，咱們在一旁幫著照看便是。」

曹清儒聽著點頭，若是會影響到兒子的前程，他也覺得讓奴才們去管便好。府中的許多產業不都是奴才們管著，幾個庶弟幫忙照看嗎？

張氏得了丈夫的支持，心中登時大亮，彷彿又看到俞家光燦燦的金山，笑容更加真誠了。

曹老夫人卻垂下了眼瞼，手敲了敲炕几。芍藥極有眼色，忙遞上一杯參茶。曹老夫人接過參茶喝了幾口，才慢悠悠地道：「妳且說說挑哪幾個管事？這些管事手頭的事兒怎麼辦？」

這是張氏早就尋思好了的，卻要裝出思考的樣子，慢慢地說道：「晚兒那有三間鋪子，最好每間鋪子大小兩名管事，有商有量，又能相互監督。俞家本有一名管事，就當總管事，咱們府中另派六人。媳婦瞧著，張春、何厚、郭慶、曹伍、焦可貴、黃重六人最好。」

曹老夫人掀了掀眼皮子，二十幾年來，頭一回知道自家媳婦的算盤打得這般精。

張春、何厚、郭慶三人是張氏的陪房，曹伍和焦可貴、黃重是曹府的家生子，但曹伍、焦可貴圓滑，只怕早就投靠了當家主母張氏。黃重是個忠誠耿直的，或許是哪裡得罪了張氏，日後晚兒的鋪子出了事，要推出去當替罪羊的。至於俞家的總管事，說是統管三間鋪子，哪裡都能問卻哪裡都插不進手，一番盤算下來，幫晚兒管理鋪子的，就都是張氏的人了。

張氏自嫁入曹家以來，一直以賢慧溫婉的形象示人，所以就算是發生了上回爵爺中媚藥的事，曹老夫人察覺張氏有私心，卻也沒怎麼重重責罰，只因為她覺得，當家主母想壓側室一頭，使點手段是常事也是必須，可現在看來，張氏的私心太重，慾望太多，手都伸進外甥女的腰包，必須要狠狠壓一壓了。

再說話時，曹老夫人的語氣裡就帶上了濃濃的嘲諷，「晚兒只是請人幫忙照看，並不是要人全盤接管，這麼多大小管事，鋪子得賺多少錢，才養得活這麼多奴才？」

曹老夫人若直接反對，反倒還有商量餘地，可這般冷嘲熱諷的，就跟一巴掌搧在她臉上似的，張氏的臉頓時就漲紅了，吶吶地吐不出一個字。

曹中雅也聽出了祖母的語氣不對，駭得小臉一白，想幫母親說上幾句，卻又不知從何說起。

俞筱晚忙和稀泥笑道：「晚兒想，舅母的意思是怕奴才們無人管束，在外頭坐大。這主意其實還是不錯的，不過外祖母顧慮得也是，管事的月俸都很高，鋪子還沒開張，人多了，的確養不起。」

「晚兒就忝著臉求外祖母和舅母，從陪房裡各借一個得力的人給晚兒，再從曹家的管事中挑一人出來，每人分管一間鋪子。文伯是父親信任的人，晚兒也信任，就由文伯來管三間鋪子的帳務，帳房的人由文伯直接任命管理。三間店鋪的統管，還是交由敏表哥。敏表哥也不用日日去鋪子裡，就是有空兒去瞧瞧，有事兒的時候，管事們請敏表哥拿個主意。外祖母，您看這樣可好？」

財權握在自己手裡，每一筆支出收入都清清楚楚，敏表哥沒握到實權，又受了她的恩惠，自然會處處留心，左右監管著，就不怕管事的亂來。

曹老夫人想了一歇，便笑道：「那就這麼辦吧。我的陪房裡，許茂是個能幹的，不必說借，我直接將他的身契交給妳，至於曹家這邊，剛才妳舅母提的黃重就不錯，這兩人就可定下。」又看向張氏，「妳也給晚兒挑個好的。」

張氏僵硬地笑道：「那就郭慶吧。」

雖然是安插了一個人手進去，可管不了帳房，這管事能頂什麼用？看不出晚兒這個丫頭才這麼點兒大，鬼心眼子卻多如牛毛！

張氏剛剛忿恨完，門口又傳來了通稟聲：「吳奶奶、吳小姐來給老太太請安。」

曹老夫人道：「快請。」

門簾一挑，小武氏帶著吳麗絹嫋嫋婷婷地走了進來。

一般人進屋就會先把斗篷脫下來，交給丫頭們收好，吳麗絹卻穿著斗篷進了暖閣。張氏的眼皮狠狠地一跳，差點抽了筋。俞筱晚則暗笑，武姨娘必定已經打聽到了什麼。

果然，母女倆請過安後，吳麗絹便優雅地走到張氏面前福了福，表情羞澀，語氣誠懇地道：

「多謝曹夫人賜我這件斗篷，上回在潭柘寺我半途換下來，娘親說我不應當，所以今日特意向夫人道歉。」

看清那件款式時新的兜帽斗篷顏色後，曹清儒的眸光頓時暴漲，張氏的眼皮跳得更厲害了，勉強笑道：「這值當妳道歉嗎？快坐下，一會兒要開飯了。」她現在只希望這母女倆都不要再開口。

哪知吳麗絹還在說：「應當道歉的，曲嬤嬤還特意交代我好生披著，我卻臨時換成了晚兒妹妹送的，現在想來，這實在是對夫人的大不敬……」

曹清儒突然插了一句話：「曲嬤嬤特意交代妳要好生披著嗎？」

吳麗絹含笑點頭，張嘴說了幾句什麼，張氏已經聽不見了，她耳中轟轟作響，暴出無數朵煙花，每一朵都在嘲笑她，妳掩飾不住了……

看著舅父眼中憤慨到了極點的怒火，俞筱晚淡淡一笑。她就知道，舅父一個大男人肯定不會注意到女孩兒家穿什麼衣，如果不挑明了這件斗篷是張氏賞的，張氏就能從中周旋，使絆子。

曹老夫人不知這斗篷有何講究，用疑惑的目光看向幾人。曹清儒不想在眾人面前落妻子的臉面，強行壓抑了怒氣。吳麗絹眼下還有求於張氏，也不想做得太過，盈盈福了一福，便退到母親身後站著。

待陪曹老夫人用過晚飯，曹清儒攜妻子回到雅年堂，立即將下人打發出去，雷霆大怒，「妳給我說清楚，到底是怎麼回事，妳想壞我曹家的大事？」

張氏委屈地紅了眼眶，泫然欲泣，「爵爺這是什麼意思？我就是曹家的人，怎會壞曹家的大事？您是說那件斗篷嗎？的確是我送給吳姑娘的，想著讓她好好妝扮一番。若是我有那個歪心思，她如何能得知，最後又怎會落到雅兒的頭上？」

曹清儒一愣，心中遲疑了起來。

張氏掌握時機跟進，靠在曹清儒的肩頭，小意兒地道：「爵爺肯定認為是我不想讓武姨娘風光吧？其實她不過是個側室，出身又是那樣的，爵爺最是注重禮儀和名聲的，怎麼都不可能寵妾滅妻，我有什麼好擔心的呢？」

頓了頓，見曹清儒的臉上閃過一絲得色，知道自己馬屁拍對了，她便繼續道：「這事兒真是怪，但我可以發誓，若我存心要害吳姑娘，我就天打……」

「好了！一把年紀了，氣性這麼大做什麼！」聽到張氏願意發誓，曹清儒就相信了她，蹙著眉道：「或許真是北王世子胡扯，想逃避責任。」

張氏忍了忍，到底還是沒將髒水往吳麗絹的身上引，免得好不容易洗脫的嫌疑又沾上身，只是道：「爵爺信我，我便是為曹家做牛做馬都值了。我總覺得吧，吳姑娘日後縱使選上了，靠不靠得住還是兩說，爵爺不如多幫幫瑤兒，瑤兒也參選了。我大哥的女兒，自然是比這拐著彎兒的親戚靠得住些的。」

曹清儒點頭道：「這我自會上心的。」他在攝政王的面前頗有幾分體面，攝政王府舉辦宴會，都會請上曹家人，所以張氏的大嫂才會求到張氏的頭上。

張氏順著這話又小意兒地奉承幾句，心中終於大定，開始盤算起怎麼拉攏許茂來為自己做事了。

且不說張氏如何盤算，那廂俞筱晚回了墨玉居後，便將俞文飆寫的店鋪規劃拿出來，用朱砂筆勾勾畫畫。趙嬤嬤在一旁邊給俞筱晚梳頭，邊看著她勾畫，不禁問道：「怎麼只用一個鋪子賣特產？還讓郭慶管著？那舅夫人不就知道咱們汝陽莊子上的收成了嗎？」

俞筱晚淡淡地笑，「知道就知道。」

舅母一心想知道自己的財產有多少，好吧，讓妳看個夠，可是看得見摸不著的滋味好不好受，就自個兒慢慢體會吧！

至於經營方面，土特產當然會有生意，可是開三家店卻不成，她接受了張氏的建議，開一家綢緞鋪子和一家香料鋪子。京城中的人很時尚，就是普通百姓也喜歡熏香、製幾身綢衣，這類的鋪子只要經營得法，就能賺錢，反正她在汝陽有棉莊和布坊、染坊，不愁貨源。

第二天，俞管家入府聽訓，俞筱晚將黃重、許茂、郭慶幾人都召集齊了，分派了每個人的職司。因著曹中敏天不亮就得上衙，此時不在府中，他們幾人再另尋時間去給曹中敏請安便是。

俞文飆只想了一想，便一言不發地接受了俞筱晚的安排，看著屏風後朦朧的嬌小身影，心中不由欣慰地感嘆：小姐如此年紀就心思縝密，可惜是個女兒家，若是男子，前程不可限量啊！

訓完了話，俞筱晚讓趙嬤嬤賞給每位管事一個分量十分足的荷包，淺笑道：「日後要辛苦各位，希望各位盡心盡力將鋪子經營好。我在這答應諸位，只要鋪子是營利的，每月給諸位一成的提成，除此之外，每年年底，哪家鋪子的營利最高，我另有犒賞。」

拿一成的提成，是重金請來的掌櫃才會有的分紅，他們這種奴才出身的人是沒有的，所以聽到俞筱晚的話後，有點小心思的人就忍不住開始有了一絲鬆動，哪個不是為了錢才替人賣命的？

屏風後的俞筱晚將各人的神色收在眼底，很滿意這樣的效果，這才不過是空口承諾而已，待白花花的銀子分到他們手中的時候，他們的心更會貼服她。能為主子幹黑心事的人，必定會被銀子收買，這句話果然不假。

只是一想到自己院裡那個不苟言笑的周嫂子，俞筱晚微微閃了閃神。前世的時候，趙嬤嬤也沒說過周嫂子什麼，周嫂子將院子管得井井有條，可她到現在都看不出來，周嫂子到底是不是張氏的人。

拋開這些無謂的思量，俞筱晚又說了幾句勉勵的話，便讓眾人散了，留下俞管家報帳。俞文飆待人都走後，才小聲道：「小姐想選的少男少女，我已經各選好了十人，每日跟著我習武，待他們成材之後，我再領來給小姐看吧。」

俞筱晚聽得心動，忙道：「我想現在就看……我去稟明外祖母，明日就到鋪子裡去。」

俞文飆原想攔著，後來一想，小姐難得出一回門，便忍下了，又說起一件事，從袖袋裡拿出一張字條遞過去，「前個兒一大早，楚王府的二公子便到咱們鋪子裡來，說是跟小姐約好了的。我也不知是真是假，怕影響了小姐的清譽，便讓他寫了張字條。」

俞筱晚一聽到君逸之的名字就覺得頭痛，展開字條來一看，遒勁有力的幾個小楷字，是跟她約第一個賭局……居然是賭曹中睿必定會與何語芳訂親。

雖然原本就打算輸給君逸之，將那救人性命的方子傳出去，可是這麼個輸法，倒是讓俞筱晚心情更加愉悅了些。

他會用什麼手段逼迫舅母應下這門親事呢？想著想著，俞筱晚忍不住勾起唇角，笑道：「文伯，若是君二公子還來找你，麻煩你跟他說，我賭了，最好他能贏得漂亮一點！」

她聲音輕快、語氣活潑，俞文飆不由自主地受其感染，也勾唇一笑，「我一定幫小姐將話帶到。」

送走了俞管家，俞筱晚先去曹老夫人那兒稟明明日出府一趟，得到首肯後，心情愉悅地回到墨玉居。

在潭柘寺救下的那位老婦人，現下眾人都叫她蔣大娘，她剛剛喝下藥，見到俞筱晚進來，便笑著迎上來，「小姐這藥真是靈，這才不過是第三副，老婦這幾日便沒再犯過了，想來再多吃幾副就能根治了，只是這藥……。」

因為有一味藥很名貴，俞筱晚帶來的分量不足。

初雲笑嘻嘻地在一旁接口說道：「蔣大娘，您放心吧，必定能根治的。小姐明日出府，會幫您揀藥的。」

蔣大娘笑著道：「哦，明日小姐出府？不如帶上老婦一道吧。」

俞筱晚想都沒想便應下了，蔣大娘本就不是曹府的下人，沒理由拘著。不過她倒是沒料到，一時的無心之舉，竟幫了她一個天大的忙。

三間店鋪的地址雖然是在城西，但靠近城中心，位置算是比較好的，的確是張氏之前看好了，想自己買下的鋪子。

到了大門處落了梯，俞筱晚扶著初雪的手下了馬車，回頭笑道：「到地兒了，姊妹們都下來吧。」

曹中貞、曹中雅、吳麗絹都笑盈盈地扶了丫頭們的手下馬車。

俞筱晚出府的藉口是為張氏挑選生辰禮，曹中貞和曹中雅立即便附和著要一同出府。曹中貞的生母玉姨娘是張氏的陪嫁丫頭，為了打壓武姨娘才抬上來的，母女倆都以張氏馬首是瞻，和曹中雅兩人，打的就是監視俞筱晚的主意。俞筱晚如何不知，只她沒什麼不可告人之事，想跟著就跟著吧，還一併請上了吳麗絹，想著與吳麗絹親近親近。

俞管家早就候在門邊，引著幾位小姐在三間店鋪轉了一圈，便招呼眾人上了二樓的雅間。這三間店鋪原本裝修就不足，買下半個月後，俞文飆令人補了漆，又重新布置了桌椅櫃檯等家具，顯得簡潔雅致，幾位淑女都交口稱贊。

吳麗絹的話尤其動聽，「附近的城南城北都是達官貴人的宅邸，有大量的客源，俞姑娘這幾間鋪子必定能開業大吉，財源滾滾的。」

俞筱晚笑著稱了謝，便道要更衣，實際上跟著俞文飆從後門出去，穿過兩側是圍牆的狹窄甬道，到俞文飆買下的小四合院內見那二十個孤兒。二十個孤兒都是相貌清秀、眼睛有神的孩子，俞筱晚瞧著很滿意，給每人打了賞，又勉勵了幾句，不敢耽擱久了，匆匆地回了店鋪。

還沒進雅間，就聽到裡面一片歡笑聲，曹中睿操著剛剛變聲的略微粗啞的嗓音道：「的確是難得的機會，吳姑娘千萬別錯過了……晚兒妹妹怎麼還沒回來？」

俞筱晚眼底凝了冰，小臉上卻綻開一抹柔靜的笑花，示意趙嬤嬤推開房門，提裙優雅地走了進去。

迎面就是曹中睿修長的身影，他雖然年紀尚幼，但身量卻高，而且還不是那麼迎風就倒的竹竿形，一身月牙白的立圓領廣長衫，腰間用油翠色飾玉絲絛繫著，垂下一只繡功精美的金線荷包，除此之外再無飾品，卻顯得他長身玉立、儒雅俊逸。

此時他正回過身，秀眉朗目，笑得如沐春風，「晚兒妹妹回來了，母親令我來請妹妹一道去舅父府中做客，今日舅父府中的幾株名品茶花都開了花，約咱們過去看。張府就在臨街，很近的。」

又是那樣催開百花的溫暖笑容。

俞筱晚似乎又見到了前世之時，曹中睿一朝中舉，成為皇朝史上最年輕的狀元郎，他身披紅花，策馬遊遍京城，臨風一笑，令不知多少懷春少女傾倒。人人都道他是驚鴻少年，文武雙全，哪個知道他其實卑鄙無恥，為攀權貴，連至親之人都要陷害！

不對啊，舅母前世根本不容她參加任何聚會，唯恐她被人相中了，求娶回去，就連張家的幾個侄兒也是防著的，怎麼會讓她參加張府的宴會？

眸光一轉，瞥見吳麗絹的傾城花貌，俞筱晚心中一動，莫非是為了吳姑娘？忍住眼底的冰寒，她輕柔笑道：「舅母一番美意，晚兒自然從命。」

曹中睿聞言喜不自勝，忙當先下了樓，護著幾位表妹乘坐的馬車到張府。

張府後花園的半山亭裡，已經有幾位美貌少女在賞花玩笑了，其中一女年方十五，生得豔麗無雙，既妖嬈又端莊，兩種相悖的氣質在她的臉上奇妙的揉合，產生一種讓人看了又想看，欲罷不能的吸引力，正是張氏的大哥張長蔚的嫡女，張君瑤。

張君瑤見曹中睿引了幾位表妹過來，中間還有兩名不認識的少女，便笑指著俞筱晚道：「這位一定是晚兒妹妹吧。」

俞筱晚忙上前見禮，「見過表姊。」

曹中睿笑問：「表姊如何知道她是晚兒？」

張君瑤輕笑道：「這通身的氣派，秀美淑雅，仙子似的，一瞧就知是出身名門的伯爵小姐，不是晚兒妹妹還會是誰？」

這話聽著是讚俞筱晚，卻暗諷了吳麗絹雖然貌美，卻出身寒微，氣質太差，上不得檯面。這還沒進攝政王府呢，就開始拿人家當情敵看了。

吳麗絹卻只是含笑站在一旁，並沒有半分被輕視的不悅——縱使不悅，現在也不敢表現出來。

張君瑤熱情地拉著俞筱晚的手進暖亭，嘴裡說些親熱話。

俞筱晚不喜歡她看似親切，實則居高臨下、施捨一般的態度，並沒應聲，只含笑注視著她。

張君瑤被俞筱晚平靜的目光看得十分不舒服，似乎她已經看穿了自己虛偽的客套，當下便沒了繼續演戲的興致。她自幼貌美，被人捧得目中無人，今日會這麼熱情，也是受母親和姑母所託，既然人家不領情，她又何必拿熱臉貼人家的冷屁股，只要將俞筱晚拘在這暖亭裡就好。

眾人在暖亭裡坐定後，才有人介紹了吳麗絹和之前到達的幾位官家小姐。相互見了禮，說了會子閒話後，曹中雅忽然紅著臉，向身邊的吳麗絹小聲道：「我想去方便方便，吳姊姊陪我去可好。」

吳麗絹自然不好拒絕，隨著曹中雅站起身。俞筱晚覺出有異，也笑著站起來，「我也一同去吧。」

張君瑤大急，暗瞪了曹中雅一眼。真蠢，居然用這種藉口，要我如何留下晚兒？總不能不讓她去茅廁吧！

曹中雅也沒想到俞筱晚會要跟上，只好訕訕地三人一同去了茅廁，回來的途中，她指著一條小徑道：「從這裡過去有一株瑤台仙子，極是名貴，咱們去看看吧。」

俞筱晚道：「咱們還沒告知主人……」

曹中雅嬌俏地嘟起小嘴，「什麼主人不主人的，都是親戚！難得吳姊姊來一次，有這種名品，自然要見識一番，免得日後成了貴人，連瑤台仙子都不識得！」

吳麗絹一聽便動了心，她是小城市來的，哪裡見過珍貴的茶花，以後想打入上流圈子，還真得多見識見識才行。

俞筱晚無奈，只得再陪著走一遭。

小徑幽深，三人走了半炷香的功夫，還沒見到那株瑤台仙子，倒是跟在俞筱晚身後的蔣大娘道：「小姐，前面有男子。」

俞筱晚一怔，忙止住腳步，「咱們回去吧，前面有外男。」

眼瞧著就要成功了，曹中雅哪裡肯依，笑嘻嘻地道：「表姊說什麼呢，這是後院，哪裡會有什麼男子？就算有，也是幾位表哥啊。」

其實俞筱晚也沒聽到男人說話的聲音，是蔣大娘說的，她不由得看向蔣大娘。蔣大娘貌似恭敬地笑了笑，「老婦耳朵還算好使，聽得到不遠處的腳步聲，人多，步履極輕，絕不是幾位表少爺，應當是內衛。還有很多重而雜的腳步聲，應當是一群中年人。」

這人從哪裡來的，怎麼這麼討厭！曹中雅暗恨在心，小臉上卻做恍然狀，「內衛？啊……對了，好像是聽表哥說，舅舅想請攝政王殿下過府賞花的，莫不是王爺到了？」說著笑嘻嘻地看向吳麗絹，「吳姊姊不是參選了嗎，不想見一見王爺的尊容嗎？」

怎麼不叫妳家君瑤表姊去見！

俞筱晚斂容道：「雖然吳姊姊是參選了，但這般私下相見於禮不合，會讓人瞧輕了去，若是被御史彈劾，只怕連參選的資格都會被取消。」

原本有些意動的吳麗絹神色一凜，對啊，這樣貿然相見，只會讓攝政王以為她煙視媚行，行止不端，而且這位大娘說有一群中年人，恐怕是朝中的官員，深閨女子隨意露面於人前，傳出去會是什麼名聲？這一回朝中是為攝政王選妃，可不是選妾，自己怎能自甘墮落。

見吳麗絹轉身打算隨俞筱晚離開，曹中雅大急，一把拉著她道：「吳姊姊別怕，那邊有個小花窗，咱們瞧上一眼便是，不會撞見王爺的！我也在呢，哪能讓外男隨意瞧了去！」

曹中雅看著年紀小，力氣卻大，吳麗絹年紀大些，總要顧忌形象，不好太過掙扎，竟被曹中雅拖著往花牆邊走了幾步。

恐怕瞧的時候，又會有別的意外發生了！舅母為了自己的地位，還真是殫精竭慮啊，不給吳姑娘安個輕佻的名聲就不放心！

俞筱晚冷冷一笑，走過去揚手就是一耳光，重重甩在曹中雅的臉上。

「啪」的一聲，曹中雅驚呆了，半邊臉麻了一會兒，才泛起了痛感，她尖叫一聲：「妳打我？父親和母親都沒打過我！」

俞筱晚眸光冰冷，盯著她的眼睛道：「我打的就是妳！身為女子如此不知自重，竟要偷窺外男！傳出去不止是妳的名聲，整個曹家的名聲都會被妳毀了去，我不打妳，外祖母也會要打妳！」

曹中雅又尖叫了一聲，像潑婦一樣朝俞筱晚衝了過來。

張氏喜歡毀人清譽，俞筱晚新仇舊恨加一塊，這一巴掌力道十足，直打得曹中雅耳鳴眼花，可她還不道歉。曹中雅這輩子真就沒受過這樣的委屈，將委屈全數化為動力，撞鐘一般地朝俞筱晚撞過去。

曹中雅的丫頭紅兒藍兒悄悄挪動步子，想擋住俞筱晚的退路，好讓小姐扳回一城，也免得事後尋她二人的穢氣。哪知眼前一花，俞筱晚沒了影子，自家小姐卻一頭猛衝過來，將她倆撞翻，脊梁著地，直痛得俏臉煞白，半晌後才「哎呦哎呦」地叫了起來。

俞筱晚只覺得一陣風吹過耳鬢，自己被人提到了一邊，定過神左右一看，卻是初雲和初雪兩個丫頭。這兩個丫頭倒是忠心，想搶在她前頭擋下曹中雅那一撞，可身子卻動彈不得，忽然能動彈了，自然是跑到小姐身邊噓寒問暖：「小姐，您沒傷著吧？」

再說曹中雅，原是想出口惡氣，哪知撞得自己頭暈眼花，卻還沒能報得了一掌之仇，左臉又是火辣辣的疼，視線都有些模糊了，可見腫得不輕。自己的丫頭只顧叫痛，卻不來問她痛不痛，反倒是沒事人一般的俞筱晚還有人關心。

萬分的委屈加惱怒，她哇的一聲便哭開了。

這廂動靜一大，僅一座花牆之隔的人便聽到了。張長蔚正躬身引著攝政王和楚王、韓丞相等人在園子裡信步賞花，早告知了妻子，要她將女眷們請去另一處園子，兩廂莫衝撞了。這會兒聽得女子的哭鬧聲，攝政王高貴的寒眸輕飄飄地落到他的身上，頓時漲得老臉通紅，回頭怒斥管家道：「去瞧瞧怎麼回事，誰這麼沒規沒矩！」

攝政王原是想一笑而過，可忽地又想起恩師所言，從一座宅子管得好不好，就可看出這名官員的能力強不強，遂又改了主意，淡淡地道：「一起去看看吧。」

張長蔚驚得一背的汗水，卻也只能當前引路。不過一丈遠的距離，想使個人通風報信都不能，可千萬別是什麼腌臢事啊！

待眾朝官看到是幾個小姑娘，其中一個還在哭哭啼啼的時候，都不由得愣住了。曹清儒亦陪在攝政王身旁，見狀驚問：「雅兒、晚兒，妳們怎麼在這？」

若此時曹中雅隨意編派幾句，說是吳麗絹想來看攝政王，吳麗絹的名聲就算是毀了。這群大男人可沒時間聽幾個不相干的小姑娘分辯，一般都是先入為主了。因此俞筱晚忙搶上前恭敬地納了個萬福，先給各位大人請了安，才細聲回稟道：「回舅父的話，雅兒妹妹想觀賞瑤台仙子，哪知不小心滑了一跤。」

眾人順著輕柔甜美的聲音看去，只見一名十一二歲的少女，一身月牙白的合身短襦下繫淺藍色暗竹紋八幅羅裙，以花為貌，以鳥為聲，以月為神，以玉為骨，以冰雪為膚，以秋水為姿，清雅脫俗而風華內斂。

這樣超凡脫俗的氣質，彷彿塵世的一切罪惡半點不沾，旁人自是相信她說的話。眾人的眸光在曹中雅的臉上轉了一圈，見她羞愧地低著頭，不由得輕笑了起來。有與曹清儒交好的官員便道：「令嫒看起來無礙，曹公切莫心急。」

君逸之挑高了鳳目看向俞筱晚，用眼神問道：跌跤也能跌得半邊臉都腫起來嗎？

俞筱晚心中惱怒，這人怎的這般沒皮沒臉，當著韓二公子的面……想到這才想起來，今生她還未與韓二公子訂婚呢，不由得又微微紅了臉，垂眸不語。

曹中雅則是不敢抬頭，方才俞筱晚威脅她，「妳若不想讓這麼多人知道妳幹了什麼，就給我好好遮著臉！」

她本是不想聽的，可一抬眼見到人群之中有韓二公子和君二公子，心底裡也不希望自己臉腫眼紅的樣子被絕世美男瞧了去，只得低頭捂臉，配合俞筱晚瞎扯。

而吳麗絹則將頭低得快貼到胸口，生恐被人說道言行輕佻。

卻也有那與張長蔚貌合心不合的官員，挑著事兒問：「幾位小姑娘怎的來了此處？」言外之意，就是張府管束不嚴。

此言一出，攝政王的眸光就飄了過來，張長蔚急得不行，若是旁的官員的女兒，他肯定就賣出去了，才懶得管她們的閨譽如何，可偏偏雅兒是自己的外甥女，不能說她們不懂事啊，又不想承認是自己府中管理的疏忽，真真是左右為難。

韓世昭忽地低喝了一聲：「什麼人，出來！」手指輕彈，一顆小石子激射向花牆邊角。

「哎喲」幾聲痛呼之後，三個張府的粗使婆子哆嗦著爬出來，撲倒在地，大呼饒命，「老奴們本是守在此處打掃園子的，方才那處花牆塌了一片，老奴們怕影響了貴客們的雅興，一齊去修葺了，沒注意到幾位小姐過來。」

如此一來，倒是解釋了為何沒人攔著幾位小姐往男賓遊玩的園子裡來，張長蔚大舒口氣，「原來如此。」

忙看向攝政王，希望王爺不要誤會他府中管理混亂。

攝政王卻只靜靜地看了看俞筱晚，又淡淡地掃了她身後的諸人一眼，不置可否地轉身離去。挑事的人不得不壓下到了嘴邊的話，跟著眾人走了。

韓世昭和君逸之是晚輩又沒有官職，走在最後，都回頭朝幾位小姐一笑。

俞筱晚、曹中雅和吳麗絹三人正好抬頭，瞧見韓世昭臉上掛著一抹淡淡的笑，秀雅得如同風中芝蘭，君逸之卻是風流倜儻，玩世不恭地笑著，那帶著暗示一般的笑容，足以令懷春少女們面紅耳赤。

俞筱晚直接忽略了君逸之，向韓世昭盈盈一福，「方才多謝公子相助。」

那三名粗使婆子肯定是助曹中雅害吳麗絹的，打定主意躲著不現身，若不是韓世昭逼她們出來，還真是解釋不清自己三人怎麼會在此，傳出去，難免會有風言風語。

韓世昭淡然一笑，俊美得天怒人怨，低聲反問道：「要怎麼謝我？」

俞筱晚訝異地抬眸，捕捉到他眸中閃過的一絲促狹，不由得小臉一紅，暗啐道：這人也不是傳聞中的那般老實！

韓世昭卻沒再纏著她問，而是將目光調到曹中雅的臉上，輕蹙了秀挺的濃眉，關心地問：「可摔傷了哪兒？我這有瓶傷藥，治淤傷是最好的，妳拿去用吧。」

那語氣篤定了曹中雅是摔傷，彷彿摔跤摔個五指印出來是天經地義的事情。

清澈如同湖水的眸子裡全是真誠的關心，遞過來的青瓷小瓶彷彿就是一顆真摯的心，曹中雅哪裡受得住絕世美男的深情厚意，當場從頭頂紅到腳板心，還有兩股熱流無處可去，從鼻孔噴湧而出。

彷彿今日就是她的桃花日，君逸之也擠了過來，用那張絕世的俊顏演繹無微不至的關懷，同樣遞過來一個小瓷瓶，「我這也有，用我的吧。」

兩位美男都爭著向她獻殷勤，曹中雅心花怒放，只以為自己在夢境。她呆呆地接過一只小瓶，忽見韓世昭濃眉微蹙，清澈的眸子裡閃過幾絲失落，才驚覺自己接的是君逸之的小瓶，忙又接過韓世昭手中的小瓶，令得美男展顏一笑。

「多、多謝！我都、都試試！」曹中雅激動得有些結巴，忙不迭地令紅兒藍兒給她上藥。

她的奶娘原嬤嬤忙阻止道：「小姐，還是請大夫來診診脈才好。」

君逸之挑了挑眉，「這是御用的傷藥，怎麼，還怕我下毒嗎？」

韓世昭只看向曹中雅，「早些用藥，小心傷了肌膚。」這麼關心我！曹中雅激動得直喘，親手抹上兩種藥膏，頓時覺得左臉上一片冰涼，再沒了火灼一般的痛感。

片刻後，韓世昭和君逸之都露出如釋重負的笑容，「藥還算靈，還好保住了小姐的秀麗容顏。」

曹中雅羞怯地低下頭，想說上幾句感謝的話，卻又想顯得矜持，拿捏不準分寸，耳畔聽得韓世昭道：「在下告辭了。」說罷真的轉身離去，誰也沒多看一眼。

君逸之也跟著道：「我也走了。」回過頭，走了幾步，與俞筱晚擦身而過的時候，擠了擠眼睛，「不能光謝姓韓的。」

俞筱晚一怔，他卻已經風一般遠去了。

曹中雅還在癡癡看著二人的背影，一顆芳心撲通撲通地跳。原嬤嬤大急，扯著小姐的衣袖，就想幫她擦去臉上的藥粉。曹中雅惱怒地推開她，「妳幹什麼！」

表小姐在這兒，原嬤嬤不能明說，只能一字一字咬著牙道：「藥很靈，紅腫都消了。」

曹中雅呆了呆，「啊」的大叫一聲，臉上的紅腫都消了，她還怎麼向母親和祖母告俞筱晚的狀？

肆之章　舅母謀劃反惹氣

因攝政王妃也駕臨張府，張夫人、張氏等人都在中廳陪著王妃，俞筱晚三人回到暖亭後，便被人請到了中廳。

吳麗絹安然無恙，張氏和張夫人兩個惱怒地瞧了自家女兒一眼，曹中雅委屈得要死，偏偏韓君二人贈的藥膏十分管用，現在臉上已經瞧不出半分異樣了，張氏自然看不出什麼端倪來。

張夫人臉上堆著笑，將張君瑤和曹中雅兩人拉到攝政王妃跟前請安。

攝政王妃之前便見過曹中雅幾次，笑道：「越來越漂亮了。」

張君瑤這還是第一次見到攝政王妃，忍不住悄悄打量幾眼，見她二十歲左右的年紀，生得丰儀秀美，端莊嫵媚，心裡就有了一絲輕視。沒有我漂亮，更沒有我年輕，日後我必定能取代她的位置！

她心底不屑，神態中卻半分不顯，優雅地福下身，「王妃金安。」

攝政王妃細細打量了幾眼，心中閃過一絲煩惱，怎的又是一個絕色？面上卻是笑讚：「張小姐的確美豔無雙，難怪禮部黃大人一力舉薦。」

張君瑤聞言卻不得意，謙虛地道：「不敢當王妃讚，臣女與王妃比，僅是蒲柳之姿。」又送上一件親手繡的小炕屏作禮物。

張君瑤這般低姿態卻沒討得了攝政王妃的好，反而更覺得她虛偽，對這幅繡功精美、喻意吉祥的屏風，也只是隨意讚了幾句。

俞筱晚敏感地捕捉到了攝政王妃的不悅，暗暗思忖，誰都知道王妃嫁給攝政王，五年來未有所出，朝廷才會大舉為王爺選側妃，王妃心中肯定是不樂意的，因為只要有人生出了兒子，她的地位就岌岌可危，所以再如何低聲下氣，也討不到好。

她心思一轉，悄悄向一旁的吳麗絹說了兩個字，這才端莊地上前請安。

攝政王妃客套了兩句，張氏便主推吳麗絹，「這位吳姑娘是我家姨娘的親戚，祖父是清河縣的候補縣令，這一回也參選了，若論相貌，便是我侄女君瑤也遜她幾分的。吳姑娘，快來拜見王妃。」

在座的都是達官貴婦，這回參選的也多是官家嫡女，只吳麗絹出身不高，還有一位當姨娘的姨母，這樣的介紹簡直跟一巴掌搧在她臉上沒兩樣，廳中的夫人們不免露出了幾分輕蔑之色。縱使吳麗絹再沉著，儀態萬方地納了萬福，卻也不禁羞窘得漲紅了臉。

可這些夫人卻不知，攝政王妃雖然不喜歡吳麗絹如此貌美，卻對她的身世十分有好感，這樣的身分縱使給王爺生下了孩子，也不可能動搖到她的地位，至於美貌，縱使少了一個吳麗絹，還會有成百上千個李麗絹、王麗絹，根本不足懼，因而她格外和善地道：「平身。」

張夫人一點也不想放過幫女兒打擊對手的機會，笑問吳麗絹：「不知吳小姐準備了什麼禮品孝敬王妃？」

幾人都是臨時請來張府的，怎麼會準備禮物？張夫人和張氏都等著吳麗絹出醜，吳麗絹胸有成竹般恭謹地笑道：「民女身無長物，實在沒有什麼可以孝敬王妃的，唯願齋戒七七四十九天，為王妃祈福，願王妃萬事順意，心想事成。」

自己有什麼心願，估計是個人都知道。攝政王妃心中一動，仔細看向吳麗絹，吳麗絹平靜地半垂眸光，任其打量，笑容越發真誠。攝政王妃終是展顏一笑，從手腕上褪下了一只玉鐲，拉過她的手，親自幫她戴上，「好姑娘，難為妳有這片心！」

張夫人和張氏氣得差點倒仰，原是想著攝政王妃見吳麗絹貌美，必定會在甄選之時動動手腳，將其除去，哪知王妃竟似十分滿意她，還將自己的玉鐲相贈，君瑤那般討好，都只得了幾句客套的讚美。

說話間到了宴時，賓客並不多，男女各三桌，席面都擺在張府的後院大花廳內，用紫檀座繪牡丹琉璃屏風隔開男女席。

女席這邊安靜優雅，男席那邊的官員們卻一忽兒奉承攝政王，一忽兒推銷自家兒郎，熱鬧非凡。忽聽有人作了一首詩：玉蕊生成經雨風，扶蘇萬物傲蒼穹。花開遍野無香到，芳信傳來卻撚紅。對仗工整，韻味優美，少女們便回頭從屏風的縫隙間瞧去，卻是曹中睿立於階前，吟詠茶花。只要是這種宴會場合，睿表哥就要展示一下詩才。以往俞筱晚如同席面上的少女們一般心生仰慕，如今卻只覺得噁心厭煩。她不耐地轉過眸光，無意間劃過君逸之的臉，只見他正欠身與攝政王說些什麼，神色恭敬裡還帶著輕佻，一看那模樣，就知道他肯定沒想什麼好事。

俞筱晚這念頭還沒轉完，就聽得攝政王笑道：「好詩！卻不知愛妃那邊有無人可以接得上？不如打個擂臺，勝者有賞。」

貴族女子都會識文斷字，以才貌雙全為榮，王妃聽到攝政王下戰帖，便知王爺今日興致很高，不敢掃了他的興，忙應和道：「自然有！」

答得斬釘截鐵。

答完再將眸光從席面上慢慢掃視過去，定在一人身上。俞筱晚順著瞧過去，竟是那位沒脖子的何語芳。何語芳起身施禮道：「請容臣女半炷香的時間。」

攝政王妃不急，含笑飲酒。旁人都好奇地看著何語芳，真還沒人知道她是才女。

何語芳接過侍女捧上的文房四寶，擰眉思索片刻，便提筆寫下了一首六行詩：「一捧黃土埋玉骨，萬分寂寞半嬌顏。似有濃妝出絳紗，行充一道映朝霞。飄香送豔春多少，猶見真紅耐久花。」

攝政王妃細品一番，讚道：「好詩！有氣節！」

俞筱晚訝異地看向何語芳，原來竟是有內才的才女。

男賓那邊已經得了詩，攝政王也讚道：「比之曹公子之作更勝一籌。」又問：「不知是哪位閨秀所作，要何賞賜？」

何語芳忙起身道：「臣女何氏，不敢要賞賜。」

那廂已經有人輕笑了起來，「勝者便有賞，皇叔可不能賴，依小侄看，不如讓曹公子向何小姐敬一杯吧。」

說話的人正是君逸之，他神情閒逸、語氣輕佻，生生把曹中睿的臉都給憋紅了。敬酒便是服輸的意思，曹中睿不是不能服輸，只是不能向女人服輸，傳出去日後還不被人笑話死。

可攝政王卻不知之前聽君逸之說了什麼話，這會子只淡笑不語。曹中睿急得額頭都滲出了冷汗，最大的人物不說話，旁的官員也不方便說什麼，求情都不好意思開口。

一時冷了場。

俞筱晚眼波一轉，那個傢伙肯定是要擠兌睿表哥，或許還有什麼後招，想贏得賭約，只是……她看向何語芳，能作出如此錦繡詩篇的女子，必定有顆七巧玲瓏心，可惜世人只看到她略有殘疾的外在，包括自己以前也是這般，但現在若讓何語芳嫁與睿表哥，她真覺得是委屈了何姑娘。

正巧，此時幾名婢女捧著大托盤上新菜，俞筱晚心中一動，從袖籠裡取出一方帕子，疊成六合形，輕輕放在托盤上面，小聲叮囑侍女，這是請王妃鑑賞的。

婢女識得俞筱晚是夫人的拐彎抹角親戚，便聽從地將話兒傳給了攝政王妃。王妃拿起帕子看了看，明白了俞筱晚的暗示，微微一笑，揚聲道：「王爺原是說勝者有賞賜的，怎的變成了敬酒？逸之，你還真會替你皇叔節省！」

此言一出，各方的面子都給了，氣氛又再度活躍了起來。攝政王大方地說賞黃金十兩，何語芳忙謝了恩。

宴會之後再度遊園，直至申時正，賓客們才散去。君逸之與楚王爺才剛入府，攝政王妃便遣了大管家東方浩來傳話，言道有人委婉求了情，女子若壓男子一頭，日後夫妻難得和睦，所以今日宴會上才沒有提及指婚一事。

君逸之倜儻地笑道：「皇嬸太客氣了，這等小事還勞煩大管家親自跑來，來人，看賞。」

東方浩笑著謝了賞，才轉身離去。

君逸之淡淡地挑了挑眉，委婉求情？肯定是俞姑娘，她不想輸而已。可是，指婚一事我早就已經同皇叔說好了，躲得了這回，躲不過下回。

再說俞筱晚等人，回到曹府後都先去給曹老夫人請安，曹老夫人體貼大家都累了，只問了幾句宴會中的情形，便讓眾人回屋休息。

俞筱晚卸了釵環，換了身家常衣裳，便讓初雲請蔣大娘進來。

不多時，蔣大娘進了屋，俞筱晚屏退左右後，端端正正向蔣大娘深深一福，言辭懇切道：「請大娘恕晚兒眼拙，竟未看出大娘身懷絕技，還請大娘恕罪。」

連內衛的腳步聲都能聽出來，自然是高人。蔣大娘露了底，也不裝，只矜持地笑，「小姑娘是想求我嗎？我說過，若妳能治好我的舊疾，我就應妳三件事，任何事！」

聞言，俞筱晚將到嘴邊的話嚥下去，自信地笑道：「那麼，我要好好想，要求哪三件事了。」

蔣大娘詫異地深深看了俞筱晚一眼，尋常女子面對曠世高人的時候，多少都會露怯，神情上也會恭敬許多，可俞筱晚的態度卻與之前並沒有多大差別。之前沒因為她身分低微而鄙棄，現在也沒因為她身懷絕技而諂媚，能以這種平常心看待身邊人的人並不多見，何況她才不過十一二歲。

蔣大娘不由得對俞筱晚產生了惜才之心，她身分奇特複雜，行事乖張怪癖，卻是一言九鼎。於是便思索著，若是自己這病小姑娘真能給治好，就將自己這一身的武功傾囊相授。即使不能根治，只要能緩解，又願意將藥方給她的話，她也願意傳授一二，對於一個名門千金來說，足以掃平任何深宅內院了。

雅年堂內，張氏氣得渾身直抖，她說怎麼好端端地謀劃好的計畫會失敗呢，原來是張君瑤不願親自出馬，卻使著雅兒團團轉！她恨鐵不成鋼地拿指甲直戳曹中雅的額頭，「沒見過妳這樣笨的，在張府行事，用得著妳引吳麗絹去嗎？」

若是雅兒不在場，便是俞筱晚同樣被毀去了名聲，她只會拍手稱快！

轉而又罵道：「來了人，妳捂著臉做什麼，怎麼不讓旁人知道她俞筱晚有多潑悍？這會子指印都沒了，妳要妳父親和外祖母如何相信妳受了委屈？」

正說著，外間水晶珠簾一響，一個人走了進來。

能不讓人通稟就進屋的，除了曹爵爺不會有旁人，張氏嚇了一跳，忙給曹中雅使了個眼色，曹中雅本來就給娘親罵得紅了眼眶，倒不用裝，曲嬤嬤則飛速地取出一條手帕，在眼睛上抹了抹，眼淚水頓時就湧了出來。

張氏神情淒苦地坐在美人榻上，待爵爺走到近前，彷彿才發覺，忙起身相迎，欲言又止，欲哭無淚。

曹清儒不是個好脾氣的，見狀便知老妻在裝可憐，只蹙了蹙眉道：「有什麼事就說吧。」

這男人真是一點也不體貼！張氏暗暗罵了一句，風韻猶存的臉上布滿哀傷和無奈，「其實本是小事……」描述了一番曹中雅想觀賞茶花，卻被俞筱晚誤會，狠狠搧了一個耳光，說著拿帕子拭淚，「便是雅兒做錯了什麼，晚兒也當好好地說啊，怎麼動輒就是掌嘴？雅兒一直拿她當親生姊姊般看的，真真是傷了心，心裡委屈，可是還得幫她遮掩，免得晚兒被人說潑悍，壞了名聲！」

曹清儒眉頭一蹙，回想了一下當時的情形，雅兒好像的確是低著頭捂著臉，再看向女兒的時候，神情就和藹了許多。

張氏趁機博同情，「雅兒方才還在跟我說，不要告訴父親，怕父親責怪晚兒表姊。我便說，妳父親最是重視手足和睦的，自不會去責備晚兒，免得妳們姊妹之間生分了。我也是這個意思，本不想告訴爵爺的，連母親那裡都沒說，只是又怕晚兒是獨女，妹妹、妹夫寵得過了些，這般任性下去，日後嫁到婆家，哪個還會讓她？所以我想，為晚兒單獨請個教養嬤嬤，多管束著些，您看如何？」

曹清儒聽得連連點頭，「妳顧慮得對，就為晚兒單獨請個教養嬤嬤吧。妳這樣很好，真是長大了。」最後一句是衝著曹中雅說的，讚她懂事謙讓。

曹中雅紅著臉兒低下頭，乖巧地道：「女兒只是按父親平日的教導去做而已，晚兒表姊已經失去了父母，我們就是她的至親之人，自然得讓著她一點。」

曹清儒聞言更是欣慰，大手撫摸著女兒的秀髮，他不擅言辭，只是道：「很好！很乖！」

曹中雅悄悄與母親對視一眼，心中得意非凡，雖然是吃了俞筱晚的虧，可卻得了父親的讚賞，到底還是扳回了一點。

得了爵爺的贊同，張氏立即遣了曲嬤嬤去張府，向大嫂張夫人借用嚴嬤嬤。

這位嬤嬤可沒姓錯姓，為人極度嚴苛，她原是宮中女官，生得貌美如花，亦有機會得聖上垂幸一躍成妃，可惜在先帝召幸的當日，摔了一跤，破了相，事後知道是某位妃子所為，卻又能如何？因此，她對美貌的女子分外憎惡，俞筱晚小小年紀就生得傾城之貌，嚴嬤嬤不往死裡折騰她才怪！

這廂得了張夫人的准信，張氏便收拾打扮好，藉著黃昏請安的時機，想向曹老夫人稟明此事。進了延年堂的暖閣，還未轉過屏風，正聽得俞筱晚哀哀戚戚地對曹老夫人道：「晚兒真是不該。」

張氏莫名地就一陣脊柱生寒，臉上淑雅的笑容僵硬了幾分，忙將芍藥拉到一旁，小聲地問：「表小姐在同老太太說什麼？」

芍藥低聲道：「表小姐說她今日打了三小姐一巴掌，現下十分後悔，怕三小姐日後不理她了。」

說到這兒，聽曹老夫人安慰道：「是雅兒魯莽在前，妳也是為了曹府的聲譽，她若敢暗恨妳，我去罵她。」

俞筱晚忙拉著曹老夫人的衣袖道：「外祖母萬莫這般說，雅兒妹妹年紀小，只是想賞賞花而已，是我太心急了。」

張氏聽得滿眼冒金星，她才悄悄跟爵爺說這事兒，俞筱晚就背地裡跟曹老夫人說，擺明了是在跟自己唱對臺啊！

她心中怒火燃燒，丟開芍藥就大步踏了進去，端著笑臉給曹老夫人請了安，一抬眼，就看到俞筱晚可憐兮兮地半垂著小腦袋，用那種怯怯的目光偷瞧著自己，好像怕被自己責怪一般……

裝這副柔弱的樣子給誰看？明明就是個背地裡嚼舌根的無恥小人！

曹老夫人淡淡地道：「妳來得正好，我正要問問妳，雅兒今日在張府，非要去北園子裡看茶花是為何？」

張氏暗恨地瞪了俞筱晚一眼，才回婆婆的話：「那瑤台仙子去年雅兒便沒瞧著，這孩子一直惦記著，也是張府的下人疏忽，竟沒人攔著，都不知道那邊大哥請了攝政王爺和同僚們在逛園子，這才鬧出了誤會。」

之前俞筱晚也沒明說是衝著攝政王去的，曹老夫人似是相信了張氏的話，淡哼了一聲，「知道有人，就應當趕緊離開，還一定要看，大家閨秀，行事怎能這般沒有分寸？」又替晚兒說項道：

「妳也別怪晚兒，她也是怕雅兒被外男撞見。」

張氏急忙表態，自己剛剛還責備了雅兒，並沒有半點責怪晚兒的意思。曹老夫人這才點頭微笑，俞筱晚忙起身向張氏福了福，「多謝舅母寬容體諒。」

張氏含笑將她拉起來，「說的什麼生分話！雅兒做事不妥，妳管著她也是應當的！」又拉著俞筱晚在自己身邊坐下，含笑噓寒問暖了幾句。

似乎忽然想起一事，她忙向曹老夫人道：「想稟明母親一件事，瑤兒要參選了，宮裡派來了嬤嬤，我嫂子那邊的嚴嬤嬤便沒了差事，她名聲極響，我想著，雅兒有了一位教養嬤嬤，晚兒總是跟著學也不妥當，不如由我出面，請來教教晚兒。」

嚴嬤嬤因為帶出過一位妃子，所以在教養嬤嬤裡還是很有名氣的，曹老夫人聽著有些心動，看向俞筱晚。

俞筱晚心中冷哼，眼瞧著師嬤嬤被我的金錢打動了，舅母便要再弄個厲害的來，非要把我教成個傻子才開心。表面上，她卻歡喜又羞怯地道：「嚴嬤嬤可是出名的教養嬤嬤，若能得她栽培，實是有幸，只是聽說嚴嬤嬤的月俸很高，舅母您還願為晚兒自掏腰包，真是讓舅母您破費了，晚兒先謝過舅母的厚愛。」末了鄭重地福了福，眼睛發亮地看向張氏，一臉感激不盡的神色。

張氏當時就愣住了，自己什麼時候說過要自掏腰包？想了一歇，似乎是那句「不如由我出面」，可那只是想表明，一般的人請不動嚴嬤嬤，自己才有這個臉面而已，婆婆，您可千萬別誤會了……

曹老夫人卻微微一笑，順著俞筱晚的話道：「妳舅母拿妳當自個兒的女兒一般的疼，總說恨不能將心掏出來待妳，這點銀子算什麼，妳只管好好地跟著嚴嬤嬤學便是。」又看向張氏，神情慈愛，「那就辛苦妳去跟張夫人說說，務必請嚴嬤嬤過府來教授晚兒。」

連「請不動」這個藉口都給堵上了，張氏只得咬著後槽牙應承：「媳婦一定會將嚴嬤嬤請來的。」

嚴嬤嬤十五兩銀子的月俸，她的月例還能餘下五兩，省省就成了，沒什麼！沒什麼！

回到雅年堂，張氏就將桌几上能摔的東西摔了個稀巴爛。

曲嬤嬤屏息靜氣守在一旁，瞅著主子的脾氣發作得差不多了，這才小心翼翼地道：「夫人當時真應該拒絕……」

張氏瞪了她一眼，「妳懂什麼！明明可以是公中出銀子的事兒，婆婆卻也跟著晚兒擠兌我，必定是晚兒上了眼藥，婆婆猜測我是故意引吳姑娘去那邊的，我若是不依，只怕就會說給爵爺聽了！」

曲嬤嬤恍然大悟一般，上前替她順背邊小意兒安撫，「夫人何必生氣，老夫人沒有真憑實據，也不能拿夫人如何。那嚴嬤嬤是出了名的嚴苛，只怕不到兩日，表小姐自個兒就受不住了，求著您送回張府去，您不就不必破費了。」

張氏想了一歇，也只得如此，她若不願掏腰包，好像平日說疼愛晚兒就是假話一樣，不過，雖然銀子花得她肉疼，但今日去張府也不是白去，怎麼從俞筱晚的店鋪裡擄銀子，已經全盤計畫好了，日後俞筱晚只會出得更多。

摔東西摔累了，張氏喘了幾口，才恨恨地道：「這我知道，我只是恨，明明有個正經的親戚可以靠，君瑤當上了側妃，一樣也能幫襯曹家，這麼巴著這個吳麗絹做什麼？」

曲嬤嬤立即奉承道：「就是，侄小姐一瞧就比吳姑娘貴氣得多了。」

張氏冷哼，「那是自然，可是若讓吳麗絹選上了，哪怕只是個妾，也是件麻煩事。過幾天便是我的生辰，來的客人多，妳幫我想個法子，除了吳氏母女。」

曲嬤嬤的笑容一滯，心道：夫人這也太心急了，哪有在自己的壽宴上動手的！

這時候，俞筱晚和趙嬤嬤、初雲初雪幾個也正在說這事兒。

趙嬤嬤只嘆氣，「看來舅夫人是打定主意不讓吳姑娘進王府，這也難怪，若吳姑娘真成了攝政王的側妃，有了誥命，姨母怎麼也不能是個四品官員的側室，自然會威脅到舅夫人的地位……對了，過幾日的壽宴，小姐打算送舅夫人什麼壽禮？」

俞筱晚淡笑道：「嬤嬤幫我挑一件寓意吉祥、拿得出手的物件便是。」她要送的重禮，一份已經送了出去，另一份，則要請嚴嬤嬤來幫忙了。

次日嚴嬤嬤就入住張府的墨玉居，正式成為俞筱晚的教養嬤嬤。因為之前張夫人曾向嚴嬤嬤說起俞筱晚「驕橫」暴打曹中雅，因此嚴嬤嬤對俞筱晚的第一印象非常差。

俞筱晚早知這位嬤嬤是個油鹽不進的，便懶得與她攀交情，只按規矩行了晚輩禮，送上的賀儀也是按正常的標準，親手繡的荷包裡，裝著一顆二兩重的小金錁，既沒貴重到諂媚，也沒平凡到輕視，讓嚴嬤嬤有心就此挑個錯都挑不出來。

再說俞筱晚前世早已學習過各種正規禮儀，縱使嚴嬤嬤故意刁難，她也能應付下來，態度亦是不惱不火，不卑不亢，三天下來，嚴嬤嬤沒抓著她任何把柄。

況且接觸了幾天，發覺俞筱晚待人溫和有禮，並非那種刁蠻任性的千金，且，柔軟之中暗藏剛強，亦不是那種可以任人拿捏的糯米團，她心裡反倒起了惜才之意，覺得此女可造也。

這天培訓完了走路姿勢，嚴嬤嬤便道：「姑娘去將繡品拿一件與我看看。」

俞筱晚輕輕應了一聲，讓初雲去取了一塊自己繡的手帕。

嚴嬤嬤仔細看了幾眼，唇角微微往上彎了彎，「以妳的年紀來說，還不錯，若是能得金大娘指點的話，日後必定有大成就。」

雖然富貴人家的夫人奶奶們鮮少親手繡些什麼，但作為待嫁女子，繡功卻是非常重要的一項技能，甚至影響到旁人對其品行的判定。嚴嬤嬤說的這位金大娘，是繡娘中的佼佼者，宮中尚衣局的女官，太皇太后、太后和先帝的朝服都是由她親手所繡。

金大娘在宮中任職，但休假時可出宮，貴夫人們常常要託關係走人情，才能將自家女兒的繡品送去給金大娘評判。若能得句讚美，此女的行情立即便水漲船高，更別說由她來親自指點的未婚少女了。

俞筱晚露出渴望又無奈的神色，「聽說金大娘鮮少出宮，便是出了宮，也被各家王公侯爵府上請了去，我如何有幸得到她的指點？」

嚴嬤嬤淡淡一笑，「只看妳願意不願意。」

「自然願意。」俞筱晚立即驚喜地屈膝一福，「還請嬤嬤引薦。」

嚴嬤嬤笑道：「這沒問題，只是讓她入府比較麻煩，還是出府相見比較好。」

俞筱晚立即應承下來，又令初雲準備四匹蜀錦送給嚴嬤嬤。嚴嬤嬤也沒推辭，欣然收下，先回屋休息去了。

待嚴嬤嬤離去，蔣大娘不知何時晃了進來，挑眉哂笑，「小姑娘心眼真多，妳怎麼知道金大娘與嚴嬤嬤交好？」

俞筱晚淡淡一笑，「猜的。」

蔣大娘可不信，她每天冷眼旁觀，發現俞筱晚總是故意在嚴嬤嬤面前表現，只是表現得十分不明顯，比如說，嚴嬤嬤要求她行禮達到某種標準，她總是第一次差那麼一點點，第二次勉強達到，第三次就能遠遠超過嚴嬤嬤的預期，讓嚴嬤嬤除了驚訝就是驚豔，只用了三天的時間，沒費一點力氣，就將嚴嬤嬤給收服了，主動要將她介紹給金大娘。

俞筱晚自然不會告訴蔣大娘，自己多活一世，當然知道嚴嬤嬤和金大娘的關係。張君瑤能當上側妃，多憑了這層關係，所以她才要在張君瑤之前將金大娘的心攏住，讓金大娘幫忙推薦吳麗絹。

她示意蔣大娘坐在對面，沉下心來給她診脈，然後驚訝地發現，蔣大娘的舊疾已經治癒了，「真沒想到這麼快，才不過服藥十天而已。」

蔣大娘嘿嘿一笑，「我是習武之人，好得快些很正常，說吧，妳想求我什麼事？」

俞筱晚輕柔地笑道：「首先自然是學您這一身本事，另外兩件嘛，我暫時還沒想好，待想好了再說。」

蔣大娘微微一哂，「小姑娘倒是會打算盤，我這一身本事不知多少人想學，妳若要學，就得先拜師。」

俞筱晚卻搖了搖頭，「一日為師終身為母，日後您若讓我將另外兩件事廢了，我也只得依從，太不划算。我敬您是長輩，就向您行個晚輩禮吧。」說著斂袵站好，行了一個標準的晚輩禮。

蔣大娘噗哧一笑，「妳這丫頭是個臭脾氣，不過倒是合大娘我的胃口。」說著肅容，「要真想習武，就得能吃苦，從現在起，妳每日晚上跟我到西山去。」

俞筱晚極鄭重地福了一福，「晚輩從命。」

當天夜裡，俞筱晚就被蔣大娘提著奔去了西山。

西山在京郊，山高林密坡陡，蔣大娘手提著一人，卻完全不費力氣，很快來到了山頂。

「山頂呼吸困難，又聚天地之精華，最適宜修練內功，我先教妳吐納之法，妳且記住口訣……」

蔣大娘將口訣誦念一遍，俞筱晚用心聆聽，僅一遍就記住了，又按蔣大娘的解說，慢慢體會氣息在體內流動的感覺。寅初時分，她已將氣息在體內運轉了一周，雖然氣息很弱，但那種感覺真的很奇妙。

蔣大娘正色道：「妳很聰明，領悟力也強，是個學武的苗子，但妳的年紀終是大了些，應當在五六歲時開始習武才好。我還有事要辦，只能再在京城留五個月。這五個月，我會傾囊相授，妳能掌握多少就看妳自己了。習武這事，就是師傅領進門，修行在個人。妳盤腿坐下，我先渡些真氣給妳，沒有真氣，接下來學習招術會很難。」

俞筱晚依言坐下，蔣大娘雙掌壓在她的背心，緩緩渡了些真氣給她。也不多，怕她承受不住，但足夠她用來習武術了。俞筱晚又依口訣運轉了一下氣息，這回感覺氣息就強得多了，不由得微微笑了起來。

此時天光未亮，太陽還在雲層後面，天邊只有一線金黃的光暈，映在俞筱晚臉上的淡淡金色光輝，將她清澈的雙眸點亮，閃耀如同滿天的星光，腮邊細小的處子絨毛也被染成了金黃色。整張清麗的小臉都浸潤在一層金光之中，山風將她的衣袖吹拂得輕輕飄起，使得她飄渺得彷彿隨時會乘風而去。

蔣大娘驚豔地看著眼前幾乎透明的絕麗小臉，由衷地讚歎，「不出三年，妳必定會成為京城第一美人……嗯，我看妳不如嫁給我兒子吧，他雖年紀略大了妳一些，但也生得十分出眾，最重要的是，他有擔當，而且我不喜歡我那個兒媳婦，呆板得很。」

呃，怎麼會說到這個問題的？俞筱晚雖是多活一世，但也是未出閣的姑娘，談到婚嫁問題，多少忸怩，當即低了頭，支吾道：「我……還得守孝三年……」

蔣大娘一時被她的美貌驚住，才會脫口而出，這會子也反應過來了，嘿嘿一笑，「我知道，妳們這種名門千金，都是要父母之命，媒妁之言的，方才不過是開個玩笑而已。嗯，看妳家老太太的意思，似乎是想親上作親吧，妳自己呢，難道沒一點打算？」

俞筱晚只是笑了笑，沒回答。前一世，外祖母一開始也是希望她與睿表哥能白頭偕老，可是卻在臨終前忽然為她定下了韓家的親事，或許當時外祖母已經發現了舅母的險惡用心，只是行將就木，只能用這種方法來幫她解脫，可惜她卻傻得埋怨外祖母……這一世，只怕外祖母仍會選韓家的親事，雖然還沒有徵兆，但她知道，對婚事，自己沒有多少選擇的餘地，所以只要不是睿表哥就好，別的人和事，她懶得想。

她不說話，蔣大娘以為是小女孩臉皮薄，便沒再追問，見天色不早，便提了她飛奔下山。山坡上已經有人晨起練習，遠遠地看見兩人的身影穿過樹叢，不由得輕輕「咦」了一聲，暗忖著，那個小女孩，怎麼看起來像是俞家的小姐？

天微微亮，初雪披衣起來，來到床邊小聲問道：「姑娘要起身了嗎？」

俞筱晚作剛醒狀，「嗯，好。」

去了延年堂請過安，與曹老夫人、張氏告了罪，俞筱晚便與嚴嬤嬤一同出府，到百花巷去見金大娘。

金大娘是個團圓臉細長眼，長得十分喜氣的老婦人，未語三分笑。衣著打扮簡單整潔，手指也收拾得乾淨清爽，可見是個重規矩有原則的人。俞筱晚一見之下，便心生敬意，十分恭敬地呈上自己的繡品。

金大娘在深宮中服侍各路主子這麼多年，早就練就出一雙利眼，見俞筱晚談吐合宜，神韻清雅，氣質脫俗，打心眼裡就十分喜歡她，再看她的繡品，蝶戲蘭花的枕套，針腳細密均勻，蘭花與蝶都栩栩如生，配色和布局都別具一格，心思巧妙。

金大娘看後讚不絕口：「小小年紀有這樣的繡功，很難得了。」

嚴嬤嬤與金大娘相識幾十年，一聽就知道她滿意這個小姑娘，便笑著對俞筱晚道：「難得她讚妳，還不斟杯茶道謝？」

斟茶是有拜師之意，俞筱晚聽得心動，抬眼向金大娘看去，只見她目光和藹淺笑盈然地看著自己，便恭恭敬敬地扶著金大娘坐了首位，再斟了杯新茶，退後兩步鄭重拜了下去，說道：「請師傅喝茶！」

金大娘接了茶，意思地喝了幾口，算是認了這個徒弟。

回府之後，俞筱晚難掩興奮地對趙嬤嬤說：「金大娘收我為徒了。」

成為金大娘的徒弟，就等於在額頭上鑲上了一塊金字招牌，日後各家的公子哥兒不得上趕著來求娶？趙嬤嬤樂得合不攏嘴，暗地裡求夫人保佑小姐，日後許個會疼人的好人家。

張氏的生辰轉眼便到了，俞筱晚還在孝期，不能參加喜慶的宴會，因此一早便趁請安的時候，將壽禮送上，是一只白玉盤，玉色光潤，水頭十足。張氏面帶喜色，連連道：「妳這孩子，說過不讓妳送的。」

俞筱晚只是咬著唇怯怯地笑，顯得十分口拙，不知如何回答才好。曹老夫人便代她答道：「這是她的一片孝心，妳只管收下。」

張氏笑著拍了拍俞筱晚的手道：「這禮物我很喜歡。」

俞筱晚羞澀地垂下頭，小聲地道：「舅母喜歡就好。」希望一會兒我另外的兩份壽禮，您也能喜歡。

因是散生，只請了自家的親戚。曹清儒的兩個弟弟都在外地為官，早遣了人送壽禮回京，所以真正的客人只有張夫人和張君瑤等幾個侄兒侄女，以及張氏的幾個閨密。

張氏自然是陪大嫂和閨密們，曹中雅跟張君瑤、張君玨兩姊妹聊得十分開心，曹中貞和曹中燕則負責接待幾位庶女。

眾人正坐在屋子裡說著話，曹管家一溜煙地小跑過來，站在廊下稟道：「稟夫人，爵爺下朝了，吳舉真吳大人也來了，爵爺請您帶表小姐去前書房見客。」

張夫人聽得眼睛一亮，旁敲側擊道：「吳大人剛升任太師，是天子之師，可謂清貴無比，怎麼是要見晚兒呢？應當是男孩們去拜見一番才對。」

公子們拜見了吳大學士，再呈上自己的文章，若是得了吳大學士的眼，收為弟子，那就跟天子是同門了……當然，誰也沒那個膽子敢自稱是天子的師弟，可是在外人的眼中，那就是鍍了一層金的。

張氏明白大嫂是希望她能帶幾個侄兒過去，可是在自己的兒子能得吳大人青眼之前，她可不會冒險，當下站起身，笑著道：「爵爺只讓我帶晚兒過去，我也不好自作主張。」

張夫人笑容一僵，哪裡不知小姑的意思？睿兒肯定已經在書房了，所以不想帶她的兒子去。

對大嫂的臉色，張氏只做未見，著人請來了俞筱晚，兩人一同到了前院書房。曹中敏和曹中睿都在，怪的是，韓世昭也跟著吳大人來了。

見她二人進來，眾人都站了起來，依長幼尊卑相互見了禮，才又依次坐下。

吳舉真仔細端詳了俞筱晚幾眼，讚道：「俞兄將妳教得很好。」只須看舉止，就能看出一個人的教養來，吳舉真是真的替同窗感到欣慰，又介紹韓世昭道：「這是我徒兒，妳叫他世兄吧。」

韓世昭再度起身揖了一禮，叫了聲：「俞世妹。」

俞筱晚忙起身回禮，「韓世兄。」

兩個人年紀相仿，一個俊朗飄逸的少年，一個清麗淡雅的少女，怎麼看都像一對璧人。吳舉真眼睛一亮，拈鬚含笑點頭。

張氏覺得這情形不妙，韓世昭可是她看中的未來女婿人選之一，無論如何不能讓俞筱晚占了去，當即便笑道：「吳大人是稀客，府中備了一份薄席，還望吳大人賞臉用過飯再走。」說著便想帶俞筱晚告辭了。

曹清儒含笑道：「吳大人當然會留下用飯，他今日收了敏兒為弟子，我特意請來的。」

張氏剛站起來的身子一個不穩，又跌坐了下去，擠出笑容問：「吳大人收了敏兒為弟子？」

快說我聽錯了，快說！快說！快說！

曹清儒十分得意，「千真萬確！吳大人還推舉敏兒去翰林院任編修，調任的旨意已經下了！」

今日在同僚們跟前露了一次大臉，曹清儒心情無比愉悅，而張氏卻只覺得烏雲壓頂，吳大人怎麼會無緣無故收敏兒為徒？那睿兒呢，爵爺您有沒有推薦睿兒？

吳舉真拈鬚笑道：「雖說是晚兒推薦的，但也是敏兒文章做得好，見解獨到，若好生培養，必為國之棟梁。」

曹清儒和曹中敏得了這樣的稱賞，心中都非常得意，面上卻要自謙幾句。

張氏腦子裡只有那一句「是晚兒推薦的」，吳大人竟然與妹夫的關係如此深厚，小孤女的推薦都放在心上？她轉頭看向俞筱晚，強擠出笑容問：「真是晚兒妳推薦的嗎？」

俞筱晚不大好意思地點了點頭，「是晚兒厚顏寫了一封推薦信……些許小事，舅母不必放在心上。」

不必放在心上？妳什麼時候與敏兒走得這麼近了？妳若敢幫他，我要妳好看！張氏恨得攥緊雙拳，嘴裡卻道：「覓得良師怎是小事？」忍了忍，終將「怎麼不推薦妳睿表哥」給吞了下去，「爵爺和我都應當謝謝妳才對。」

總算她還記得，對她來說，只有睿兒是她的兒子，可是對爵爺來說，兩個都是兒子，都一樣的疼。

張氏見縫插針道：「我家睿兒也喜作文章，吳大人可否指點一二？」一個婦道人家，越過夫君與旁的男人說話，實在是失禮之至，看來敏表哥得了吳大人青眼，讓舅母的危機感更強了，從睿表哥的前程和爵位繼承人這兩點下手，果然是最有效的，俞筱晚暗暗思忖道。

曹清儒心中不滿，只是不便發作，沉聲道：「方才吳大人已經看過睿兒的文章了，還說要推薦給陳子清大人呢。」

這位陳子清也是翰林院的學士，一代鴻儒，才名不在吳舉真之下，不過論到在朝中的地位，就完全不能與吳舉真相提並論了，所以張氏仍是不滿意，還想向吳舉真推薦自己的兒子，剛張嘴，就被曹清儒打斷道：「妳去陪大嫂和客人吧，晚兒也先回房吧。」

俞筱晚立即站起福身，張氏滿心不願，手緊緊攥著，恨俞筱晚一點不懂看人臉色。曹清儒的眸中燃起了一團怒火，張氏這才一驚，忙起身告辭，帶著俞筱晚走了。

進了二門，張氏便拉著俞筱晚的手套話，問她父親還與朝中哪位大人有故，俞筱晚卻是搖頭道：「父親的事，晚兒從來不問，吳大人來過汝陽一次，晚兒才知曉的。」

做子女的，本來就不能過問父母的事，她這樣回答滴水不漏，張氏拿不著她話裡的把柄，但心裡篤定她得了武姨娘的好處，在跟自己作對，語氣便不善了起來，咄咄逼人地問：「怎麼不推薦妳睿表哥？妳是不是對我和他有什麼誤會？」

這樣攻其不備地發問，通常能從對方的表情上發現最真實的原因。張氏的眼睛一眨不眨地盯著俞筱晚，企圖看出個子丑寅卯來。

俞筱晚似被駭了一跳，退了半步，一手按胸口，眨巴著長而捲的羽睫，清麗的小臉上滿是委屈和懵懂，完全不知自己做錯了什麼，舅母為何會忽然發怒。

「怎麼會？晚兒只是見敏表哥原本的職務實在太忙，沒有時間幫晚兒打理鋪子，外祖母又常念叨著想幫敏表哥謀個好前程，所以晚兒才試著寫了封信給吳大人。方才吳大人也說了，也是因為敏表哥的文章做得好……」

言下之意就是，睿表哥的文章一樣也拿給吳大人看了，可是吳大人卻不願收為弟子，這可怪不得我。

為了妳那幾間鋪子，妳就幫著別人阻擋我兒子的前程！張氏一口氣堵在胸口，生疼生疼的，偏又發作不得。

轉而又想，婆婆真說過這樣的話，要給敏兒謀個好前程？越想越覺得有可能，婆婆和爵爺盼得脖子都長了，才盼來敏兒這個孫子。在睿兒出生之前，都是他承歡膝下，親手抱了好幾年，那情分可一點也不比睿兒的少，這麼說來，若睿兒日後不能壓過敏兒，這爵位還真說不準會落到誰的頭上。

張氏真想揪著俞筱晚審問婆婆到底是怎麼說的，但這是不實際的，她只得暗自運了幾回氣，壓著火氣道：「原來如此。」

正好走到雅年堂的大門口，張氏便敷衍幾句，丟下俞筱晚去待客了。可是心裡有事，這壽宴吃得十分不開心，卻要在客人們面前顯示自己開心，簡直就是強顏歡笑。

臨到申時，客人們要散了，按規矩，張夫人要去給曹老夫人請個安，道個別。張氏便陪著大嫂，帶著幾位侄女，來到延年堂。

中廳裡傳出幾聲歡快的笑聲，有男有女，張氏一怔，忙問迎出來的石榴，「府中來了客嗎？」

石榴笑咪咪地解釋：「回夫人話，楚太妃和君二公子從郊外回城，路過咱們府上，就進來坐一坐，也是剛剛才到，老太太已經令人去請表小姐了。」

張夫人的眼睛就看向了張氏。張氏將手在袖中用力握成拳，這算什麼，府中來了貴客，居然都不使人來告訴她一聲，到底有沒有把她當成當家主母？也沒人去請雅兒，卻請了晚兒，老太太打的是什麼主意？

她不想讓大嫂小瞧了自己，竭力保持鎮定，揚起一抹恰到好處的笑容，「恐怕是君二公子來了，瑤兒幾個不方便相見，婆婆這才沒使人通知我。」給自己找回了臉面後，又繼續道：「不如讓瑤兒她們先去東房稍待？」

張夫人很不情願。

君二公子是正統的皇家血脈，又正值婚配之年，是無數名門閨秀想攀附的高枝兒。張夫人只得張君瑤一個嫡女，已有安排，但是幾個庶女中卻也有兩個十分漂亮的，年齡也比曹中雅大些，不像曹中雅雖然是美人胚子，可這會兒還只是個胚子。若能將女兒們帶進去，得了楚太妃或是君二公子的眼，結個姻親，日後也能為張家強盛出一份力。可是張氏阻攔，她總不能強行帶了女兒衝進去，只能勉強點頭，「也好。」

石榴忙令延年堂的二等丫頭杜鵑服侍幾位侄小姐去東房休息，自己將張夫人和張氏迎進去後，便轉身到隔間去泡茶。

張夫人給曹老夫人和楚太妃請了安，瞇著眼睛看了一眼石榴忙碌著的窈窕背影，才端坐下，笑盈盈地奉承，「今日真是三生有幸，得見楚太妃的真顏，我那幾個女兒，也想來拜見太妃，只是怕冒犯了您……」

楚太妃微笑道：「令嬡也來了嗎？我最喜歡小姑娘，讓她們進來吧。」

張夫人大喜，得意地看向張氏。張氏只能讓芍藥去請了幾位侄小姐過來。

俞筱晚幾乎是與張家姊妹們一同到達中廳的，先給曹老夫人和楚太妃見了禮。楚太妃拉著她寒暄了幾句，才輪到客人們。

張家的女兒們生得漂亮，氣質也不錯，年紀都在十二至十四歲之間，正是青蔥粉嫩的時候，瞧著便是水靈靈的，說話的聲音嬌軟清甜，說出的話兒更是吉祥喜氣，楚太妃連連讚好。

君逸之也看得瞇了眼，唇角噙著輕佻又風情的笑紋，漂亮的鳳目閃閃發光，還笑嘻嘻地道：「祖母，這幾位漂亮的小姐哄得您這麼開心，您總得給個見面禮才行。」

楚太妃含笑道：「這是自然。」然後讓身後的嬤嬤看賞，一人賜了一只分量十足的金鐲。

非親非故的，若不是有別的含意，一般都不會給見面禮，但楚太妃卻因為君二公子的一句話就看賞，都說楚太妃寵這個孫子寵得沒邊，看來還真是不假。

俞筱晚淡掃了一眼，心中鄙棄，登徒子！

張夫人卻滿意得不得了，不怕他好色，就怕他不好色，只要她的女兒中有一個能混上個側室，張家也算是皇親國戚了。

張氏卻急得不行，雅兒怎麼還沒打扮好？

好不容易盼著女兒打扮得漂漂亮亮進了屋，曹老夫人這廂已經留了飯，又聽說吳舉真大人和韓二公子也在府中，便使人去相請，用過晚飯再走。

君逸之一聽這話便蹙起了眉頭，將頭扭到一邊，壓根就沒注意到屋裡已經多出一個人來。楚太妃看著他的樣子就笑罵道：「他呀，就是跟韓家那小子不對盤，一會兒你給我老實一點，別給主人家生事。」

君逸之撇了撇嘴角，無可無不可地道：「我哪是個會生事的人？只是看不慣他那個裝腔作勢的樣子罷了。」

楚太妃笑瞪了孫子一眼，看著曹老夫人解釋道：「他父王常在他面前讚韓二公子有才華，要他也學著多讀點書，他就對人家老大不滿，這不是嫉妒是什麼？」

曹老夫人不好接話，和稀泥笑，「兩個都是人中龍鳳，要我孫兒有他倆的一半兒，就是我曹家祖墳生青煙了。」

幾個人說著話兒，倒把剛進屋的曹中雅不尷不尬地忘記了，丟在廳中央無人理會。張氏連使眼色，讓女兒請安的聲音大一點。

曹中雅瞧明白了，立即大聲道：「祖母安好！楚太妃安好！舅母安好！」又給君逸之見禮，神情羞澀，「君二公子有禮。」

音量沒有控制好，偏又正趕上各人都住了嘴，

女孩兒家講究的是笑不露齒、行不動裙，一切言行都要輕柔溫婉，曹中雅這般突兀地大聲請安，讓曹老夫人的臉皮有些掛不住，這是覺得楚太妃冷落了妳嗎？可太妃是什麼身分，就是晾妳一整天，妳也不能有半點不悅！

曹老夫人惴惴地飛速瞥了楚太妃一眼，還好楚太妃連眉毛都沒動一下，彷彿沒有注意到，只是淡笑問：「這也是妳的孫女兒？」

明明見過一面了，還這樣問，完全就沒將雅兒放在心上！張氏暗惱在心，見楚太妃一直親熱地拉著晚兒的手，神情和藹親切，她心中更是又驚又懼又恨。晚兒是她看中的媳婦，那般豐厚的嫁妝，可都得給睿兒跑官路子用的，誰也別想搶走！

況且，君二公子是她看中的女婿，怎麼能讓給晚兒？想到這兒，她遲疑了一下，還有一個韓二公子也是她未來女婿的人選，挑誰為好呢？兩人各有長處，她真是難以拿定主意，可是不論怎樣，

在她挑好之前，旁人別想節外生枝，否則人擋殺人！

她的雅兒那麼美好，繼承了她所有的優點，不出三年，必定會成為京中名媛，引無數豪門公子踏破門檻，晚兒算什麼？就是長得好一點，神情畏畏縮縮的，一副上不得檯面的小家子樣，還只是個小孤女，哪裡能與雅兒相比，憑什麼想嫁得比雅兒還好？

張氏拿定了主意，便起身輕輕走到曹老夫人身邊，悄悄道：「媳婦去打理下宴席。」

曹老夫人點頭，「務必要上好的席面。」

張氏應了一聲，向楚太妃告了罪，出了延年堂，便立即使人去叫曹中睿。

「你到底是有沒有跟晚兒多親近親近？平日裡哄那些小姑娘的手段呢，怎麼不用在晚兒身上？怎麼她推薦敏兒也不推薦你？我可告訴你，楚太妃跟老太太是完全沒有交情的，這已經是第二次帶君二公子上門了，我以前便聽說過，楚太妃原是極喜歡你蓮姑姑的，說不定現在同樣看上了晚兒，想給君二公子作親呢。」

張氏恨鐵不成鋼地拿手直戳兒子的腦門兒，「要我說多少遍你才能記住，晚兒的嫁妝比郡主的都多，那可是一整個伯爵府的財產！旁的府第財產都是留給兒子的，你見過哪家府中會將整個家產給女兒當嫁妝的？」

曹中睿心中也正惱著晚兒表妹，是非常惱！自他見到晚兒的第一眼起，就驚豔於她的美麗，加上母親總是有意無意地提及要將晚兒許給他，他心裡一直將晚兒當成自己的未婚妻，可是這個未婚妻竟然幫別人，就算此人是自己的兄長也不行！

對於娶到晚兒的好處，他以前一直以為只是大筆嫁妝和一個絕色美人，卻沒想到姑父遠在汝陽，竟與吳太師有這般親密的關係！太師啊，那是天子也要尊稱一聲恩師的人，只要在天子面前隨意說上自己幾句好話，什麼樣的高官厚祿得不來？什麼樣的榮華富貴得不到？

可是晚兒卻幫了大哥，這怎麼不叫他心疼、氣憤、悲痛？就彷彿自己的茶讓別人喝了一口似的，有種綠雲罩頂的噁心感！晚兒怎麼能這樣對待他？想他才華出眾、相貌堂堂，平素隨父親到別的府中做客，哪家的千金不是悄悄躲在屏風後偷瞧他，而他恪守著君子的德行標準，從來不對她們假以顏色，只對晚兒溫言和煦，可是她竟將自己的真心這樣賤踏！

是可忍，孰不可忍！

張氏還在那裡算計，「上回靈郡主出嫁，聽說嫁妝有十萬兩銀，可我瞧著晚兒的產業，至少也有一百多萬兩，你可得趕緊俘獲晚兒的心，別讓這麼多的銀子跑到旁人的腰包裡去了……」

真是市儈！曹中睿聽得眉頭直皺，重重咳了一下，打斷母親的滔滔不絕，「別說了，我可不是為了銀子娶晚兒！」

銀子不過是其中一個小因素罷了，他才不會像母親這樣，整個兒掉進錢眼裡，張嘴閉嘴都是俗不可耐的銀子。

說話間已經到了酉時，母子倆一同到了延年堂，曹清儒已經帶著曹中敏和吳大人、韓二公子到了，張家的幾位侄子也坐在廳中，正在輕鬆地閒聊，女孩兒們避到了屏風後。

延年堂的花廳很大，中間架起了屏風，席面分為男女，擺在屏風隔出的兩邊。用過飯，楚太妃和吳大人沒急著走，張家的人難得見到這兩位大人物，自然是樂得相陪。

俞筱晚不喜歡聽那些無聊的恭維話，再者她現在也不適宜在聚會的場合久留，便提前離席。夜色正好，她打發了丫頭們先回去休息，自個兒坐到花園的涼亭裡賞月。

曹中睿一直注意著她的動向，這會子見她單獨一人，忙跟進涼亭，擺了個玉樹臨風的姿勢，淡笑道：「晚兒妹妹好雅興，在此賞月呢？」

俞筱晚閒適輕鬆的眼神一冷，隨即得體地輕笑，「不是，只是歇下腳，這就回屋。」說著就站了起來，斂衽行禮，打算告辭。

這裡根本不順路，怎麼可能是歇腳？擺明了是不願與他多談。他上前一步，勉力溫柔地道：

「晚兒，月色正美，咱們聊一聊吧。」

俞筱晚退後一步，淡淡地道：「孤男寡女，恐怕旁人傳閒話。」

曹中睿心中壓抑的怒火瞬間燃燒了起來，原本打算好好地、開誠布公地與她談一談，用柔情來感化她，希望她能幫助自己，可她這種冷淡的態度從何而來？自己對她一直是溫柔的，甚至是帶著些討好。每回經過景豐園，還特意帶點心給她，這是他以前從來就沒為別的女孩子做過的事情。明明母親也多次暗示過她，日後會給他們訂親，她卻完全不領情，特意為她買的點心，她都分給旁人去吃，幫了大哥這麼大的忙而不幫他，一句解釋都沒有，哪裡有半點未婚妻的自覺？難道真是想攀楚王府的高枝兒？

妒火，加上被漠視的不甘，加上晚兒執意要走而激出的怒火，讓他全身的血液都衝上了頭頂，燒得他失去了理智，只一門心思地想著：不行，晚兒是我的，我不會讓給任何人！

俞筱晚姣美的容顏半隱在黑暗之中，被月色照亮的側面有種難以言喻的美，唇角緊抿著，帶著一股令人心疼又心動的倔強。

曹中睿鬼迷心竅地想，這麼美的唇，怎能讓別的男人吻？若是我強吻了她，她就是我的了！

心念才動，曹中睿整個人就直撲了過去。

俞筱晚吃了一驚，忙往一旁閃，可惜她體內雖有蔣大娘渡過來的些許內力，但到底才開始習武，又是女孩子，哪裡及得上男人的速度和力量？

而本朝男子講究文武兼修，貴族子弟個個自幼就舞刀弄劍，曹中睿亦然，因而不費吹灰之力就抓住了她的雙臂，罔視她的極力掙扎，用力帶入自己懷中，低下頭就努著嘴尋找芳唇，嘴裡還喃喃地哄著：「晚兒，好妹妹，我喜歡妳！」

俞筱晚氣得腦子發暈，更兼掙扎不過，心中害怕，大大的眼睛裡蘊滿了淚水，不是怯懦的淚水，是憤怒的淚水，憤怒得她幾乎殺了曹中睿的心都有。可是曹中睿很狡猾地抓緊了她的雙臂，害她想摘頭上的簪子扎人都不行，她只能拚命晃動小腦袋，不讓他噁心的嘴親到。

曹中睿被她晃得心煩意亂，又焦躁不安，恐怕會有人來壞事，便鬆開一隻手，單臂攬緊了她的腰，另一隻手去固定她小巧的下頷。

俞筱晚瞅準機會用力一點頭，額頭重重地磕在曹中睿的鼻尖上，曹中睿當時就鼻尖酸漲、涕淚橫流，不得不鬆開鉗制她的雙手。俞筱晚一得自由，立即用力一拳，直將曹中睿擊得往後一仰，「砰」一聲重重仰面倒在地上。

俞筱晚不敢戀戰，慌忙轉身就跑。剛才用額頭撞曹中睿，她使出了吃奶的力氣，自己也被撞得頭暈眼花的，一手扶額一手搖擺著平衡身體。剛轉出小徑，一團白花花的東西「啪」的落在她眼前，驚得她猛然停住。

那是一張白紙包著一團事物，散發出一股濃烈的氣息。對於任何一個喜歡養寵物的千金小姐來說，此物都不陌生——新鮮出肛的，熱烘烘的狗屎。

俞筱晚用力眨了眨眼睛，抬頭四下張望了幾眼，心中暗喜，蔣大娘來幫我了。她搖了搖還有些眩暈的腦袋，「是大娘嗎？」沒有人回答，可是憑空出現的狗屎告訴她，她沒猜錯，於是甜甜一笑，「多謝大娘。」

回眸一瞧，曹中睿果然還倒在地上沒有動彈。有了蔣大娘相助，俞筱晚的膽子自然就大了。

前一世曹中睿騙了她的感情，可至少對她還是很尊重的，今晚他卻像對待妓子一樣，想強行吻她，他真以為他是情聖，是個女人就要喜歡他嗎？被他強吻了，還要覺得榮幸嗎？這般的羞辱，加上前世的怨恨，她怎能不討回來？

俞筱晚立即撿起那個紙包，折返回涼亭，先試探著踢了他兩腳，曹中睿只能憤怒又哀求地瞪著她，卻連話都說不出一句來。俞筱晚心中大喜，用力踹了他幾腿，曹中睿口不能言，眼中卻蓄了淚。

俞筱晚猶不解恨，彎下腰就將狗屎塞進他的嘴裡，「你跟狗屎親個夠吧，人渣！」說著還往他的俊臉上糊了糊，直臭得自己都有些受不住了才住手，頭也不回地提裙回去。

走在半道上，徑邊忽然躥出一人，駭得俞筱晚往後一縮，瞪大眼睛看。那人無趣地撇了撇嘴，「妳怎麼不叫？」正是君逸之。

他怎麼會在花園裡？方才的事他看到了沒有？俞筱晚驚疑地瞪著他，冷淡地道：「這是後宅，你怎能四處亂跑？」語氣滿是指責。

君逸之自然聽得出來，當下老大不高興，挑高了斜長的濃眉，睥睨著她。就聽曹中敏的聲音道：「晚兒，不得無禮，是我帶君公子來醒醒酒！」

話音落了，曹中敏的身影才出現。俞筱晚只得福了福，「請公子莫怪。」

君逸之輕佻地一笑，「我才懶得怪妳，我就是亂跑，妳又能把我如何？」又彎下腰，直盯著她的眼睛道：「咱們的賭還沒分出勝負，但我肯定不會輸，妳耍手段也沒用！」

這兩人明顯就有話要說，曹中敏輕咳了一聲，「我去問問醒酒湯煮好了沒有。」說罷轉身走到岔路口，既能讓他倆單獨說話，又能看到他倆，不至於私下幽會，十分懂得拿捏分寸。

俞筱晚卻不喜歡敏表哥的這種體貼，冷淡地對君逸之道：「不知道你說些什麼。」

君逸之嗤笑一聲，「妳將手帕疊成六合形拿給皇嫂，是為何小姐求情吧？六在卦中乃是陰爻，陰爻即指女子，而六又有六和敬之說，簡單的說，就是互相敬重，和諧合聚，清靜快樂，家庭也要建立在六和敬的基礎上，才有真正的幸福。妳怕妳表哥向何小姐認了輸，丟了臉，日後何小姐難得幸福是吧？」

俞筱晚正要嘲諷他一句「想不到你還有點學識」，君逸之就得意地接著道：「皇嫂都已經告訴我了，別以為能瞞住我。」

原來是別人告訴他的，俞筱晚連嘲諷都懶得嘲諷了，直接施了一禮，轉身想走。

君逸之卻忽然聳了聳高挺的鼻子，疑惑地四處張望，「什麼氣味？這麼難聞！」

俞筱晚小臉一紅，下意識地將拿紙團的那只小手背在身後，在裙子上蹭了幾蹭，彷彿這樣就不會有味道了……好在夜裡看不出來。

正尷尬得要死，又聽到一陣腳步聲過來，曹中敏忙迎上去，拱手道：「韓二公子也出來了？」

韓世昭儒雅地道：「飲了些酒，頭有些暈，我出來散一散。」陪著他的是曹管家。

曹中敏笑道：「君二公子也在這。」

韓世昭已經看到了君逸之和俞筱晚了，似乎對這兩人會站在一起有些吃驚，便慢慢踱了過來，伸出手掌，「方才在路上拾了支釵，不知是不是世妹的？」

俞筱晚一瞧，可不正是自己的嗎？或許是撞曹中睿時用了太大的力，釵子鬆了，落在哪裡，忙接過來，道了謝，又施禮告辭。

君逸之蹙著眉頭道：「我的話還沒說完。」

韓世昭眸光一閃，瀟灑地笑道：「倒不知君公子與我世妹有什麼話說，不妨告訴曹兄，讓他轉達。」

君逸之哼了一聲，「你要我跟誰說，我就跟誰說嗎？」卻也知強留俞筱晚說話不合禮數，便沒攔著她開溜，只無趣地轉身道：「麻煩曹兄前面引路，該回去了。」

韓世昭也跟上，「我也該回去了。」

君逸之對著月亮翻了個白眼，這傢伙就喜歡用我的散漫來襯托他有禮有節，無恥！

送走了貴客，曹清儒就發作道：「去把二少爺給我叫來，不陪著客人，混跑到哪裡去了！」兒子跟著俞筱晚出去，之後便再沒回中廳，張氏心中暗喜，怎能讓人去打攪，忙道：「睿兒替兄長高興，喝高了，已然睡下。」又強壓心底的酸意，「爵爺不是說今日歇在武姨娘那裡嗎？明日一早還要去拜會陳大人，爵爺也早些歇息吧。」

曹清儒想想覺得有道理，便去武姨娘處歇息不提。

張氏急匆匆地趕到墨香居。曹中睿刷了不止二十次牙，牙齦都快刷沒了，剛拾掇妥當，母子倆打個照面，把張氏給駭得不輕。只見寶貝兒子那張俊美不凡的臉紅彤彤一片，好幾處還破了皮，雙唇又紅又腫，開口說話的時候，還能看見牙齒上的血痕。

「我的兒，誰傷了你，快告訴娘！」

曹中睿眼中迸出怒火，「還不是晚兒！我一片真心待她，她竟然這樣踐踏！」用力一吼，胸口頓時悶痛不已。想不到那麼嬌小的女子，力氣居然不小，還腳腳都照著他胸窩踹，害他現在呼吸都有些艱難，心中便更加憤怒，「她必定是在涼亭等人，有人暗算我，害我渾身使不上力，否則她哪裡能撞倒我？」

張氏問清原委，頓時大怒，「好個下作的東西！不必問了，晚上韓二公子和君二公子都去了園子裡，她必定是勾搭他兩人！睿兒別生氣，聽娘的話，娘保管你明天順順利利壓逼那小賤人嫁與你，將來你有了更好的人選，她也得老老實實讓出正妻之位！」

說罷耳語一番，直聽得曹中睿忍痛笑了出來。

次日朝廷休沐，一大早，張氏起身梳洗打扮好後，曹中睿和曹中雅先過來請安，母子三人等了一歇兒，不見爵爺過來，使人去問，原來已經帶著武姨娘和曹中敏到延年堂去了。張氏氣得就要摔杯子，曹中睿忙阻攔道：「母親何必生氣，這定是武姨娘攛掇的，失禮之處，祖母自有分辨。」

張氏一想也是，爵爺雖然重規矩，但一個大男人難免心粗些，婆婆卻是明白的，武姨娘這是將把柄往自己手裡送呢！於是心情好轉，母子三人一同到延年堂請安。

聽著延年堂的暖閣裡正歡快地說著曹中敏拜師的經過，張氏在心中冷笑，帶著兒女入內請安。曹老夫人一抬眼，便瞧見了曹中睿的慘狀，不由得大吃一驚，「睿兒這是怎麼了？」

曹中睿神情有些閃躲，支吾道：「昨晚……不留神跌了一跤……」

曹老夫人自是不信，薄責道：「跌跤哪會跌得嘴唇紅腫的？休想騙我，你說實話！」

曹中睿更加尷尬，偷眼瞧著母親，張氏似乎很是遲疑，直到曹清儒露出不耐煩的神色，她才忙微微點了點頭，曹中睿這才開始說道：「其實是這樣的……」

曹老夫人心中便老大不悅，我是祖母，我要你說你不說，卻看母親的臉色，是誰教你這樣目無尊長！

曹老夫人最看重這個嫡孫，凡事以他為重，可是嫡孫方才的表現卻讓她覺得心寒，心裡眼裡哪裡有她這個祖母？

卻不知這是張氏老早便交代好的，一定要顯出非常為難的樣子，才好換取信任，可惜張氏和曹中睿卻不知，事情還未說出來，曹老夫人就已經有了火氣了。

「昨晚孫兒喝得有些高，便去園子裡散一散，哪知……在涼亭處隱約瞧見一男一女在私會，孫兒心想，我曹家豈能出這等傷風敗俗之事，況且堂中還有貴客，若是被貴客發覺了，我曹家可就名譽掃地了，因而孫兒想教訓他們一番，哪知竟被人暗算，兩人聽到聲兒，便匆匆忙忙跑了。」

曹老夫人聞言大驚，這可不是小事，忙問道：「可有看清是何人？」旋即又心疼，拉曹中睿坐到自己身邊，「可憐見的，竟還敢打傷我的孫兒！」

曹中睿含笑搖了搖頭，「多謝祖母關心，現在不疼了。只是，當時背著月光，孫兒也未瞧清楚是何人，但拾了一只銀釵，應是那名女子的。」說罷掏出銀釵給曹老夫人看。

曹老夫人一瞧，臉色大變，那支銀釵是她親自挑的玉蘭花的式樣，讓銀祥樓的工匠打造，給女兒清蓮當嫁妝的，昨個兒還見晚兒戴在頭上。

張氏輕嘆道：「唉！原是讓睿兒不要說的，昨晚也不知哪位客人逛了園子！」暗指的意味十分明顯。

曹老夫人的眸光閃了閃，卻未接話，她心中不相信晚兒會幹出這等傷風敗俗之事。

正巧俞筱晚過來請安，乖巧柔順地欠身福禮，一身月牙白的素色半臂衫，下繫同色繡淡黃迎春花的羅裙，梳著雙螺髻，頭上只簪了一支玉蘭花銀釵，衣飾簡潔大方，笑容恬靜溫婉，「給外祖母、舅父、舅母請安，兩位表哥安好，雅兒妹妹安好。」

張氏和曹中睿都是一愣，怎麼還有一支？

曹老夫人將銀釵往小几上一放，含笑道：「快過來坐。」

俞筱晚柔順地坐到曹老夫人身邊，張氏便迫不及待地問道：「晚兒昨晚可是徑直回的屋？」

俞筱晚的眼中閃過一絲驚慌和羞惱，咬了咬唇道：「是的，回屋就歇下了。」

張氏心中得意，就知道她會這樣說！女孩兒家哪裡敢說出昨晚的事來，定然是要否認的，待會兒指責她私會，她再說出實情，曹老夫人也會覺得她在狡辯了！

於是又追著問：「妳頭上的釵子，可是一對兒的？」

俞筱晚輕輕點頭，「原不是一對，以前晚兒向母親討要，母親說是外祖母賜的，不能給，便使人打了一支一樣的，前幾日，晚兒送了一支給石榴姊姊。」

張氏與曹中睿兩人面面相覷，原定的計畫是，潑俞筱晚一身汙水，待曹老夫人發怒，再由曹中睿求情，表示不嫌棄晚兒輕浮，蓋過醜事。哪知劇本編得完美，卻一個個不照著劇情走，首先曹老夫人便沒發作，這會子銀釵多出了一支，還扯到了石榴的頭上。

曹老夫人立時道：「石榴呢？叫她進來。」

不多時，石榴便輕巧地走了進來，聽得問話，一張俏麗的小臉便漲得通紅，支吾道：「釵子……昨日太忙，不知落在哪裡了。」

張氏聽得一愣，怎麼這還真出了個掉釵子的？就算石榴真跟誰私會，她也懶得管，她要拿捏的是晚兒啊！

她轉著念頭將話題往俞筱晚的身上引，卻沒注意到自家夫君的老臉，不知何時呈現一片暗紅，神色也極度不自然起來。

俞筱晚佯裝無意發現小几上的釵子，輕笑道：「原來是外祖母拾了，石榴姊姊還不快謝謝外祖母。」

「慢著。」張氏截住話頭，似笑非笑，「怎麼這麼巧，睿兒撞破有人私會外男，撿到這支釵子，晚兒就恰巧送給了石榴，石榴就正好掉了？這銀釵不是清蓮妹妹的遺物嗎？石榴，妳是婆婆身邊的大丫頭，凡事要三思而後行，別給婆婆臉上抹黑啊，否則，爵爺可饒不了妳！」

張氏認定是俞筱晚發現釵子不見了，便買通了石榴作偽證，因而索性將話挑明，她就是懷疑與男人私會的是俞筱晚。就連最遲鈍的曹中雅都聽出來了，面露鄙色。

俞筱晚清麗的小臉漲得通紅，緊緊咬著下唇，眸中淚光點點，一副敢怒卻不敢言的委屈樣兒，囁嚅地道：「母親的遺物是我簪的這支……我怎會賞給丫頭？」然後垂下頭，再也不肯多說了。

曹老夫人瞧著心疼，又氣張氏不問青紅皂白就編排晚兒，於是喝問石榴：「妳給我說清楚，銀釵表小姐何時賞妳的，到底怎麼掉的？」

原本聽張氏提到爵爺，石榴唬了一跳，以為張氏知道了什麼，想著是不是要反口。一抬眼，瞧見俞筱晚清澈的眼睛，蓄著淚光點點，滿是委屈，怎麼瞧都像隻膽小怯懦的小白兔，可一想到大清早表小姐憑空出現又憑空消失，石榴就硬是覺得表小姐看自己的眼神中有那麼一絲詭異的幽光，心中不禁一抖，主意頓時定了，要按表小姐說的做。

她臉兒暈紅，神情卻鎮定地道：「回老太太、夫人的話，表小姐前日來問老太太喜歡什麼花色，要為老太太繡個抹額，婢子告知了表小姐，表小姐便賞了這支銀釵。婢子在銀釵托底畫了個十字做記號，不會錯的。昨晚老太太歇下後，婢子送食盒去廚房，途中曾拿了釵子在手中賞玩，許是那時掉的。」

張氏聞言大怒，「滿嘴混說！老太太歇下是什麼時辰？睿兒明明是客人還在府中的時候拾到的釵子，妳到底在幫誰掩飾，快說！不老實說，就拖出去打板子，打到妳說為止！」

婆婆在場，做媳婦的就不能擅作主張，何況還是要發落婆婆的人，這就不單是逾矩了，簡直就是不孝，沒將長輩放在眼裡！舅母情急之下竟犯了這樣的錯誤，必定會引起外祖母的不滿，真真是活該！俞筱晚暗暗思忖，嘴裡卻囁嚅附和道：「石榴姊姊快仔細想一想，到底何時掉的釵子，舅母最是仁厚，妳若說實話，就能免了一頓板子。」

原本張氏只是威脅，俞筱晚這麼一附和，倒好像是她一定要打石榴的板子一般，還說「她最是仁厚」，聽著就是嘲諷啊！張氏心驚地望向俞筱晚，俞筱晚忙回了一個討好的微笑，正是寄人籬下的小孤女最正常不過的表現，可張氏就是覺得一股涼氣由心而生，四肢都凍僵了。

曹老夫人淡淡地道：「石榴妳說實話，我自會分辨。」

這話暗暗指責張氏越俎代庖，張氏卻以為曹老夫人想包庇俞筱晚，說出的話就更衝了，惹得曹老夫人滿心不悅。

在張氏的連聲質問之下，石榴才哭哭啼啼地道：「其實，今日一早還在，我原是想戴上的，就拿出來放在妝臺上，後來……曲嬤嬤來找芍藥時，我去了趟茅房，回來就不見了。」

曲嬤嬤找芍藥做什麼？曹老夫人的臉色當時就沉了下去，好你個張氏，居然將手伸到我的院子裡來了！

芍藥真是躲著也中槍，忙解釋道：「曲嬤嬤是來問老太太您起身了沒有……」聲音在曹老夫人冷冷的目光中越來越小，這解釋她自己都不信，還能唬住曹老夫人嗎？

張氏原是想著讓芍藥幫襯幾句，這才使了曲嬤嬤天未亮就過來，卻沒想竟被石榴瞧見，若讓曹老夫人知道她收買了芍藥，她可就吃不完兜著走了。她急忙轉移話題，「真是奇了，今早掉的釵子，昨個晚上睿兒就拾到了，妳還想說是二少爺撒謊不成？」繼而更嚴厲地逼問石榴：「說，誰指使妳誣衊二少爺，連這種鬼話都說得出來！」

可不是奇了嗎？這中間分明就是有人搗鬼！曹老夫人久居深宅，哪會看不出這其中的蹊蹺？卻只是暗哼了一聲，看著張氏囂張。

石榴只是哭，她生得俏麗，身材極好，該豐滿處豐滿，該纖細處纖細，當下哭得梨花帶雨，高高的胸脯一聳一聳的，說不盡的可憐又誘人，被逼得急了，便道：「婢子所說句句屬實，夫人若是不信，婢子唯有剪髮明志了！」

說著便要尋剪刀，一屋子丫頭忙攔著，亂成了一團。

張氏冷笑，「想當姑子只管剪，我倒要看看妳捨不捨得！」

曹清儒忽然發作，手中的茶杯啪一聲摔在張氏的面前，大喝道：「閉嘴！妳就是想逼她出家為尼是不是？想不到妳心胸如此狹窄，我請妳來向母親討石榴，妳卻編出這樣的胡話來！」

張氏被茶杯的碎聲驚得心口猛地一跳，悶悶的疼，可這些都比不上聽到爵爺這番話來得吃驚，來得疼！爵爺與石榴有了這樣的關係？

俞筱晚瞧見舅母驚得發白的臉，心中暗爽，這就叫自作孽，不可活！

甫一入府，俞筱晚就發現自己對曹老夫人身邊的大丫頭石榴完全沒有印象，仔細想了許久，才回憶起一點，似乎是她入府沒多久，石榴家裡人向曹老夫人討了恩典，讓她出府嫁人。只是看著石榴俏麗的小臉，俞筱晚卻覺得不是這般簡單，所以一直派人注意著，這才發現，石榴竟跟舅父有些曖昧。

母親賜兒子妾室，這是疼愛，可兒子覬覦母親身邊的人，卻是不恭。舅父想要納石榴為妾，就得讓舅母出面要人。女人為丈夫添妾是職責，曹老夫人只會說舅母賢慧，可前一世，舅母定然是手腳俐落地讓石榴的老子先討了恩典，讓舅父無話可說。

這一世嘛，她自然要做個順水人情，真是老天爺都在幫她，昨晚與蔣大娘出府習武之時，正瞧見舅父與石榴私會，她這才有本錢說服石榴，讓石榴跟她演一齣雙簧。舅母沒證據逼她，就一定會逼石榴，石榴若是要剪髮，看在舅父的眼裡，就是舅母知曉了他二人之事，這是下套子呢，所以舅父一定會出面保下石榴，而倒楣的，就是舅母了。

若不是舅母想反咬一口，一大早讓美景偷她昨日戴的銀釵，她也不會這樣將計就計，送個美妾與舅父。這都是舅母您自找的！舅父為了自己的面子，說已經告訴妳了，外祖母定會覺得妳善妒，才編了這番破綻百出的謊話，還唆使她的寶貝嫡孫說謊！兩罪並罰，有得受了！

果然，曹老夫人一臉恍然，心中頓時對張氏不滿了起來，冷聲道：「媳婦這是唱的哪齣啊？妳仔細數一數，哪家的爵爺到了這般年紀，身邊最新的姨娘都納入府中十幾年了的？爵爺只不過是想添個知冷知熱的可心人，妳至於這般逼迫石榴嗎？居然還唆使睿兒說謊！這是怎麼當娘的？想將我曹家的嫡孫教成妳這樣的小肚雞腸、不知進退嗎！」

這話說得可真重，曹中睿忙替母親辯解，「祖母，母親沒有要孫兒說謊……」

他不幫腔還好，一幫腔，曹老夫人又想起了他只聽母親的，不聽自己的，心中更恨張氏，冷聲道：「石榴這丫頭我作主許給儒兒了，媳婦，妳這陣子太累，還是在自己院子裡好生將養一段時間吧。」

這就是要禁足了，還不說到什麼時候，辯都不讓她辯一句！張氏一口氣提不上來，眼前一黑，頓時滑到了地下。

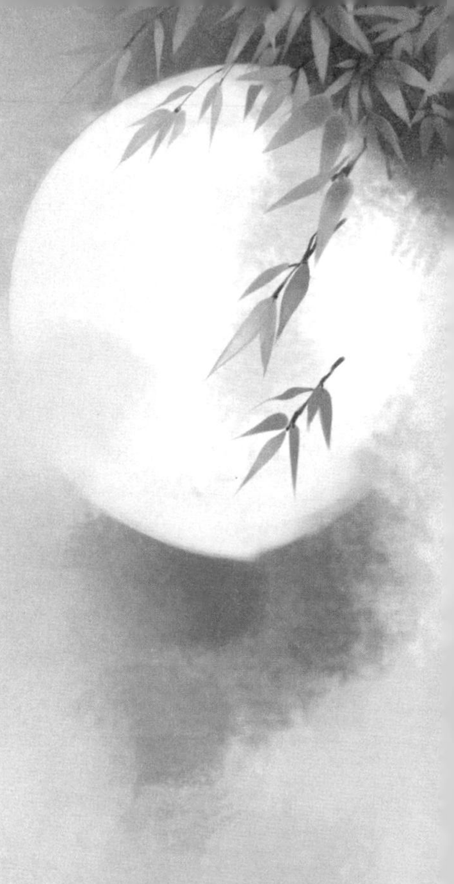

伍之章　內神外鬼費猜疑

曹老夫人就不信了，哪就暈得這麼巧？當下只是淡淡吩咐，抬個肩輿送夫人回去，再請個大夫來看看。俞筱晚主動請纓，曹家兄妹想跟去，曹老夫人卻不允，就由俞筱晚一路護送張氏回了雅年堂。

肩輿搖到雅年堂時，張氏醒了，打發了丫頭們下去，只留下俞筱晚說話。美景偷來的銀釵轉眼成了石榴的，張氏又不是傻子，自然知道俞筱晚後發制人，制了她一個措手不及。而俞筱晚主動跟來，肯定也是要撕破臉皮了。她眼神陰狠，每一字都是從牙縫裡蹦出來的，「看不出晚兒這麼有手段啊！只是我想問妳一句實心話，我自問待妳不薄，不說要妳如何感恩，可妳處處與我作對，讓婆婆、爵爺嫌棄我，這是為何？」

為何與妳處處作對？真真可笑！且不說前世的仇恨，只說今日之事，妳我都勢不兩立！何況，前一世妳是如何害死我的，我還記得清清楚楚。穿腸毒藥是如何灼痛我的咽喉、椎痛我的心肺，我到現在也沒忘記一分一毫，我不先將妳剷除，難道還等著妳再來毒我一次不成？

俞筱晚掩住眸底的冰寒，面上依然是小孤女楚楚可憐的神情，唯恐說錯話的樣子，「舅母是不是糊塗了？您想讓我聲譽盡毀，日後嫁入曹家沒有半分地位，好隨意拿捏我，這樣惡毒的心思，也配說待我不薄嗎？您所謂的待我不薄，只是一點小恩惠，跟女子的名譽比起來，有如塵埃啊，難道您連這都比較不出嗎？」

張氏此人臉皮極厚，只要對方地位沒她高，就算是詭計被揭穿，她也是面不改色的，可不知為什麼，看著俞筱晚深不見底的清澈黑眸，她竟無端端地覺得膽怯，半句話也不敢反駁。

俞筱晚又繼續道：「其實，若您讓表哥一開始就照實說，大不了就是表哥領個罰，晚兒卻不好應對了，還不會有石榴的事，更別說禁足了……您說，您這樣算不算是聰明反被聰明誤？」

張氏心中正後悔著，聽到這句終於忍不住，抬手就要將茶水潑到俞筱晚身上，卻被俞筱晚一把握住了手腕。

「舅母可別心悸病沒好，又多個瘋症呀，這病可就養不好了！方才外祖母說了，在您養病期間，不許表哥表妹來打攪您呢，您不會打算永遠不見表哥和表妹了吧？」

「不許睿兒、雅兒見我？」張氏驚得忘記掙脫俞筱晚的鉗制，「婆婆怎能這樣對我？」

「呵呵，外祖母當然可以這樣對您呀，晚兒以後還會時常幫您在外祖母面前美言幾句，讓您多休養休養的。」

「妳……」張氏恨得渾身發抖，用力往回抽手腕。俞筱晚忽然將手一鬆，整杯茶水都倒在錦被上，滾燙的茶水隔著被子都燙了她一下，恨得她將牙磨得咯咯地響，「給我滾，我不想看見妳！俞筱晚，妳有本事，以後不要來求我！」

這是說她的婚事，得有張氏這個長輩作主吧？呵，她怎麼總忘了，還有外祖母呢？俞筱晚撲閃了幾下長長的睫毛，一副純真無邪的樣兒，說出的話卻氣死人，「外祖母也說日後府中事務交給武姨娘掌管，晚兒自會去尋武姨娘，舅母您安心養病吧！」說罷，嫋嫋婷婷地走了，看都不看兩眼翻白的張氏。

張氏被禁了足，曹中睿被父親和曹老夫人狠訓了一頓，也老實了，不往俞筱晚的跟前湊。

時光一晃便是五個月，從春末到秋末，蔣大娘將自己的所學悉數相授，然後沒留下聯絡方式，只說有需要時她自會出現，就走得乾淨瀟灑。俞筱晚囫圇吞棗地強行記下，自己每日裡慢慢琢磨慢慢練習。

曹中敏為了報答推薦之恩，盡心盡力打理俞筱晚的店鋪。俞筱晚的三家店鋪生意紅火，沒了張氏阻攔，俞筱晚磨了曹老夫人好些日子，終於讓曹老夫人答應，每個月許她出府去店裡巡視一回。

只要出府，俞筱晚必定要去看一看那二十名孤兒的習武進程，目前還是很滿意的。

這天俞筱晚同文伯商量，請他親自回汝陽督促莊子裡的管事。張氏那邊一直沒有動作，俞筱晚卻越來越警戒，快到秋收了，前世她汝陽莊子上的佃農，便是在秋收的時候死於非命的。話自然不能這樣說，只鄭重提示了幾點注意事項。

俞文飆也怕他不在，莊子上的管事便鬆懈，於是收拾好行囊，叮囑了徒弟沈天河一通，要他有事去曹府尋小姐，便回汝陽了。

俞筱晚便也戴好帷帽，乘馬車回曹府。還隔著曹府兩條街，就聽到熱鬧的鞭炮聲，走得近了，發現就是曹府在放鞭炮，門口還貼著兩幅巨大的喜報。

初雲稟道：「小姐，今日放榜，敏少爺和睿少爺都中了舉人，府中來了好多客人賀喜，要擺宴三天呢。」

俞筱晚只「哦」了一聲，換了衣裳去給曹老夫人請安。

穿過池塘的時候，曹中睿忽然躥了出來，攔在路上，難掩得意地道：「晚兒妹妹，可否借一步說話？」

這是想向我炫耀吧？俞筱晚冷冷一笑，「睿表哥又想吃狗屎了嗎？」

曹中睿臉色一變，想起了往事，恨恨地道：「晚兒妹妹怎的變得這般粗魯？如此不雅的字眼天天掛在嘴邊。」

「總比你行為猥瑣要強上百倍。」俞筱晚根本不想跟他多說一句話，只要一面對他，就會想起自己前世是多麼的傻，居然會被幾句花言巧語騙得團團轉。往日裡越是柔情蜜意，被背叛時就越是椎心徹骨！

原是要閃身離去的，可她眼尖地發現花園轉角來了一行人，由舅父陪著，當中那人一身墨藍常服，丰神俊朗，不怒自威。

攝政王？俞筱晚的眸中閃過一絲詭異幽光，忽地朝曹中睿甜甜一笑，不等曹中睿發作，邪惡地道：「睿表哥此番中舉，怕是用銀錢買了考題才得來的吧？」

「妳說我作弊？」曹中睿是有真才實學的，最是清高，哪裡受得了這樣的污辱，兇神惡煞一般地直衝過來，要抓俞筱晚去父親跟前理論。

他背後沒長眼睛，不知道父親正引了攝政王和幾名同僚走過來，前面雖然長了眼睛，卻不知怎的絆到了某物，腳下一個踉蹌，直直地栽到池塘裡去了。

俞筱晚驚惶地大聲叫人來救表哥，眼中卻閃過一絲狠戾，你時時處處想要拿捏我，我少不得要回敬一下，若沒記錯的話，今日會來一位舅母最妄想攀附的金枝玉葉，你就給她留下一些深刻的印象吧。

小池塘邊水並不深，曹中睿也識些水性，撲騰了兩下就穩住了，他在水中就開罵：「賤人，快拉我上來！」

曹清儒正引著客人走至近前，聞言臉色微變，口出惡言，有辱斯文！忙大喝一聲，「快去拉二少爺上來。」又問俞筱晚：「這是怎麼回事？」

俞筱晚行禮見過攝政王，這才回話：「方才正跟表哥道喜，表哥不知怎的就往池塘裡衝……」

「才不是！」曹中睿氣惱地大吼。

他狼狽地讓人拖上岸，渾身濕漉漉的，碎髮都黏在臉上，兩腳沾滿塘底的淤泥，散發著惡臭，頭上還頂了一片早枯的荷葉……這形象無論如何無法與美男聯想起來，跟在攝政王身後的一名小隨從，就厭惡地皺了皺鼻子，發出很不屑地輕哼。

曹中睿方才只管狠瞪著俞筱晚，沒注意四周，這會子才發現攝政王和幾位大臣都在，忙斂衽行禮，又告了罪，先去更衣。

攝政王身後的那名小隨從忽然出聲道：「慢著，你是怎麼掉下去的，你還沒說呢。」

曹中睿心下大怒，真是無禮，一個小太監也敢攔著我，可瞥見攝政王也是一副有興趣聽的樣子，只好結巴地道：「不、不小心……滑了一跤。」

小隨從很不滿意，追問道：「隔這麼遠也能滑進去？明明看見你在跟你表妹說話！」

曹中睿更加不滿，可他也看出來了，這名小隨從眉清目秀唇紅齒白，弄不好是個姑娘家。攝政王對她多有縱容，難道是傳聞中最受攝政王寵愛的惟芳長公主？曹中睿心中大急，在公主面前，他自然想表現一番，可他真沒法解釋自己為何要往池塘裡衝。

俞筱晚眸光清冷地暗瞥著曹中睿漲得通紅的臉，作弊是無論如何不能說出來的，就怕聽者有意，假的也會成真的，表哥只能吃下這個暗虧了。在攝政王的面前衣冠不整到了這個地步，日後想平步青雲，可就難上加難了。前世傾心於你的惟芳長公主，只怕也不會愛上一個頭頂枯葉的男人。我親愛的表哥，這還只是開始，我會一次一次在你看到希望的時候，當著你的面一點一點毀去！

韓世昭本是跟在父親韓丞相的身後的，見此情形，便走上前去，溫言問道：「曹賢弟當時是不是覺得頭有些暈？」

這個解釋比較好，曹中睿點頭如搗蒜，「對對對，忽然有些頭暈。」

韓世昭淡然一笑，「應當是啖迷之症。醫書上有云，世人若逢巨喜，難免啖迷於心，便會產生眩暈之狀，定定心神即可，沒有大礙。」

小隨從「哦」了一聲，恍然大悟。攝政王微挑了挑眉，讓尷尬的曹中睿先去更衣。

立時便有大臣拍韓丞相馬屁，「令郎不愧是解元郎啊，果然博覽群書。」

曹清儒笑得十分勉強，附和都不想附和。俞筱晚神情恬靜淡雅，心中卻不住撇嘴，這個韓二公子真會挖坑，他中了頭名解元，謙虛鎮定、氣度雍容，倒是睿表哥這個第二名「逢巨喜」、「啖迷於心」，瞬間就將他自己給烘托了出來。

小風波結束，曹清儒繼續引著客人們往後花園去，俞筱晚垂首讓到路旁，韓世昭經過她身邊時，輕輕一笑，極低聲地問：「俞小姐莫不是知道今日惟芳長公主會跟來，不希望表哥被公主相中？」

俞筱晚心中暗驚，抬起小臉，清澈的雙眸純真無偽，「晚兒不明白公子的意思，可否明示？」

韓世昭亮如星辰的眸子定定地看了她一眼，手執扇柄在唇邊敲了敲，微微一笑，便追著眾人而去。

他是怎麼發現是自己激怒了表哥的呢？俞筱晚轉了轉手中的帕子，忽然想起蔣大娘說過，有些人是會讀唇語的，看不出韓二公子還有這樣的本事。

俞筱晚的眸光閃了幾閃，若是想揭穿她，應當早就會說了，既然沒說，那麼知道了也沒什麼。她拋開思量，到了延年堂，張氏、武姨娘等人都聚在中廳裡，圍著曹老夫人樂呵。

張氏一個月前才解了禁足令，伏低做小了幾個月，今日終於苦盡甘來，尤其的眉飛色舞，見到俞筱晚進來，立即招呼道：「晚兒快來給婆婆道喜。妳睿表哥中了鄉闈第二名，唉，這孩子，還為了沒中頭名而懊惱呢。妳敏表哥也不錯，得了第十五名。」言語裡都是炫耀。

俞筱晚笑著上前福了福身，「恭喜外祖母、恭喜舅母、恭喜武姨娘，曹家要出兩位人物了。」

孫子有出息，曹老夫人也十分高興，嘴裡謙虛道：「什麼大人物，只要日後他倆能中個進士，就是光宗耀祖了。」

俞筱晚順著說了幾句吉利話兒，便坐到曹老夫人身邊，問起了明日擺宴的事。

張氏不屑置辯，小小的進士可不是她的目標，她的目標是前三甲，若睿兒中個狀元，她就是堂堂的狀元之母，看以後婆婆還敢不敢禁她的足！

女人們在商量宴會的事，男人們則逛過了園子，便紛紛告辭。今日剛出榜，曹爵爺的同僚們只是來道聲喜，真正的宴會從明天開始大擺三天。

還未到韓府，韓世昭便跟父親告別，想趁時辰尚早，去書局逛逛。到了京城中最大的品墨齋，他徑直上到二樓，從執事房裡拐過一個小屏風，來到書櫃後的小隔間。

隔間裡已經有幾人在等他，他一眼便見到其中一名神情慵懶的少年，不禁輕笑道：「你家老祖宗允你回來了？」

那人看到他就沒好氣，大翻了一個白眼，「要你管！你做好自己的事就成！」

「嘖嘖！」韓世昭直搖頭，「你的事怎麼不做好？說好俞家分你管的，上回俞小姐的釵子，你幹麼不自己還給她？」

那人正是君逸之，聞言便痞笑道：「我這不是把機會給你嗎？」

韓世昭笑得不懷好意，「是嗎？不曉得是哪個的老祖宗開口閉口就是俞小姐的？」

上首的少年輕輕一笑，「好了，別鬥嘴了！這五家的事兒調查清楚沒有？」

韓世昭和君逸之的神色一正，齊聲回道：「調查了一番，表面上沒有問題。」

上首的少年笑得愜意，「表面上沒問題，不一定實際上沒有問題。那段時間就是這五位大人身亡，死因必須查清楚。」

在座的幾人都點了點頭，韓世昭遲疑了一下，遂問道：「公子，那件東西到底是什麼，不說出個形狀來，要如何尋找？」

那少年笑得無辜，「我也不知道是什麼東西，慢慢找，有緣的話，總能找到的。」

聞言，韓世昭和君逸之等人無奈地對視一眼，心中暗嘆，看來想查清真相，還得去佛前求一求才行。

次日，雅年堂東房，張氏正在賣力寬慰曹中睿。

說起來，張氏這一個來月倒是很老實，沒急著收回府中的管事權，對俞筱晚也是噓寒問暖的熱情親切。她的臉皮不是一般的厚，思量一番，覺得還是籠絡住俞筱晚為好，便一廂情願地付諸行動，自認為之前不過一點小恩怨，小姑娘家的，被她的溫情一感化，自然就會淡忘了。對於昨日俞筱晚激怒睿兒，並令睿兒出醜一事，她也認為宜大事化小，小事化了，畢竟婆婆十分信任晚兒，不見得相信晚兒會說這樣的話，弄不好又以為是她在搗鬼——或許這才是她要兒子忍下來的主要原因。

曹中睿在母親的寬慰下，陰沉的臉色終是微微放晴。是啊，今天是自己的好日子，來賀喜的官員不會少，正是一展風華的時候，應當高興才對。

曹中雅對這些事不感興趣，她只知道，今日府中會有許多名門夫人在這類的宴會上相看未來的兒媳婦，所以她要在宴會上大出風頭。衣裳好不容易挑好了，可換了不下二十件首飾都不滿意，「這耳墜上的珍珠這麼大，卻還沒有表姊那個小耳扣亮！」俞筱晚耳上的那對透明金剛鑽的耳扣，閃若星辰，想忽略都難，「聽說那首飾是一套的，娘，若是我能戴上，今日必定壓過所有的姑娘。」

張氏想想也是，便笑道：「走，跟娘去趟墨玉居，找妳表姊借幾件首飾去。」

到了墨玉居，張氏說明來意，再暗示道：「親戚間本就是應當相互幫襯的，所以昨日的事兒，我告誡了睿兒，不許說出去。」

若不是算準了妳不敢聲張，我怎麼會這麼說，難道還打算用這個來威脅我？

俞筱晚暗暗冷笑，果然是人至賤則無敵。以為礙於晚輩的身分，這個面子情我總得給妳是吧？「當年」我就是被妳教得太講情面、太注重名聲，才會落下淒涼的下場，這一世，我可不會再在乎這些虛無飄渺的名聲了！

「太可惜了，晚兒現在不能佩戴首飾，所以都收了起來，不方便出借。而且，我也不打算借，舅母若真心喜歡晚兒的首飾，就真金白銀地來買吧，看在您是長輩的分上，我賣您幾件。」

張氏驚得瞪大眼睛，「妳寄居在我曹府，問妳借幾件首飾還要我出銀子？」

曹中雅亦是十分忿恨，「就是，妳太無恥了！」

到底誰無恥？「當年」妳找我借的首飾，可從來沒見妳還過。俞筱晚的眼神一冷，「這話我可得問一問外祖母，舅母當初可是說好，要將我當成親生女兒一般對待的，怎麼現在又成了寄居？就因為我不借首飾？我的首飾，我借給妳是人情，不借妳是道理，難道還想強逼我出借不成？這跟攔路搶劫有何區別？」

張氏沒想到俞筱晚不單一點面子不給，還給她連扣幾頂大帽子，頓時便惱了，面上卻是不顯，陰森森地笑道：「那好，只要妳日後別後悔！」既然俞筱晚不要情面，她也懶得虛情假意，「婆婆身子不爽利，妳這麼孝順，就在屋子抄心經一百遍給婆婆祈福吧，睿兒的賀宴不用妳參加！」

她是當家主母，說不許參加，晚兒就不能參加！看著俞筱晚丕變的神色，張氏得意地一笑，拽著女兒出了墨玉居。

曹中雅恨得咬牙切齒，「娘，就這麼走了？我的首飾怎麼辦？」

張氏扶額，「雅兒，妳天生麗質，不一定要晃眼的首飾。」說著陰笑，「妳放心，過不了多久，她就會捧著妝奩來求我了。很快，不出十日！」

曹中雅對母親深有信心，聞言眼睛就是一亮，「母親有何妙計？」

這事卻是張氏不能說的，只催促她快去穿戴好，客人們要來了。

這母女倆一走遠，路邊小徑的草叢後就躥出一名七八歲的小丫頭，飛跑進屋子，小聲地稟報給了俞筱晚。

初雲恨恨地道：「小姐，舅夫人肯定是有什麼奸計！」

俞筱晚神色安詳恬靜，唇角還含著一絲淺笑，笑意直達眼底，「我該怎麼感謝舅母呢？」

定然是汝陽莊子上的事。從汝陽傳訊息入京要三四日，從佃農身亡到鬧得不可開交是兩日的光景，若是不出十日就會去求她，那麼一定是在三四日後行事。有了時間地點，她還想翻出什麼浪花？

趙嬤嬤按著小姐的吩咐，讓放了一隻信鴿出去，俞筱晚又將初雲、初雪、豐兒這三個心腹丫頭叫來身邊，細細耳語一番，又叮囑道：「就是昨日那名小太監，萬不可弄錯了。」

再說曹中雅回屋挑了幾樣首飾戴上，這才領著丫頭們往延年堂而去。路過一處假山亭時，聽得一個熟悉的聲音焦急地道：「攝政王殿下的隨從怎麼還沒來？」

曹中雅眉頭一皺，這是初雲的聲音。

跟著便聽到初雪的聲音道：「快了，一定要請她將攝政王引到小香海去……」

初雲興奮地道：「若是能成為側妃，就可錄入皇家玉牒，這是何等榮耀啊！」

曹中雅聽得眼皮一跳，俞筱晚想勾引攝政王？

張君瑤和吳麗絹都已經入了終選，現在住入宮中學禮儀規矩去了，她這陣子可沒少聽外祖母、父母親憧憬美好未來，原本就有些羨慕，這會子心都動了。若是當攝政王的妃子如此榮耀，她為什麼要讓給旁人？不行！必須搶在俞筱晚之前，她可不比俞筱晚生得差！

剛拿定主意，就聽豐兒小跑過來，喘著氣道：「來了來了，在池塘那邊！」

曹中雅大急，立即回頭低聲吩咐自己的丫頭：「去攔著那幾個丫頭。」然後自己一提裙襬，急忙忙地跑去了池塘邊。

迎面正遇上一名緋色圓領長衫的小太監，曹中雅不知世情，以為攝政王身邊的小太監跟別人身邊的小隨從是一樣，便端著架子，高揚著下頷道：「你，去請攝政王殿下過來一下，請來了，我還有賞。」說著很大方地拋出一錠銀子。

惟芳長公主滿臉古怪之色，打量了她好幾眼：沒長開的小丫頭，應當不是想勾引皇兄吧？要是勾引的話，也不會這樣跟我說話。她難得耐心地問：「妳為何要見皇……殿下，有何冤情？」

曹中雅見她拿了銀子不辦事，原本因俞筱晚不願借首飾而變壞的心情，更加壞了，心頭怒火驟起，「叫你去就去，一個奴才配問我嗎？」

雖然惟芳長公主是做奴才打扮，可心裡卻認為曹中雅才算奴才。她本就是刁蠻任性出了名的，哪裡受得了這種氣？當下就一個耳光搧了過去，「放肆！」

「你居然敢打我？」曹中雅呆了一呆，就尖叫著伸出十指，往惟芳長公主的臉上撓去。

惟芳長公主素來得寵，走到哪裡都是人人畏懼，還真沒見過曹中雅這樣敢跟她叫板的，當下怔在原地，不知躲避。眼看著曹中雅的手就要撓到臉上了，惟芳長公主嚇得兩眼一閉，可是預想中的疼痛卻沒有發生，她忙悄悄將眼睛睜開一條小縫，這才發覺曹中雅被一名眉目如畫、氣質如仙的女孩抓住了兩手。

曹中雅報仇受挫，扭頭一瞧，氣得哇哇大叫：「俞筱晚，妳放開我，我要打死他！」

俞筱晚妙目凝霜，低斥道：「胡鬧！來者是客，何況他還是攝政王殿下的隨從，妳怎能這般無禮？快快道歉！」

曹中雅自小就是曹清儒和張氏掌中的珍寶，養成了目中無人、傲慢自大的性子，就是王府中的郡主，她也只是表面上恭敬，心裡卻是不屑的，如何會給個太監道歉？當下便睜大眼睛，冷笑連連，「攝政王殿下的隨從又如何？不過是一個奴才！表姊以後就是攝政王殿下的側妃娘娘……」

雅兒還真是不負我所望，俞筱晚眸中閃過一絲詭異的精光，眉頭卻擔憂地蹙成小山，立即打斷她的話，「休得胡言！還未終選，哪裡來的側妃娘娘？」

曹中雅得意地一笑，想回敬一句，忽覺一陣風來，右臉一痛，又挨了惟芳長公主一個巴掌。惟芳長公主冷笑，「有妳這等親戚，沒得辱沒了皇家的威嚴，我這就告訴王爺去，妳家表姊休想入選！」

俞筱晚搶在曹中雅之前，急急地解釋道：「這位小公公請息怒，君瑤表姊端莊淑雅，並非……」

「叫君瑤是吧？」惟芳長公主用力記下這名字。

曹中雅正要開罵，忽聽身後有人痞痞地笑問：「小姑姑這是生的哪門子氣？」

聲到人到，君逸之輕搖摺扇，翩翩而至，絳紫的圓領斜襟廣袖長衫襯得他有如謫仙。他輩分雖低一級，卻比惟芳長公主大了兩歲，惟芳長公主立即撲過來挽住他的胳膊撒嬌，「逸之，這個臭女人罵我，給我打她！」玉蘭一般的食指指著曹中雅。

原來不是俞筱晚惹怒了小姑姑，君逸之心中一鬆，嬉皮笑臉地道：「全憑小姑姑吩咐。」說完真的作勢擼袖子。

曹中雅驚得手足生寒，話都不敢說了。她再任性妄為，也知道皇族之人比她高貴得多，更沒想到這個小太監居然是長公主，只呆傻地看著君逸之越走越近。

俞筱晚忙深深一福，「所謂不知者不罪，這位……主子玲瓏慧敏，扮什麼像什麼，表妹眼拙沒有認出您來，才會出言莽撞，還請君二公子、這位主子寬宏大量，原諒表妹這次。」

「這樣啊？」君逸之動作瀟灑地收起扇子，一副十分為難的樣子看向惟芳長公主，「若真是無意，小姑姑您又已經出了氣，不如就此罷了？」

惟芳長公主哼一聲，旋即又得意地問：「妳們真沒看出我是假扮的？」

俞筱晚紅著小臉，羞愧地搖了搖頭，「沒有看出來。」

君逸之意味不明地瞥了她一眼，唇邊勾起一抹玩味的笑，附和道：「若不是我認識小姑姑，也不會那麼快發現不妥，所以曹小姐雖然是粗魯了些，卻也不算太眼拙吧。」

惟芳長公主心情頓時好了，「我就說像嘛，偏皇兄還說不像！」

正說著話，曹中睿帶著韓世昭氣喘喘地趕過來，嘴裡說道：「君兄怎的跑到這來了……」轉眼看見惟芳長公主，怔了一怔，他雖然猜出她是誰，卻也不敢肯定。

韓世昭是認識的，忙一揖到地，「拜見長公主。」

曹中睿這才跟著深深一揖，又春風拂面般的微微一笑，希冀給惟芳長公主留下一個好印象。

聽說曹中睿是曹中雅的哥哥，惟芳長公主撇了撇嘴，第一眼的驚豔被抹去了不少，再細看一眼，竟是昨日那個狼狽的少年，更是失望。皇兄還說他人才出眾，是可造之材，我看也不過如此，還比不得韓二這個討厭鬼。

她頓時沒了興趣，懶洋洋地問：「你們怎麼來了？」

原來是曹中睿陪著韓世昭到內宅來給曹老夫人請安，君逸之閒著無事，也說一塊來看看，走到半路，君逸之就不知溜到哪裡去了，這兩人才一路尋了過來。

惟芳長公主道：「那現在無事了，便一同去大廳吧。」

曹中雅覺得臉上火辣辣的，肯定有手指印，便告罪想先回去梳洗一下，惟芳長公主要笑不笑地道：「我不准！」說罷就當先而行。

君逸之和韓世昭等人跟上，曹中雅急得想哭，曹中睿忙悄悄地問是怎麼回事。曹中雅自然指著俞筱晚道：「還不是她……」話未說完，惟芳長公主就回頭冷聲道：「還不跟上？」

曹中睿不敢抗命，壓下滿心疑問，快步跟上。

俞筱晚微微一笑，神色擔憂，語氣卻是興災樂禍，「妹妹得罪了惟芳長公主，日後哪還會有名門閨秀敢與妹妹交往？若是君瑤表姊真能當選為側妃還好，若是不能……唉！」說罷便提裙先行。

曹中雅恨得銀牙咬碎，卻一時也不能發作，只能委委屈屈地跟上。

曹府的池塘裡時尚地養了幾隻天鵝，一點也不怕人，大搖大擺地從幾人的眼前路過，然後躍入池面，優雅地滑行。

眾人都不自覺地看著，君逸之無聊地扯扯嘴角，「呆頭鴨！」

惟芳長公主立時笑話他，「逸之連天鵝都不認識嗎？」

君逸之倜儻地一笑，「走起路來搖搖擺擺的，不像鴨子嗎？」眸光玩味地在俞筱晚的臉上轉了一圈，落定在惟芳長公主臉上。

惟芳長公主笑了，旁人也湊趣地笑，只有俞筱晚心下惱著，她覺得君逸之就是在說她那晚走路搖搖擺擺的，肯定是！

到了延年堂，早得了信兒的曹老夫人、張氏和一眾女客都候在大門外，恭迎惟芳長公主。惟芳長公主此時才拿出了皇家的威嚴，神情淡然，端莊地抬了抬手，「免禮。」

眾人簇擁著她走到大廳，待她在上首坐定，賜了坐，眾人才依次坐下。

曹老夫人代表曹府恭維了一番，惟芳長公主淡笑道：「我不過隨皇兄過來玩一玩，令孫高中鄉試第二名，可喜可賀啊，不過……」她眼珠一轉，瞟了曹中雅一眼，「令孫若是想在朝堂立足，家中姊妹也得修心養性，言辭謹慎才行。」

她雖未點名，可女客們都是各府的當家主母，怎會不知她說的是誰？雖然惟芳長公主名聲也只有這麼好，人人都覺得錯不一定在曹中雅，可她到底是金枝玉葉，又與攝政王感情極好，得罪了她，就差不多等於得罪了攝政王，哪家還會要這樣的媳婦？貴族女子十一二歲，正是議親的時候，怎麼會忽然生出這樣的是非來？

張氏驚得瞠目結舌，陪笑問道：「不知小女錯在何處，臣婦願代小女給長公主賠不是。」

君逸之笑道：「小姑姑哪裡是這樣計較的人？」

竟是不讓長公主說出事由，連化解的機會都沒有了。

這裡女眷多，韓世昭和君逸之向曹老夫人施了禮，便與曹中睿回前院了。貴婦和少女們中身分高貴一些的，全圍在惟芳長公主身邊奉承湊趣，擠不過去的，便坐在一起小聲地議論剛剛離去的三位美少年。

「若論身分，自然是君二公子最高貴。」

「那又如何，他幾個月前跟人爭粉頭當街打架，被楚王爺罰去封地思過，這才剛回京，昨日就去了伊人閣。」

「啊，這樣的人……那還是韓二公子和曹二公子好。」

「韓二公子中了解元連賀宴都不擺，這才是真正的虛懷若谷。」

「曹二公子也好，可是他妹妹……」話到此處，無聲勝有聲。

張氏要曹中雅躲在屏風後，怕再觸怒惟芳長公主。曹中雅聽到這話氣紅了眼，可張氏不允她出來，發作不得，只能委屈地抹眼淚。

俞筱晚陪在外祖母身邊，淡淡地笑，眼底卻是一片冰寒。前世，每一次的宴會，她就是這樣被張氏以各種藉口隔絕在自己的閨房之中，任人說東道西也不能辯解，如今這滋味終於讓雅兒嘗到了，過些日子，讓張氏也嘗嘗。

這一天，不會遠的。

能為張氏撐腰的張君瑤，上一世靠的就是金大娘，這一世金大娘已經答應推薦吳麗絹，張君瑤能不能選為側妃，還真不一定了。若張大人和張夫人知道是曹中雅連累了自己的女兒，還會不會全力支持張氏？呵呵，若是張君瑤落選……這個訊息，得想辦法告訴張夫人才行啊。

宴會散後，張氏便急急地將女兒叫到跟前，問清原委，直氣得七竅生煙，咬牙道：「去請表小姐過來。」

俞筱晚聽得舅母傳見，微微一笑，吩咐更衣，順從地跟著曲嬤嬤來了雅年居。一進東房，她就敏銳地發覺屏風後有人，而且氣息濃重，是名男子。能在張氏房中坦然待著的男人，除了舅父還會有誰。

俞筱晚盈盈施禮，張氏也不藏著掖著，劈頭就問：「晚兒，我且問妳，妳今日尋殿下所為何事？可別否認，雅兒的丫頭們都聽見了的。」

俞筱晚柔柔地一笑，「舅母誤會了，我只是想尋殿下的隨從，問一問吳姊姊現在可好，還準備了些銀票，希望小公公能幫忙美言幾句。吳姊姊若是能選上，對舅父和兩位表哥的前程都是極好的，只是可惜，雅兒妹妹與……惟芳長公主爭吵了起來，不過惟芳長公主穿的是太監的衣服，我們都沒認出是女子，也不能怪雅兒妹妹。」

聽俞筱晚扯到雅兒的頭上，張氏大怒，冷笑道：「胡說！雅兒明明聽到妳說要見殿下，再者，妳怎知一個小太監就能說上話？」

俞筱晚似乎被嚇著了，哆嗦了一下，才小聲地道：「能隨行於殿下身邊的，自然是得力的心腹。」頓了頓，又嘆息似的，「其實只憑他是殿下的人，雅兒就不應當與他爭吵，還連累到了表哥……」

「什麼？還連累到了睿兒？」曹清儒的聲音忽地響起，他按捺不住，從屏風後走了出來，直直地問俞筱晚：「到底是怎麼回事？晚兒妳說清楚！」

俞筱晚自然是乖順地細述一遍當時的情形，聽說公主沒提到吳麗絹，曹清儒的心稍稍鬆了一點，隨即怒道：「雅兒也太不知分寸了，殿下的人也敢罵，我看得禁足一個月，將女訓抄上百遍。」

張氏莫名驚慌，忙辯解道：「雅兒是被晚兒騙了！」她以為晚兒會像上回那樣直抒胸臆，這樣爵爺就會知道是誰在搞鬼，哪知晚兒竟會這樣狡辯？偏她為了讓晚兒有話直說，沒讓雅兒留下，弄得想解釋都解釋不了。

曹清儒哪裡還會相信，冷哼了一聲，「都是給妳慣出來的，妳給我把她教好一點，知情守禮之前，不許踏出屋子半步！」

俞筱晚連忙表態，「舅父不必擔心，吳姑娘那裡，我請金大娘幫忙美言了，應當不會有問題。」

曹清儒眼睛一亮，「可是尚衣局的那位金大娘？」

「正是，她是我的繡活師傅。」

張氏嘲諷道：「妳是金大娘的徒弟？牛皮也不怕吹破了。」

「閉嘴！」曹清儒現在聽到張氏的聲音都煩，拂袖去了曹老夫人處，俞筱晚趁機告辭，才不留下來跟張氏噴口水。

曹老夫人正等著消息，聽完兒子的描述，輕嘆一聲：「張氏入我曹家二十餘年了，之前一直瞧著賢慧溫婉，怎麼忽然變得這般小肚雞腸？先是教睿兒說謊，現在又慣壞了雅兒。依我看，是以為娘家要出個側妃，得瑟了，不把咱們母子放在眼裡了！」

這話說得可重，曹清儒顧念夫妻之情，不敢接口。

「可張家小姐選上了，也是幫著張家的，能幫著咱們多少？但吳姑娘就不一樣，沒有娘家人支持，王府哪裡那麼好生存？咱們就可以當她的娘家人，她也必須拿咱們當她的娘家人。」

「請嚴嬤嬤去教雅兒吧，晚兒懂事得很，不用學什麼了。」曹老夫人又欣慰道：「晚兒還想著幫忙打點，是個知恩圖報的好孩子，爵爺以後要多疼她一點。」

曹清儒點頭應是，又與曹老夫人展望了一下美好未來，便告辭回屋歇息。

這回曹老夫人和曹爵爺都鐵了心，調了嚴嬤嬤過去給曹中雅進行地獄式淑女訓練，把曹中雅折騰得苦不堪言。俞筱晚照常每日晨昏請安，對曹老夫人孝順，對張氏也是恭敬有加。張氏想著俞筱晚遲早要求到自己頭上，便按下怒火，虛與委蛇。

過得幾日，汝陽莊子上傳來訊息，說是一名佃農做工時跌入枯井，摔成了重傷，一直昏迷不醒，家屬不滿俞家給出的賠償，已經告到了衙門裡。

俞筱晚急得不行，求曹老夫人讓她去鋪子裡問一問情況。正遇上張氏過來給曹老夫人請安，見俞筱晚兩眼通紅，曹老夫人拍著她的手，「妳先去打聽清楚，有什麼事回來與妳舅父商量便是。」

俞筱晚給張氏請了安，忙忙地出府了。張氏便關心地問曹老夫人：「晚兒這是怎麼了？」

曹老夫人淡淡地看了她一眼，「沒事。」

嗤，這是怕我乘機敲詐嗎？可惜到最後，她還是得求到我的頭上！張氏心中暗道。

再說俞筱晚，到了店鋪裡，細看了一遍文伯傳來的密函，仔細回了一封，便好整以暇地到鋪子裡巡視。

綢緞莊裡一個大客戶在挑三揀四，看到俞筱晚便哼道：「我好心想來做妳的生意，可妳這鋪子裡的東西實在是入不了眼。」

俞筱晚暗道一聲「穢氣」，臉上卻笑道：「我這小鋪子裡都是民間的緞子，哪比得上宮中的？君二公子以後還是別來了，免得白白跑一趟。」

君逸之高傲地一抬光潔的下巴，「我想去哪兒，就是我家老祖宗都管不了的。」說著古怪地盯著俞筱晚看了幾眼，自言自語般地道：「不會是看錯了吧？」

俞筱晚並不接話，他無趣地暗翻白眼，繼續說道：「喂，我可是跟靜安大師學的相面，妳印堂發黑，看來是官司纏身啊。要不要本公子幫妳破解一下？收費不多，一張藥方即可。」

剛剛才傳入京的消息，又是她的私事，他是如何得知的？難道他在暗中跟蹤她？

俞筱晚忽然抬頭，直視著君逸之漂亮的鳳目，聲音冰冷地道：「君二公子消息真是靈通。」

那是怎樣的眼神啊，原本是少女的清澈無邪，轉瞬間變得幽深晦暗，透出絲絲冷漠和濃濃戒備。君逸之心神一陣恍惚，這是一個寄人籬下的孤女該有的反應嗎？惹上了官司，有人主動相助，不是應該欣喜若狂、感激涕零嗎？而且，她第一反應就是他在調查，這麼敏銳，怎麼看都不像一個十一歲天真浪漫的閨閣少女，倒像是久經歷練的老江湖！

只一眼，俞筱晚就收回了目光，壓制下內心的洶湧情緒，平和地問道：「不知君二公子要如何相助？」

君逸之挑眉笑道：「對付地方小官，只需派我楚王府的管家出面打個招呼就成了，能有多難？」

的確，在她看來需要費心布署的事，當權者只需一句話就成了。她已經有了捉賊拿贓的計畫，可若是有楚王府相助，一則更有保障，二則她也可以摘清自己，免得被人懷疑一個小姑娘怎的這般會謀算而產生戒心。

「若君二公子願意相助，小女在此拜謝。」俞筱晚真的斂衽福了下去。

君逸之真是被她弄了個措手不及，前後不過一彈指的功夫，她的態度從冷漠到感激，彷彿之前是他眼花了一般……倒是個有趣的人！他壓下心底的詫異和一絲陌生的感覺，玩世不恭地挑眉笑道：「妳還沒說藥方的事。」

俞筱晚彎眉一笑，流露出少女特有的嬌麗俏皮，「一半藥方，前面不是還有個賭約嗎？」

君逸之哈哈大笑，「那我贏定了，妳記得將方子準備好！對了，妳總得給我個信物，我讓田管家跟妳那兒的管事聯繫一下！」

俞筱晚覺得有道理，便寫了一封信，蓋上自己的私印，君逸之收好後揚長而去。

俞筱晚輕輕呼出一口氣，總覺得這個成天遊手好閒的君二公子，時常流露出一種壓迫感，就像剛剛，她懷疑著他的同時，他也在懷疑她，讓她有種會被他看穿的感覺。其實，有他相助也好，到時，張氏和張長蔚兄妹倆連埋怨的地方都沒有。前一世，她傻傻地被這兄妹倆算計，真叫被人賣了還幫著數錢，這一回，她一定要讓他們痛都呼不出聲來！

十幾天一晃而過，俞筱晚心情愉快地等待君逸之幫忙解決汝陽的官司，可在曹府，卻時時故作憂心忡忡，一個人默默垂淚，從汝陽跟來的趙嬤嬤、初雲、初雪等人也是時常流露出焦心的模樣，彷彿有大事發生，被問及，卻又什麼都不說。

張氏將其大哥是吏部侍郎，掌管所有官員的考核，任誰都要給幾分顏面的消息，早就放出去了，可連等了半個月，都不見晚兒來求她。

哼！不想來求我嗎？非要等到火燒眉毛了才會著急？這樣也好，縱奴行兇、虐待佃農這樣的罪名傳到京城來，晚兒這丫頭的名聲也就毀了！她若想息事寧人，就得大把的銀錢來供奉我……不，光是銀錢還不行，必須將她的田產分一半來與我，我才幫她找人壓下官司……

張氏正想得心頭暗爽，石青銷金撒花軟簾一掀，曲嬤嬤急匆匆地走進來，打眼色讓丫頭們退出去，這才附在張氏的耳邊小聲道：「方才老奴經過墨玉居的時候，聽到初雲跟初雪在聊天，好似俞管家在那邊找了個俞老爺的故交幫忙。」

難道已經解決了？張氏心中一驚，雖說是人走茶涼，可俞家到底在汝陽執掌了近百年，人脈也未必沒有……辦這事可撒了不少銀子進去，絕不能讓到嘴邊的肥肉跑了。

她急得等不下去，問清俞筱晚現在在曹老夫人處，便扶著紫兒的手，直奔到延年堂請安。門裡傳出祖孫兩個說笑的聲音，張氏心中一緊，難道真解決了？昨天晚兒還是愁眉苦臉的呢！她讓杜鵑通傳了一聲，端出笑臉走進去，請了安，加入了說笑之中。

張氏細心觀察俞筱晚的表情，發覺曹老夫人沒看著她的時候，她清麗的小臉上便會流露出幾絲憂愁……原來沒有解決！張氏心中大定，有心在曹老夫人面前賣個好，便主動問起：「晚兒，妳莊子上的事情解決了沒有？若有什麼為難的，一定要告訴舅母，妳也知道，我大哥是吏部尚書，說話還算得數的。」

俞筱晚的眉目間閃過一絲驚喜，「是嗎？」

曹老夫人一怔，張氏急著表現自己的寬厚親切，沒注意到，自顧自地說道：「其實要我說，也沒什麼大事，那個佃農又不會死，無非是想勒索妳些銀子，妳莊子裡的奴才打了他又如何？要我說，這等刁民就是應該打，居然還敢告妳縱奴行兇，妳放心，此事交給我大哥，必定能幫妳解決了。」

「什麼？還告了官？」曹老夫人著急地拉著俞筱晚的手問是怎麼回事，因為俞筱晚從來沒跟她提過，上回出府，也是說鋪子裡有事，而不是莊子上。

俞筱晚彎眼笑道：「外祖母莫急，就像舅母說的這般，沒什麼事，管事們就能解決了。晚兒還是要多謝舅母的好意。只是，晚兒不知舅母您是如何知道，晚兒莊子上出了此等事的，而且還知道得這般清楚，連佃農告官的內容都一字不差，晚兒還未跟家裡任何人說過呢。」

曹老夫人原本焦急的眼神立時悠遠了起來，淡淡地落在張氏的身上，等著她回答。

曹老夫人竟然不知道？張氏簡直不敢相信，急急地道：「我是聽方才妳的兩個丫頭說什麼，俞管家去找妳父親的故交，談到的。」

俞筱晚柔柔地笑，「不可能，她們說的是莊子上豐收了，要給父親的故交送些節禮。舅母若是不信，可以問一問我墨玉居的丫頭和婆子，大部分可都是舅母親自挑選的。」

曹老夫人眸中精光一閃，「送節禮也能推斷出晚兒的莊子上出事了，媳婦，妳真是有本事啊！能不能告訴我，妳是怎麼推斷出來的？」

張氏心中一緊，雙手不自覺地攥緊了帕子。她居然中了圈套？這臭丫頭每天愁眉苦臉是裝給她看的？

她發誓，她從俞筱晚的眼中看到了嘲諷，赤裸裸的嘲諷！

俞筱晚微微垂下長睫，擋住眼中的恨意。是啊，遠在汝陽的農莊上發生的事情，舅母怎麼知道得這般清楚，這個問題，前世的她竟然想都沒有想過，就對舅母的主動示好感激涕零！真是白長了眼睛，白長了耳朵！而這一次，舅母大意，終是讓她回敬了一個大陷阱，讓舅母也當了一回瞎子、聾子，想當然地貼上來，自暴其險惡用心。

事也趕巧，就在張氏急得滿頭大汗，不知如何回答的時候，丁香挑簾進來，通稟道：「楚太妃攜君二公子求見。」

曹老夫人忙迎出去，將楚太妃請了進來。楚太妃淡笑道：「我這孫兒說田管家去汝陽時，幫俞姑娘帶了一樣東西，他不方便遞交，我便帶了他過來。」

真有什麼老家捎來的物件，完全可以交給門房傳進來，何必非要親自跑一趟？曹老夫人心中明瞭楚太妃的用意，可最近君逸之頗幹了幾件名震京師的「大事」，令她不願意讓君逸之過多地與晚兒接觸，嘴上客套道：「勞動太妃跑一趟，其實讓小廝們送過來就成了。」

這樣婉轉地拒絕，楚太妃只當沒聽見，哄著孫兒拿東西出來。

君逸之似乎並不想親自來，顯得有些不耐煩，將一張紙掏出來交給俞筱晚，「已經簽字畫押了，不會再上告，妳可以放心了，方子呢？」

楚太妃有些不高興，這麼好的表現機會，這臭小子居然只記得找人家要報酬！她忙道：「到底是怎麼回事，你跟俞姑娘解釋一下呀。」

君逸之這才不甘不願地道：「傷者的家屬受人挑唆才去告官的，想勒索銀子，還與那人商定，必須等京裡來了消息才撤狀。田管家去威脅了幾句，他們就老實了，那人還想逃跑，不過被衙吏抓著了，汝陽的縣令也收了賄銀，現革職查辦，京裡是誰指使的，還沒審出來。」

怎麼解決的似乎不是關鍵，幾人都聽清了那一句「等京裡來了消息才撤狀」。曹老夫人的目光在張氏的臉上轉了一圈，才含笑向楚太妃和君逸之道謝。俞筱晚又驚又喜，居然連縣令都革職查辦了，比之前自己預想的捏著把柄敲打張氏兄妹一番可要好得太多了。

張氏則是臉白得沒有一絲血色，渾身僵硬如雕塑一般坐在那裡，完全不知如何反應了。

那個挑唆的人是張家外莊的管事去找的人，自有辦法令其閉嘴，倒不怕他說出什麼來，倒是汝陽的縣令，大哥是打過招呼的，會不會為了開脫罪名將大哥給供出來？

若是大哥受了牽連，那她的日子也就不會好過了。

張氏想到這兒，哪裡還坐得住，偏還得裝出端莊賢慧的樣子，微笑道：「太妃是稀客，難得大駕光臨，不如就在曹府用餐便飯？」

曹老夫人在一旁，做媳婦的越俎代庖邀請客人，楚太妃幾不可見地微蹙了蹙眉，不過這話兒聽著還是很悅耳，正要回覆幾句，君逸之卻搶著道：「老祖宗若要久留，我就先告辭了，我還有事……」說罷便向俞筱晚要藥方。

俞筱晚早準備好了，將抄好的半份藥方交給他，他便站起了身。

楚太妃斥道：「沒規矩！你能有什麼事，火燒眉毛似的！」神色卻也並不嚴厲，且隨之站起身，「就是陪他來送這個，就不必留飯了。」

曹老夫人忙親自送到二門，待楚王府的馬車出了大門，才回轉了身，冷冷地對張氏道：「去小佛堂跪著，等爵爺下了朝再來處置。」

張氏臉色蒼白，嘴唇哆嗦，「不知婆婆為何要處置媳婦，媳婦到底犯了什麼錯？」

她還要死撐，認為一天沒有真憑實據，一天就不能將她如何，卻不知，有些事情是不一定要證據的。俞筱晚暗暗翹起唇角，張氏兄妹自己挖的陷阱自己跳，這就是作繭自縛吧。

曹老夫人現在根本不想同張氏說話，朝一旁的僕婦厲聲道：「扶夫人到小佛堂去！」

僕婦們面面相覷，曹老夫人更怒，「怎麼？沒聽見我說的話嗎？」

僕婦們這才反應過來，忙一擁而上，半扶半推地擁著張氏往小佛堂去了。

張氏又羞又恨，不住說：「憑什麼罰我跪佛堂，老太太妳拿出證據來！」可是沒人敢搭理她。之前張氏幾次禁足，曹老夫人都是在屋裡吩咐的，像今天這樣當著一眾下人僕婦的面發落，等於是打張氏的臉，曹老夫人這一次是真的怒了。

俞筱晚上前扶住曹老夫人，輕聲道：「讓外祖母擔心了，只是……的確是沒證據說是舅母做的呢，晚兒惶恐。」

曹老夫人長嘆一聲，「是不是我心裡有數，妳只管放心便是。」隨即又說張氏：「眼皮子這麼淺，哪裡像個大家出身的？」

俞筱晚便輕聲道：「舅母到底沒受過苦的，還是讓曲嬤嬤、紫兒碧兒跟去服侍吧。」她不希望有人向張長蔚報訊，還是看管起來的好。

曹老夫人沉吟了一下，便同意了。

待曹清儒下朝回府給曹老夫人請安，曹老夫人便將此事拿出來商量，「我的意思，這個媳婦太不知輕重，府中以後不能給她管了。這回是算計晚兒，好歹是自己人，傳不出去，若是哪天眼紅了旁人，也算計起來，可就把咱們曹家的臉面都會丟盡！」

曹清儒聽完，輕咳了一聲，看著曹老夫人緩聲道：「母親容稟，雖然是巧合了些，但兒子覺得不是苑兒所為。前陣子晚兒憂心忡忡，苑兒便同我說過，要幫忙打聽打聽是什麼事，可能是她打聽到的。」

爵爺這樣說，曹老夫人倒是愣住了，遲疑地問：「那之前我問她的時候，她為何慌得說不出話來？」

曹清儒捋鬚沉吟道：「可能是怕母親您多心吧。她關心晚兒的莊子，怕旁人說她算計孤女的財產。」

舅父竟然會這樣說！

曹老夫人肯定不會再相信舅母了，至於舅父會不會還相信舅母，之前俞筱晚並沒有把握，甚至可以說，她最初決定不防患於未然，而是將計就計的原因，就是想試探舅父的態度，可現在試探出的結果卻令她十分寒心，臨死前睿表哥所說的話又在耳邊迴響：「父親要的都已經拿到了！」

現在是因為沒有拿到，所以處處縱容舅母嗎？

幾乎是每一次舅母被外祖母處罰後，舅父最初總是與外祖母一條心，舉雙手贊成，可過了一陣子，又會找出些藉口為舅母開脫……想到這兒，俞筱晚的心口緊縮得發疼，直到現在為止，舅父對她的關心和疼愛，都好像是發自內心的，可是現在她不得不懷疑舅父的用心……

君逸之出了曹府，便沒與祖母同路回去，而是在花街晃了幾圈，跟幾個交好的粉頭調笑一通，盡顯風流浪子的本色之後，左右查看無人發覺，才一溜煙地從一條狹窄小巷子，進了品墨齋的後門，飛速地躥進了二樓的小隔間。

韓世昭等人早就來了，正圍坐一起下棋，見到他便取笑，「聽說你又在伊人閣包下了如煙姑娘幾天，跑哪去了？」

他們都知道君逸之包如煙是為了掩飾行蹤，只是這回君逸之要幹什麼卻沒告訴任何人。是人都會有好奇心，幾個人都是目光灼灼地看著他。

君逸之漂亮的鳳目微微一瞇，眸中厲光一閃，絕世的俊臉瞬間透露出冷酷的氣息，說出口的話卻依然漫不經心，「去了趟汝陽。」

沒錯，去汝陽的是他本人而不是田管家。拿著俞筱晚親筆寫的推薦信，他接觸了許多俞家的故交、下屬以及下人，調查的結果是，俞爵爺的確是不慎摔死的。並不是說非要俞爵爺的死有什麼可疑，若真的沒有可疑，他們就能將精力放在可疑之事上去。順道幫俞筱晚解決了麻煩之後，原本已經沒事了，他卻在俞文飆無意間漏出口的話裡聽到這麼一條訊息，俞筱晚初入京的那日，差點被輛失控的馬車給撞了，馬夫還是攝政王府的人。

「馬匹驚了也是常事，可若是攝政王府的馬車，就有些不尋常了。」皇族用的馬匹都是精挑細選出來的，極其溫順的馬匹，若不是被馬刺扎，或者特別大的刺激，是不可能驚的，「而且曹清儒當時的反應也不太尋常，只是讓將車夫關進柴房，論說真的心疼俞姑娘的話，怎麼也是先一個耳刮子搧上去！」

房中的幾人都是眼睛一亮，這麼說來，王府是故意派了個馬車夫在曹府門前試探嗎？曹清儒又是怎麼打算的？

上首的少年微一沉吟，便淡然道：「如此，逸之你就跟緊俞家這邊。」

君逸之微微一怔，有些不情願地道：「韓二去跟緊不是正好？他現在與曹中睿是同窗，有藉口時常去曹府。」

不知道為什麼，那天聽到俞文飆說完當日的情景後，他才發覺自己竟然緊張得手心都攥出了汗水，背脊僵得直直的，一顆心懸了起來，呼吸都停住了，直到聽說俞筱晚安然無恙，他的心才慢慢放下，呼吸也慢慢恢復了正常。這種感覺十分詭異又無法掌控，不是他所喜歡的。他喜歡一切盡在掌握，喜歡洞若觀火，喜歡未雨綢繆，所以今日去曹府，他才會故意顯出不耐煩的樣子，希望祖母以後不要多事了，他不想見俞筱晚，一點也……不想！

上首的少年大約覺得他說得有道理，便轉向韓世昭道：「文家那邊暫時沒有異狀，那你也幫著逸之跟緊一下。逸之，你都調查了這麼久了，先盯著吧。」

君逸之也不知心裡是鬆了口氣還是提了口氣，反正是五味雜陳，面色冷漠地微微點頭，酷酷地朝韓世昭道：「以你為主，想知道什麼來找我。」

曹府。

因為曹清儒替張氏辯解，兼且確實是沒有白紙黑字的證據，曹老夫人只得撤了張氏的處罰。張氏原想拿喬一下，想了想又作罷，自己從小佛堂走出來，還不讓俞筱晚道歉，「一家人哪裡這般見外？妳原也只是問了舅母我一句，何錯之有？」

笑容端的是寬厚賢淑，親切和藹。

俞筱晚也只是做做樣子，哪會真給她道歉！順著這話就挺直了腰，柔軟地笑道：「差點誤會了舅母，還好都澄清了。」

不過俞筱晚心中卻是暗生警覺，不怕張氏鬧騰，就怕張氏不鬧騰。不鬧騰了，說明她已經沉下氣了、隱忍了。張氏本就是個會裝腔作勢的，要不然也不會「賢慧」了二十年，加上張氏是長輩，她不過是一介寄人籬下的小孤女，這身分上就吃了虧。

在世人的眼裡，她俞筱晚就是靠著張氏討生活的，對張氏恭敬、孝順、奉承，那都是應該的，若是不如此，反倒是不識抬舉、不知感恩。之前張氏為了俞家的財產急紅了眼，又欺她年幼，一時輕敵才會連連敗退，但張氏若真是沉靜下心來徐徐圖之，就憑張氏在曹府中的威信和張家在京城中的人脈，她都很難應付。

不過，這樣也好，正可以鍛煉她的能力。張氏還是她明確知道在打俞家財產主意的人，若真是開門做生意，暗地裡打鬼主意的人還不知有多少。若是連明著的敵人都無法除去，那她也不要開店鋪、管田莊了，直接變賣成銀子存在錢莊裡算了。

況且，要說前一世張氏僅是為了銀錢就要置她於死地，俞筱晚無論如何不願相信，因為沒有必要！俞家的帳本都在張氏手中，相信張氏早就做好了假帳，讓她告官無門，再者，她在京中沒有朋友，忠心的下人都被打發走了，外祖母也已經身故了，張氏只需將她困在一個小院子裡，她就永無天日，何必非要讓兩手沾上鮮血？思來想去，再加上今天舅父維護的態度，俞筱晚斷定只有舅父想要的那個東西，才有可能迫使他們不容自己活在這世上。

可是，到底是什麼東西？藉著宴會、喜慶的時機，俞筱晚送過舅父不少好東西，可舅父神情都僅只是喜悅而已，沒有激動、也沒有失望，甚至連多問一句的意思都沒有，倒是舅母時常打探，但那主要也是想探探她到底有多少財產而已。

她想過自己梳理，清理了幾遍詳單，都沒見過什麼特殊的物件……舅父要的東西，怎的這般機密？

毒酒灼喉、腸腹絞痛的記憶又湧上了心頭，恨意刺痛了心肺，俞筱晚眼底一片冰寒，眸光掃過舅父和舅母的臉，小臉上卻是笑得分外柔順乖巧，「晚兒多謝舅父、舅母體諒。」

張氏看著俞筱晚激動中帶著些羞澀的笑容，也暗忖道：這個外甥女可不是一般的心機深沉，我再不能如此冒進，一定要徐徐圖之！她含笑拍了拍俞筱晚的小手，笑容溫柔親切，「既是誤會，揭過便是了，我不會在意，晚兒也切莫放在心上。」

曹清儒含笑道：「正該如此，一家人不應見外。」

曹老夫人看著這副和樂融融的場景，突然覺得懨懨的，提不起半分興致。以前曹府算不上大富大貴的時候，這個家原本平靜，可自打兒子封了伯爵，尤其是晚兒來京投靠之後，家中卻是暗潮湧動。先是武姨娘的姨侄女來了，有上位的可能，張氏便沉不住氣胡亂下絆子，而後又是張氏看中了晚兒的家財，什麼下作手段都敢用，害得家宅不寧……家不寧，又如何萬事興？

曹老夫人煩躁地揮手，連飯都沒留，打發眾人各自回屋。

杜鵑沏了壺新茶進來，為曹老夫人斟上，又取出絹扇笑問：「這幾日太陽烈，中午有些暑氣，老太太要不要打扇？」

曹老夫人將石榴許給爵爺之後，杜鵑就提上來成了一等丫頭。

不過曹老夫人只是闔目養神，並未作答，讓杜鵑一時僵在那裡，尷尬無比。

芍藥因暗中與張氏親近的事被曹老夫人冷落，這一個來月做事都是屏息靜氣、輕手輕腳的，儘量不讓自己顯眼，生恐自己一不小心又觸怒了曹老夫人，連大丫頭的位置都保不住。這會兒見杜鵑尷尬地杵在那兒，不禁在心中暗笑，真蠢，老太太沒說不，自然就是要打扇啦！

這種討巧的機會，她當然不會告訴杜鵑，而是自己取了一柄小團扇，站到軟榻的另一邊，輕輕為曹老夫人打扇。

曹老夫人閉著眼睛也能分辨出這是芍藥，心下不由微嘆，芍藥這丫頭比起旁人來，可要機靈貼心得多了，這也是她喜歡芍藥的原因，可是芍藥卻背叛了她，暗中給張氏通消息，真是令她寒心。難道是因為看到自己年紀大了，所以要換個靠山了？

想到自己六十大壽臨近，人生七十古來稀，或許真是沒幾年活頭了，曹老夫人不禁悲從中來，眼角便有些濕潤。芍藥忙小聲地問道：「老太太可是哪兒不舒服，要不要請個大夫來看看？」

杜鵑也忙殷勤探問：「老太太有話只管吩咐。」

曹老夫人微張開眼，看了芍藥一眼，轉向杜鵑道：「不用大夫，妳去黃桃巷把印嬤嬤請過來。」

芍藥神色黯然，杜鵑則喜孜孜地應了一聲，退了出去，不過一個多時辰，就把印嬤嬤給接進府來。

這位印嬤嬤是曹老夫人的陪房丫頭，一直深得曹老夫人信任。前幾年老了，腿腳不靈便，曹老夫人給了恩典，將她一家子都除了奴籍，還賞了一套小四合院，成了正經良民。印嬤嬤是打心眼裡感激曹老夫人，聽說曹老夫人傳喚，知道必定有事，二話不說就跟著杜鵑過來了。進屋的時候，曹老夫人正在歇午，印嬤嬤便搬了張小杌子坐在榻邊，幫曹老夫人捶腿。

「妳來了？」曹老夫人發覺這腿捶得格外舒服，便睜眼一瞧，果然是印嬤嬤，便含笑朝芍藥、杜鵑道：「給印嬤嬤沏杯好茶，上幾碟時鮮果子，再去廚房說一聲，今日留印嬤嬤吃個飯。」

杜鵑討巧地道：「茶水和果子早便準備好了。」也知曹老夫人這是要跟印嬤嬤說話兒，便與芍藥一同福了福，「婢子們去廚房點幾個菜。」然後一同退了出去。

印嬤嬤笑咪咪地道：「老太太精神頭真好，看著四十出頭一般。」

曹老夫人不由得失笑，「妳這張貧嘴，我一個六十的老太婆看起來像四十出頭，不是成了妖精了嗎？」心裡卻是極受用的。

兩人說了會子閒話，曹老夫人這才轉到正題，先是長嘆一聲，「我老了，沒幾年活頭了，如今孫兒孫女有了，能抱到重孫自是最好，抱不到也不覺得遺憾了，唯一放不下心來的就是我那個外孫女晚兒。」

印嬤嬤陪著笑道：「您長命百歲的，晚兒小姐有老太太您關照著，自是有福氣的。」

曹老夫人搖了搖頭，「哪能長命百歲？妳是我身邊的老人，我也不瞞妳，我那個媳婦啊，我還真是看走了眼，眼皮子淺得很，心也貪得很。晚兒倒是有個主意的，不像清蓮那般柔弱，這一點很好，可是我若走了，她沒有親朋可依靠，勢單力孤，教我怎麼放心得下？」

曹老夫人沒說曹爵爺半句，做母親的人當然是向著兒子，男人是做大事的，內宅裡的事不願多費心思也是有的，況且兒子也有難處，張氏是正室，必須要維護正室的尊嚴，免得家裡規矩亂了。

曹老夫人這幾句話，印嬤嬤便猜出了個大概來，也明白了曹老夫人找她來的用意，思索了片刻便道：「老太太若是信得過老奴，老奴就厚著臉皮推薦個人，不知老太太還記不記得老奴的姊姊生一個兒子，叫古洪興，一家子都是老實本分人，辦事也還乾脆俐落，若是老太太想為表小姐選幾房陪房，老奴就厚顏推薦自家侄子。」

印嬤嬤的姊姊一家當年是賣給了詹事府詹事陳大人，陳大人辦事不力，連貶三級，外放到嶺南，都不知有沒有機會再回京，便謀劃著賣些人手。曹老夫人也正是想到了這一層，古洪興在陳大人家外院大管事，跟京城裡各府老爺、管家都熟，這些人脈，日後晚兒是用得上的，不過這事總得印嬤嬤先提，她才好又得人又賣人情。

兩個老人家就這樣商定了，由爵爺出面把古洪興一家買下來，給俞筱晚當陪房。曹老夫人又請印嬤嬤幫忙在外頭找個合適的人，她打算把芍藥配出府去。印嬤嬤一一應下，陪曹老夫人用過晚飯，便高興地回去給老姊姊報信。

出二門的時候，印嬤嬤正遇上曲嬤嬤從府外回來，兩人客套一番，便各走各路。

曲嬤嬤回到雅年堂，先稟報了此番出府辦的大事，「舅老爺說汝陽那邊他會料理好的，請夫人不必擔心。」又遞上一個蠟封的紙團，「舅老爺說這裡有個祕密，極有用的。」

張氏在火盆上化了蠟，看了一眼後，心中大喜，隨即將紙條投入火盆，看著它化為灰燼，一張保養得宜的臉滿是陰險的笑。武姨娘、俞筱晚，我要將妳們一網打盡！

曲嬤嬤想了想，還是將印嬤嬤入府一事稟報給了張氏。

張氏手指敲著桌面，沉吟了許久，緩緩道：「中秋節才入府來請了安，今日又來，必定是有要事，妳去打聽打聽。」

曲嬤嬤連聲應下，沒兩天就打聽出了一個大概，張氏恨得直想摔杯子，手指顫抖直指著延年堂的方向，大聲問曲嬤嬤：「妳見過這樣的祖母嗎？有好用的人不給自己的孫兒孫女，卻給個外孫女，傳出去，外人會怎麼看我？說我容不下投親的孤女！我哪一點虧待了晚兒？就算是想從晚兒那裡盤點銀錢過來，為的不也是她曹家的孫子？她、她居然要這樣壞我的名聲！」

曲嬤嬤唬得忙跑到門邊探頭探腦查看一番，才又跑回張氏身邊，小聲道：「夫人息怒，此事還得爵爺出面才辦得成。您不如跟爵爺說道說道，二少爺馬上就要入仕了，身邊也得有會打理的人。」

張氏聽後心中一動，沒錯，何必跟那個老不死的計較，在爵爺的心中，怕是沒人能比兒子重要，這般得用的人不給兒子給誰？

只不過，從這件事上就能看出，曹老夫人是真心疼這個外孫女，張氏眯著眼睛想了一番，問曲嬤嬤：「雅兒學規矩學得如何了？」

曲嬤嬤一副替小姐打抱不平的樣子，「這個嚴嬤嬤真是個嚴苛的，一個蹲身行禮的姿勢，硬說小姐做得不合宜，可憐小姐半蹲半站的一上午，兩腿肚子都打轉兒了……」

張氏一揮手，「這樣才好！我以前就是太寵著她了，她才這般不知進退，連惟芳長公主都敢罵，嚴嬤嬤正好替我好好教訓教訓她！」說著又讓曲嬤嬤去翡翠居看一看，若是課程已經結束，便讓女兒過來一趟。

曲嬤嬤領命去了，不多時帶了曹中雅過來。曹中雅一見到張氏就眼圈發紅，扁了扁嘴道：「娘，妳一定要幫我把這個嚴嬤嬤趕走……」

「不行，妳的確是要好好教訓一下了！」張氏這回差點吃了俞筱晚的大虧，深知她心機深沉，以雅兒現在的心智，根本不是晚兒的對手，所以半點都不心軟，「妳可知現在外面都是怎麼傳妳的？兇悍、無禮！這樣的名聲，妳如何許得到好人家？」

此事可是曹中雅的心頭刺，哇的一聲就哭開了，「都是俞筱晚那個不得好死的東西作弄我！」

張氏不是不恨俞筱晚，只是這事兒就事論事，還是雅兒太沒分寸，「雖然是她布的局，可只要是有半分眼色的人，都會知道王府的人不能得罪，罵他們等於是罵王爺！妳倒好，上趕著往人家下好的套子裡鑽，還把妳表姊給牽扯進來！」

這話當時張氏就說了，曹中雅這些天自己琢磨了，知道是這個理，於是不敢再放聲大哭，一抽一抽地裝可憐。

張氏哪裡會不心疼自己的女兒，見她明白過來了，便溫言道：「也不必急，妳舅舅已經尋到了大靠山，妳表姊這回一定能選上，咱們娘仨的好日子就要到了，但是妳的為人處事一定得改。妳看看晚兒，在老太太面前多乖巧，她說的話老太太是深信不疑，可妳呢？有事沒事地打罵丫頭，平日裡又霸道任性，兩個庶姊都要讓著妳，老太太哪裡會相信妳？」

「我今日喚妳來，只為了教妳一個詞——隱忍！如何忍？妳就向俞筱晚學，她明知美景是我派去她身邊的，明知銀釵是美景偷拿的，卻沒流露出一星半點來，就是後面揭穿了，也沒說要將美景打發出來。為什麼？就是她在忍，因為她怕趕走了美景，我安排其他人進去，她反倒不知道誰是我的人了。」

曹中雅想了一歇，默認了張氏的話，卻委屈地道：「難道還要我讓那兩個人不成？她們是什麼身分？」指的是曹中貞和曹中燕兩個。

「沒錯，她們是庶出的，可是也姓曹，在老太太看來，也就比妳差一點兒，但同樣是她的孫女！況且，日後妳哥哥若想在朝中立足，還得靠你們幾個姊妹結幾門好親事。哄著她們，是為了妳哥哥，妳哥哥好了，妳在婆家才有地位！」

曹中雅前前後後尋思了一番，茅塞頓開，「娘說得有道理，女兒明白了，女兒知道怎麼做了。」

張氏欣慰道：「這樣才是我的乖女兒！我的女兒，不會比姓俞的丫頭差！」

當晚張氏便請來了曹清儒，曲意奉承。張氏雖然年近四十，但保養得宜，皮膚細滑白嫩，容顏也不見老，又是多日未見，這般小意低姿態地討好，讓曹清儒十分受用，一番溫存了之後，張氏才側面提起了此事，「睿兒過得幾年殿試高中之後，就要入仕了，爵爺可得幫他挑幾個得用的人手上下打理關係。」

曹清儒身心雙重滿足，嘴裡就答得特別順溜，「這是自然，身邊的人一定要能幹，這官才做得順風順水。」

張氏見爵爺沒想到那上頭，只得先提出來，「我聽說陳詹事要賣掉府中的下人？陳詹事是為太后、太子辦事的，他手底下的大管事，跟各府老爺、下人的關係都很好，這樣的人最是得用的，爵爺幫忙打聽打聽，若是有適合的，就給睿兒留下來。」

曹清儒立即不出聲了，他明白張氏這是唱的哪一齣了，不過心裡並不反感，到底是為睿兒考慮，只是這事兒他在母親面前打了包票。再者，若不是母親娘家幫過陳家一個大忙，那古洪興一家子，陳詹事必定是不賣的。他含糊地應了一聲，「嗯，知道了。」

張氏沒得到肯定的回答，心中不滿，還想再說，耳邊卻傳來了呼嚕聲，這下子可把她給氣暈了。你就這樣當爹的，兒子的大事都不上心，日後我們娘仨還怎麼指望你？罷罷罷，你不為兒子女兒著想，我自己來想！我就不信我連個老太婆和一個小丫頭都鬥不過！

人沒買回來之前，曹老夫人沒打算露口風出來，因而俞筱晚不知道這件事，仍舊晨昏定時給曹老夫人和張氏請安。張氏彷彿又成了那個最親切最和善的舅母，見到俞筱晚就要噓寒問暖一番，明明都已經是深秋了，俞筱晚卻時常被她臊出一身熱汗。不過俞筱晚也沒吃虧，總是用那種柔柔的、怯怯的目光敬仰般地凝視張氏，盯得張氏臉上的笑容幾乎要掛不住，胃裡頭沸騰個不停，幾乎要把隔夜飯吐出來。

嗯，前世不知聽誰說過，舅父以前將一個通房丫頭當心頭肉似的疼，那個丫頭就是這種楚楚可憐型的，容貌遠不如張氏，卻因這令男人保護慾瘋漲的氣質，吸引住了舅父，可算是張氏最恨的女人類型。

張氏從大嫂那裡得了准信，說已經找到了非常可靠的保人，侄女張君瑤這一次肯定能入選。她心中大定，攝政王側妃可是正二品的誥命，有了這個靠山，她在這曹府裡橫著走都行，離大選已經沒幾天了，她忍一忍又何妨？所以這段時間她老實本分又賢慧大度，爵爺連著幾日宿在石榴屋裡，她都沒有半分不滿的意思，還主動讓人送補湯給爵爺，曹老夫人對她的態度也已經好了許多。說到底，張氏有一個正室的名分，子女雙全，加上她的家世，那就是穩坐主母的寶座，就算她犯了七出之條，只要不是傷風敗俗，爵爺都得掂量著輕重，不能輕易休妻。

不過，不用等到大選初定，武姨娘就染了風寒，曹老夫人年紀大了，理不得事，曹爵爺還有兩房妾室，可是哪能讓妾室掌家？中饋大權又重落入了張氏的手中。

霜降這天清晨，張氏差人送了許多入冬要用的物品給俞筱晚，又特意囑咐廚房煨了驅寒暖胃的補湯，說是聽說她身子骨弱，京城又比汝陽寒冷，怕她受不住寒氣會犯病，特意給她進補的。

東西都是由曲嬤嬤親自帶人送過來的，曲嬤嬤能說會道：「夫人原還說要親自來，只是武姨娘才病了，府中事物又交回給夫人，幾個月沒管，這事情還得理一理不是？今日實在是抽不出空兒來，這才將差事交給奴婢，還望表小姐原諒則個。」

俞筱晚聲音輕柔、神態誠懇，滿眼都是感激，「有勞舅母掛心了，還請曲嬤嬤回去代我向舅母致謝。」

趙嬤嬤代小姐分了賞，曲嬤嬤笑咪咪地帶人離開了。

待人都走遠了，趙嬤嬤忍不住嘀咕了一句：「莫不是黃鼠狼給雞拜年？」

俞筱晚轉頭看向趙嬤嬤，趙嬤嬤老臉一紅，忙道：「小姐莫怪，我……只是隨口說說，無心的。」

論說她一個下人議論舅夫人是不敬之罪，只是她是知道上回汝陽莊子上的事情的，對這個舅夫人極度不滿，心裡便嘀咕道：舅夫人也是個貪圖小姐財產之人，卻是慣會做作，我得時常給小姐提個醒兒。

這一片忠心，俞筱晚如何不知，她柔柔一笑，親暱地挽住趙嬤嬤的手臂道：「我沒怪嬤嬤，不過這到底是曹府，嬤嬤還是得注意一點，免得被人拿著把柄處罰您。我日後還要依仗嬤嬤，嬤嬤可不能有任何意外。」

說到此處，她轉向兩名忠心的丫頭，認真叮囑道：「初雲、初雪，妳們也是一樣，不許妄議曹府中的任何人和事！這個我是交代過幾次的，若被我知曉妳們胡亂爭吵，我必重重的罰！另外，我店鋪裡的事，不要說與旁人聽，嬤嬤也幫我時刻提醒一下。」

說這話的時候，俞筱晚的眼睛是看向院子中的，美景正在院中指揮粗使丫頭和婆子灑掃。初雲和初雪立即會意，忙保證道：「婢子絕不會將小姐的任何事說出去，也不會談論旁人的任何事。」

俞筱晚補充道：「若是旁人當著妳們的面說我什麼，說得再難聽，也不要去爭，回來告訴我就是，我不會讓自己吃啞巴虧。」

她的聲音低柔沉穩，神情恬靜中透著威嚴，有種不可抗拒的威懾力，趙嬤嬤和初雲、初雪都鄭重地應下。

前世，初雲、初雪兩個丫頭，就是因為忠心護主，與曹府中的人爭執，才讓曹夫人尋著了藉口除去。這一世，她無論如何不會再讓同樣的情形發生。

趙嬤嬤欣慰地看著小姐，覺得小姐真是長大了，「正是這個理，害人之心不可有，防人之心不可無！」她瞄了一眼桌上的湯盅，說道：「這補湯是舅夫人特意為小姐熬的，小姐還是用些為好。」說著衝初雪打了個手勢。

初雪十分機警，用銀針和小姐給的藥粉試了試，確認沒問題了，才輕輕地點了點頭。

俞筱晚優雅地頷首，坐在桌前，特意讓美景和周嫂進來服侍著用了一碗，大大地稱讚了句：

「舅母真是愛惜我。」

初雲在收拾張氏送來的東西，見到一只小巧的錫盒，裡面裝著清香的蛤蜊油，便忍不住地道：「舅夫人真是有心，這麼快就送了一盒蛤蜊油過來。」

蛤蜊油是護手的精品，因為出產少，汝陽極少見到，京城中倒是有貨，卻也很貴。昨日不過是在閒聊時，俞筱晚提了一句覺得京城很冷，還沒入冬，就已經開始飄雪花了，手足容易凍壞，張氏便巴巴地買了一盒送過來。

俞筱晚自然又要再次表達謝意，語氣很真誠，心中卻不是這般想。

其實，四年前她初失雙親，形容消瘦，的確經常生病，因而舅母的這一片悉心關懷曾令她深深感動，只是如今心境變了，知道舅母的一舉一動都是為著她的財產，懷著險惡的目的，知道舅母此舉多半是為了重塑其「賢慧的名聲」，她便覺得這麼虛偽做作比刻薄她還來得可惡。

俞筱晚不由得暗嘆，多活一世，我果然是人未老，心先老了。

用過了早飯，俞筱晚便去延年堂給外祖母請安，今日是她去店鋪巡視的日子，還得向曹老夫人請示一下。

此時也正是張氏給婆婆請安的時辰，聽了這話，心中一動，溫和地問道：「要不要多帶幾個人跟妳一起去？現在快到年關了，各府外莊子上的年貢都送了進來，路上堵得厲害，打主意的賊人也多了起來。」

雖然沒有明說，卻也點明了要加人手的重要性。

曹老夫人思量了一歇，方道：「女孩兒家外出，還是謹慎一些為好。多讓些家丁跟著，若是實在人多，就讓幾個管事來府裡議議事也沒什麼不可。」

俞筱晚柔順地笑道：「這一回先多帶些家丁出府吧，晚兒多謝舅母。」

張氏聽得眼中一亮，親切含笑道：「應當的。」隨即叮囑曹管家派人。

往常出府都只五六個家丁跟著，今天竟有十人之多。俞筱晚挑起車簾往外看了一眼，唇角噙著一絲冷笑，舅母不知打的是什麼主意，「初雲、初雪，一會兒告訴鋪子裡的夥計，盯緊這些家丁。」

其中肯定有舅母的人。

陸之章　乘隙裁贓風波起

到了店鋪前，俞筱晚戴上帷帽，扶著初雲的手下了馬車，就聽到對面傳來一陣喧嘩聲，回頭一瞧，街對面的順和堂不知怎的被查封，幾十名衙役正在封箱、查貨。與她無關的事，她並不在意，淡淡地收回眸光，上了店鋪二樓。

三間店鋪挨得近，卻也是單獨的，俞筱晚先去了綢緞店，後去香料店，生意都不錯，也沒什麼大事，於是再轉去土產店。這家店鋪的掌櫃是張氏的陪房郭慶，初雪小聲地告訴小姐：「一名家丁剛剛問郭掌櫃，莊子上的土產來了些什麼，有多少。」

俞筱晚眸光閃了一閃，若只是想知道她的莊子一年到底能出產多少銀子，問個總數就成了，具體到這般細緻，舅母打的是什麼主意？

照例詢問了一番，沒什麼特別之事，俞筱晚勉勵了郭慶幾句，便打算回府。正要鑽進馬車，忽然看到對面的為食居二樓臨窗的位子上，坐著一名風華絕代的少年。

蜜色的光潔臉龐，透著稜角分明的冷俊，烏黑深邃的眼眸，如同蓄了一池星光。那濃密的眉、高挺的鼻、完美的唇形，無一不在張揚著高貴與優雅。

似是察覺到了俞筱晚的目光，少年低下頭來，與她隔空隔紗地對上了目光，然後很隨意很瀟灑地揚唇一笑，舉了舉手中的酒杯。

俞筱晚心念一動，扶著初雲的手上了為食居的二樓，尋到少年所在的雅間，盈盈福了一福，「上回多謝君二公子相助，我還想請問一下，公子知道後面審問的結果嗎？」過去半個月了，文伯都沒再傳訊息來，她很想知道汝陽縣令供出了什麼。

君逸之挑眉訝異道：「原來是俞姑娘啊。」目光在她罩得嚴嚴實實的斗篷上轉了一圈，腦中精準地勾勒出她窈窕纖細的身形。

俞筱晚有點鬱悶，原來並沒認出我……呃，戴著帷帽，的確是看不到臉……哼，那你舉酒杯做什麼，浪蕩子！

君逸之接著無賴地道：「我幫忙都是要酬謝的。」

「只要是我店子裡有的，君二公子只管拿去。」

君逸之撇了撇嘴，「真無趣，那些東西我看得上眼嗎？」

他身邊的長隨從文代為求情道：「公子明明知道，只是一句話的事情。」

君逸之白了他一眼，才又轉向俞筱晚痞痞地笑道：「不過呢，我這個人最愛幫助美人了，所以這報酬可以先記下。嗯，妳沒發現妳鋪子對面的順和堂在查封嗎？就是順和堂的老闆想吞下妳的鋪子，才找人幹的。」隨即多餘地補充了一句，「官府是只看供詞的，汝陽縣令收賄銀兩並不大，無錯犯人，不能用刑。」

這種理由去騙鬼吧！先不說順和堂的老闆是怎麼知道自己是幕後老闆的，就算是知道了，又是如何知道汝陽的莊子？定是張長蔚買通了河南巡撫和順和堂的老闆，將自己摘了出來。

俞筱晚攥緊雙拳，半晌後才放開，向君逸之福了一福，道了聲多謝，便帶著丫頭離開了。

君逸之目送她的背影消失在樓梯口，心中無聲地安慰：沒有辦法，官官相護，這就是世情，況且就算汝陽縣令真的供出了張長蔚，案宗發到京中來，也會被壓下去，朝廷不能出這樣的醜聞，如此而已。

從文小心翼翼地看著自己的主子，提了個良心建議：「少爺要不要跟俞姑娘解釋一下？」

君逸之抽了抽嘴角，「我要跟她解釋什麼？」

「說您盡力了呀，您不是還幫著跟攝政王殿下提了嗎？」

君逸之蜜色的俊臉迅速染上一抹可疑的暗紅，扇柄狠狠敲了從安腦門一下，啐道：「胡說八道！本少爺什麼時候跟皇叔提那個女人的事了？你哪隻耳朵聽到了？」

從文吃痛，捂著腦門只喊冤，「奴才說的哪裡不對了？若不是怕俞姑娘傷心，您這幾天都巴巴地跑來這裡等她做什麼？」

君逸之覺得有必要澄清一下，免得從文壞了自己天下第一情聖的名頭，遂把摺扇搖得那叫一個風流倜儻，「本少爺哪裡是在等她？本少爺要去哪你不知道嗎？這時辰伊人閣還未開門，我才順道來這裡坐一坐的。」

從文在心裡一整個鄙視，一個城東一個城西，這個道順得真好，包了大半個北京城！

管他從文信或不信，解釋完了，君逸之便舒坦了，是發自內心的舒坦了，覺得這個解釋非常完美，一大早的行為有了根據，反正說服自己了。

「走吧，去伊人閣瞧瞧，好幾天沒見到我的如煙小寶貝了。」

從文小心翼翼地跟在主子身後，再次良心建議：「昨日王爺才禁了您的足，今日又去，不大好吧？」

君逸之回頭看他，「不好嗎？」

從文用力搖頭，「不好，當然不好，今日您應當是在書房苦讀，可您若是去了伊人閣，回頭太妃會保著您，奴才我就倒楣了，肯定要挨板子的！」

君逸之嘿嘿一笑，展開摺扇，將兩人的臉擋住，做神祕狀道：「可若是能把你給打得下不了床，我耳邊就少一隻蒼蠅，甚妙！甚妙！」

聞言，從文的眼中立即汪了一泡淚水，幾欲痛哭失聲，君逸之噁心地撇嘴，「滾！少裝那娘娘腔！」

他到底還是怕父王責罵，便溜達回了楚王府。

剛進二門，久候門邊的淨嬤嬤便含笑上前屈膝行禮，「二少爺回來了，王妃請您回府便去見她。」

君逸之摸了摸鼻子，苦笑道：「好吧。」

到了楚王妃居住的正院，君逸之收了在外面的風流姿態，老實本分地給母妃行了禮，然後坐下，低眉順目地聆聽訓誡。

楚王妃原氏，是忠勇公的嫡長女，她生君逸之的時候差點難產而死，身體極度虛弱，所以君逸之自生下來就抱在楚太妃的身邊養著，是楚太妃親手帶大的，原氏幾乎沒照料過。難產，再加上逸之不爭氣，原氏對這個二兒子總是喜歡不起來，可是才華橫溢的長子得了一種怪病，身體越來越差，她心疼長子的同時，也不得不重視起這個幼子，也許逸之才是她日後的依靠。

楚王妃不動聲色地輕刮著茶水表面的泡沫，悄悄打量二兒子。她長臉、柳葉眉，懸膽鼻、櫻桃小口，是個標準的美人，卻也說不上多絕色，君逸之吸收了她和王爺兩個人的優點，自幼就生得格外漂亮。原本有這般出色的兒子應當是很自豪的事，可是一想到他成天就知道提籠架鳥、喝酒狎妓，就氣不打一處來，冷聲問：「一大早的又去哪裡鬼混了回來的？」

君逸之暗自撇了撇嘴，回答道：「沒有鬼混，就是去街上溜達了一圈。」

「嗤！」楚王妃打從鼻腔裡冷笑了一聲，隨即說到正題，「昨日你皇嬸跟我說，你多次幫忙一個小孤女？是不是姓俞的那個丫頭？」

君逸之道：「也不算幫，只是順手而已。」

「都求到你皇叔跟前去了，還只是順手？」提到俞筱晚，楚王妃就有氣。當年楚太妃想讓曹清蓮做兒媳，雖然王爺從來不提，但別以為能瞞得過她，先帝都說了，門第不配！老祖宗現在又想著給逸之說親，她絕不答應！

「你到底有沒有點腦子？別說那丫頭父母雙亡，就是父母都在，也不過是個伯爵府的千金，哪裡配得上王府的門第？你有時間不如多讀點書，多學學仕途經濟的學問，幫襯一下你父王！」楚王妃越說越氣，「我怎麼養出你這麼個混帳兒子出來了？成天遊手好閒，。我可告訴你，以前我的確是沒管你，日後我就得管起來，你的功課要抓緊，你的妻子人選我也會親自來挑，你趁早收了那些亂七八糟的心思。」

君逸之在心中嘆了口氣，說了這麼多，就是怕沒法子掌握他罷了。這種母愛，不能說假，卻總讓他心底裡不舒服。母妃就是喜歡掌控一切，不論是家事還是家人，非要所有人和事都按照她的意思來，她心裡才覺得滿足，只要有人奉承幾句順從一下，就拿這人當自己人，給人賣了都不知道。再說母妃選的妻子，不用問肯定是「舉止端莊」、「氣度雍容」的大家閨秀。

腦海中勾畫出一個個木偶一般刻板的、幾乎沒有區別的臉，君逸之打了個哆嗦，他抬起頭，無賴地道：「您要親自給我挑未婚妻，老祖宗也說要親自給我挑未婚妻，你們去商量好了，跟我說做什麼，我又不急著成親。」說罷懶洋洋地站起來，「沒事我先回房了，坐著好累。」

居然拿老祖宗來壓我，楚王妃被他氣得不輕，「我說我說完了嗎？」

「哦，沒說完啊。」君逸之嬉皮笑臉，「那就留著明天說，一次說這麼多，我也記不住。」說完就一溜煙跑了，哪裡還看得到人影，把楚王妃的一張臉拉成了廬山瀑布。

君逸之跑出了正院，便直接衝進了大哥的飛鴻居。君琰之淡淡一笑，儒雅的俊臉滿是促狹，「怎麼，又去母妃那兒了？」

君逸之摸了摸自己的臉，納悶地問：「有這麼明顯嗎？」

君琰之笑著搖了搖頭，添了幾筆，將案上的修竹畫完，擱了筆。一名婢女端了水盆上來，另一名婢女伺候著淨了手，再從一名婢女手中接過茶杯輕啜了一口，君琰之才道：「其實母妃也很關心你。」

「我知道，就是關心不得法，我聽著難受。」君逸之無聊地玩著狼毫，一邊看哥哥的畫一邊道。

君琰之輕輕咳了一聲，君逸之的神情一斂，揮手讓婢女們退下去，輕聲問：「你覺得怎麼樣？好像比前幾天嚴重了。」

君琰之又咳了幾聲，微笑搖頭，「沒事，天兒冷了，有些反覆。」

君逸之發誓一般地道：「我一定會找到解藥的。」

這是他們兄弟兩才知道的祕密。九歲時的君逸之雖然調皮了些，卻也是個聰明上進的孩子，可是有一天，他忽然得了一種怪病，渾身無力，總是想睡，而且越睡越不想醒。君琰之比弟弟大了四歲，他小時候發生過幾次意外，幸虧王府的侍衛英勇而忠誠，才得以健康成長，前後一思量，斷定弟弟是中了毒，有人不希望他們兄弟兩平安長大。

那時正巧楚王奉皇命出使他國，府中只有老祖宗和王妃等幾個女眷當家，君琰之暗中調查了許久，沒有發現半個可疑之人，而且弟弟從來都是跟老祖宗一桌吃飯，這樣還能中毒，可見對方心機有多深沉，手段有多高明。

君琰之和君逸之兩兄弟都是武學奇才，小小年紀成就非凡，君琰之便做出了一個大膽的決定，運功為弟弟驅毒，可是哪知這毒竟是有生命一般，逼出去一點，餘下的都順著氣息流到了君琰之的體內。君逸之的毒解了，君琰之卻中了毒，他的內功精湛，用內力壓住了毒性，可是這麼多年下來，內力快耗盡了，毒卻半分未少。

君琰之知道弟弟對自己總有愧疚之心，笑著拍拍他的肩道：「我相信你。」

君逸之不會過多糾結於這種小心情，回了一笑，心中暗下決心，一定要找到解藥！

君琰之不想讓弟弟繼續糾結這個，掩嘴輕咳了幾聲，笑道：「今日又聽老祖宗提及那位俞小姐了，老祖宗這麼喜歡，想來是不錯的，正好你也中意，不如早早地將婚事訂下。」

「什麼不錯，就是個小丫頭，長得跟豆芽菜似的，我哪裡中意了？大哥，你是聽從文這個多嘴的奴才說的吧？」君逸之斜睨著眼，努力維持平時桀驁不馴又率性不羈的神態，以掩飾心底湧上來的一點點小心虛氣短，一點點！

君琰之挑眉笑道：「不中意你會時不時去尋她？」

君逸之立即正色道：「我可沒去找她，她還在孝期，這話可不能亂傳。」

君琰之便淡淡地「哦」了一聲，以往說到他的風流韻事，二弟別提多得意，不吹噓一番不甘休，這會兒竟會幫女孩子澄清……他笑了笑，轉了話題，「不論是誰，總之得有心機有謀略才行。」

君逸之眸光微閃，不錯，看似尊榮無比的楚王府，幾代得蒙聖寵，不知惹紅了多少人的眼，這府裡面還不知安插了多少眼線，若是沒點心機和手段，的確是做不了他君家的媳婦。這麼看來，那個丫頭倒是合適的……君逸之不由得想到汝陽之行，看似是他幫的忙，其實他不去，那個丫頭也早就布署好了，雖會費點周折，卻絕對毫髮無損。

此時，俞筱晚才剛回曹府，剛下馬車就連打了幾個噴嚏，初雲邊掏手帕邊擔憂，「不會是著涼了吧，得請個大夫來看看。」

俞筱晚不當回事地笑道：「說不定是哪個念著我呢！」

到曹老夫人跟前請了安，聽得豐兒來稟報道：「舅夫人病了。」

俞筱晚自然要去看望張氏。張氏病懨懨地躺在床上，額頭上綁著暖巾，臉色灰敗。俞筱晚關切道：「舅母覺得如何？早上看著還挺好的。」

曲嬤嬤抹著眼淚代答道：「早上是還挺好，可是忽然心絞痛，這是舊疾，來勢洶洶。」

俞筱晚點了點頭，「病來如山倒，舅母可得好生將養。」

張氏氣若游絲，「是啊，可惜……府中的事……無人管了……」

曲嬤嬤悲從中來，「夫人心裡只惦記著公事，怕奴才們無人管束，無法無天。以前總是拖著病體操勞，如今實在是下不了床了，不然還會在這分派事務。」

曹老夫人和舅父又不在，裝給誰看？俞筱晚暗諷一聲，面上卻誠懇地道：「舅母切不可操心，不然病如何能好？只要是管理得當，一年半載無人管束，奴才們也翻不了天。」

這是說我管理不當嗎？張氏恨得牙齒癢，卻只能「病弱」地嘆息一聲，「妳沒當過家，不知道這其中的艱辛……」七七八八解釋一大串。

俞筱晚恭順地聽著，見張氏激動得手都揮了出來，忙握住她的手腕，幫忙塞回被子裡，順勢給她把了個脈，心中便有了數。

曹中雅一直在床邊侍疾，只管聽著，沒說半句話，直到俞筱晚想幫母親餵藥時，才搶著道：「我來吧，這是我應該做的，不敢煩勞表姊。」說罷，溫和地一笑。

幾日不見，出息了。俞筱晚回之一笑，將藥碗遞給她，又寬慰了幾句，便起身告辭了。

出了雅年堂，俞筱晚回墨玉居更衣，並小聲叮囑初雲，「去打聽一下，武姨娘是怎麼病的，咱們出府這幾個時辰，府裡都發生了什麼事？夫人幹了些什麼？」

張氏根本沒病，好不容易大權重回她手中，她裝病幹什麼？

原本一個側室病了，又是在天氣忽然轉冷，飄起鵝毛大雪的時候，俞筱晚只是差人去問候了一下武姨娘，可現在張氏沒病裝病，很明顯是不想管府中的事，這就很蹊蹺了。

沒過多久，初雲和豐兒就跑了回來，搖了搖頭道：「府中沒什麼事呀。武姨娘是夜裡著了涼，並不重，不過聽說外面有些流言，暗指舅老爺寵妾滅妻，武姨娘就順勢交出了帳冊，舅夫人嘛，今日上午在抱廈看帳冊，然後就發病了。」

看來這個帳冊是關鍵啊。武姨娘交出帳冊，舅母看帳冊病了……只可惜舅母身邊沒有她的人，不知道她上午看的是什麼帳冊。

前世武姨娘根本沒有掌過權，沒有這樣的事，她實在是不知帳冊裡到底有什麼，但武姨娘是商戶出身，應當不會蠢到做假帳還會被張氏發現。俞筱晚尋思了一番，又叮囑她們去外院也問一問，便沒再理會，若確定只是曹府內部的事，她不想管。確切地說，整個曹府，除了外祖母，其他人的事她都不想管。查出前世的死因，報了大仇之後，哪怕是曹府要倒了，她也不會伸手扶一下。

只不過，張氏這一發病，病得不那麼嚴重的武姨娘就只能重新接管中饋。

過了幾日，秀女大選開始了，曹家人都坐在延年堂的中廳裡等待消息。曹老夫人向俞筱晚介紹道：「先帝體弱，子嗣艱難，許多皇子皇女生下後都夭折了，到現在只餘下兩位長公主和三位皇子。攝政王是良太妃所出，皇上是太后娘娘年近四十才得的。還有一位康王殿下，母妃難產歿了，太后娘娘帶大的，今年才十四歲……也是體弱。」

曹爵爺又說起各王府之間的關係，其實這也是算是在上課了，若吳麗絹或張君瑤能入選，日後曹家的女眷就時常有機會參加攝政王府的宴會，這些關係若是不能理清，說錯了話可就沒人能救你。俞筱晚和曹家三姊妹、兩兄弟都認真聽著，時不時地提幾個問題。

曹中雅這陣子的確是大有長進，思慮得全面周到，不禁提了個問題，「先帝為何要任命皇上的兄長為攝政王呢？皇上才七歲，還不如……」後面的話到底不敢說出來。

曹清儒啞然，半晌才吶吶地道：「這個……這個……聖旨是先帝當朝宣布的，先帝自有他的考量，咱們不用管。」

眾人也知道皇家的事不可妄議，便換了話題。

皇宮裡，太后和良太妃、攝政王、王妃正與禮官選閱秀女，禮官將二十名最終入選的秀女的資料和教習嬤嬤給出的評價等展示給王爺和王妃賞閱。攝政王十分有耐心，人全部看完了，才點了幾個人要特別看一下，最後選定了五人，名分則由太后來定。

不過一個時辰之後，喜報傳到了曹府，吳麗絹被封為從二品庶妃，即日返回曹府待嫁。

曹家人都歡天喜地，以吳麗絹的娘家人自居。曹老夫人趁著大夥兒都在，與曹爵爺商量道：「王爺庶妃的姨母不能是個側室，爵爺能不能上書禮部，請求抬為平妻？」

曹老夫人的意思很明確，她不信任張氏，不想將曹家交給張氏打理。

幸虧張氏還「病」在床榻上，不然聽到這話，肯定會跳起來。

曹清儒摸著鬍鬚道：「母親顧慮得極是。」又打發人去張府問消息：「侄小姐若是也入選了，得備份厚禮。」

俞筱晚莞爾，朝武姨娘微微一笑，算是先恭喜她。武姨娘喜不自勝，終於嘗到有娘家人支持的滋味了，連一向沉穩的曹中敏都忍不住低頭輕咳了一聲，掩飾自己內心的激動……終於要變成名正言順的嫡子了。

傍晚時分，宮中的步輦抬著吳麗絹回曹府，曹家上下都去迎接，見了她，女眷們齊齊施禮，吳麗絹忙雙手攙起曹老夫人，連聲道：「使不得使不得，老太太和爵爺對我恩重如山，不敢當這樣的大禮。」

知恩圖報，這很好！曹老夫人極為滿意，一行人簇擁著吳麗絹走進去，廳中早就擺好了宴席，一大家子坐在一起吃團圓飯。

張氏此時還躺在床上，聽到有人悄悄報來曹老夫人的話，直氣得臉色發青。平妻？妳這樣對我，我一定會回報妳的，老太婆！心中又怨恨俞筱晚，她生辰那天本是要對付吳麗絹的，人手都派好了，卻因為曹中敏拜師的事亂了心緒，就沒心思再繼續，白白放過了一次大好機會。

這些帳，一筆一筆我都會討回來的！

張氏現在只有盼著侄女張君瑤能為其撐腰了，焦急地等著張府替喜報過來，天色全黑了，才聽得曲嬤嬤喜悅的聲音，「來了來了，侄小姐封為正二品側妃！」

張氏猛鬆了一口氣，還好還好，雖然只比吳麗絹高了半級，但也是高！

她心氣順了，便示意曲嬤嬤將人打發出去，派了紫兒守在門口，跟曲嬤嬤低語道：「事情可以進行了，就按我說的做。」

「是！」

武姨娘想憑個庶妃就上位？恐怕妳還不知道，妳妹妹和侄女上京的途中被山賊劫過吧？光憑這一點，吳麗絹就別想嫁入王府！

張君瑤入選，曹家自然也要送賀禮過去，俞筱晚不由得想，是不是張君瑤與攝政王之間是命中註定的姻緣，若不然，怎麼金大娘沒有推舉張君瑤了，她還能入選？

曹府裡歡天喜地地忙碌著，不少官夫人都打著各種旗號送帖子過來，想到曹府坐坐，目標自然是吳麗絹，不過一切都與俞筱晚無關，她只管清閒地研習醫書。蔣大娘會用一點毒，也教給了她，還留下了幾丸千金難買的藥，不過製法蔣大娘卻是不知，她在用毒方面並不擅長。俞筱晚習武太晚，自知到了一定境界就很難進益，不如在用毒方面下功夫。她買了醫書仔細研究草藥，還從市場上買了些亂七八糟的瀉藥祕藥之類自己琢磨，當然，這一切都是暗中進行的，有外人的時候，她絕不會看醫書。

這天初雲去廚房取中飯，回來的時候噘著小嘴，「廚娘說今日客人多，小姐的飯菜還沒熟，要再等半個時辰。」

俞筱晚不以為意地笑了笑，「妳們若是餓了，就去外邊買些糕點來吃吧。」

初雲立即眉開眼笑，從趙嬤嬤手中領了銀子，歡快地跑了出去，過得兩炷香的功夫就回轉了。一般大戶人家的角門外，都會有賣小吃的零擔，專給丫頭小廝們解饞的。初雲買回的是幾碗餛飩，俞筱晚試了一兩口，沒什麼興致，讓丫頭們分著吃了。

初雲趁丫頭們都到小偏廳裡的時候，悄聲告訴俞筱晚：「方才賣餛飩的那位大叔跟我說，前幾日看到有個中年男子來府中尋人，不過被小廝們打發出去了，就是霜降那日。」

俞筱晚一抬眉，這麼巧？

「那人是什麼樣的。」

「落魄！好像趕了很遠的路，吵嚷得厲害，不過後來進了角門一會子，就喜孜孜地出來了！」

俞筱晚覺得事情有些不對勁，這幾日派人去外院問，沒人說起這件事，可是鬧了一場，應當有人看到才對，她立時叫來趙嬤嬤，叮囑她出府一趟，「讓沈天河仔細查一查，最好將來人的底細都摸清楚。」

霜降那一天，中年男人來尋人、張氏裝病，真是太巧合了一點。

趙嬤嬤欠身領命，自去安排不提。

之後幾天，俞筱晚發覺自己的飯菜變差了，要說差吧，既不是分量，也不是菜色，而是味道，怎麼吃怎麼寡淡。她便叫來初雲去廚房加菜。

初雲應了一聲，去廚房點了幾個小菜過來，果然可口得多了。俞筱晚挑了挑眉，失笑搖頭，問趙嬤嬤怎麼看。趙嬤嬤思量著道：「莫不是舅夫人暗地裡下絆子，想說武姨娘管理不力？舅老爺不是擬了摺子，要抬平妻嗎？」

俞筱晚淡笑，「有這個可能。」又問初雲：「這幾個菜多少錢？」

初雲笑嘻嘻地道：「廚房的李嬤嬤說不用給，都是用剩餘的食材做的。」

俞筱晚立即道：「這可不合規矩，妳馬上帶銀子送過去。」曹府中一般是分開用飯的，每個人每餐吃幾素幾葷都有定例，如果要加菜，就得自己出銀子，這些帳也要記到帳冊上的。

初雲應了一聲，去了挺長時間才回來，「李嬤嬤開始堅決不收，婢子磨了許久，乾脆將銀子放在灶臺上。」

俞筱晚的眸光閃了閃，隨即笑道：「我記得廚房還有一名管事嬤嬤姓孫吧？好像是老太太的陪房，以後就找孫嬤嬤點菜，給銀錢的時候多給些，背著人，不要讓旁人看見。」

初雲一怔，不明白小姐的用意，加了菜的人，唯恐管事的賴帳，恨不能嚷得旁人都知道才好，哪有給了銀子，還不叫旁人看見的？

俞筱晚微微一笑，胸有成竹，「妳就按我說的做。」

「是！」初雲答應一聲出去了，之後每天點菜回來，都會稟告俞筱晚，加了菜，是按她說的，悄悄給的銀子。

「這樣就好。」俞筱晚拿濕帕子抹了抹嘴角，淡然地坐到臨窗的炕邊，翻閱醫書。

一連幾天平靜地過去，欽天監算出最宜婚嫁的日子是十一月望日，距今還有一個半月的時間。庶妃待嫁是不必親自繡嫁衣的，自有宮中尚衣局的繡娘們操勞，只是這期間夾著一個太后生辰。作為準皇家媳婦，吳麗絹至少要表示一下孝心。

難就難在這個分寸上，是獨具一格，還是中規中矩？吳麗絹與師嬤嬤商議了許久，覺得各有好處，各有弊處，實在是拿不定主意，便尋了俞筱晚來問。俞筱晚只微一沉吟，便道：「中規中矩吧。」

吳麗絹一聽便明白了，她沒有家世，若是還未入王府就大出風頭，恐怕會惹來王妃和其他人的不滿，還是中規中矩的好。當下拿定了主意，便厚著臉皮找曹府「借」禮品。

其實曹老夫人早就在跟爵爺商量這事兒了，只是她近日身體沉痾，精神不大好，挑選禮品之事便全部交給了武姨娘。

吳麗絹和武姨娘一說，武姨娘便笑道：「妳放心，妳第一次送禮給太后，怎麼也不是輕薄了。老太太早就想好了，咱們府中有一尊白玉觀音，再給配個白蓮寶座就成了。」

吳麗絹感激地道：「真要多謝老太太。」

正說著，巧如進來傳話，「姨娘，沉璧坊的大師傅來了，白蓮寶座已經雕好，在二門等著您驗貨呢。」

武姨娘笑著站起身，拉著吳麗絹的手道：「走，咱們一塊兒去瞧瞧。」

趕巧今日俞文飆回京，也到曹府來拜見小姐。俞筱晚在二門的小花廳裡會見了文伯，寒暄了一陣子，俞文飆便告辭走了。俞筱晚聽得隔壁花廳裡有對話聲，細聽原來是武姨娘等人，想著打個招呼再走，順道先睹為快。院子裡還有些雜事，她就打發了趙嬤嬤先帶丫頭們回去，自己一人等在這裡。

花廳裡服侍的小丫頭去沏茶，卻發現茶葉沒了，就去問管事嬤嬤要點茶葉。俞筱晚等了一會兒，不見茶來，肚子卻開始隱隱作痛，大約是要方便了，就起身去了後面的淨房。

俞筱晚剛離開，小丫頭就回來了，端了茶來卻沒見到人，心裡嘀咕，表小姐定是等不到茶就先走了，她也沒在意，轉身出來把花廳的門給帶上。

俞筱晚在淨房坐了好一會兒，才覺得舒服些，洗了手準備出來，就聽見外面有人走進來，兩個人的腳步聲，隨後是關門聲。

俞筱晚不由得蹙眉，這裡是會客用的花廳，有棉簾擋著寒風，要關門做什麼？正要迎出去看看，就聽見小武氏的聲音道：「你來找我做什麼？上回不是都已經說好了嗎？」

「琴兒！」一個男人的聲音響起，顯得有些激動。

「閉嘴！琴兒也是你叫的嗎？」小武氏立即低聲喝斷他，「早說過我們沒有瓜葛了！」

俞筱晚心頭一跳，小武氏這是喝的哪一齣？她頓住了腳步，屏住氣息，直覺告訴她，這會兒她不能走出去，這事兒說不定與張氏的「病」有關係。

「呵呵！妳現在當了娘娘的母親了，架子可真大！」那男人並不生氣，反倒揶揄起來，「可咱們好歹做了一場露水夫妻，妳說沒瓜葛就沒瓜葛的嗎？」

「歐陽辰，你不要欺人太甚！」小武氏很生氣，更多的卻是驚慌和害怕。

那男人陰陽怪氣地說道：「當初我也就『欺負』了妳幾回，可都是妳自己願意的……」大約是見小武氏真的慌了，這才慢悠悠地說出自己的來意，「我生意虧得血本無歸，妳若有閒錢，就借我一點，就當是封口費。」

小武氏極力克制住驚慌的顫抖，故作鎮定地道：「你——好吧，你要多少？」

那男人似乎在盤算什麼，半晌沒出聲，然後才慢悠悠地道：「不多，五千兩銀子。」

「什麼？」小武氏嚇得失聲叫了出來，忙又掩住自己的嘴，恨恨地道：「你瘋了，我到哪去弄五千兩銀子？」

那男人哼了一聲，「妳女兒不是要當皇妃了嗎？五千兩銀子還不是小意思！給妳三天的時間湊手，否則……妳知道我的，我心裡一直放不下妳，再說，我一無所有，也沒什麼好怕的了！」說罷怪笑幾聲，「安排人帶我出府吧，妳若要留我吃午飯，我也不介意！」

俞筱晚隨即聽到一陣雜亂的腳步聲，男人被人帶了出去，然後又是關門聲，武姨娘的聲音焦急地低低響起：「妹妹，這到底是怎麼回事？」

小武氏本就繃到了極至，這會子覺得委屈，嗚嗚地哭了起來。

吳麗絹也陪著掉眼淚，哽咽道：「歐陽辰是個無恥之徒！」

原來吳父在家中就是個不得寵的庶子，病故之後，吳家嫌小武氏只生了個女兒，就要她們母女回娘家去。可武老爺也早身故了，武家幾兄弟分了家，誰也不願意接待她們母女，小武氏才想著上京城來投靠姊姊。只是在中途遇到了一夥山賊，劫財還要劫色，危急關頭，歐陽辰的商隊如神兵天降。一般走貨的商家都會請鏢師保鏢，鏢師們趕走了山賊，可小武氏母女卻沒想到，這歐陽辰跟山賊也沒區別，見母女兩和丫頭喜兒生得貌美，竟想全數占有，小武氏為了保護女兒，不得已委身於他，隨著商隊快到京城的時候，才尋了時機逃脫了歐陽辰的掌控。

「原以為再見不到那個賊子了，可前幾天我去廟裡幫絹兒祈福的時候又遇到了他，竟被他跟蹤回了曹府。我怕他糾纏，不得已將所有的銀子都給了他，哪知他、他竟然還不知足！」小武氏說到傷心處，嗚嗚地喘不上氣來。

俞筱晚在屏風後聽得暗暗攥緊了雙手，這個男人真可惡！但是，小武氏進京大半年了，攏共才出曹府兩趟，哪裡會這麼巧，上山祈福就遇上了他？

太過巧合的事，就是精心布局了！

聯想到張氏裝病不管內宅，這是為了方便歐陽辰來找麻煩的時候，武姨娘好「掩人耳目」？不論是主動還是被迫，被男人盯上了，錯都在女人身上，俞筱晚不由為小武氏的命運嗟嘆一番，待那幾人商定了後計，離開小花廳之後，她才慢慢走回墨玉居。

沒多久，武姨娘便帶著曹中敏過來小坐。俞筱晚忙讓到炕上坐下，曹中敏則坐到了炕邊的八仙椅上。東房裡燒著地龍，暖烘烘的，不知是不是太暖和了些，武姨娘的臉色泛著霞紅，七七八八扯了幾句後，才轉入正題，「敏兒現在從師吳大人，有些應酬實在難免，又不得去不上檔次的地方，這銀錢上就有些不湊手……所以……」

俞筱晚不待她說完，便含笑道：「應酬是應當的，官場上總要有朋友，若是銀錢不湊手，我這可以先撥五千兩銀子，慢慢從店鋪的紅利中扣便是了。」她的三家店鋪，若是經營得宜，一年下來，曹中敏至少也能分個六七千兩的紅利，所以這個數字借得出手。

俞筱晚解下腰間的鑰匙，讓趙嬤嬤取了五千兩的銀票出來，武姨娘喜不自勝，忙道了謝。

母子兩出了墨玉居，曹中敏便若有所思地道：「晚兒妹妹只怕知道了些什麼。」

「不會吧？」武姨娘嚇了一跳，吳麗絹可是要嫁給攝政王的，寡母竟然不守節，這可是淫亂大罪，當然是知道的人越少越好，「若她問你……不對，就算是爵爺問你，你也不能說。這些錢你帶去給歐陽辰，務必要逼他答應再不上曹府來，若能送他離京，便是最好的。」

曹中敏點了點頭，心裡卻十分不安，總覺得不會這麼順利。

到了傍晚時分，沈天河傳了訊息過來，說歐陽辰的住處一天三變，有人幫著安排，雖然只接觸了一次，但沈天河覺得此人心術不正。

心術當然不正！俞筱晚思索了片刻，讓外頭的人繼續盯著，卻沒再有下一步的動作。這件事看起來是小武氏和吳麗絹的事，關係的是武姨娘能否抬為平妻，可是俞筱晚卻總覺得張氏想將自己也一起算計進去，只是不知張氏的突破點在哪裡，如何將自己帶入事件之中。

晚上武姨娘的院子裡也是燈火通明，曹中敏出府，竟沒找到歐陽辰，幾個人急得湊在一起商量對策。

次日上午，晉王妃、張夫人攜張君瑤、幾位尚書夫人、侍郎夫人一同遞了帖子進曹府，要來曹府玩一玩，馬車都直接停在了大門外。曹家自然拒絕不得，曹老夫人強撐著身子迎客，張氏聽說娘家大嫂來了，也「強撐」著過來延年堂待客。

她裝容端莊，舉止嫻雅，笑盈盈地留飯，「幾位都是稀客，難得來曹府，一定要用過飯再走。不知幾位客人喜歡什麼菜色，我好讓廚房準備。」

一向都是客隨主便的，不過這裡面晉王妃的級別很高，張氏這般侍奉也沒什麼不妥。晉王妃身邊的嬤嬤淡淡然地道：「我們王妃別的不挑，只一樣菜是一定要的，就是松霧靈芝悶子雞。」

張氏忙陪笑道：「有的有的。」

曹老夫人也記得家中還有松霧和靈芝，忙令杜鵑去告訴武姨娘一聲。

武姨娘管著中饋，忽然來了這麼多重量級的客人，自是忙得腳不沾地，聽了杜鵑傳的話，忙吩咐巧如拿對牌到倉庫去領松霧和靈芝。

巧如去了一炷香的功夫，就急忙忙地跑回來，喘著氣道：「姨娘……不、不好了，松霧沒了，靈芝也沒了！」

武姨娘一怔，追問道：「什麼叫沒了，妳可仔細找了？」

帳冊上明明還有一斤松霧和三枚靈芝，這兩樣物品極其貴重，當然不會存在廚房裡，而是鎖在倉庫的抽屜裡，管倉庫的王嫂子是曹府的家生子，應當是信得過的。

巧如肯定地搖頭，「婢子跟王嫂子一起找了，沒有。」

武姨娘只得到延年堂，悄悄喚了張氏出來，小聲地稟報。張氏驚訝地大聲道：「什麼？松霧和靈芝沒了？那一斤松霧和三枚靈芝可值幾千兩銀子，別是被人偷去賣了吧？」

她的聲音不小，裡面雖在聊天也多少聽了些，曹老夫人心中不悅，卻不能發作，陪著笑道：「幾位貴客坐一坐，我去看看就來。」

張夫人忙體恤道：「老太太只管去，我來陪客人便是。」

曹老夫人道了謝出來，先帶著張氏和武姨娘到西房，問明情況，不由得蹙眉，若是早說還好，偏已經說了府中有食材，不給晉王妃做松霧靈芝悶子雞便會得罪人。張氏嘆息道：「這樣吧，我先問一問大嫂，若是張府有，就讓敏兒先去借一點，日後找到再還，沒有的話，就得麻煩敏兒和妹妹去街面上買回來。妹妹，妳有空還是要將帳目和幾個管事的查清楚，這等賊人不能放過！」

曹老夫人很滿意張氏這樣的安排，叮囑張氏和武姨娘快去辦，可是張府也沒有這兩樣食材，武姨娘和曹中敏只得到街面上的鋪子裡去買。張氏看著這母子兩回屋更衣，悄聲叮囑紫兒盯著，自己則返回了延年堂的中廳待客。

不多時，紫兒躡手躡腳走到張氏的身邊，悄聲道：「看到巧如去找表小姐了。」

張氏的眸中閃過一絲詭異的光，武姨娘能求的只有俞筱晚，呵呵，任她們想破頭也不會知道，這是一石三鳥之計！想到一會兒就能除去三個心腹大患，張氏臉上的笑容越發動人。

俞筱晚還在孝期，可以不必見客，坐在墨玉居裡聽初雲稟報了此事，不由得思忖道：「張氏會這麼大方放過武姨娘的錯處？」

正思量著，巧如急巴巴地跑來央求道：「表小姐，我家姨娘求您去二門一下。」

俞筱晚二話不說披了斗篷出來，來到二門處，武姨娘早等得著急了，一把將俞筱晚拉到偏僻處，手的力度大得驚人，抓得俞筱晚的手臂都疼了，可見心中惶急，卻嘴唇哆嗦半晌也沒擠出半個字來。

俞筱晚含笑安慰道：「姨娘有什麼事兒只管說，能幫的我一定幫。」

她的笑容溫柔和煦，如同春風吹過河堤，不自覺的就讓人的心情放鬆下來。武姨娘鼻子一酸，強忍著淚，盯著俞筱晚問：「敏兒說妳可能知道了我妹妹的事？」

俞筱晚只是笑笑，沒有作答，可也等於是回答了。武姨娘深吸了口氣，壯士斷腕般的道：「那我也不瞞著表小姐了，那賊子又來了，剛剛著人傳了話進來，我將他安排到了西角門。我和敏兒要出府，絹兒要陪客，我這妹妹是個沒主見的，她、她怎麼應付得了那個賊子，我想求表小姐陪我妹妹去一趟，若能打發了這個賊子，我們姊妹和絹兒都會感激表小姐的。」

俞筱晚眸光微閃，這般巧？曹府上下這麼多客人，歐陽辰卻來了，武姨娘、敏表哥、吳姑娘這三個厲害點的就都有事，只有小武氏單獨面對，武姨娘求到我面前，也是情有可原，情理之中，只是……

「對不住，我不能去！」

武姨娘愣愣地望著俞筱晚半晌，真的沒料到俞筱晚會拒絕她。

想起幾個月前表小姐幫敏兒推薦良師，想起幾天前表小姐還熱心大方地出借五千兩銀子，這舉手之勞怎麼就不願幫忙了呢？武姨娘腦中靈光一現，忙竭力保證：「表小姐放心，西角門那兒都是我的人，如今主子們都在延年堂，僕婦丫頭都在忙，保證不會有人看到表小姐過去。況且還有我妹妹一道兒，我早說好了，那是遠房來打秋風的親戚，讓我妹妹去打發一下的。」

這樣的藉口的確是好，所謂一人得道，雞犬升天，吳麗絹富貴了，八竿子打不著的親戚都來投奔也是人之常情，可是配合上價值幾千兩的松霧和靈芝失竊，這藉口可就一點也不好了。

本以為將銀子借給敏表哥，以敏表哥的才幹，應當能搶先解決掉，卻沒想到對方也早就防著這一手，事情發展在現在這個地步，俞筱晚認為歐陽辰必定不會老實在西角門的門廳裡等著。此人是商戶出身，必定狡猾奸詐，上回還是在二門花廳裡見面的，這回卻安排到了角門，他一定能猜出武姨娘等人很怕他被府中其他人看見，他若擔心銀子拿得不順利，必定會善加利用這一點。

她淡笑著提醒道：「若是他不願意在角門小廳裡等著呢？若他使計溜進院子裡來了呢？」

這樣的情形武姨娘也設想過，早就防範了，在她管理後院期間，後院進了外男，不單是曹家的名聲受損，她和敏兒也會被曹家拋棄的，因而她用極其肯定的語氣道：「不會！那裡我的人，會看住他的！」但心中還是擔憂，想立即差人再去看一看。

俞筱晚不答反問：「凡事都有萬一！若是萬一我和吳奶奶在半道上遇上歐陽辰，並且在交錢的時候被人撞個正著，只怕什麼難聽的話都會傳出來吧？」

武姨娘乾笑道：「不會不會，那個傢伙年紀那麼大，表小姐花一般的年紀，任誰都不會相信……」

「是，歐陽辰年紀大，說是我的情郎，肯定沒人相信，但若旁人說是我牽線搭橋，幫助吳奶奶和情郎相會呢？」

這世間雖然不禁止寡婦改嫁，但朝廷提倡的是忠貞守節，還多次給守節的寡婦發匾額立牌坊。貴族之家更是嚴苛，逼迫未嫁的女兒守望門寡的事情不時發生，她俞筱晚居然還幫助寡婦會情郎，而且這個寡婦還是攝政王庶妃的寡母……張君瑤和晉王妃若是知道了此事，必然會為了維護皇室體統，請太后或攝政王下旨賜毒酒，俞筱晚、吳奶奶、吳麗絹和武姨娘，一個也別想跑。

至於證據，殺人越貨者入罪要真憑實據，但是淫亂罪卻是莫須有的，況且也不是完全沒有，小武氏不是要給歐陽辰五千兩銀票嗎？若是沒有私情，怎麼會給一個打秋風的親戚這麼多銀子？

方才府中已經發現靈芝和松霧失竊了，接下來，張氏肯定會要求查帳。有帳無物，這幾個月曹府都是武姨娘當家，是不是武姨娘監守自盜，偷了上等松霧和靈芝出去賣，銀子給妹妹養老白臉？說是表小姐借的？對不住，妳們三個是一夥的，沒人相信！

這樣一環一環地緊扣下來，想必她們幾人渾身是嘴都說不清了。

真真是一石三鳥啊！

俞筱晚已經想明白了這其中的關鍵，半分也不心軟，淡笑著拒絕武姨娘，「所以，話是旁人說旁人聽的，姨娘找的藉口也得旁人相信才成。我一未出閣，二未出孝期，若是有什麼私會外男，或是協助旁人私會外男的傳言流出府，我可只有抹脖子上吊的份了。依我看，吳奶奶和吳姊姊亦然。」

這個道理武姨娘懂，可是現在歐陽辰已經找上門來了，不解決了他，妹妹立即就會身敗名裂。武姨娘忍著心慌，還想勸服俞筱晚，卻被俞筱晚抬手打斷，輕柔而不容拒絕地建議：「要我說，吳奶奶也不要去。」

武姨娘苦笑，「表小姐若真不願去，我也沒有法子強求，可是我妹妹卻是非去不可的，否則那個賊子鬧了起來……」

俞筱晚眼角的餘光掃到花壇邊露出的一角衣料，青灰色的滾邊裙襬，這是府中多數管事嬤嬤穿的顏色──應當是張氏身邊的曲嬤嬤，只有她才會這樣偷偷摸摸。

想聽壁角？好，我讓妳聽個夠，讓舅母也知道知道算計自家人的後果！

「鬧了起來又如何？姨娘何必怕他鬧？他敢鬧嗎？他若是在這曹府之中口吐汙言，舅父一定會令人將他剁成肉泥，埋在花壇下做花肥，反正他生意失敗債臺高築，不敢回原籍，便是死在這裡，又有誰知道？再在府中下個封口令，保證不會有一絲一毫的風聲傳到攝政王的耳朵裡去。因為吳姊姊是舅父推舉入選的，若是吳姊姊品行有汙，舅父難免要擔當失查的責任，就算不用擔當失查之責，他此舉也是斷了曹家的富貴路，姨娘，妳說舅父會不會這麼做？」

「他若是敢到府外亂說話，吳姊姊自是不可能嫁入王府，可是他就能得了好嗎？男人最恨什麼，最恨的就是戴綠帽！太后娘娘已經下了懿旨，吳姊姊已經算是攝政王殿下的人了，姨娘，妳說，攝政王會不會派人殺了他和所有聽到這些閒話的人？所以說，姨娘，妳們根本不必怕，只要他敢亂說話，他的下場就是死！若他是被人收買的，那麼不必他亂說話，下場也是死！而且，收買他的那個人的下場，不會比他好到哪裡去，舅父不會放過她，曹家人不會放過她，攝政王殿下也同樣不會放過她！」

俞筱晚的笑容恬靜，語氣平淡，說出口的話卻驚得武姨娘倒退幾步，「若姨娘還是不放心，我這有包啞藥，只須用一指甲蓋兒的分量，包啞！遠來是客，待客怎能沒有茶？」

俞筱晚說著，就從袖袋裡掏出一個小紙包，強行塞入武姨娘的手中，揚了揚聲，一字一句清晰地道：「姨娘立即就派人沖到茶裡去吧，先毒啞了他，再跟大表哥說，帶幾個小廝過去將他打一頓，挑了手筋腳筋，裝作是被賊人搶劫了，丟到城外去也就沒事了。他口不能言，手不能寫，還怕他做什麼？」

武姨娘整個人都呆了，傻傻地看著俞筱晚。眼前的少女明眸、皓齒、朱唇，脂粉未施的小臉上，肌膚潤白如玉，笑容甜美如蜜，清澈的雙瞳恍若天真無邪的嬰兒，可是……可是……她卻能將事情的利與弊分析得這般透徹，還能鎮定地說出這種殺人不見血的方法。

就在武姨娘呆愣的時候，不遠處的花壇傳來一聲脆響，好似什麼人踩斷了地上的枯枝。武姨娘大吃一驚，忙低聲喝問：「什麼人？」

隨即傳來一聲貓叫，武姨娘遲疑地說：「府中沒有養貓啊，難道是野貓？」

俞筱晚莞爾道：「是曲嬤嬤，她剛才一直在偷聽。」

武姨娘更是慌張，「那怎麼辦？夫人若是知道了……」話說到一半，想到剛才表小姐總是提「收買他的人」會如何如何，終是醒悟過來。我說這個歐陽辰怎麼這麼巧能找到妹妹，說不定就是夫人暗中挑唆的！

思及此，武姨娘恨得直咬牙，若真是夫人挑唆的，今天就是把五千兩銀子給了歐陽辰都不可能善了！她心念疾轉，再狠狠地一咬牙，「多謝大小姐的藥！」

俞筱晚用「妳真奇怪」的眼神看著武姨娘，「姨娘難道真打算去下藥嗎？曲嬤嬤都已經聽到了，若真毒啞了歐陽辰，可就犯了官司了，舅母再拿著大做文章，姨娘妳可吃不了兜著走。我方才說的話，不過是想讓曲嬤嬤聽聽，免得舅母以為咱們拿這個賊子沒辦法而已。」

武姨娘鬆了一口氣，她一介女流，還真是不敢幹這種事，到此時，她才發現，這個年幼的表小姐心思縝密、智計百出，而她一來關心則亂，二來還真是沒有良策，忙握著俞筱晚的手懇求道：「還請表小姐指點迷津。」

俞筱晚輕柔地一笑，「姨娘不必著急，妳的人既然看住了歐陽辰，他一時半會兒應當溜不進來，妳只需派兩個忠心的嬤嬤，如此這般行事……另外，讓大表哥派幾個機靈點的親信小廝守在西角門外的巷子裡，看到他出來，就用麻袋罩住頭狠狠地打，記得，打的時候要這般說……」

俞筱晚低聲耳語了幾句，武姨娘越聽眼睛越亮，若是一枚棋子知道自己無論怎樣唯命是從，最後的命運都是死的話，他還會聽棋手的嗎？不由得唇角含笑道：「表小姐真是機敏過人……只是，就這般放過夫人，我、我真是不甘！」

俞筱晚輕柔而優雅地勾起唇角，語氣中有淡淡的嘲諷，「晚兒是晚輩，縱使舅母要教訓晚兒，晚兒也不能回嘴，只能受著，可是歐陽辰會做出什麼事來，晚兒卻是管不到的。晚兒只要他不會出現在後宅，不讓幾位姊妹的閨名受損就行。」

武姨娘聽得心頭一震，對啊，兔子逼急了都會咬人，何況歐陽辰本來就是條瘋狗，若他真是等不及跑進後院，那曹家的姑娘們的名聲可都毀了，一個也別想嫁出去。她忙向俞筱晚告了罪，到前院去找兒子。

歐陽辰坐在西角門的門廳裡烤著火盆，越等越是煩躁，正琢磨著怎麼逼小武氏快點來，忽聽門外那兩個守門的婆子聊起了閒天，話題無非是哪府的前院小廝悄悄跑到後院，被當成賊子亂棍打死，哪家的丫頭說話不注意，被遠遠的發賣……最後，一個婆子感嘆道：「越是高貴的人家越要臉面，真是什麼事都做得出……」

另一個婆子唬了一大跳，忙低聲喝道：「這種話也敢說，不要命了……呀，是姨娘身邊的大丫頭過來了！」前面說話的婆子立即噤了聲。

剛停了閒談，便有一名俏丫頭推門而入，正是前幾日悄悄送他出府的那個，高昂著光潔的小下巴，冷冷地道：「你先回吧，今日府中有客，吳奶奶沒空接待你！」

歐陽辰一聽就火了，「敢這樣跟大爺我說話，就不怕我嚷嚷出去？」

那丫頭冷笑道：「你只管嚷嚷，看我怕不怕！反正又不是我做了什麼，我只是來傳句話，不過我可要告訴你，一個祕密一旦不是祕密了，可就別想賣錢了！」

「妳——」歐陽辰恨得牙癢癢的。做生意自然要跟官府打交道，歐陽辰也算是處事老道，何況剛剛才長了「見識」，知道這小丫頭說得沒錯，若是嚷嚷得大夥兒都聽到了，還不知道曹府會怎麼對付他，當下只得黑著臉道：「那我明日來。」

「隨便！」小丫頭丟下這句話就走了。

歐陽辰橫眉立目地恨了半晌，只得先走了。西角門外就是一條極窄的小巷子，他剛出了門，頭頂就降下一朵烏雲，整個人被罩在一個大麻袋裡，順勢按在地下，還沒等他明白過來，身上就連挨了幾棒，痛得他手腳抽抽，忙大喊道：「我是吳奶奶的表哥……」

可是加在身上的棍棒根本沒停，反而還更加重了，還有人低語道：「快堵了他的嘴。」

立即有人勒住他的脖子，也不知用什麼東西，隔著又髒又臭的麻袋在他嘴部的位置綁了幾圈，使得他只能發出嗚嗚的聲音。

無數棍棒落了下來，歐陽辰渾身劇痛，卻只能在地上扭動，根本掙脫不了，只聽得一人小聲地叮囑道：「小心些，夫人可千萬交代了，人要打死，但一定不能有血。」

「明白。」

又有人遲疑地問：「也不知他的事是不是辦妥了……」

隨即有人接話道：「進去了這麼久，當然是辦妥了。」

「對。」

「沒錯。」

「往死裡打。」

「若是不掙扎了，應該就是死了，一會兒記得抬到城外山溝裡丟掉。」

歐陽辰聽到這話，忙漸漸「無力掙扎」直到僵硬不動。那幾人似乎也打累了，停了手，便有人要解開他頭上的綁繩，一人喝道：「幹什麼，怕沒人看見？」

那人悶悶地道：「看看死了沒。」

「摸下氣息不就行了？」一隻大手隔著麻袋來摸他的呼吸，歐陽辰忙屏息裝死，「死了，抬上車吧。」

隨後，歐陽辰被抬上了一輛馬車，馬車晃得厲害，傷口震得劇痛，好幾次歐陽辰都差一點兒忍不住呻吟了出來。

過了一陣子，許是已經出了城，押送他的人開始肆無忌憚地聊起天來，話題當然圍著他轉，一個一個的都在嘲笑他有多麼愚蠢。世家大族最看重名聲，爵爺若是知道有他這號人，不也得趕盡殺絕？何況此計是夫人和張夫人一同定下的，為了不讓吳奶奶以後有機會翻身，也會殺他滅口，這都想不明白……

歐陽辰聽得心頭大震，原來真是那個背後的貴夫人幹的！

張氏和張夫人有著一個共同要對付的目標——吳麗絹，為了不讓她入選，派了人去清河縣打聽吳家的情形，終於讓他們查到了此事，拿銀錢收買歐陽辰要脅小武氏。歐陽辰正好最近生意不大好，虧了不少銀子，便一口應承下來。張氏後來一直被禁足，手中無權，這事兒是張府中人去接洽的，來人當然不會告訴歐陽辰自己的主子是誰，可歐陽辰此人十分狡猾，暗中跟蹤，早就將張府和曹府的狀況摸清了。

這些人又一口一句「夫人」、「張夫人」的，他哪會不知道債主是誰？

搖晃了不知多久，歐陽辰終於被人抬下來丟掉。落差不算大，但是他身上本就有傷，人家丟得也不輕，身子重重著地，差點痛得他弓起腰，幸虧強行忍住了。等了許久，沒聽到馬蹄聲，他僵硬地保持著地時的姿勢不敢亂動……

大約一盞茶的功夫後，才聽到上方傳來幾人輕鬆的聲音，「應該是死透了。」

「晚上就會被野狗叼了去，不會留下痕跡。」

「咱們回吧，領賞去。」

馬蹄聲和車輪聲漸行漸遠，歐陽辰才敢緩緩地吐出一口氣，悄悄動了動手腳，劇痛！渾身的肉都在哆嗦，痛得他幾乎無法順暢地呼吸，只得躺在地上不動，過了許久，才慢慢緩過了氣，他這才慢慢地坐起。麻袋並沒封口，只是綁了他的嘴，他摸索著找到繩結打開，一點一點將麻袋從頭上脫開。每一個動作都極緩慢——因為痛，但每動一下仍是劇痛無比。

好不容易重見天日，已經是滿天星光了。他呆坐了一會兒，回憶起一路上聽到的話，眼眸中迸射出仇恨的光芒。賤人，以為老子已經把事辦了，就想殺人滅口？居然敢陰老子，老子要叫妳們不得好死！

再說俞筱晚與武姨娘作別後，施施然轉回身，儀態婀娜地慢慢走到延年堂。

曹老夫人和張氏正陪著夫人們聊天，曹氏三姊妹就陪著小姐們，聽到杜鵑通傳「表小姐來了」，曹老夫人立即笑道：「是我外孫女，來給王妃和幾位夫人請安。」

眾夫人的目光就都看向門口，只見一名少女嫋嫋婷婷進得門來，一身月牙白的蜀錦起暗福雲紋褙子，腰間一條鵝蛋青繡竹葉紋的寬邊腰帶，顯得身線窈窕動人。頭上梳著雙垂髻，只簪了兩三支銀簪銀釵，簡單大方。她眉彎如月，杏眼瓊鼻，櫻桃小口，小小年紀就有了魅惑人心的容顏。唇角微微上翹，不笑亦帶三分笑，顯得十分乖巧溫婉。

待俞筱晚行過晚輩禮，晉王妃難得和藹地讓她到自己身邊來，又細細打量了一番，感歎道：「竟是這般清雅脫俗，依我看，韓大人家的千金也不如妳。」尤其是眉目之間的高貴清華之氣，竟不輸於自幼眾星捧月著長大的幾位公主，舉止也端莊優雅得無可挑剔。

俞筱晚羞紅了臉，謙虛道：「王妃謬讚，晚兒蒲柳之姿，不敢當此讚美。」聲音柔軟甜美，令人不由自主地微微彎起唇角。

幾位夫人對她的印象都極好，細細問她讀了些什麼書，有什麼喜好之類。俞筱晚一一作答，中規中矩。晉王妃忽然從腕上褪下一串紫檀木的佛珠，戴在她的手上道：「來得匆忙，這個就當是見面禮吧。」

俞筱晚受寵若驚，忙看向曹老夫人，曹老夫人含笑道：「還不快快謝謝王妃厚愛。」俞筱晚這才屈膝道謝。

晉王妃給了，幾位夫人也得給，就連張君瑤都不情不願地褪了一只玉鐲給她。俞筱晚總要先看到曹老夫人的暗示，才敢接見面禮。幾位夫人見她如此乖順聽話，事事都要先詢問長輩的意思，心中更是滿意，暗暗點頭，有人便開始盤算著結親了。

張氏早就在皺眉頭，晚兒怎麼會來延年堂？她不是應該陪著小武氏去西角門了嗎？難道她怕沾上臊味，不願幫忙？這可怎麼辦？

這回來的客人身分極高，廳中只留了幾個手腳麻利的俏丫頭服侍，曲嬤嬤候在院子裡不能進來，所以張氏這會兒還不知道事情有變，惱恨之後也只能定了定神，壓下心頭的煩躁，大不了這一回就放過這個臭丫頭！

拋開了此事，張氏重又親切地笑著與客人聊天，心中卻又生了另一種不平，晉王妃方才可沒給雅兒見面禮，卻給了晚兒，怎不叫她怒火中燒？

這位晉王妃就是推舉張君瑤的貴人，她與太后是親姊妹，張長蔚和張夫人不知託了多少關係才求到她跟前，又百般地奉承討好，才算是攀上了點交情。今日張夫人來訪是早定下的，特意多邀了幾位夫人，一是為了不顯得突兀，二也是為了造點聲勢，三嘛，這幾位夫人家裡都有年紀相仿的公子，對雅兒來說，是一個極好的機會。但是曹中雅方才一番賣力表現，幾位夫人熱情的讚美，怎麼聽都是客套居多……

沙漏一點一點流淌，張氏越來越坐不住，好不容易等到時辰差不多了，她忙低聲跟曹老夫人說：「我出去問問武姨娘席面準備得如何了。」

曹老夫人點了點頭，張氏忙出了中廳，曲嬤嬤極有眼色地跟上，來到雅年堂，打發走了小丫頭，才將自己偷聽到的話稟報給主子。張氏倒吸了一口涼氣，「這臭丫頭可真狠啊！」又急切地問：「不會真的作掉了那人吧？」若是沒了證人，可就麻煩了。

曲嬤嬤的腿現在還是軟的，「可不是嗎？老奴聽著都心肝打顫。不過，武姨娘可沒這個膽子。」

張氏這才鬆了口氣。

「方才老奴去了西角門，那人已經被他們打發走了，只能下次再見機行事。」

下次？下次個屁！張氏幾乎把牙齒咬碎，「妳當瑤兒可以這般隔三差五地來嗎？」若攝政王妃以為瑤兒與吳麗絹結成一黨，可就麻煩了，又一想到俞筱晚壞了大事，恨不得咬她一口才好，「那個臭丫頭，我總有一天要收拾了她！」

按她們的原計畫，等到俞筱晚、小武氏和歐陽辰見上面了，就趕在交銀票的當口來個人贓俱獲，將三人看押起來。再到延年堂的附近弄出點聲響，吵到客人了，曹老夫人事後定會責問。張夫人和張君瑤藉口要與吳麗絹多親近親近，到吳麗絹的院子裡坐一坐，回去時來延年堂告個別，就能撞個正著，曹老夫人就是想私下了事也不可能了。張君瑤可以求見太后或者攝政王，賜死吳麗絹，而武姨娘和小武氏，則只有懸梁自盡。

所以剛才張氏一直在等那陣動靜，卻一直沒等到，這才會焦急上火，這計畫不知謀算了多久，哪裡肯這樣白白放過？張氏在屋裡來回走了幾趟，又低聲吩咐了幾句，這才回了延年堂。

再看到俞筱晚，張氏差點端不住臉上的笑。張夫人暗暗朝張氏打眼色，詢問事情進展得如何。張氏端起茶杯，揭開杯蓋，藉著吹散氤氳的水氣，微微地搖了搖頭。張夫人差點沒氣死，這個沒用的小姑子！她們張府出人出力出銀子，不知忙碌了多久，就差這臨門一腳了，還是在她的地盤上，居然都沒把事辦好！

宴席散後，張夫人久等不到張氏的暗示，只得與眾人一起告辭。幾位夫人一一親切地拉著俞筱晚的手，邀請她日後跟著曹老夫人或是張氏來府中坐客。

張氏和曹中雅都鬱悶到了不行，怎麼都沒想明白，俞筱晚實在沒說幾句話，可這些夫人怎麼就是看重她？

俞筱晚將她二人的神色收於眼底，嘲諷地想，張氏犯了一個常人都會犯的錯誤，那就是拿自己的想法來套在別人身上！

曹家現在根基不深，張氏才要這般攀附權貴，為兒子謀個好前程，可這些夫人都已經有了高高在上的身分，再攀就是皇親國戚了，但皇親國戚始終會與皇位傳承聯在一起，一個沒攀好，就會弄得家破人亡，所以真正的高門，選媳婦要家世，卻更看重品行。

而且，聰明人都希望自己身邊的人是傻子，尤其是媳婦，最好是出身名門，容顏秀麗，大方溫婉，乖巧聽話好拿捏，俞筱晚的表現就完全符合她們的心意。反觀曹中雅，倒也是靚麗大方端莊，卻顯得太過聰明伶俐了一些，若是攏住了兒子的心，只怕就不會把她們這些婆婆放在眼裡，弄不好還要來搶府中的權，所以夫人們當然要掂量清楚……

客人們的馬車出了大門，曹老夫人含笑扶著俞筱晚的手道：「我的晚兒就是可愛！」

曹中雅心中不服，扶住曹老夫人的另一隻胳膊，撒嬌道：「祖母，難道雅兒不可愛嗎？」

曹老夫人呵呵笑道：「可愛，都可愛！」

張氏忙緊步跟上，喟嘆似的道：「幸虧街面上有松霧和靈芝賣，否則可是會把晉王妃給得罪了去。」

曹老夫人沉吟了一下道：「時辰還早，去把管事嬤嬤和武姨娘叫來，帳冊也拿來，這麼多年了，咱們曹府還是第一次失竊，必須查到底。」

張氏聽得暗喜，立即著曲嬤嬤去辦，又悉心扶著婆婆回中廳坐好，將爵爺也請了來。

不多時，武姨娘和管倉庫的王嫂子、管廚房的周嬤嬤都來了，恭恭敬敬福了禮，垂眸屏氣地等待曹老夫人發落。

「武姨娘，妳先說吧。」

武姨娘也怕會惹火燒身，早就叫巧印和巧如仔細查了帳，沒有人領，廚房也沒用過，只有可能是倉庫管理不當，丟失了。

王嫂子立即喊冤，「奴婢一家子在曹府幾十年了，從來沒有做過監守自盜之事，況且奴婢要偷，也會去偷些數目多又好賣的物品，還不容易發覺！這兩樣這般貴重，奴婢偷了也賣不出去啊！」說得合情合理。

曹老夫人眸光沉暗，不言不語，曹清儒卻十分惱怒，「不是妳，妳就說出個人來，哪些人沒拿對牌就進了倉庫？」一下子掉了幾千兩銀子的東西，比他一年的俸祿還多，不肉疼才怪。

張氏拿起帳冊假裝翻看，「自打妹妹接手後，便沒盤過庫？」

武姨娘心道，倉庫一年盤一次，現在不是年關，府中又沒大事，盤什麼庫？嘴裡卻恭順地應道：「是，按老規矩一年盤一次。」

張氏暗暗冷笑，面上卻顯出為難，「我交給妳的時候還在庫中的，那時拿別的東西時看到過。」

王嫂子似乎想起了什麼，忙道：「啊，對了，月初時老太太身子不適，從倉庫裡拿了兩枝老山參，老山參跟靈芝是放在一塊兒的，當時奴婢看了靈芝還在。」

「這麼說就是最近的事了。」張氏下了結論，正色道：「這些東西的確很難賣出去，許多府中的確是想要，可是怕買到假貨，多半都是會去可靠的店鋪中購買，我相信，這些幾樣東西，至少有一部分應當還在府中。」

曹清儒的眸色一沉，長身而起，大喝道：「曹管家，立即將玉姨娘、石姨娘和幾個哥兒姐兒叫到延年堂來，你再帶人進來搜府！」

竟然不用內宅裡的婆子，可見爵爺是動了真怒。張氏垂頭品茶，心中得意不已，又建議道：「爵爺，為了公平起見，最好各個院子裡的人都各安其位，不許隨意走動，已經在這兒的，就待在這兒。」

曹清儒點頭，「正該如此！」

俞筱晚心念微動，舅母不可能無緣無故引得舅父來搜府，難道她往武姨娘的院子裡栽了贓？這麼一想，便注意起屋內諸人的神色來。

武姨娘早就想到了這一節，也早就讓巧印巧如暗中將自己住的院子和吳氏母女住的院子仔細搜了一遍，所以這會兒半點也不焦急。她不焦急，剛剛被傳到延年堂的曹中敏在聽說此事後，臉色頓時一變，隨即強壓下心慌，與弟弟並肩坐下。

這一點小小的神色，並未逃過張氏的眼睛，她在心裡大笑不已。武姨娘啊武姨娘，妳自以為聰明，事先查了院子，卻想不到妳那個引以為傲的兒子，馬上就要打妳的臉了！

因為快到年關了，曹中敏便想準備一份厚禮送給恩師，得知恩師有陳年舊疾，犯病時要服用靈芝粉，他就一心尋一枚上品靈芝，他有個交好的同窗家中，就有一枚。這位同窗性喜賭博，所謂十賭九輸，最近銀子虧得多了，便偷了家中的靈芝賣給他。驗貨後確認是上品靈芝，市價要一千五百兩銀子，而同窗只收一千三百兩，並再三表明事後他父母要如何處罰他，都與曹中敏無關。曹中敏十分心動，便付了銀子買下，現在就放在自己臥房的櫃子裡。

而此時的曹中敏也明白了，自己中了計，還是被最要好的同窗給騙了！

曹中敏緊張得攥緊了拳頭，心裡做著劇烈的掙扎。說，還是不說？現在說，他不會被當成偷靈芝的賊，可是俞家的鋪子還沒分紅，以他一個月二十兩銀子的例錢，平常還要共用，這一千三百兩要存到哪一年？其實，這些銀子是他在打理曹家的產業時，從手指縫裡漏下來的，父親不是傻子，必定想得到這上面，以後恐怕就不會讓他管家裡的產業了，而姨娘也有可能被牽連；若不說，在他屋子裡搜出了靈芝，要如何解釋？弄不好，自己和姨娘還是會被當成家賊。

他急得心裡跟貓抓了一樣，可是表面上還要鎮定自若，想假裝喝茶掩飾一下，端起茶杯卻發覺自己的手抖得杯蓋咯咯作響，嚇得趕忙又放下。

一抬眼，曹中敏的目光與俞筱晚在空中對接了一下，她的眸光淡然寧靜，有一種安定人心的力量。曹中敏心中一動，眼神閃了閃，發出了一個求救的信號。

俞筱晚卻似沒看懂，浮光掠影般地將目光轉向了曹老夫人，安靜地坐了一會兒，忽然小臉暈紅，細聲跟曹老夫人道：「肚子疼，想去解手一下。」

曹老夫人親暱地拍了拍她的手，「去吧，讓初雲伺候著。」

初雲忙上前扶著小姐往後面的淨房走。張氏並沒在意，淨房只有一扇天窗，俞筱晚不可能溜出去，再者，她要抓的也是不她。

轉過屏風的時候，俞筱晚的眸光在張氏的臉上一掃而過，眼底輕嘲淡諷，只怕舅母您的希望要落空了。

到了淨房，俞筱晚飛快地交代初雲：「我出去一下，妳守好，別讓人進來。」說罷，便將裙角往腰間一掖，飛身躍出了天窗。

跟蔣大娘習武已經有半年了，俞筱晚是個女孩子，年紀又不大，身體本就輕盈，所以最出色就是這輕身功夫。她藉著夜色的掩映，飛速地掠入曹中敏的房間，沒找多久，便找到了那只錦盒，打開一看，果然是一枚靈芝。

靈芝是老人們用的，武姨娘和敏表哥都不需要用，買靈芝做什麼？俞筱晚眯著眼睛想了一會兒，恍然大悟——送恩師！不過靈芝這麼貴重，買靈芝的銀子肯定沒過明路，但顯然被張氏知道，她是如何知道的？莫非這本就是她早就布好的局？

越想越覺得極有可能，俞筱晚冷冷一笑，搜屋是吧？若是從舅母的房子裡搜出來了，不知舅母要如何解釋？

俞筱晚立即又飛身躍出，往雅年堂而去。

俞筱晚將錦盒藏在張氏臥房的多寶格上，正要回去，忽然覺得背上一陣發寒，猛然一回頭，身後竟不知何時跟了一個全身黑衣的人。

「呀——」饒是俞筱晚再鎮定，也被唬了一跳，差點大叫出來。

不過來人顯然更怕她叫，伸手就捂住了她的嘴。這人從頭到腳都裹在黑色之中，就連眼睛那兒都蒙了黑紗，但有一種冷酷而霸道的氣息噴湧而出，令人在他面前不由自主地緊張、膽怯。

眼睛蒙著難道看得見路？俞筱晚緊張的腦中忽然蹦出這麼個疑問，她隨即察覺到此人沒有惡意，身上沒有殺氣。有了這層認知，她慢慢鎮定了下來。

來人顯得很欣賞她的膽識，兩道淩厲的視線透過重重黑紗，投射在她的臉上，「妳在幹什麼？」

這話似乎應該我來問，俞筱晚有些無奈，不過還是乖巧地答道：「栽贓。」

那人似乎沒料到她這麼老實，眉毛揚得老高，半晌接不上話，好一會兒才問：「栽完了？」

「栽完了。我得回去了，再不走會露餡。」俞筱晚誠懇地道：「要偷東西快點偷，一會兒管家會帶人搜到這來了。」

那人不禁笑道：「多謝提醒。」然後鬆開了手。

俞筱晚一得自由，立即從窗戶躍了出去，飛快地溜回延年堂。

張氏看到她就輕嘲道：「就回來了？」

相對於上茅房來說，時間是長了一點，俞筱晚但笑不語。

不多時，曹管家召集齊了人手，開始搜府。眾人在延年堂沒等多久，曹管家就臉色尷尬地來回話，「回爵爺的話，在……夫人的屋裡發現了一盒靈芝，有……三枚。」

「什麼！」張氏霍地站了起來，聲音尖得刺耳，「你胡說！我怎麼會有靈芝？」

俞筱晚也懵了，明明盒子裡只有一枚靈芝啊！

柒之章　妙點姻緣動朝局

張氏用兇狠冷厲的目光，一個一個掃過屋中眾人的臉。玉姨娘膽顫心驚，石姨娘平靜中帶著一絲驚訝，曹中睿和曹中雅顯得義憤填膺，武姨娘和曹中敏半低著頭，根本看不清表情，俞筱晚則是驚訝中帶著一點關切，明明兩人之間的關係已經是水火不容，她還這樣關切地看著自己，張氏真覺得牙根癢癢的。

目光轉向曹老夫人和曹爵爺，張氏瞬間調整了面部表情，悲悲戚戚地道：「請母親、爵爺明查，我是被人陷害的，若靈芝真是我偷的，我哪敢這般大張旗鼓地要求查帳？就算要查，難道我不會藏到府外去，再來質問此事嗎？」

曹清儒威嚴地贊同道：「的確，沒人會這麼蠢，夫人，妳放心……」

曹清儒說到一半，「碰」的一聲，將他的話給打斷了，是曹老夫人將茶杯放到兩人之間的小榻几上。曹老夫人素來舉止端方，萬不可能放個茶杯還弄出這麼大的聲響來，必定是有話要說，曹清儒忙住了嘴，恭敬地請示：「母親有何訓示？」

兒子這般恭順，曹老夫人露出一絲滿足的笑，和藹地道：「不是什麼訓示，就是想問一問媳婦，妳說妳是被人陷害的，那是誰陷害妳，妳可有計較？」

張氏恨不能直接說是武姨娘，但她也知道這樣太露痕跡，而且她是正室，須得有正室的寬宏和氣度，便佯作思索了片刻後，才緩緩地道：「應當是真正偷了這靈芝之人。失竊一事是今日忽然揪出來的，她措手不及，聽說要搜屋了，怕被我們抓住，才出此下策，想嫁禍於我。」

曹老夫人聽得一笑，「可是，曹管家不是已經封住了後院中的每個小院了嗎？誰這麼有本事，將靈芝藏到夫人的房間裡去？難道是曹管家幫的忙嗎？」

曹管家聞言並不驚惶，只無奈地道：「老太太真會打趣人。」

武姨娘以袖掩唇，輕笑湊趣道：「不是老太太會打趣人，是夫人會打趣人。若是在旁人的屋裡搜出了靈芝，那個人必定是內賊，可在夫人屋裡搜了出來，就與夫人沒有半點干係。」

張氏大怒，這個賤婢！以前她哪裡敢這般同我說話，現在不過是有了一個要嫁入王府的姨侄女，老太太想將她抬為平妻而已，便這般囂張了起來！

張氏與曹清儒成親二十餘年，對丈夫的喜好十分瞭解，知道他最喜歡柔弱可憐的女子，當下也不強辯，只悲憤地看了武姨娘一眼，眼眶一紅，豆大的淚水就緩緩流了出來。

曹清儒果然將心偏向了張氏，微微蹙眉道：「武姨娘，妳怎麼說話的？」

話不算重，但語氣卻很嚴厲，武姨娘臉色未變，只低頭吶吶地道：「請爵爺息怒，妾身只是想開個玩笑。」

曹清儒蹙眉道：「玩笑怎能亂開？」

武姨娘一慣地伏低做小，今日會這般夾槍帶棍地說話，也是有原因的。一是知道了張氏的陰謀，若讓張氏得逞，她們姊妹和吳麗絹都只有死路一條，而且爵爺也難免因此而厭惡敏兒，因而她對張氏恨之入骨；二是之前曹中敏不住向她打眼色，拋來驚惶求助的眼神，想找她到一旁商議一下，可張氏盯人盯得緊，母子倆沒法子單獨去一旁聊天。但她與兒子心意相通，差不多猜到了個中原由，自是心中發涼，忽聽得曹管家稟報說在張氏的屋中發現了靈芝，母子倆都是莫名驚喜，當然想將這罪名落實在張氏的頭上。

因此，她才會在察覺出老太太似乎不大信任張氏時，一時情急，插了句嘴。以她側室的身分來說，的確是有些僭越了。

張氏隱含得意地看了武姨娘一眼，神情和語氣卻顯得隱忍又可憐，「爵爺息怒，我知道武姨娘只是有些累了，希望早點將家賊定下來，好回屋歇息而已，並非刻意針對我。」

曹清儒的眉頭皺得更緊，已經隱約有了怒氣，「急什麼？總得查清楚，難不成妳想就這樣將罪名加在夫人頭上？」

武姨娘駭了一跳，慌得從錦墩上滑到地面跪下，「妾身不是這個意思！」

曹清儒道：「那就閉嘴！」

武姨娘連忙應下，曹中敏不忍心看姨娘受指責，身為兒子又不能駁斥父親，目光只盯著腳前的地面，雙拳在袖中握得緊緊的。

曹老夫人不便在眾人面前打斷兒子教訓妾室，待他說完了，才慢聲道：「的確是要查清楚，那就按著規矩來。靈芝是在夫人的屋裡搜出來的，就得由夫人來證明不是妳做的。妳之前說的那些算不得證據，妳得先指出妳院子裡今日出入的人中，有哪個可能嫁禍於妳。就像妳說的，事出突然，要嫁禍給妳，也只可能是今日行事。」

因為在曹管家召集外院小廝的這段時間裡，各院的管事嬤嬤已經把今日各院人員的出入情況都彙報了，雅年堂裡只有張氏和曲嬤嬤中途回去過，院子裡的丫頭們，除了紫兒、碧兒跟著張氏出去了，其他人中只有兩個婆子去廚房取過飯，所以「今日出入的人中」，沒一個是能嫁禍的。

張氏一聽就沒詞兒了，原本想豁出去說是武姨娘，這會子也說不出口了，因為婆婆把路給堵死了。她心裡把婆婆翻來覆去罵了幾千遍，臉上擺出副受了天大委屈般的悲傷戚容，淚眼巴巴地看向爵爺，哽咽道：「母親、爵爺，我實在是不知是誰幹的，若是我張苑偷的靈芝，我就天打雷劈不得好死！」

曹老夫人幾不可聞地哼了一聲，「若是在別人屋裡搜出了靈芝，也這樣賭咒發誓一番，難道也就清白了嗎？」

張氏無話反駁，身為媳婦也不能反駁婆婆的話，只能弱弱地說一句「媳婦真是冤枉的」，然後就用帕子捂著嘴，抽抽搭搭地哭。

曹中雅這會兒也聽出來了，祖母根本就不相信母親，她忙站起身來，深深一福，「祖母請息怒，雅兒相信不會是母親做的。母親打理後宅這麼多年，要銀子多的是辦法，何必非要當家賊？況且雅兒聽說，公堂之上，也是由官老爺查案審案，咱們家的官老爺就是祖母您呀，雅兒求祖母審問清楚，還母親一個公道。」

曹中睿也長身而起，一揖到地，「請祖母、父親聽睿兒一言，此事實在蹊蹺，的確要查到底，可母親今日一整天都在延年堂陪客人，怎麼會知道院子裡發生了什麼事呢？但祖母睿智，您一定能查出來的。」

曹老夫人雖然不滿意張氏，但對這對嫡出的孫兒、孫女的表現卻是很滿意。神情恭敬，語氣誠懇，就事論事，顯得聰慧又孝順——孝順張氏。不論怎樣，都比不孝父母的混帳子孫要強。只是要說這事情與張氏完全無關，她卻也不相信，總覺得張氏是想擺武姨娘一道，所以才會拿話頂著張氏，可兩個孫兒都這樣拿話捧著她，讓她有點騎虎難下了……

在曹家，曹老夫人是長輩，她不發話，旁人也不好接著辦事，屋裡頓時靜得可以聽到繡花針落地的聲音。俞筱晚看看曹中睿，又看看曹中雅，讓她吃驚的尤其是曹中雅，居然能說出明捧暗衝的話來，真是士別三日，刮目相看。不過想為張氏解憂，卻是不可能的！

俞筱晚示意杜鵑將茶盤端到自己跟前，端起一杯，捧到曹老夫人的面前，輕柔笑道：「外祖母先喝茶。」曹老夫人接過茶後，她又端起一杯，嫋嫋婷婷地走到張氏面前，「舅母切莫悲傷，只要您是冤枉的，外祖母和舅父一定會還您一個公道。」

她雙眸清澈見底，盛滿關心與安慰，神情真誠無偽，卻看得張氏脊背一寒，垂下睫毛躲開她的目光，隨即又氣血翻騰。什麼叫只要我的是冤枉的？難道妳還想證明我不是冤枉的不成！

張氏也實在是擠不出眼淚了，順勢抹了抹眼角，接過了茶杯，拍拍她的手道：「好孩子。」

俞筱晚柔柔地笑道：「晚兒扶您坐下？」說著真的扶住張氏的手臂，送她到軟靠上坐下，這才向著曹老夫人和舅父深深一福，笑盈盈地道：「不知晚兒可否說上幾句？」

曹老夫人笑道：「晚兒只管說。」

曹清儒也道：「有何見解，說來聽聽。」

俞筱晚道了謝，用憐憫的目光看向張氏，「晚兒相信那些靈芝不是舅母放在屋子裡的。」張氏聽得心中一鬆，旋即心又一提，這丫頭會幫我說話？

又聽俞筱晚道：「若是想查清楚家賊是誰，晚兒覺得還是應當從源頭查起。」

她轉過身，看向王嫂子。王嫂子還在廳中的地板上跪著，察覺到她的目光，微微抬頭一看，俞筱晚那雙清澈見底的杏眼，不知怎的幽暗起來，卻又亮得驚人，眼底彷彿有什麼能洞悉人心的東西，她不由得渾身一哆嗦，連忙低下了頭。

俞筱晚聲音輕柔，「之前舅母和武姨娘都已經對過帳冊，靈芝沒有人領用，可的確是在倉庫裡丟失的，而王嫂子又說不出有什麼可疑之人出入過倉庫，那麼嫌疑最大的就是王嫂子，按說，應當是要打板子，打到她招認為止。」

王嫂子是曹府的家生子，管倉庫已經有好些年頭了，婆婆還是曹爵爺的奶娘，算是個可信的人，曹老夫人一是給她婆婆臉面，二是的確相信她，覺得丟失了物品，只是她失職，才沒有刻意去審她。

可俞筱晚不是曹家人，沒有那些對每個僕人根深蒂固的印象，剛才王嫂子回話之時，目光閃躲，一看就是有問題，她自然不相信王嫂子，頭一個就將矛頭指向她。

王嫂子原是按張氏的指示，先支吾搪塞，吞吞吐吐說記不清了，只等曹老夫人再嚴厲追問一次，她才說出某人的名字，可是曹老夫人卻不問了，害她的供詞到嘴邊吐不出來，現在一聽俞筱晚要直接打板子，慌得立即哭了起來。
俞筱晚輕柔地道：「王嫂子妳先莫哭，外祖母和舅父都是仁慈的人，不會真的打妳板子，不過妳說妳記不清這幾個月有誰出入過倉庫，可就不大妙了，這會讓外祖母和爵爺無法查清真相。正巧，晚兒最近在研究針灸之法，得知一處穴位，針扎之後，能令人頭腦極是清明，也許能令王嫂子妳想得起有何人曾出入過倉庫來。」
曹老夫人聞言眼睛一亮，「真有這麼神奇嗎？」
俞筱晚柔柔地一笑，「晚兒是從書上看的，不會有錯，不過，會有一點點疼。」
曹老夫人便道：「那妳就試試吧。」
張氏本想說「妳又不是大夫，萬一扎錯了怎麼辦」，現在只好讓俞筱晚亂扎一通了。她暗暗朝王嫂子使了個眼色，要她覺得疼就只管大聲嚎叫。
這眼波暗轉，可沒能逃過俞筱晚銳利的雙眸。若說原來還只是猜測王嫂子被張氏收買了的話，現在就是篤定了。這樣也好，下手時就不必顧忌輕重。俞筱晚一面接過初雪遞來的銀針，一面暗忖道。
失職也得挨板子，一點點疼是應當的。王嫂子做足了心理準備，可當俞筱晚的銀針扎入她後頸處的穴位之時，她還是痛得想尖叫、想撓牆、想殺人，可是一瞬間，她驚恐地發現，自己叫不出聲，甚至連嘴都張不開，渾身的每一塊肌肉都痛得在顫抖，但顫得輕微，穿著厚厚的棉襖，外表上半分也看不出來。她唯有用眼神向夫人求助，可惜張氏卻無法領會她的意思，因為她的臉色如常，臉部的肌肉也不僵硬，只是小眯縫眼睜得比平時大了幾分，好像是忽然想起了什麼事情，眼睛一亮時的表情。
曹老夫人和曹清儒都頷首微笑，「看來真是有用。」

俞筱晚氣定神閒地用手拈著針尾，間或輕輕轉上一圈，痛得王嫂子的五臟六腑都絞到了一塊兒，偏偏還是發不出半點聲音，只覺得痛苦了一生一世一般，才聽到俞筱晚輕柔軟美的聲音問：「可想起了些什麼？」

「想、想起來了！」王嫂子忽然發覺自己可以說話了，忙不迭地應道。

俞筱晚飛快地收了針，含笑看著王嫂子道：「那就請王嫂子告訴外祖母，都想起了些什麼人。」

她大大的杏眼在笑起來的時候，會彎成嫵媚的月牙狀，眼中的波光彷彿會溢出來似的，盈滿眼眶，讓人一瞧就會情不自禁地跟著她微笑，可是王嫂子的目光卻是落在她膚白勝雪、指如削蔥的玉手上。那玉手上的銀針長而細，俞筱晚正用一塊小麂皮輕輕擦拭著，櫻桃小嘴吐著令王嫂子心驚膽顫的話：「王嫂子若還沒想起誰來，我還可以再幫妳針灸一下。」

「不、不敢勞煩表小姐了！」王嫂子忙擠出笑臉，一疊聲道：「奴婢記得巧印姑娘來找過奴婢，並不為領東西來的，只是來找奴婢說說話兒。」

武姨娘瞪大眼睛喝道：「胡說八道！」忙又轉身向曹老夫人和曹爵爺陳情，「巧印、巧如兩個從不離妾身左右，妾身處置府中事物幾乎要一整天，她們沒有時間去找王嫂子的。」

張氏輕輕一嘆，「妹妹，我知道妳維護身邊的人，可也得先掂量一下是不是值得妳維護。有沒有過妳吩咐巧印去辦事，卻一去老半天的時候？」

這就是認定是巧印幹的了，若是巧印幹的，就必定與武姨娘脫離不了關係。俞筱晚淡淡一笑，示意武姨娘稍安勿躁，又問王嫂子道：「可還記得聊了些什麼？是什麼日子、什麼時候？」又含笑提醒：「若是一時想不起來，我可以再幫妳扎一針。」

這麼多問題？王嫂子慌了，又被俞筱晚的話嚇了一跳，忙討好地笑道：「不必了，奴婢都想起來了，是……是上個月二十九那天……晌午過後。」

這個月初一吳麗絹入選，府中就沒斷過客人，上個月卻是閒的，每天晌午過後是主子們歇午的時候，丫頭們最得閒，王嫂子大概是從這兩個方面來推斷的，可惜……

俞筱晚彎唇一笑，不用她說話，武姨娘便冷笑道：「王嫂子的記性可真差，上月二十九快晌午時夫人病了，我臨時接手府中內務，自己身子也不舒適，巧印和巧如一直陪我整理夫人未算完的帳冊，直忙到夜間，連晚飯都沒來得及吃，怎麼會去找妳聊天？這事兒，府中幾個管事嬤嬤都能作證，也有發放對牌和勾帳的記錄。況且庫房重地，我從來都是約束她二人，沒事不要去。」

王嫂子神色有些慌亂，忙補充道：「啊，是奴婢記錯了，是二十八日這一天。」這一天是夫人管帳，巧印總沒事了吧？

張氏淡然道：「一時記錯了也是常事。」又惱恨王嫂子，只說是月底記不清具體哪天有何關係？當初就是怕說具體日子會衝突，才沒定日子的。

武姨娘氣得重重哼了一聲，不好反駁，只能嘀咕一句：「誰知是記錯還是胡說！」

俞筱晚示意武姨娘別急，又含笑看向王嫂子，「倉庫重地，每日有幾個人值守，來了閒人，又是找管事嬤嬤，總該有別人看見，是否撒謊，一問便知。」遂向曹老夫人建議道：「將二十八日那天值守的婆子分開審問，便能知曉了。」

曹老夫人頷首道：「曹管家去辦吧。」

王嫂子和張氏的臉色都是一白。

沒多久，曹管家便來回話，「沒有人見巧印姑娘去過倉庫，只今日巧如姑娘拿對牌來取東西。」

久未表態的曹老夫人忽然神色一整，嚴厲地喝問：「王嫂子，我念妳一家都是府中老人，方才不曾對妳用刑，看來非得打妳板子，妳才願說實話了！來人，把她和她兒子、女兒一起推出去，各打三十大板！」

俞筱晚暗暗訝道，當母親的哪個不疼兒女？外祖母這一招狠，比打王嫂子厲害得多了！

王嫂子果然慌了，哭求曹老夫人饒恕，說不關兒女的事。曹老夫人坐在那兒巍然不動，她只得轉而跪到張氏跟前，「夫人救救我……」

張氏駭了一跳，臉色極為不自然，豎眉斥道：「還不快把這個刁奴拖下去打板子！」

石榴這會兒也看出了些端倪，她素來會琢磨人的心思，知道老太太這是疑了夫人，而武姨娘又有了一名飛上枝頭當鳳凰的姨侄女……她幾乎是立即決定站到武姨娘這邊，姨娘就得幫姨娘不是？於是掩唇輕笑道：「王嫂子可莫胡亂求人，妳這會兒求到夫人跟前，不知道的，還以為方才的謊話是夫人教妳說的呢！」

張氏臉上的血色頓失，卻不敢隨意接話，只好心裡罵了無數遍「賤婢」！

曹老夫人冷冷地哼一聲，她這會子已經能肯定是張氏在弄鬼了，就等張氏自己承受不住，劃出個道道來。

張氏的確是急得不行，那天看到帳冊上有靈芝和松霧，又知道晉王妃喜歡吃那道菜，所以才與張夫人商量了這個局。東西是她讓王嫂子拿出來，也早就處理掉了，怎麼她的屋裡會搜出三枚靈芝？

張氏的眸光在眾人的臉上轉了幾圈，落定在俞筱晚的臉上，一個念頭一晃而過，心中大驚。只有她，只有她從自己的眼前消失了許久，雖說是去淨房，可是誰知道她是不是有別的方法讓別人做這事？

恨意叢生！張氏緊緊地攥著拳頭，聽著院子外的板子聲，還有小孩子的哭聲，她許給王嫂子的好處，只怕擋不住一位母親的心痛……咬了咬牙，張氏做出為難的樣子來，輕聲道：「母親，咱們曹家詩禮傳家，王嫂子犯了錯，自該受罰，可打孩子的板子，卻是不妥吧？」

曹老夫人連眼皮都不掀一下，「她的兒女也是咱們曹家的奴才，從小學些規矩也是好的。」

正說著，院子裡靜了下來，想是王嫂子招了，張氏的心都提到嗓子眼了。不多時，曹管家進來回話道：「回老太太、爵爺，王嫂子招了，是她偷的，松霧已經賣了，靈芝尚未賣出，她怕事情敗露，才塞回夫人屋內，原以為主子們見東西找回就不會再追究了。」

張氏聞言狂鬆了一口氣，隨即又痛心疾首地指責王嫂子辜負了老太太的信任云云，一個人賣力地說了許久，只有玉姨娘和曹中貞附和幾句，曹老夫人只是刮著茶葉沫子，一言不發。

待張氏心虛地閉了嘴，曹老夫人才放下茶杯，淡淡地道：「找到家賊了，這就罷了吧。王嫂子一家也為咱們曹家做了幾十年了，總得念點舊情，再打五十大板，一家子罰到漠河的莊子上去。」

曹管家領了命下去，曹老夫人遂又看向張氏道：「不過，媳婦啊，妳那個院子裡的人都是幹什麼吃的？這麼個大活人進來出去，還進到了妳的內室裡，居然都沒一個人看見！我尋思著，是不是妳平日太過仁慈，讓她們都懶懶了？這等子奴才咱們府中可養不起，該賣的都賣了，或是打發到漠河的莊子上去，若是媳婦妳的陪房，就扣三個月月錢，再各打四十板子。曹管家，明兒個就去買些新人進來，好好調教了，再送到夫人的院子裡。這陣子就先從我院子裡勻幾個人過去給妳使喚。」

這不是在清理我院子裡的人嗎？張氏暗恨，忙低聲下氣地道：「母親教訓得是，是媳婦管束無方，媳婦以後一定會嚴加管束，絕不姑息，所以媳婦還要在這兒求個情，求母親高抬貴手，饒了他們這回……」

曹老夫人淡聲道：「媳婦，妳不知道，這些奴才是我們曹家幾代的家生子，已經是老油子了，教不好了，還是打發了的好。曹管家買回來的新人，妳就好好地管吧。」這是告訴張氏，要賣的是曹家的人，妳沒資格攔著。

張氏只好打眼色給兒子、女兒。曹中睿收是收到了，卻不知母親到底要如何，他一個男子心思不在內宅裡，當然不明白這其中的彎彎繞繞，曹中雅卻是知道的，也撒嬌賣癡地纏了一回，可曹老夫人的主意已定，堅決不改。

曹管家欠身領命，此事就算是板上釘釘了。曹清儒其實想幫夫人求個情，可是內宅的事，本就該是母親管的，他這話幾次到了嘴邊都沒說出來，生生地錯過了時機。

俞筱晚暗暗佩服外祖母，張氏當主母二十餘年，只怕她院子裡的那些曹家奴僕都已經改了主子了，外祖母這般快刀斬亂麻地或賣或貶，以後其他的人行事前就會在心裡掂量一下，弄清楚自己的主子到底是誰。

靈芝找了回來，可松霧卻賣了，那虧空的一千多兩銀子，曹老夫人說讓王嫂子家的人從每個月的月錢裡慢慢扣，也不說期限。王老嬤嬤帶著兒子孫子孫女給老太太重重磕了幾個頭，謝謝老太太沒有重罰的恩典。

事情便是這樣不了了之了，張氏回屋的時候，幾乎將全身的重量都壓在曲嬤嬤的手臂上，身子軟得不行。她一番辛苦謀劃，非但沒算計到想算計的人，反而讓婆婆將自己的院子給清理了一遍，她自己帶來的陪房都要打四十大板，跟打她的臉又有什麼區別？而且曹管家一日買不回新人，她就得一日受婆婆的人的監視。

越想越覺得憋屈，張氏回到雅年堂就痛哭了一場，摔了一地瓷片，隨即又坐在床邊喃喃自語：「是我太心急了，不該這麼急的，真是小看了那個臭丫頭！她是怎麼栽贓給我的？咱們院子裡誰是她的人？」

這話曲嬤嬤可不敢接，張氏示意曲嬤嬤將人都趕出去，低聲問：「明天那人是不是會來？」

曲嬤嬤點了點頭道：「是的。」

張氏彷彿看見了勝利的曙光，不禁露出一絲笑容。姓吳的賤人休想嫁入王府，休想！

可是一連幾天，歐陽辰都沒有來曹府，張府又派了人來告訴張氏，派去接應他的人怎麼都找不著他，張氏大驚，「怎麼會這樣？」

這問題曲嬤嬤怎麼能回答，只能安慰道：「或許是有事。有銀子可拿，他怎麼會不要？總會來的。」

張氏氣得將手的茶杯摜到桌上，「總會來？要等到哪天？只有一個月就要大婚了！」

曲嬤嬤嚇得忙做噤聲的手勢，指了指窗外。現在除了她和紫兒、碧兒，院子裡都是老太太的人，夫人可不能這樣說話了。

張氏還想咒罵兩句，忽地覺得胸口一陣絞痛，只得揉著胸坐下，將這口氣吞下。

反觀武姨娘，哦不，武氏。武氏卻是活得十分滋潤，走路都帶著風。曹爵爺的請表摺子遞到了禮部，或許是攝政王早就打過招呼，很快就批了下來，她如今已經是名正言順的平妻了，府中誰見到她都要叫一聲武夫人。

武氏知恩圖報，對俞筱晚可謂照顧得無微不至，她試探著問俞筱晚，用什麼方法把靈芝放到張氏房中的，俞筱晚隨口答道：「文伯請了一位高人暗中保護我，我請這位高人幫忙的。」

武氏頓時肅然起敬，不由得再度打量眼前的少女，她容顏絕美，氣質淡然，舉止優雅，更難得的是，她擁有與年紀極不相襯的鎮定和睿智，談笑間，一場陰謀灰飛煙滅。她原本就已經很佩服她的膽量和謀略了，現在再有高人護身，更是對俞筱晚產生了一種近乎膽怯的卑微心態，將她看成自己永遠不能得罪的人。

俞筱晚知道張氏怎麼都得老實上好長一段時間了，便專心地研習武功和醫術，順便打理自己的店鋪。從汝陽莊子上運來京城的土產很受歡迎，俞筱晚覺得這樣賣賺不了多少銀子，而且果子之類不宜久存，能賣的時節也不多，便尋來文伯商量，能不能醃製一下，將銷售時間拉長。

這個建議得到了俞文飆的大力支持，從汝陽帶來的陪房裡，正好有一位江南的媳婦子，很會醃製梅子之類的果子，而且江南的製法與京城的又不同，或許京城人會覺得新鮮，於是試做了一批拿到鋪子裡賣，竟在當天就一售而空，到第二天的時候，還有許多府上遣人來詢問，或是昨日買了嘗過的，再來定貨。

俞文飆立即又招收了幾位媳婦子，幫著一同加工果子。加工之後，價格可以上調很多，一個月內營利竟翻了三倍。俞筱晚沒想到自己的法子這麼管用，心情也極是愉快，吳麗絹也很喜歡吃這種醃果，俞筱晚便笑道：「庶妃喜歡吃，可是小店的榮幸，以後小店會專供庶妃一份。回報嘛，只要庶妃以後幫著打響名聲便好。」

吳麗絹羞澀地低頭一笑，遂又抬起頭來，認真地看著俞筱晚道：「我能有今天，都是俞姑娘幫我的，這恩情我不會忘。若有什麼為難之事，只管來找我，我必定盡全力相助。」

俞筱晚笑了笑，「希望沒有什麼要麻煩到庶妃的事。」並不客氣地推拒，她幫吳麗絹，本就是為了交結人脈的。

待吳麗絹出嫁之前的第三天，大家都圍在曹老夫人身邊閒聊的時候，沉寂已久的張氏忽然來了精神，大讚了吳麗絹和小武氏幾句之後，提議道：「明日去廣濟寺拜拜求子觀音吧，希望吳庶妃新婚落紅，一舉得男。」

吳麗絹頓時羞得低下了頭，小武氏雖然不喜張氏，但聽著這話也是歡喜，只是張氏的提議，她總覺得不好，便笑了笑問：「廣濟寺求子最靈驗嗎？」

曹老夫人笑道：「只要是香火鼎盛的寺廟就靈驗，廣濟寺、廣化寺、法源寺、戒台寺都行。」

小武氏便笑道：「聽起來法源寺不錯。」

俞筱晚淡笑道：「那就去法源寺吧。外祖母，我們能不能同去？我們幾個姊妹幫著吳姊姊祈福，希望她能寵冠王府。」

曹老夫人便拍了板，「好，明日一同去法源寺拜菩薩！」

曹中貞、曹中燕喜不自勝，張氏含笑道：「不如請上瑤兒一同去吧，以後妳們兩個就是姊妹了，要多親近親近才好。」

曹老夫人微一思索，便應允了，「那就麻煩媳婦給親家下個帖子。」

張氏立即應道：「是。」

回到墨玉居，趙嬤嬤便擔憂地道：「舅夫人這是又要起么蛾子了吧？昨日張府的人才找著了那個歐陽辰。」

俞筱晚輕笑，舅母還以為可以算計吳姑娘？卻不知這一回是我要請妳入陷阱了！

沈天河一直派人留意歐陽辰的動向，這傢伙狡猾至極，東躲西藏，終於養好了傷，買了刀具想尋機暗殺張氏和張夫人，沈天河便扮成神祕人，指點他用另一種方法報復……

俞筱晚寫了便條綁在信鴿腿上放飛出去，換了衣裳，坐到炕上看醫書。上回牛刀小試，效果十分好，令她學醫的勁頭更大了。趙嬤嬤則搬了一個針線簍子坐到炕桌對面，初雲、初雪上了新茶和果子點心後，便退到外間守著。

趙嬤嬤邊做針線活計邊嘮嗑，「小姐，那晚那個人怎麼不再來了？」

俞筱晚沒有瞞趙嬤嬤任何事，包括那晚的黑衣人，「當賊的行蹤不定，不過肯定會再來。」三枚靈芝肯定是那人幹的，問題是，他是怎麼知道的？這個問題或許某天能得到解答，因為當晚她回屋後，發現枕頭下壓著一張紙，上面寫著銀子改天收。

趙嬤嬤輕嘆一聲，小姐居然會飛簷走壁了，這是在汝陽的時候，根本想都不敢想的事情，可若不是這樣，只怕現在……

「但是，小姐，您是名門閨秀，若是讓夫家知道您會這個，恐怕……」

俞筱晚笑了笑，「我知道，嬤嬤只管放心，我只是覺得有一技傍身才好，並不是要與人逞強鬥狠。」

趙嬤嬤這才放下心來，隨即又分神想到，小姐年紀雖小，可是心性沉穩，智計多謀，不輸任何名門才女，不知哪家的公子能配得上小姐？可惜小姐要守孝三年，只怕到時好兒郎都訂了親了，沒訂親的，年紀上又不合適……等小姐出了孝期，我得用這張老臉去求老太太，多辦幾次宴會，請些夫人們見一見小姐才好。

俞筱晚是不知道趙嬤嬤已經想到那麼遠的未來去了，只一心盤算著明天的計畫，希望不要有紕漏。

第二天一早，眾人就在曹老夫人和張氏、武氏的帶領下，分乘幾輛馬車，到張府會合，一同去往法源寺。

剛到山腳下，馬車就停了下來，原來是前面有其他府中的馬車派了人過來問候。曹老夫人聽說是楚王府上的，忙帶著兒媳、孫女們下了馬車，親自到馬車邊給楚太妃請安。

君逸之騎在高頭大馬上，陪在馬車邊，見到曹家人過來，便下了馬，拱手施禮。他唇紅齒白、蠶眉鳳目，隨意一個動作都顯得風流倜儻，優雅非凡，曹家幾姊妹都一時屏住了氣，臉兒暈紅，卻是忘了回禮。

只有俞筱晚不為男色所動，欠身回了禮，曹氏姊妹才回過神來，紛紛回禮。曹中雅羞答答地想，幾日不見，君二公子越發俊美了……這一刻，她把攝政王和韓世昭給丟到一邊去了。

曹老夫人站在馬車外與楚太妃寒暄，小輩們就閃到一邊。君逸之揚起一抹風流瀟灑的笑，目光在幾姊妹如花朵般的小臉上巡迴一圈，問及她們此行的目的。

曹中雅搶著答道：「我們是來為瑤表姊和吳姊姊祈福的。」這兩人身分不同，沒有下馬車。

君逸之「哦」了一聲，看向俞筱晚問：「妳也是來祈福的？」

「是的。」俞筱晚心道：沒話找話吧？說了是我們呀！

君逸之忽然展開摺扇，姿態風流地搖著，也不管曹氏姊妹嫉恨的目光，將頭湊到俞筱晚的耳邊，小聲地問她：「想不想看好戲？」

俞筱晚立即警覺地看著他，這個人笑得這麼風騷，肯定沒好事。

聯想到此人花天酒地的紈褲名聲，俞筱晚隨即淡漠地道：「不想。」

君逸之一點都不惱，依舊笑得鳳目彎彎，「不想看就算了。啊，對了，妳還欠我半張藥方。」

兩人站得略顯親近了一點，俞筱晚不動聲色地往另一旁挪了兩步，暗瞪他一眼，用眼神告訴他——「還未分出勝負，我可沒欠你」，卻是不搭他的話。這傢伙不在乎旁人怎麼看他，她可在乎自己的名聲。

君逸之正要再說，曹中雅實在是擋不住心中的酸意，揚聲問道：「君二公子、表姊，你們在說什麼，我們可以聽聽嗎？」

君逸之偏頭朝曹中雅傾城一笑，迷得她目光矇矓，神情癡醉，他才用一種調笑般的口吻問道：「非禮勿聽這個詞妳沒聽過嗎？妳家的教養嬤嬤竟沒教妳？」

竟然說我沒教養！曹中雅的小臉立時羞窘得通紅，打斷他人談話的確不對，可是你們兩個大庭廣眾之下交頭接耳就對了嗎？她還想在君逸之面前裝端莊嫻靜，不敢朝他發火，便轉而說教俞筱晚：「表姊，京城可不比汝陽鄉下，要時刻記得男女大防才好。」

一番話，一是指責了俞筱晚這般在大庭廣眾與男子隨意交談，十分輕佻，二是暗指她在汝陽時，只怕言行舉止做得更過更輕佻，讓楚太妃聽到的話，肯定就會要仔細考量一番了。曹中雅都忍不住在心中為自己鼓掌，以後就是要這般對付表姊！

俞筱晚只是淡淡一笑，漫不經心地道：「男女大防是我俞家的下人也要謹守的，便是我家的丫頭，也不會隨意主動要求跟男子說話，我又怎麼會不記得？」

方才不就是妳曹中雅主動跟君二公子說話，想跟他搭腔的嗎？站在這的人都是有眼睛有耳朵的，我還會怕妳這幾句無中生有的詆毀嗎？

曹中雅被噎得一時不知如何接話。曹中燕是個老實人，被這暗潮湧動的氣氛驚住，縮著脖子隱在一旁，唯恐戰火燒到自己身上。曹中貞母女是唯張氏母女馬首是瞻的，想幫腔，拚命轉著念頭，要如何將俞筱晚一軍。

君逸之心裡煩得很，女人站在一塊就是扯皮鬥嘴，面上卻是興致勃勃地看看這個看看那個，最後笑問曹中雅：「妳剛剛想聽我說什麼？」幫著俞筱晚坐實了曹中雅主動跟男人說話的事實。

曹中雅氣得指尖直抖，卻並不怎麼恨君逸之，只覺得這是俞筱晚使狐媚子，勾得君二公子的魂都跑到她身上去了，真想一巴掌搧在她的臉上。

曹中貞忙上前摟住曹中雅，小聲地朝君逸之道：「三妹妹只是好奇罷了，君二公子若是不想說，當是我們得罪了，我這廂給您賠個不是。」說著還真的盈盈一福。

眼前的佳人十三四歲，眉目秀麗、面容精緻，君逸之鳳目一亮，彷彿春水在陽光的照耀之下，閃著粼粼波光。曹中貞心頭猛跳，不敢直視，羞澀地垂下頭，聽得他動聽的聲音輕柔地道：「哪敢當小姐的賠罪？只怪我不喜歡被人打斷說話，脾氣又急了些。其實只是一點小事，倒是我太沒氣度了，當是我賠罪才對。」

曹中貞秀麗的臉龐瞬間染上最紅的朝霞，頭都快埋到胸前了。俞筱晚臉部的肌肉不可抑制地抽了筋。太、太肉麻了！牙齒都快酸倒了！

曹中雅卻是急怒攻心，她原以為大姊是來幫她的，誰知竟也是來勾引君二公子的。這一刻她哪裡還記得嚴嬤嬤的教導，也忘了母親告訴她的「隱忍」二字，蠻脾氣上來，轉回身雙手用力一推，將曹中貞推了個四仰八叉。

這可是在離法源寺不遠的地兒，雖然不是初一十五，但來來往往的香客也多，曹中貞這一摔，裙底掀起了一大片，露出了裡面桃紅官綢夾薄棉的中褲。秋兒忙上前幾步，先將裙子蓋好，才扶著曹中貞起來。

這一跤摔得頗重，曹中貞一邊屁股疼得要命，老半天還不敢將那邊的腳落地，但最疼的卻是心。她哪會不知三妹的脾氣，她是故意引得三妹發火的，因為與三妹和俞表妹比起來，她唯一的長處恐怕就是溫順。年紀稍長，身量已經長開，對於一個少年來說，這應該是很具吸引力的。

在三妹推她的時候，她也故意往君逸之的方向倒去，按她聽到的傳聞，君逸之是非常好女色的，時常出入花樓酒坊，跟人爭粉頭大打出手，加之剛才君逸之顯得對她有幾分意思，她料定君逸之一定會伸手接住她，她就會順勢倒在君逸之的懷裡。卻沒想到，君逸之反而朝後退了一步，眼睜睜看著她摔倒在地，這般的薄情，怎不讓她傷心？

而且前幾日才下了雪，現在正是化雪的時候，地上又濕又髒，新作的鑲灰鼠毛的宮緞夾棉絨斗篷染上了幾大塊濕黑泥印子，若還想入廟進香，就不能再穿了。大冬天的連件斗篷都沒有，在一眾高貴小姐們面前，會顯得非常寒酸。

曹中貞不禁紅了眼眶，讓秋兒扶著，一瘸一拐地回了馬車。

君逸之早在曹中貞摔倒的一瞬間，就非常守禮地轉過身去。非禮勿視，嘴裡卻不忘編排曹中雅：「曹三小姐若是對君某有所不滿，直說便是，何須拿令姊出氣？」末了還向俞筱晚擠了擠眼睛，大有「還不快謝謝我幫妳出氣」的意思。

此言一出，曹中雅頓時急了，還想嗆聲辯解一番，那邊的張氏輕柔卻嚴厲地吩咐紅兒：「紅兒，還不扶小姐回馬車去？這大冷天的，凍著了怎麼好？」

小輩們這廂明爭暗鬥，動靜這麼大，大人們自然便知道了。張氏發覺是女兒動手推長姊，當時就腦袋一懵。本朝最講究孝道和規矩，曹中貞雖是庶女，卻也是姊姊。所謂長幼有序，無論如何不能對長姊無禮，何況還是在大庭廣眾之下動手推人，這兇悍的名聲怕是會傳得人盡皆知了。

耳邊立即傳入一些議論聲，雖然兩家把馬車靠了邊，但路上還是有香客經過，看到了這一幕，頓時指責起曹中雅來。張氏氣得心絞痛，這臭丫頭怎麼就不長點腦子？跟她說了多少遍要隱忍，隱忍了幾個月了，才讓婆婆對她改觀一點，卻又在外人面前露了原形……還是當著楚太妃的面！

張氏忙要將曹中雅送回馬車，免得看到的人越來越多。

曹中雅卻不依，她覺得現在不說清楚，以後就更難說清楚了，便一把推開上前來扶她的紅兒，盯著君逸之，委委屈屈地道：「君二公子誤會我了，我剛才只是覺得姊姊站得太近了，想讓她站開一點罷了，哪知她……」孰不知這樣狡辯的話聽在楚太妃的耳朵裡，更加覺得她兇悍刁蠻，還不知廉恥為何物。

張氏急得不行，一個眼色，身邊的紫兒和碧兒忙上前去，半扶半推地強行將曹中雅拉開，哄著她回馬車，「小姐有話，婢子們幫您帶到就是了。」

轉身的時候，曹中雅已經收到了母親嚴厲的眼神，這會子雖還是覺得滿心委屈，卻也不敢再造次，只能上了馬車。

張氏強撐著笑臉向楚太妃解釋：「這孩子就是性子急，其實好好說，貞兒就會讓開一點的。」

曹老夫人笑得萬分勉強，可是曹家的臉面不能不維護，「這孩子真沒壞心眼，就是性子急，讓太妃看笑話了。」

楚太妃含笑表示：「小孩子嘛，還可以慢慢教。」貴族夫人們都是這樣，什麼事兒都要找個好聽的藉口，就算是心照不宣的醜陋事件，也要拿假話來掩飾一番，顯得自己有氣度又賢淑雅望。楚太妃自然是要給曹家這個臉面的，心裡卻是看不起，喚了一聲：「逸兒，快來見個禮。天兒冷，別在雪地裡站著了，去廂房裡聊吧。」

曹老夫人等人諾諾稱是。

君逸之像個沒事人兒似的，笑嘻嘻地跑過來，拱手給曹老夫人等人見了禮，便飛身上馬。俞筱晚等晚輩也走過來，再次給楚太妃見禮，然後與曹老夫人等人，待楚王府的馬車走遠了，才登車前行。

曹老夫人坐在馬車裡，才將老臉撂了下來。杜鵑遞上手爐，又斟了一杯熱茶，曹老夫人哪有心情喝茶，用手擋開，「氣都被氣死了！」

雖然不大想讓晚兒跟君二公子這個浪蕩子結親，可是楚王府在京城中是什麼地位？楚老王爺是先帝的親弟弟，現任的楚王爺是皇上的堂兄，聖眷豐隆，兩代榮寵，而且楚太妃與太后、晉王妃是姊妹，她對一個女子的觀感，足以影響貴夫人們的選媳意向。

杜鵑忙上前幫曹老夫人順背，「老太太別氣壞了身子，幾位小姐還指望您幫忙訂親事呢！」真是哪壺不開提哪壺。芍藥不屑地暗笑，幫曹老夫人捏著腿，低聲安慰：「楚太妃寬厚，不會跟個小輩為難的。」

這話聽著順耳，曹老夫人鬆了口氣似的，「楚太妃是什麼身分，哪會亂傳一個小輩的是非？可是剛才那麼多人路過，唉！」

芍藥笑容討巧，「老太太只管寬心，走路的都是平民百姓，又不認識三小姐。」

也是，頂多傳說某位千金如何刁蠻，不能說出姓氏，誰敢說是雅兒？曹老夫人尋思道：「去跟夫人說，一會到了寺廟，要三小姐留在馬車裡，別出來丟人現眼。」

杜鵑趕緊下了馬車，到後面傳話，最後一句自然是不敢說的，但張氏也能猜得出來，眼下風口浪尖的，她也知道必須低調，若是被那些路過的香客知道了雅兒的身分，就真是後悔莫及了。

這話立時又讓紫兒傳給了曹中雅。

曹氏姊妹和俞筱晚四人同車，車內的氣氛正異常火熱，曹中雅一邊臉赤紅赤紅的，怒目圓睜瞪著俞筱晚。俞筱晚雲淡風輕，笑得溫婉卻又囂張。

事情是從曹中貞臉上的紅腫巴掌印開始的。這一巴掌顯然是後來曹中雅賞的。曹中燕是個老實木訥的，看到了也不敢安慰，只同情地瞥兩眼，俞筱晚可就不了，她前世的時候知道曹中貞和曹中燕婚後不幸福，這都是張氏安排的婚姻，基於同仇敵愾的道理，俞筱晚很是同情她倆，所以上車後便問：「貞兒姊姊臉上這是怎麼了？」

曹中貞感激地瞥了她一眼，卻不敢接話。曹中雅重重地哼了一聲，「是我打的，打她這個不知羞恥勾引男人的騷貨又怎麼了？這般輕佻，沒得壞了曹家的名聲！」

曹中貞剛才的舉動俞筱晚都看在眼裡，不過她覺得一個女子想追求自己的幸福沒什麼不對，所以當下便輕嘲道：「敢情雅兒妹妹還知道曹家的名聲重要？就妳今天巴巴地想跟君二公子說話的勁頭，我還以為妳不知道呢！」

這話戳得曹中雅心窩子疼，她不覺得自己巴著君二公子有何不妥，可是令她羞惱的是，君二公子對曹中貞一個庶女都比對她和顏悅色。這是在馬車裡，曹中雅哪會有什麼顧忌，揚手就想甩俞筱晚一個耳光，可是手才揮出去，臂彎就一痛，手臂竟半路打轉，自己挨了自己一下，反手的力度倒不大，可是長長的指甲卻將她剛打的金項圈上的赤金流蘇瓔珞給劃了下來。

「一定是妳搗的鬼！」曹中雅氣得想尖叫。這金項圈可花了不少銀子，今天才第一次戴就缺了一角流蘇，哪裡還能見人？

俞筱晚氣定神閒地反問：「我搗了什麼鬼？妳讓兩個姊姊指認一下。」

曹中燕趕緊低下頭，若以前，曹中雅就是編瞎話也會幫著曹中雅圓謊，可現在哪裡會幫她。曹中雅沒人支持，又著實沒看到俞筱晚動彈，只好鼓著眼睛瞪她。

正巧這時紫兒來傳話，俞筱晚便笑道：「這下子妹妹不用擔心了，就是項圈全毀了也沒什麼，反正不會有人看見。」

曹中雅又氣又嘔，眼眶都紅了。

紫兒俏臉一緊，忙看向三小姐，這才發現項圈上的流蘇缺了一條，她不敢多留，福了一福，忙去夫人的車上回話。張氏聽了後大吃一驚，眼淚都要流下來了，「這孩子是不是想讓我操心死？說了這項圈是她父親使人打造的，她怎的不愛惜一點？」

爵爺只看重兒子，女兒是嫡是庶對他來說並沒有太大區別，日後雅兒嫁到夫家，還得仰仗著爵爺才能立穩腳跟的。

曲嬤嬤忙安慰夫人：「反正不下馬車，現在就著人去修好，晚上爵爺看到的，一定是個好項圈。」

張氏這才點了點頭，讓曲嬤嬤去辦事。

說話間到了法源寺，眾人下了馬車，在知客僧的引路下，依次入廟。俞筱晚小聲地對初雪道：「跟著曲嬤嬤。」一半路要去了那個項圈，也不知項圈有什麼特別，「再告訴外面的人，引三小姐下車。」

初雪領了命，裝作提鞋子，不動聲色地慢下腳步。

一行人先去大殿進了香，上了香油錢，才去廂房小坐，等著吃齋飯。曹老夫人是沒臉往楚太妃眼前湊了，只希望不要再碰上才好。

到底不是自己女兒出醜，張夫人安慰了沮喪的小姑子幾句，便興致頗高地對女兒和吳麗絹道：「我已經請了廟裡的住持大師給妳們二人誦幾段經文祈福，一會子親自去謝謝大師才好。」

張氏強打起精神，配合著道：「的確是要誠心道謝，希望妳們二人都能早日為殿下開枝散葉。」

二人便聽話地點了點頭，張夫人笑道：「不急，等誦完經再去不遲。」

眾人分坐幾個圈兒，圍著火盆烤火。等了大約一炷香的功夫，張府的一個管事婆子跟著一位小師傅過來稟道，「大師已經誦完經了。」

張夫人忙道：「那趕緊過去吧。」然後讓幾個下人陪著。曹老夫人也囑咐了幾個人跟著吳姑娘。

張氏終於不由自主地露出了一絲真心的笑容，俞筱晚瞧見，只淡淡地彎起唇角。張君瑤和吳麗絹兩個才出了廂房，後腳一名曹府的婆子就慌慌張張地跑進來，喘著氣稟道：「夫人……」

曹老夫人怒眉冷對，「佛門重地，吵吵嚷嚷成何體統！」

那婆子嚇得忙壓低了聲音，小聲回話：「三小姐下了馬車，進了廟中，卻往西邊林子裡去了。」

曹老夫人震驚，瞪著張氏，「妳教出來的好女兒！」

張氏也被這消息給唬住了，寺廟可不比府中的後宅，隨處都會遇見男子，若是傳出了什麼閒話，可就一生都給毀了。她忙站起身來，「母親息怒，媳婦先去看看。」

「還不快去，囉嗦什麼！」曹老夫人現在看見張氏就沒好氣。

張氏真想啐她一口，硬生生忍下，扶著曲嬤嬤的手急急地往外走。張夫人想了想，也起身道：「我也去看看。」

姑嫂兩個一道出了廂房門，大師們誦經的禪房也在西邊。張夫人的主要目的雖是想看戲，但也還是關心侄女的，「雅兒又犯了什麼倔脾氣？」

張氏恨恨地道：「我哪知道？都怪我太寵她了！」

走過曲廊，就能看到前方張君瑤和吳麗絹的身影了，張夫人的眼睛一亮，拉了拉張氏。張氏明白了她的意思，指了指夾道邊的小樹林，兩人溜進小樹林，伸著脖子張望。

冷不丁的，一股寒風從後襲來，張氏只覺得脖子一痛，眼前一黑，便沒了知覺。

……

張氏悠悠轉醒，脖子處還痛得厲害，她幾乎張嘴就要叫曲嬤嬤，卻下意識先想起了昏迷之前的經過，嚇得她一哆嗦，連眼睛都不敢睜開，豎起耳朵聽動靜。這一聽不要緊，真真是羞死個人了。那啾啾的聲音她可一點也不陌生，不正是有人在一旁親嘴兒嗎？

跟著便聽到一個陌生男人的聲音道：「夫人真是好滋味，妳家老爺居然捨得讓妳獨守空房半年多，難怪妳想著我呢！」

張夫人顫聲道：「閉、閉嘴！」她原是憤怒到了極至的，可是心裡頭也害怕到了極至、恐懼到了極至，聲音就打了顫，聽在張氏的耳朵裡，就跟動了情一般。

張氏在心底大罵，好你個阮元娘，居然敢背著我大哥偷男人，還怕我看見，將我打暈！

那男人怪笑，嘴裡淫詞穢語不斷，手也不閒著，胡亂吃著老豆腐。張氏悄悄將眼睛張開一條縫，就見大嫂一絲全無、白花花地躺在草堆上，任由一個中年男人上下其手。

此時不走更待何時。張氏動如脫兔，異常麻利地翻身起坐起，手一撐站了起來，便沒頭沒腦地往外衝。這是個小裡間加外間的小套間，她低著頭快衝到裡間的門邊時，才發覺外間還有兩個男人，貼著門邊朝裡看，臉上都是一副垂涎欲滴的無恥表情。張氏這一下真是駭得肝膽俱裂，張嘴就想尖叫，可腰身被人從後一抱，另有一隻大手捂住了她的嘴。

從後面抱著她的正是剛才親張夫人的那個男人，他譏笑道：「想跑？沒那麼容易！妳是也想我了嗎？」說著往她的耳洞裡吹了口氣。

張氏驚得拚命掙扎扭動，那個男人徒然發怒，「再扭就地幹了妳！」張氏立時不敢動了，回頭朝大嫂怒道：「快叫他走開，妳這個賤婦，居然敢背叛我大哥！」

她多希望現在能有人經過這裡，將她救出去，可轉瞬就知道這是不可能的。為了讓歐陽辰能順利接近吳麗絹，她大哥特意提前一天來法源寺清了場。法源寺知道這是攝政王殿下的兩位側妃後，立即應允了。西院這邊，只有她們兩家香客，而且剛才她和大嫂也特意囑咐家丁不許跟著，不然也不會被人擄到這裡來。

張夫人哭得直打嗝，那男人卻又怪笑道：「那我得幫幫她才行啊，免得妳告她的狀！這個女人給妳們玩，快一點！」最後一句是朝那兩個男人說的。

那兩個男人聽得眼睛一亮，邪笑著躥了過來，兩個人四隻手，將張氏壓在草堆上，很快就把張氏給剝光了。張氏嚇得魂不附體，可是又不敢大叫，此時真有人過來了，她也只有懸梁自盡一條路了……

那兩個男人邊摸邊親，嘴裡還要嘀咕，「看不出一把年紀了，皮膚倒是嫩！」

張氏悲憤地哽咽，幾欲昏死過去，可是偏偏沒暈過去，只能清醒地忍受著這通天的屈辱。

曹老夫人烤著火盆，曹家姊妹和俞筱晚圍著說笑話給曹老夫人聽。俞筱晚面色如常，心裡卻嘀咕了起來，怎麼還是這麼安靜？已經過去一炷香的功夫了。

她的計畫是，讓歐陽辰攔在路上，大聲跟舅母打招呼，只要說上幾句老情人之類的曖昧話，讓寺廟的僧人和兩府的丫頭們聽到就成。女人的名聲禁不得一點風吹浪打，有男人來跟舅母曖昧，就算舅父相信舅母是清白的，礙於面子也不會再讓舅母主持家務，而且極有可能把舅母打發到家廟裡去。

青燈古佛，對於極度熱愛權勢和名利的舅母來說，會比死了更痛苦！

俞筱晚暗暗掐緊了袖緣，她不用舅母死於非命，她只需她永墮無邊地獄，活生生地飽受煎熬，她才能算是報了大仇。

只是，為什麼還沒有任何消息傳來，難道是歐陽辰沒能靠近，抑或是他突然改變了主意？

俞筱晚猜得沒錯，歐陽辰是自己改變了主意。一開始他一心想殺了張氏和張夫人，待沈天河告訴他讓她們失去所擁有的一切，才是最好的報復方法之後，他才重新開始思考自己的復仇計畫。他是個商人，狡猾奸詐，又生意失敗，所以便想到了一條拿捏住張氏和張夫人的法子，這樣才能生生世世，永無止盡地從她們那裡拿銀子。

張氏怎麼也躲不掉那四隻手兩張嘴，渾身哆嗦著，也不知是憤怒的還是驚惶的，被人作踐了個夠，才聽得為首的男人道：「好了，得走了！」說著也走過來，在張氏的胸上摸了一把，極為惋惜地道：「這娘們的皮膚嫩多了，早知道我該摸她的。」

然後站起來，將張夫人和張氏的肚兜往自己懷裡一拽，又各從她們頭上拔了一支簪子，笑得十分邪惡，「妳們兩個以後都算是我的半個娘子了，當娘子的要幫夫君操持家務，以後記得每月弄點銀子給為夫花花。為夫要的也不多，每個月三百兩就成了。」

張氏一邊哆嗦著穿衣，一邊抖著聲音啐他：「做夢！」

那男人的臉瞬間猙獰，眼神陰狠，「做夢？那我就把妳的肚兜拿到大街上掛起來，讓大家都來看看新建伯夫人的肚兜是個什麼花樣的，妳說好不好？」

張氏怒瞪他，「你以為旁人會信？」

那男人笑得極度陰險，「加上妳胸口有顆紅痣，妳說旁人會不會信？我也不求多了，只要妳家爵爺相信就成了！」

張氏的臉色瞬間蒼白，又氣又羞又窘，更多的卻是懼。這種人是窮兇極惡的，是無恥沒有邊界的，他一無所有，什麼都不怕，可她卻有名譽有地位有兒女，不能不懼，不能不怕。張氏低頭哆嗦了半晌，才擠出一點聲音道：「我沒這麼多銀子。」

那男人露出嘲諷的笑容，「妳們兩個都有嫁妝，還有要當側妃的女兒侄女，這點銀子還拿不出來嗎？哼！」說罷不再糾纏，揮手道：「我們走！」

走到外間，看到曲嬤嬤和王嬤嬤兩個手腳被捆著縮成一團，那男人「好心好意」地道：「給她們解綁吧。」

曲嬤嬤和王嬤嬤恨不能化成一個小點，鑽到地縫裡去。救不了主子，又看到了這樣的事情，她們倆個只怕是會……可是手腳上的束縛被解開，身為奴才，還是必須去服侍主子。兩人手腳並用地爬到裡間，服侍著兩位夫人穿戴整齊，重新篦了髮。

張氏忽然像瘋了一般直朝張夫人衝過去，王嬤嬤趕緊攔在主子跟前，張氏就揪著她的頭髮，壓低聲音嘶吼：「都是妳這個賤婦！」

王嬤嬤的頭皮都快被張氏揪掉了，卻不敢發作，只苦苦哀求張氏住手。一直不言不語的張夫人忽然發作起來，跳起來，隔著王嬤嬤揚手給了張氏一個耳光，「都是妳這個沒用的東西，妳還好意思說！妳知道他是誰嗎？他就是歐陽辰，武氏不給銀子，就把主意打到我們倆的頭上！」

張夫人越說越氣，好像要發洩似的，「我們找他是為什麼，還不就是為了妳，為了妳能穩穩地當妳的正室夫人！妳這個沒用的東西，反而害得我受牽連！」

張氏愣了愣，隨即反駁道：「什麼叫我沒用？還不是妳沒跟他說好，後來明明還有機會的！再說了，這也是為了妳家君瑤！」

張夫人冷哼，一口唾沫吐到張氏的臉上，「我家君瑤是堂堂的側妃，這回入選的五人中，她的位分是最高的，要不是為了幫妳這個姑母，她用得著使這種下作手段？我告訴妳，從今以後，咱們我走我的陽關道，妳過妳的獨木橋，別想再讓我幫妳！王嬤嬤，咱們走！」說著扶著王嬤嬤的手往外走，雖然腿還軟著，雖然走得不穩……走到一半又頓住身形，回頭鄙視道：「蠢得像豬一樣，妳就等著被武氏給擠出曹家吧！」

張氏氣得渾身顫抖，回敬了一句：「妳老得也就那個男人肯摸了，就等著我大哥的通房生上十來個庶子庶女吧！」

張夫人頓時怒目而視，張氏也毫不畏怯地瞪回去，兩個嬤嬤忙各攔各的主子，「曹老太太還在廂房裡等著呢，已經出來半個多時辰了……」

兩人這才察覺不妙，又互瞪了一眼，都從對方的眼中看到了倔強，知道對方不會將今天的醜事說出去，這才暗暗放了放心，互不理睬。出了小屋，順著一條小道往前走過一個月亮門，才發現這仍是西院。幸虧早將此地隔了出來，閒雜人等不能入內，兩人同時想到。

一前一後地回了廂房，張氏發覺女兒已經坐在廂房裡了，這才鬆了口氣。張君瑤和吳麗絹都已經回來了，所有人都在等她二人，可是之前差人去找了兩趟都沒找著人。面對曹老夫人的詢問，兩人一同道：「見院子裡的梅花開得好，便貪看了一會兒。」說罷還相互看了一眼，笑得親暱，誰會知道剛剛兩人還發誓要決裂。

曹老夫人仍是不悅，只是親家奶奶也在一起，不便發作，只淡淡地道：「齋飯早就要送來了，我推了又推。」曲嬤嬤忙道：「奴婢去通稟一聲，請小師傅快些上飯。」

得到了曹老夫人的應允，曲嬤嬤忙福了福，出去通知上飯。

俞筱晚眼尖地發現曲嬤嬤的後裙襬很皺，棉襖比薄衫要硬實，其實是不大容易起皺的，除非是長時間久坐，而且在來時的馬車上有板凳，坐得端正，有皺也不會是在裙子下方，這倒像是盤腿久坐出來的。

大冷天的，主子又是在賞梅，曲嬤嬤難道還能盤腿坐在地上？

俞筱晚腦中靈光一閃，仔細在張氏和張夫人的臉上轉了一圈，發現兩人神情雖然鎮定，可是手卻是微微抖著，茶杯都端不穩，而且兩人髻角處的髮絲有些凌亂，用釵子壓著，不細看看不出來，再看看腳……難道歐陽辰已經找過她二人了？

俞筱晚彎了彎眼，乖寶寶般的笑道：「舅母去賞梅也不帶上晚兒，啊，對了，方才初雪也去了梅園呢，說是踩得一腳紅泥，舅母要不要換換鞋子？」

張氏嚇得雙腳往裙內一收，乾笑道：「沒事沒事……換過了……就是讓曲嬤嬤去拿新鞋子，才耽擱了時辰。」說著看向張夫人。

張夫人只得笑著附和：「是啊，說不定是正好與妳的丫頭走岔了。」

俞筱晚點了點頭道：「哦，也是。」

曹老夫人眸光一閃，派去找張氏的都是曹府的家生子，初雪晚了幾步進廂房，但從來沒離開過，什麼一腳紅泥？這個張氏慌慌張張的，跟她大嫂在搞什麼名堂？

用過齋飯，歐陽辰也沒出現在眾人面前，俞筱晚更加篤定，他一定是找過舅母和張夫人了，只是出於他的目的，沒有鬧大。也不必急，他這麼偷偷摸摸，肯定是為了訛銀子，而且那種人貪得無厭，一定會令舅母承受不住。若是舅母有什麼把柄落在他的手裡，舅母肯定會動歪腦筋，若是犯了命案……她一定會將舅母送上公堂！

正要回府時，楚太妃又差人來尋眾人，說是攝政王妃到了，請她們過去見見。

曹老夫人忙帶著一行人到了正院大廂房，只聽得裡面不時傳出談笑聲。門外有宮人守候著，見到眾人便笑問道：「可是曹老夫人？」

曹老夫人忙答道：「正是老身。」

那宮人便笑道：「請稍候，待咱家通稟一聲。」進去沒多久，又轉了出來，含笑道：「王妃有請。」

曹老夫人回頭盯了幾個孫女一眼，示意她們小心說話，一行人才跟著宮人走進去。

大廂房裡燒了地龍，暖烘烘的，映得人的臉龐都格外紅潤。俞筱晚跟在舅母的身後，低頭走進去，跟著眾人一同行了大禮，聽到攝政王妃柔和地聲音道：「免禮，都請坐吧。」

便有宮人搬來了各式小杌，眾人依次坐下。曹氏姊妹沒見到君逸之，心中非常失落。

攝政王妃先與輩分最高的曹老夫人寒暄了幾句，這才將目光放在張君瑤和吳麗絹的身上，含笑問：「今日是來祈福的？」

兩人忙站起身回話，「回王妃的話，是來祈福的。」

張夫人怕攝政王妃誤會女兒有爭寵之心，忙補充道：「女孩兒家出嫁之前，都要來敬敬神明。」

攝政王妃輕微頷首，「本妃出嫁之前，的確來過此廟求神明保佑，看來，跟兩位妹妹真是有緣。」又看向張君瑤和吳麗絹，「妳們二人有心了，希望妳們能早日為王爺開枝散葉。」說著又掩唇輕笑，「瞧我，說得太早了些。」

她說話的時候，始終輕柔溫婉，可是聽在張君瑤和吳麗絹的耳朵裡，卻有股說不出的寒冷之意，不知不覺就汗濕了內衣。王妃竟然將她們的一點小心思瞧得分明！

楚太妃含笑睇了攝政王妃一眼，「妳就是喜歡捉弄人，人家還沒進府呢，就被妳嚇得不敢說話了。」

攝政王妃忙笑道：「快坐下說話，以後咱們就是姊妹了，不必如此拘謹。」

兩人謝了恩，才再度坐下。

俞筱晚心中暗暗想道：難怪攝政王妃五年無一所出，竟還能坐穩這王妃之位，真是個厲害的角色！剛剛張夫人說女孩兒出嫁前要來求神明，她不說我也來過，而是說的確來過，就是暗指張君瑤和吳麗絹兩人是側妃、庶妃，真論起來，是不能叫出嫁的。又故意說「瞧我，說得太早了些」，便是在暗示兩人，能不能懷上孩子還不一定。

這個不一定，有可能是上天之意，也有可能是人為了。

正說著，一名小太監飛奔進來，躬身稟報：「稟王妃，王爺來接王妃了。」

若是沒有張君瑤和吳麗絹兩人在此，攝政王妃必定會覺得無比自豪，可是現在……誰知道王爺是來接人，還是來看人的？

曹老夫人最經事，忙道：「都說大婚之前不宜見面，還是請兩位姑娘迴避一下才好。」

王妃覺得這個老太太非常識趣，真誠地笑道：「的確是有這種風俗，那就請兩位妹妹先去屏風後避一避吧。」又笑道：「幾位小姐就不必了。」

張吳二人忙起身，跟著宮人避到了屏風後。

剛躲好，攝政王就在君逸之的陪同下走了進來。屋內眾人忙向其行禮，攝政王十分溫和，率先抬手示意，「免禮。」免了眾人的大禮。

君逸之挑著鳳目四下掃了一圈，看向俞筱晚的眸光中就帶著一點挑釁。俞筱晚有些莫名其妙，難道我之前得罪了他嗎？忽地想起他說的看戲，難道有什麼戲可看？

只聽得攝政王在跟楚太妃談話，「……約了張卿家與曹卿家一同來，夜間吃齋飯、看梅燈，也是一種雅事，還請皇嬸也湊個趣。」

楚太妃笑道：「你們年輕人就喜歡這樣熱鬧，我也隨你們。」她接過侍女捧來的茶杯，揭開蓋，輕啜一口，眸光悄悄在孫子和俞筱晚的臉上轉了一圈，暗想：正該有這樣的機會讓他們多多相處才好！

剛說完，宮人便通傳道：「張大人、曹大人攜公子候見。」

攝政王道：「傳。」

張長蔚與曹清儒兩人一身常服，帶著自己的幾個兒子，躬身進來，給攝政王和王妃、楚太妃請了安，待免了禮，才給曹老夫人請安，小輩們則給張氏和張夫人請了，在左側的椅子上坐下。張夫人未帶庶女出門，只有曹家的幾姊妹和俞筱晚，眾小輩向父親（舅父）請安，禮數盡了，才依次坐下。

攝政王妃很體貼地讓張夫人、張氏坐到丈夫身邊。兩人心裡有鬼，一推再推。雖然歐陽辰和那兩個猥瑣男人並沒有真正地強上她們，可是對於女人來說，身子被人看了、摸了、親了，她們就是失貞了，面對著下人還可以佯裝鎮定，可是面對丈夫卻是打心眼裡懼怕。若是被丈夫知道，怕是一杯毒酒就會端到眼前，再對外宣稱病故便是……她們都盼望著能早些回府，兩人今日受的驚嚇和屈辱，換作別的女子，只怕精神會抑鬱得瘋掉，好在她們心智堅強，還能勉強撐住，但卻也是強弩之末了。

攝政王妃卻很堅持，語氣輕婉卻不容拒絕。張氏和張夫人只好坐到丈夫身後，經過丈夫身邊的時候，都低頭不敢與丈夫對眼神，看在張長蔚和曹清儒的眼裡，就有些古怪，只是這時不方便詢問，只得將疑問壓在心底。

上首打横的長榻上，楚太妃和攝政王隔著榻几並排而坐。君逸之伴在楚太妃身旁，攝政王妃則坐在攝政王身邊的八仙椅上。她見眾人都安座了，這才柔笑道：「說起來日後就是親戚了，正該多親近一番。」

多多親近的話從高位者的嘴裡說出來，就是恩寵，張長蔚和曹清儒喜不自勝，忙抬了屁股，欠身謝恩。

攝政王妃唇邊的笑意加深，「王爺，您說臣妾說得對不對？」這是赤裸裸的炫寵。

攝政王含笑看了王妃一眼，威嚴的星目裡滿是柔情。

攝政王妃笑得更加開懷，恍若忽然想起什麼似的，問曹清儒道：「本妃記得曹大人還有一位夫人，聽說是吳妹妹的姨母，怎的今日沒來？」

曹老夫人忙代為解釋，府中還需有人主持中饋云云。

俞筱晚與曹氏姊妹坐在長輩的身後，看不清張氏和張夫人的面部表情，不過從她們瞬間繃緊的脊背就能猜出，她們兩人的心中都十分憤怒。也難怪，剛才都是女眷的時候，攝政王妃不問這個問題，卻偏偏選在攝政王到來後問，就有打張氏的臉的嫌疑，也暗地裡抬舉了吳麗絹，打壓了張君瑤。

要知道本朝的律例規定，攝政王比同太子級別，因而王府裡的側妃乃至庶妃品級都極高，除了嫡妃之外，側妃和庶妃之間的等級差別並不大，誰先得寵，誰就是勝家。而顯然攝政王妃選擇了抬舉吳麗絹，有意在王爺面前提及她的名字，吸引王爺的注意。

這些女人們的話題，攝政王只是聽聽，五官分明的俊臉上並未流露出任何情緒。他很年輕，不過二十一二歲，也很俊美，與君逸之的魅惑、韓世昭的飄逸、曹中睿的俊秀不同，他已經成年，有著濃厚的男子氣概。俞筱晚見過他兩次，他都只是高遠地俯視著，沉默少言，多半是身邊的臣子在奉承，或是提出建議，他則只是淡淡地「嗯」一聲，或者一聲不吭。說他威嚴吧，他的神情時常顯得溫和親善，面部表情放得很鬆，並不繃著，可說他溫和吧，眼中一閃而逝的精光卻又令人不敢逼視。

攝政王妃與曹老夫人和楚太妃交談良久，忽而掩唇輕笑，「王爺怎的都不說話？」

攝政王淡淡彎起唇角，「聽妳們聊，一會兒我們聊起朝政，妳們會睡著的。」

攝政王妃噗哧一笑，楚太妃也笑了，卻表示不敢再多言，讓男人們聊天。張長蔚便大膽地提出了一個建議，不如來混搭打葉子牌。楚太妃和攝政王妃都是葉子牌迷，一口贊同。攝政王不置可否，張長蔚也不知道自己的建議有沒有拍到馬腿上，神色間有絲緊張。

正在此時，門外又有小太監通稟道：「韓丞相攜公子、戶部左侍郎何大人攜大小姐候見。」

滿朝文武沒有攝政王的召見就敢來湊趣的，也就是這位韓丞相了，而何大人是韓丞相的心腹，會一起來不奇怪。

在座的各位面色各異，攝政王卻只是淡淡一笑，「宣。」

韓丞相便領著韓世昭大步走了進來，哈哈笑道：「不請自來，還望殿下海涵。」

何侍郎和長女何語芳則跟在韓氏父子身後，低調得多。

眾人又是一番見禮，才依次坐下。這下子少女們就比較尷尬了，之前的兩家還是親戚，沒有過多避諱，可是韓家父子和何大人卻是實實在在的外男了，再坐在廳上就不合禮數，幾人就悄悄去看曹老夫人的意思。曹老夫人也覺得不妥，可是攝政王妃和楚太妃都沒有讓孫女們避諱的意思，她也不方便開這個口，這樣會顯得韓家父子和何大人的名聲有多不堪似的……只好坐著不動。

君逸之又朝俞筱晚挑釁地一揚眉，看了何語芳一眼。俞筱晚只抿了抿唇，心裡嘀咕，難道是他把何家父女給叫來的？

韓丞相到來之後，男人們就自然地聊開了，倒也沒聊朝政，聊的都是各地風土人情、傳奇志趣。在座的都是飽學之士，博閱群書，談吐風趣，俞筱晚坐在後面聽得興致勃勃，漂亮的眼睛裡就放著光。

一聊聊到飯點，男女分了席用齋飯。法源寺的齋飯十分出名，菜色精緻，剛剛上齊，攝政王妃就點了幾樣菜色，讓宮人盛了一些在空碟裡，用托盤端到屏風後，柔笑道：「這幾樣是法源寺的招牌齋菜，兩位妹妹嘗嘗。一會兒兩位妹妹也當給王爺敬一杯，雖是不方便見面，卻也應意思意思。」

其實屏風後有人，攝政王是早知道的，不過裝著不知，這會子順著這話就將眸光瞟向了這邊。屏風後亮著燈，將兩道窈窕婀娜的身影投放到半透明的蜀繡屏風上。兩人隔著屏風向攝政王和王妃福了禮，又端杯遙祝，聲音如同出谷黃鶯，「奴家祝願王爺、王妃千歲千歲千千歲。」

攝政王含笑端起手中酒杯，一飲而盡，然後將杯微傾，露出杯底。

這樣的動作，是向敬酒的人表示已經飲盡，是一種尊重。以攝政王的身分，就是韓丞相來敬酒，也是完全不必露杯底的，可見攝政王對自己親自挑出的這幾位妃子，有幾分真心的喜歡和期待。俞筱晚偷看攝政王妃的表情，王妃臉上賢慧溫柔的笑容僵了一僵，才自然地繼續。

要說納妾這樣的事，王妃心中很難心甘情願，可還得做出賢慧的樣子來。俞筱晚忍不住輕嘆，真是做人難，做女人更難。她的父母親感情深厚，一生一世一雙人，羨煞旁人。她自小也一心盼望著能像母親這樣，嫁一個只寵愛自己的丈夫，可是在父母雙亡之後，她聽得最多的，卻是說母親不賢淑，占著獨寵，讓俞家斷了香火。

到底是幸福重要，還是名聲重要？俞筱晚看著攝政王妃端莊大方的笑臉，心中有一絲的恍惚。不知道日後若是自己遇上了這樣的問題，會怎麼選擇？若想遠離煩惱，最好的辦法就是終身不嫁，自己逍遙快活，可是她也知道這是不可能的，就算是為了讓泉下的父母感到欣慰，她也得嫁人，還得嫁得好，過得幸福……可是，嫁入公侯之家，或是高門望族，她想要的幸福就是一種奢望。即使嫁入寒門小戶，誰又能保證就能夫妻一心？

記得前世在她定下韓家的親事之後，趙嬤嬤就開始教導她一些為人妻的道理，第一個教的就是如何與丈夫之前的通房處理好關係，要恩威並施，不能顯得軟弱，讓妾室通房爬到自己頭上，也不能顯出妒意，讓婆婆和丈夫不喜……思及此，俞筱晚的目光下意識地往男席那邊一瞟，尋找韓世昭的身影。

正巧韓世昭的位置在她的對面，也正巧抬眼，兩人的目光隔空撞了個正著，俞筱晚嚇了一跳，又不想讓他發覺自己是在看他，忙假裝無意，心虛地移開視線。韓世昭被她做賊心虛的樣子逗得忍不住彎起了眼睛。

俞筱晚今日的運氣實在不怎麼好，好巧不巧地又與君逸之的眼神對了個正著，那傢伙痞氣地朝她飛了個媚眼，唇角的笑容怎麼看都有幾分嘲弄。

真是要死了！

俞筱晚正氣凜然地瞪他一眼，然後忙低頭用飯，免得越來越燙的臉蛋被他看了去。

君逸之看了看她，又看了看韓世昭，忽地伸臂勾住韓世昭的肩膀，笑嘻嘻地道：「咱們來拚酒吧。」

其實佛門淨地，法源寺提供的酒，不過是在罈子裡釀了幾日略有些酒氣的果子汁，醉不了人，卻能膩死人、撐死人。韓世昭最不愛喝甜汁，婉拒道：「抱歉，我不大會喝。」

君逸之到底是真鬧還是假鬧，他自認為還是分得清的，所以在心裡嘀咕，這傢伙怎麼了，我哪裡得罪他了？上回要把俞家的事情推給我，我不也爽快地接下來了嗎？

就是因為你接得太爽快了！君逸之不依不撓，「是男人就應當會喝酒，何況這酒並不醉人，只是撐人。」他一語雙關地道：「人就是要有肚量，有句老話不是說『宰相肚裡能撐船』嗎？你是丞相之子，至少也應當比我的肚量大才對。」

話說到這個分上，韓世昭只有接招了。君逸之補充規則，「不許上淨房。」

韓世昭應下，暗橫了君逸之一眼，罵了句「有病」。

君逸之又朝攝政王道：「皇叔，若是誰贏了，您可要許個彩頭。」

攝政王扶額表示無奈，「你自己要跟人打賭，卻要本王出彩頭？」最後還是寵溺一笑，應了下來。

「是不是個男人」是半大不大的少年人最熱愛的話題，更何況還有彩頭。張家的兩兄弟張書昱、張書瑜和曹中睿都要求參加拚酒，曹中敏穩重得多，笑著道：「我來當酒判。」

攝政王和韓丞相笑呵呵地看著少年人玩鬧。

俞筱晚暗暗挑眉，前一世的時候，曹中睿偶爾也會跟她聊些朝中的局勢。自打先帝下了「幼子繼位，長子監國」的古怪詔書之後，為免攝政王勢力坐大，危及天子，以韓丞相為首的朝中棟梁就以抗衡攝政王為己任，雖談不上勢不兩立，但絕對是暗潮湧動。對於一個時不時要表示一下「自己是堅決不會讓監國者盜國」的人，攝政王也不可能有什麼好臉色。

其實前一世，直到俞筱晚慘死，攝政王也沒有篡位，可是這對臺戲卻是唱了好些年的。

難道君逸之是幫攝政王的？

俞筱晚悄眼看去，君逸之正回過頭，與她的視線對上，便又飛了一個媚眼。俞筱晚又暗瞪他一眼，瞪完了又後悔，這種無聊的人，理他做什麼！

叫來小沙彌換上大碗公，幾個少年拚了六七碗之後，就開始表情怪異──肚子漲得難受了。最先放棄的是張家兄弟，跟著曹中睿也想放棄，想了想還是硬撐，與君逸之和韓世昭又拚了兩碗，實在是撐不下了，這裡有女眷，他們不方便鬆腰帶，連一點轉圜的餘地都沒有。

韓丞相笑道：「原來三個人的肚量一般大。」

曹中敏正要附和，楚太妃隔桌笑道：「什麼肚量一般大？丞相大人還沒我這個老太婆眼神好使。曹二公子剛才吃了許多菜，逸之和世昭卻都沒吃什麼，應當算曹二公子贏。」

韓丞相哪會跟楚太妃爭這個，摸著鬍鬚道：「呵呵，那就算曹二公子贏了！」

曹中睿不期然成了眾人焦點，心中暗喜，面上卻是謙虛，「丞相大人謬讚，小小玩意，當不得真，談何輸贏！」

君逸之睇著鳳目笑道：「贏了就是贏了，遊戲如人生，人生如遊戲，連玩個遊戲都不認真的人，如何能認真人生？」

曹中睿怔了怔，總覺得他這話意有所指，卻又品不出味來，正躑躅著，又聽君逸之朝攝政王道：「皇叔打算給曹二公子什麼彩頭？依皇侄看，送個美女是最好的。曹二公子開年就十四了，可以成親了。」

曹中睿頓時紅了臉，結巴道：「莫、莫開玩笑。」

君逸之奇怪地看向他，「誰說我是在開玩笑？上回在潭柘寺我明明聽圓德大師說，曹二公子與何大小姐是三生三世修來的好姻緣，正好今日就請皇叔給你們賜婚吧。」

之前，其餘人只當是韓二公子不知怎的惹上了君二公子，少年們笑鬧一番，就算是過火一點也不算大事，可是這賜婚的話一出來，就完全不是玩笑了。張氏頭一個急得上火，差點忍不住站起來指著君逸之的鼻子開罵，卻又不敢，只強自擠出一臉笑，「君二公子真會開玩笑。」

「曹夫人和曹二公子真是母子連心呢，連說出的話都是一樣的。」君逸之挑了挑眉，俊臉上的笑容怎麼看都不懷好意，不過他生得這般好看，無論做什麼表情，都不會惹人討厭。他的聲音也很好聽，徐緩而沁人心脾，就是嘲弄人，也好像是在唱讚歌一般。

張氏憋得一臉通紅，卻是發作不得，只得拿眼睨丈夫，希望他能替兒子推諉幾句。

曹清儒如何不急？可是君逸之說了這麼多混帳話，攝政王一個字的責備都沒有，可見是王爺默許的……這是為什麼呢？難道是我做錯了什麼事？曹清儒掌心冒汗，悄悄看向攝政王，正對上攝政王的黑眸。那雙眼睛漆黑深沉，深不見底，讓人沒來由的心中一緊。曹清儒忙垂下頭，一個字也吐不出來了。他是王爺的人，任何事，包括自己和兒子的性命，都是由王爺作主的，一個小婚事還要唱反調的話，王爺如何還能信任他？

他只能在心裡盼望著何大人能拍案而起，以何大人在朝中的立場，這不是難事。

何大人也的確不想與攝政王的人結親，可是女兒開年就要二十了，已經是他的心病，再瞧著曹中睿少年俊美、氣度昂揚，那到嘴邊的拒絕就說不出口。人家當爹的都不拒絕，他還有什麼立場拒絕？

君逸之這廂看似毫無章法的胡說八道，卻沒一人反駁得了。君逸之就笑了起來，趁無人注意之時朝俞筱晚擠了擠眼睛，得意之情溢於言表──怎麼樣，要輸了吧？

「你呀，真是胡鬧！」一場面有些尷尬的沉寂下來，攝政王妃便來和稀泥，笑指著君逸之啐道。韓丞相和曹氏一家剛鬆了口氣，攝政王妃又接著道：「不過若真是圓德大師批的命，那必定是準的。既是三生三世修來的姻緣，王爺幫他二人賜婚，也是一則美談。」

君逸之得瑟地一笑，「自然是圓德大師親批的命。」

攝政王恍若有些好笑似的，挑眉問道：「愛妃真覺得合適嗎？」不問當事人問愛妃，間接表明了自己的立場。

攝政王妃含笑道：「合適啊！何姑娘才貌雙全，曹二公子少年名士，正是天造地設的一對！」

曹中睿的一張俊臉都快能擰出苦汁了，不安地直瞅著父親。何姑娘垂著頭，將自己的心思隱藏在燈影裡。

為了這句「天造地設的一對」，俞筱晚差點噴飯，低了頭極力忍耐。心裡卻也隱隱明白，壓根不是君逸之有面子，求得攝政王妃相助，而是攝政王根本就需要這麼一門親事，作為打開對方陣營的突破口。兩派的人結了親，是將人拉到自己這邊也好，或是讓對方投鼠忌器也罷，總之對攝政王來說沒有壞處。但是攝政王並不是皇帝，沒有絕對的權威，他指婚的話，對方的官員是極有可能反對的，那樣的話，攝政王就是臉面盡失。只有何大人家的這位千金，何大人恨不能今天就將她嫁出去，是最好的婚配對象。至於這邊的人是誰，倒不重要了。願不願為了攝政王「捐軀」娶何姑娘，也是對攝政王忠心的一種表現，正可算是試金石。至少目前看來，舅父還是讓攝政王滿意的。

當然，這樣荒誕的配對若是由攝政王或王妃提出來，會貽笑大方，只有君逸之這個年紀不大，又是出了名的紈褲子弟開口，再借了圓德大師之名，才好接著忽悠。

曹清儒大抵也是想通了這一節，便囁嚅地道：「何姑娘的確才貌雙全，只是比犬子大了六歲，所以……那個……其實，長子中敏也未訂親，年紀上更合適一些。」

俞筱晚掩住眼裡的嘲諷，曹中睿眼睛一亮，曹中敏將指尖掐入掌心，原來即使自幼承歡膝下，即使開年祭祖之時就會改寫族譜，在父親的心裡，我仍只是個庶子……或許，是因為娘親出身商戶的緣故？他隨即低頭仔細數著檀木雕花飯碗裡剩下的飯粒，不再關心其事。

君逸之嬉皮笑臉地道：「曹大人應當聽說過這句話吧，女大三，抱金磚。何姑娘這一抱就是兩金磚，是吉兆啊！」又彎眼朝王妃笑道：「皇嬸，我說的對吧？」

攝政王妃笑睨了他一眼，微微點了點頭，這是應他不換人了。

曹清儒雙拳緊握，喉頭動了動，還是將話吞回肚去。他的暴躁脾氣只是對下屬和家人而言的，並不針對權貴。

張氏見事情已經無法控制，忍不站起來，走到攝政王跟前跪伏下去，語氣哀婉地道：「王爺，恕臣婦大膽問一句，若是您有一個十三歲的兒子，您會願意他娶何姑娘為妻嗎？」

曹清儒急得低吼：「張氏，妳幹什麼？還不快向王爺賠罪！」

曹老夫人也不願意這門親事，可是張氏此舉必定會冒犯攝政王，只怕以後連爵爺都要吃掛落。

攝政王卻對張氏的無禮不以為意，淡然道：「有何不願？娶妻娶賢。」他親自挑的五位側妃都是萬裡挑一的美人兒，他的兒子還不知在哪位側妃的肚子裡，所以站著說話不腰疼。

張氏絕望地一屁股坐到地上，曹老夫人立即吩咐曲嬤嬤：「還不快去把妳主子扶過來！」

曲嬤嬤忙與碧兒一起過去，攙著張氏回了座。

皆無異議，攝政王便含笑口擬了賜婚旨意，一旁的內侍總管記錄下來，待明日早朝時宣布。韓丞相看了何大人一眼，何大人嚴肅的方臉上露出幾絲笑意，他就淺嘲地舉起酒杯，「何大人，恭喜了。」

同桌的少年則向曹中睿舉起了酒杯，張家兄弟不知該說什麼好，有同情，也有興災樂禍，君逸之就不必說了，最開心的是他，跟曹中睿碰了杯後，便朝俞筱晚舉了舉杯，得意洋洋地一飲而盡。

韓世昭也真心恭喜，而最真誠最真摯的，當數曹中敏，「恭喜二弟日後有人提攜了。」

這也算是唯一安慰了。曹中睿心裡嘴裡都是苦澀，偏還得裝出笑臉來。那個名義上的未婚妻就在鄰桌，可他連偷瞟一眼的興趣都沒有，眼睛卻不知怎的就看向了俞筱晚清麗的容顏，神思瞬間飄渺到了天外，想像著，若是那晚沒有一時起歹念，或許自己與晚兒妹妹之間就能兩情相悅，那麼自己就一定會要求娶平妻，哪怕得罪攝政王。

君逸之眸光一轉，看到了兩眼失焦的曹中睿，手中的酒杯轉了轉。韓世昭知道他做這個習慣動作，是要整人了，於是唇角噙著淺笑，安靜等看戲。

齋飯用完，攝政王道：「去園子裡賞梅燈吧。」

眾人聞言都起身，驚動了曹中睿，他忙跟著站起身，嘩啦一聲，慌忙間蹭翻了眼前的酒壺，紅豔豔的葡萄酒灑了月白色長衫一身。攝政王淡淡地看了他一眼，率先出了大廂房，眾人忙魚貫跟上。曹清儒擦肩而過時，怒瞪了兒子一眼。曹中睿又羞又氣又窘，他真不是藉機發脾氣，真的是無意的。而且，這個酒壺是怎麼跑到自己跟前來的？他根本就沒斟過酒。

君逸之笑咪咪地拍了拍曹中睿的肩膀，「小夥子想什麼想那麼入神，毛毛躁躁的！」說罷，揚長而去。

碧兒和曲嬤嬤忙過來拿自己的袖子幫忙擦拭，可是染上的顏色哪裡能擦得掉，而且還濕了一大片，這時節出到屋外就能凝成冰。曹中睿萬分沮喪，「把火盆拿過來烤吧。」不能跟出去了，不能展示才華了，不能解釋自己是無心之失了。

張君瑤和吳麗絹不能與攝政王打照面，也留在廂房之中，此時便從屏風後走出來，坐下來陪曹中睿聊天。張君瑤對表弟還是挺同情的，不過更多的卻是羨慕攝政王妃的權勢。從頭到尾，都是她在拿主意，連王爺都是問她的意思，居然能這樣受寵！張君瑤暗暗給自己鼓勁，我也一定可以這樣，談笑間操縱他人的命運！

三人，呃不，吳麗絹基本只負責微笑，主要是張君瑤和曹中睿兩個表姊弟在聊天。無聊的時間過得慢，曹中睿幾乎想瞌睡了，忽聽外面響起了驚呼聲：「有刺客！」

三人同時一個機靈，霍地站了起來。曹中睿邊往外跑邊呼道：「我去看看！順子，拿我的劍來！」

順子是曹中睿的長隨，候在外間，聽得吩咐，忙跑去牆邊栓馬處，從馬鞍上解下長劍，交給少爺。

曹中睿提了劍便往梅林的方向跑。梅林就在西院之中，梅燈是一種琉璃燈，打磨成梅花形，五彩繽紛地掛在梅樹上，照著樹枝上的花苞閃閃發亮。在這冬夜裡，別有一番韻味。

梅林裡有一座草廬，不透寒風，燒了七八個紅彤彤的大火盆，眾人就在那兒賞梅燈。只是此時，眾人都驚得站起來，擠在一團。侍衛們挺身護在王爺和幾位大臣跟前，男人們的長劍都掛在馬鞍上，手中無物，無法抵抗。其實有劍也抵抗不了，權貴子弟號稱文武兼修，實則多半都是花拳繡腿，空架子。

來的刺客只有十七八人，可是攻擊力卻強過上千士兵。他們有備而來，長箭上綁著火頭，嗖嗖地射過來，落在草廬上，立時就著了火。曹家姊妹驚呼起來，俞筱晚當即立斷，「得衝出去。」說著便扶起曹老夫人的胳膊往外衝。再不走，不被火活活燒死，也會被煙嗆死。

曹氏姊妹都有丫頭扶著，何語芳就去扶了張氏。因為曲嬤嬤和碧兒都留在廂房裡了，張氏的身邊沒人。張氏回頭一看是她，立即用力掙脫了她的扶持，怒目道：「我自已能走！」

一部分侍衛已經掩護著攝政王和王妃、丞相、何曹張等人離開了草廬，攝政王留下了幾名侍衛保護曹家和張家的女眷。刺客的目標是他，按說他離開後，女眷們就應當安全了，可是卻不然，侍衛保護著女眷們衝到門口的時候，一陣火箭又射了過來，將人逼回著火的草廬之中。

「怎麼辦？救命啊！」曹中雅失聲痛哭起來。曹中燕和曹中貞素來就很克制，只敢小聲抽泣。煙越來越濃，所有人的眼睛都被熏得紅如兔子，不住咳嗽。

俞筱晚暗想，這樣不行，必須衝出去。她忍著咳，瞇著眼睛，拍了拍那名為首的侍衛，建議道：「請您劈開後牆，我們從後面衝出去。」一邊說，邊將茶水倒在桌布上，示意侍衛們用刀將桌布劃開，一人給了一塊捂嘴。

侍衛首領覺得此計甚妙，便留了兩人警示前方，自己帶人劈後牆。草廬整體是竹子搭的框架，加上已經著了火，劈起來不難，很快就劈開了一道口子，清冷而新鮮的空氣湧了進來，眾人都忍不住張嘴呼吸。

「快，火快燒過來了！」侍衛首領催促這些小步走路的千金。

芍藥和杜鵑便扶了曹老夫人先鑽了出去，之後是張氏、張夫人和曹家姊妹，俞筱晚走在最後，可是此時，前方的刺客可能已經發現不對勁，便直接衝了進來，幾名侍衛忙迎上去。

進來的兩名刺客武功高強，一路過關斬將，朝後牆飛撲而來。俞筱晚閃身出了牆縫，忙朝在空地上休息的諸人大喊：「快跑！」

一群貴婦小姐們才回過神，嚇得往梅林深處跑去，可實在是跑得太慢了，俞筱晚不得已，從地上撈起些冰塊石子，朝牆縫處砸去，阻止刺客衝出來。

可惜那兩名刺客是連六名侍衛都擋不住的高手，俞筱晚此舉不過緩了一時，他倆很快就衝了出來，而且還直朝俞筱晚衝了過來。俞筱晚忙往前方奔去，好歹攝政王身邊的侍衛多，只可惜她練武時間短，很快就被兩名刺客追上，她只得從懷裡掏出一個竹筒嚇唬道：「再過來我就把這個千屍百蛆粉撒在你們身上！」

兩名刺客不由得停下腳步，心中驚疑。這個深閨千金，怎麼有知道江湖上的陰毒之物？

俞筱晚見有效，微微鬆了口氣，威脅似的打開筒塞，揚手晃了晃，兩人真的退後兩步。俞筱晚覺得這個距離不夠安全，又晃了兩晃，一不小心，揚了些粉末出來，兩刺客嚇得往後退了一丈，可是卻見俞筱晚沒事人一樣，根本沒有全身起泡化膿水，就知道自己上了當，恨得罵罵咧咧。正要回身衝上來，身後忽然亮如白晝，原來是支援的禁軍到了。

有位騎馬的將軍朝這邊喊話道：「快快放下兵器束手就擒！」

兩刺客對望一眼，眼神一厲，決定抓住這個小姑娘當擋箭牌。

曹中睿正巧此時趕到，見此情形心中一喜，後方已經布好了箭陣，這兩人根本不敢亂動，卻是他英雄救美，讓美人感激不盡，以身相許的大好時機。

他立時大喝一聲，「賊子，快快放開我表妹！」

俞筱晚的眼中瞬間閃過嘲諷，我又沒被抓住。

這時，有個漫不經心又動聽的男聲道：「曹二公子站在這說幹什麼？快過去解救你家表妹呀！」人也跟著從隊伍後面晃了出來，在火把跳動的光線下，此人眼波如水，面冠如玉，嘲弄地輕抿著的唇，如同梅花的花瓣，紅豔而優雅。

曹中睿臉上閃過一絲尷尬，「君二公子說笑了。」一路上看見幾名渾身是血的侍衛，他哪敢真衝過去？

君逸之不滿地撇嘴，「我這人最正經，最不愛說笑，你怎麼總是說我說笑？」

曹中睿氣得閉了嘴，這個人不可理喻，這般時時針對我，聽說也與韓二公子不和，必定是因為胸無點墨，所以嫉妒我二人。

君逸之哼了一聲，背負雙手，晃晃悠悠沒個正形地走了過來。這種流裡流氣的走路姿勢，擱在他的身上，卻是有股別樣的風流倜儻味道。兩名刺客也看直了眼，呆愣愣地看著他走到俞筱晚跟前，搖頭鄙視，「就沒見過妳這樣笨的女孩子，妳要麼就跑快點，要麼就跟大夥兒在一起，要死也有個高的先頂著呀！妳一個人跑到這來幹什麼？」

兩名刺客總算是回過了神，二話不說，舉著刀就衝了過來。之前一個女孩子，他們還沒把握抓了能不能管用，這個絕美的少年一身華麗衣飾，抓了他肯定管用！

俞筱晚很自覺地往君逸之身後一躲，哪知君逸之卻是傻站著不動，兩手亂揮，「快放箭！快放箭！」

俞筱晚都快氣死了。放箭？放了不會把我們倆射成蜂窩吧？

她只得拉了君逸之轉身就跑，夜間黑暗，又看不清路，腳下一空，整個人就栽了下去，還拖著君逸之也跟著一起栽了下去。

「二少爺！」

「逸之！」

「晚兒！」

捌之章　梅林鬥嘴埋情意

山坡上頓時亂作一團。

法源寺只是在山腳處，地勢不高，這裡也不過就是片陡一點的山坡，但也有兩三丈高。坡下有片小樹林，兩人滾到坡底，也就是擦傷了一點皮。

山坡上的戰役很快結束，大隊士兵高舉火把站到了坡邊，就有人要拿繩子綁在腰上跳下來，君逸之揚聲道：「無妨，準備兩頂簷子去山腳邊接我們吧！」說完問俞筱晚：「妳可以走吧？」

俞筱晚點了點頭，秀眉卻皺成一團，手掌上刺痛刺痛的，可能是什麼木刺扎入了掌心。

君逸之暗暗朝天翻了個白眼，女人就是麻煩。他粗氣粗氣地問：「哪裡疼就直說！」

俞筱晚搖頭，「不妨事。」堅持要走，然後想了想，又說：「謝謝你。」

她感覺到下墜時有股力道拖起了她，所以她並沒有撞到坡底的樹幹上，不然也得淤青一大片。

君逸之斜眼看她，「都不知道妳說什麼。」

俞筱晚眨了眨眼，沒說話。上回在潭柘寺，君逸之是用傳音入密同她說話的，她曾纏著蔣大娘，蔣大娘告訴她，這得有很高深的內力才行，可是剛才君逸之在山坡上時，表現得好像沒什麼武功，花拳繡腿的樣子……或許他有什麼原因要隱瞞，她也無意去拆穿。

君逸之的眼睛不著痕跡地上上下下打量了她幾圈，終於在她半掩的衣袖處發現一些樹皮的擦痕，可能是手掌受了傷。他從懷裡掏出火摺子點燃，粗魯地一把抓起她的手，翻看了一下，撇了撇嘴道：「幾根木刺而已，我還以為多重的傷呢。」

俞筱晚面對他就是有些沉不住氣，這人說話太招人恨了，她用力抽手，「我又沒說我受傷了。」

「別動，拿著！」他將火摺子往她另一隻手中一遞，從頭上拔下束髮的玉簪，用簪尖去挑木刺，嘴裡還要嚇唬她，「別亂動，挑疼了可就是妳自己的事了。」

瞧他的動作似乎很粗魯的樣子，俞筱晚眼睛就半瞇了起來，牙齒也咬緊了，免得自己禁不住疼，叫出聲來。可是落在掌心的簪尖卻很輕柔，大刺很快挑掉了，再一點一點地挑出深入肉中的小木刺。

俞筱晚被他突如其來的溫柔弄得一愣，抬眼朝他看去。他半低著頭，長而捲翹的睫毛下垂著，在俊臉上投射出扇形的陰影。臥蠶眉黝黑，襯在白玉般的面孔上，說不出的好看。火光在他如玉般散發著光澤的臉上跳動，或明或暗，總是道不盡的風華絕世。

他發現她在偷看他，刷的一下抬起頭來，亮晶晶的鳳目就這樣盯著她，「千萬不要迷上我，我的紅粉知己太多了，有點顧不過來。」

俞筱晚連忙低頭，臉上一陣發燒。這傢伙，怎麼什麼事都做得這麼理直氣壯，這種話也好意思說出口？

君逸之得意地又垂下頭，仔細幫她挑完了木刺，用指腹在她掌心輕輕揉了揉，確認沒有漏網之魚，這才放開她的手，一邊束髮一邊揚起得意的面孔，「一點小事都幹不好，沒見過妳這麼笨的女人！」

這傢伙！俞筱晚前一刻才因他的指腹揉搓而羞澀，後一刻就立起了眉毛。

君逸之已經在前面引路了，嘴裡還要嘀咕：「真是倒楣，遇到妳就沒好事！」

俞筱晚做了幾次深呼吸。不氣不氣，沒必要跟他計較！

等她氣消了，感謝的話也忘記說了。

兩人深一腳淺一腳地往前走，看山近，行路遠，這山坡底下走到山腳處，也有幾里地。冬夜黑得特別透，伸手不見五指，只有一小團火摺發出的昏黃的光線，俞筱晚勉力舉高一點，免得走在前面的君逸之看不見路。

君逸之不耐煩地道：「妳照好妳自己腳下的路就成了，仔細看我走的，跟著我的步子走。」

「哦。」俞筱晚也知道山路上有不少坑洞，便仔細看著他的腳步，踩著他的腳印走。

君逸之回頭看了一眼，這才表示滿意，「就是嘛，笨一點就得聽話！」

去死！

俞筱晚朝他的背大翻白眼。

君逸之得意地哼哼，「我背上沒長眼睛，妳翻白眼我也看不見。」

俞筱晚啞了，憋了半晌氣，忽然又覺得好笑，就忍不住咯咯地笑了起來。她的笑聲跟銀鈴似的，清脆悅耳，君逸之也不禁勾起了笑，「笨蛋！」

俞筱晚被罵得有點悻悻的，「你怎麼知道我在翻白眼？」

「因為如果有人這樣對我說話的話，我肯定是會翻白眼的。」

俞筱晚又噗哧笑了。兩人之間的氣氛莫名其妙就和諧了，俞筱晚也想起了道謝，「多謝你啊！」

君逸之不能再像之前那樣嗆她，倒不好應對了，只「嗯」了一聲。

忽地又想到來時的事，俞筱晚便問：「其實你心腸不錯啊，為什麼不扶一下貞表姊？」

君逸之的聲音立時冷了，「我討厭被人算計！」

俞筱晚一怔，是啊，若他扶了貞表姊，大道邊上，男擁女抱，雖說貞表姊是庶出，但到底是官家千金，他必須給貞表姊一個名分。之前自己只站在女子的立場上來看問題，卻忘了被算計的人要被加強一個妾室，心裡也是不痛快的。

君逸之正想問她父親臨終前的事，俞筱晚忽地笑道：「快到了。」

前方已經有火光了，也傳來了呼喚聲，君逸之就抿緊了唇。

「有沒有受傷？」

「可有哪裡疼？」

俞筱晚和君逸之的身影剛剛出現在樹林邊，曹老夫人和楚太妃就帶著一大幫人撲了過來。

曹老夫人滿面關懷，老眼紅腫，顯見是十分擔心，之前有哭過。她上上下下地將外孫女打量了個遍，確認了再確認，確認還是全的，這才放下心來。轉過身，曹老夫人朝君逸之和楚太妃道：「多謝君二公子照顧我孫女，改日一定登門道謝。」

「這是應該的，逸之若是不救俞姑娘，我回頭就敲斷他的腿。」楚太妃趕緊表明立場，將寶貝孫子丟在一旁不顧，兩隻眼睛晶亮晶亮的，熱切地拉著俞筱晚的手道：「晚兒丫頭，若是有什麼不便之處、為難之處，只管向我開口，能幫的我們就幫，該負的責任我們會負！」

「祖母。」君逸之無奈地低喊道。

俞筱晚聽得雲山霧罩。我能有什麼不便之處、為難之處？

曹老夫人卻是能品出味來，寂靜山林的冬夜裡，孤男寡女的共處一段時間，共行了幾里山路，只怕日後會有些人傳些不好聽的話出來，給晚兒說婆家，就會有些不便。楚太妃這意思就是說，若是晚兒想讓君二公子負責，楚太妃也會答應的。這可不行，她答應，我不答應。再者說，晚兒還得守孝兩年半，到那時什麼流言都會淡了，何況這次是攝政王遇襲，沒人敢亂嚼舌頭。

曹老夫人端出客套的笑容，「事急從權，君二公子好意救人，我們感激都來不及，哪還敢勞煩太妃和二公子呢？晚兒，快謝過太妃，我們還要過去謝攝政王和王妃呢！」

俞筱晚便乖順地福了福，楚太妃這才想起攝政王還在等消息，便帶著孫子一同過去，給王爺和王妃謝了恩。攝政王妃親切地關懷了幾句，眾人便退後幾步，福身恭送攝政王的馬車離去，才各自乘自家的馬車回府。

楚太妃硬拉了君逸之同車，一個勁兒地嘆氣，「你日後得收斂一點了，再這麼沒個正形，只怕人家看不上你呢！」雖說少年風流一點沒什麼大不了，但楚太妃也能理解曹老夫人的擔憂，因而想勸勸孫兒，「對了，你剛才怎麼不扶著俞小姐呀？」

若是兩人手攜著手出來，曹老夫人就一點反駁的立場都沒有了，真是可惜了這大好的機會！

君逸之聽得直抽嘴角，閉了眼睛裝瞌睡。楚太妃一人自說自話了老半天，低頭一看，氣得啪一巴掌，「跟我裝！」

而曹家的馬車上，曹老夫人拉著俞筱晚坐上了自己的馬車，細細問了當時的情形後，鬆了口氣，沒有什麼糾葛就好。她這廂放下心了，另一廂就拎了起來，睿兒的親事……唉！

張氏一天之內受辱、受驚，還多了一個短脖子的跛腳媳婦，是個鐵人也扛不住了，上了馬車就仰面倒下，閉著眼睛不出聲。曲嬤嬤跟上了馬車，小心翼翼地跪在角落，身子微微顫抖，頭埋在胸前。她是張氏的心腹，知道許多張氏不為人知的祕密，可是那些事都不算什麼，哪家大宅門的夫人沒處置過蹬鼻子上臉的通房小妾？但今日卻不同了，她看到了夫人受辱……這樣的事，夫人怎麼會願意讓人知道？所以她才會一上車就跪下，只求夫人看在她忠心耿耿的分上，不要打發了她。

老半天，張氏才睜開眼睛，目光陰暗地盯著曲嬤嬤。她不是不想解決她，只是……她身邊攏共也只有這麼幾個貼心的人了，好在曲嬤嬤還算識趣，知道不能動嘴說。

「起來吧。」張氏的聲音顯得很疲憊。

「謝謝夫人。」曲嬤嬤立即跪行幾步，兩手十分妥貼地幫忙揉捏著張氏的雙腿，嘴裡小聲地安慰道：「沒有過不去的坎。少爺成親，總得過幾年，這中間就有轉圜的機會。」

這一晚，曹家沒幾個人睡得安生的。

次日一早，芍藥便來傳話道：「老太太昨日歇得晚，現在還未起身，讓婢子來告知表小姐一聲，今日早晨的請安免了。」

不用去延年堂，俞筱晚便到東稍間用早飯。她神態安然恬靜，彷彿昨晚什麼事都沒有發生過似的。

美景趁人都在梢間的當兒，悄悄溜進了內室。初雲眼尖，隔著雕花窗櫺鏤空的小洞瞧見了，正要喝問，忽地察覺衣袖被小姐拉了一下，又見趙嬤嬤極輕微地搖了搖頭，便著急地低聲道：「婢子今日清早，就見美景跟翡翠居裡的橙香嘀嘀咕咕的。」

原來是曹中雅指使的，俞筱晚淡淡一笑，才說她長進了一些，一下子又回復到以前那種瞻前不顧後的老樣子了。

她不說話，趙嬤嬤要初雲給小姐嘗菜。初雲便將到嘴邊的話吞了下去。小姐既然有防備，那她就聽命行事就成了。

俞筱晚同趙嬤嬤商量：「外祖母到底年紀大了，這精神總是差些，咱們從汝陽帶了幾枝老山參，給外祖母提提神正好。另外，楚王府那邊是要道謝的，也送一枝去給太妃吧。雖然人家可能不稀罕，但咱們的心意要到。」

趙嬤嬤應下，心裡頭欣慰，小姐真是越來越懂事了，連人情世故方面都越來越周全。她去內室拿鑰匙找山參，剛進去便喝道：「美景，妳怎麼進來了？」

美景有些慌張，支吾道：「婢子是來鋪床鋪的。」

小姐們院子裡的三等丫頭，相當於是二等，清理打掃的確是她們的工作，只不過俞筱晚明確規定過，除了趙嬤嬤、初雲和初雪能進內室，其他人一律在次間回話，美景這是被堵了個正著，實在找不出藉口了，才這般睜著眼睛說瞎話。

趙嬤嬤冷冷一笑，玻璃珠簾嘩啦一響，俞筱晚扶著初雲的手慢慢走進來，清澈的雙眸深不見底，看到美景，也沒露出一丁點兒的驚訝來，倒是她身邊的初雲和初雪冷著俏臉。

美景心裡頓時長了毛，雙膝一軟，撲通跪下，「婢子再也不敢了，小姐饒了婢子吧！」

初雪幫小姐把海棠色八寶團花錦墊擱在腰眼處，遞上一個溫度正合適的小手爐。俞筱晚在臨窗短炕上斜斜地倚好了，才輕柔地笑，「哦？妳有什麼再也不敢了？」

初雲性子潑辣些，彎腰就在美景的身上摸索了幾下，從她的懷兜裡掏出了一支純銀蝴蝶鑲碎米鑽的簪子，立時恨得一腳踢過去，「下作的東西，小姐的頭飾也敢偷！」

美景哭得涕淚橫流的，「婢子再也不敢了，實在是因為婢子的老子娘病了，婢子這才……」

初雲又是一腳踹過去，這回可沒留力氣，生生將美景踹得滾了兩滾，嘴裡罵道：「還不說實話！說，妳一清早跟橙香嘀咕什麼呢？」

美景這下子才真是怕了，之前以為俞筱晚對下人素來大方，偷點頭飾不算大錯，哪知人家早就知道她的事了，就趴在地上瑟瑟發抖。

初雲見她還不老實交代，恨得上前又是幾腳。俞筱晚暗地裡教了初雲和初雪一些防身功夫，兩丫頭的力氣可比一般的姑娘家要大，美景疼得眼淚直流。她是曹府的家生子，知道當奴婢的背主是最大的罪，所以任初雲怎麼發作，都死活咬著不鬆口。

俞筱晚啜了口茶，才抬手制止了初雲，淡聲道：「生得這麼漂亮，真是可惜了。」

美景心裡頭就是一動，抬了眼去看表小姐。俞筱晚神色柔和中透著遺憾，輕輕地嘆氣。趙嬤嬤便在一旁解釋道：「原是想著，日後小姐出嫁之時，向舅夫人討了妳去的。妳生得這麼漂亮，將來也能幫襯著小姐，可惜妳自己不願意。」

俞筱晚遺憾地搖頭，「強求不得的，她不願跟我……罷了，這只簪子我當沒看見。」

說著一揮手，初雪和初雲就動手將美景推了出去，「收拾東西，想去哪去哪吧！」

初雲折了回來，眨了眨眼睛，小聲地問小姐：「這樣真有用嗎？」

俞筱晚輕笑，「打蛇打七寸，美景這丫頭最大的願望就是當個通房，再抬為姨娘。」曹中雅定然也是這般說動美景來幫她，否則美景哪敢進內室偷東西，「先放她出去聽聽消息，她自然知道該選誰當主子。」

初雪笑了笑，明白了小姐的意思，初雲則想了想才明白。俞筱晚含笑看著兩個貼心丫頭，日後自己能不能省心省力，就看兩個丫頭能不能早些獨當一面，可是有些東西教了之後，還得自己領會。

上午沒事，俞筱晚看了會兒醫書，初雲從外頭跑回來，「老太太親自去楚王府道謝了。」

趙嬤嬤從內室出來，手裡拿著一枝山參，「那怎麼辦，咱們的禮沒備上呢。」

「大概是不想我跟楚王府的人接觸。」俞筱晚不以為意地道。

趙嬤嬤就嘆了口氣，「其實君二公子是個很好的選擇，出身皇家，生得又那樣俊，趙嬤嬤我活了幾十年，見過的男人加起來都沒他俊。不過真要嫁過去，多半是當側室，姑娘您又沒有娘家支持，若是正妃和善還好，善妒的話，姑娘您可就受苦了。」

俞筱晚就抿嘴笑，「嬤嬤，妳想太多了。」

趙嬤嬤正色道：「不是想太多，是事實。人家是什麼地位，親王的嫡子，日後是要封郡王的。」

本朝的律法，伯爵以上的爵位都是世襲。親王只能封給皇子，親王的嫡長子自然成為世子，日後襲親王之位，而其他的嫡子則封為郡王，庶子封鎮國將軍，領祿而無權。所以只要是出身皇族，就會永世富貴。這也就是為什麼君二公子花名在外，可張氏仍然看中他的原因，曹中雅日後就算是個側妃，郡王的側妃，也是從二品的誥命，比大臣的夫人還尊貴。

俞筱晚搖了搖頭，不跟趙嬤嬤討論這種問題。趙嬤嬤這才意識到，現在談論婚嫁可不妥當，若是被有心人聽了去，說小姐不孝可就麻煩了。

快晌午時，曹老夫人回了府，叫俞筱晚去延年堂用飯。俞筱晚披上了斗篷，讓初雲扶著，出了東間。

走廊上遇上了周嫂子，她的腳步停了一停。周嫂子忙上前請安，「表小姐安好。方才美景跟奴婢說，您放她出院子？」

俞筱晚仔細看著周嫂子的神色，微微笑道：「是。」

周嫂子沒露出一絲驚訝，仍是公事公辦的樣子，「這不合規矩。若是要調她去別的院子，就得指明是哪裡，由奴婢或者別的管事嬤嬤帶過去，沒有當奴婢的，自己挑主子的。」

俞筱晚「啊」了一聲，「是我疏忽了，那等我回來再議吧。」

周嫂子就退到一旁，欠身恭送俞筱晚。

俞筱晚跟趙嬤嬤交換了一個眼色，這個周嫂子是舅母給的，她們當然有戒心，可大半年了，她辦事俐落、進退有度、賞罰分明，將墨玉居管得井井有條，也沒摻和到舅母的事當中去，幾次試探，都當是聽不懂，俞筱晚和趙嬤嬤始終看不透她。

到了延年堂，曹家的人和小武氏、吳麗絹都在座。張氏蒼白著一張臉，跟鬼一樣。曹中睿神情木然，曹清儒的臉上卻還有喜色。

俞筱晚飛速地看了一圈，盈盈施禮請安。曹老夫人顯得很高興，拍了拍身邊的軟榻，「過來這。」

俞筱晚就乖巧地偎著曹老夫人坐下。曹中睿坐在另一邊，心中有煩惱，就沒像平日那樣總偷偷看她。俞筱晚看著舅父問：「舅父有何喜事？」

曹清儒捋著鬍鬚笑道：「今日上朝時，攝政王賜了婚。」

曹中睿脊背一僵，張氏的臉更白了幾分，但曹清儒說到這就不說了。

曹老夫人笑道：「王爺還升了妳舅父的官，妳舅父現在是吏部右侍郎了。」從正四品一下子跳到正二品，連升五級，這就是睿表哥「捐軀」的報酬。兒子賣了個好價錢，想來舅父覺得很滿意。俞筱晚真誠地道喜：「真是雙喜臨門啊！」

武氏笑道：「晚兒，是三喜臨門，後日妳吳姊姊就要出嫁了。」

俞筱晚看向吳麗絹道：「的確是三喜臨門。吳姊姊，一會兒我去給妳添妝，明日就不過來了。」她還在孝期，喜慶的事情不能參加。

眾人又在一起討論了一下吳姑娘的嫁妝，看還有什麼要添的，俞筱晚細心地記下，免得送重樣了。

用過飯，曹家姊妹就到翡翠居裡一起學規矩。師嬤嬤跟了吳麗絹，張氏就把幾人歸給嚴嬤嬤管了。

中間休息的時候，曹中雅就向曹中貞發作，「妳昨日是吃了熊心豹子膽了吧？君二公子也敢勾引，也不看看自己是個什麼東西，庶出的也想嫁給親王的嫡子？」

曹中貞心裡罵道：妳也不見得能當上正妻，可嘴上卻是不敢倔，只是哭。曹中燕急得兩頭勸，話又不會說，只是道：「別吵了！別吵了！」

曹中雅又罵了好久，終是沒詞了，也發洩夠了，就開始罵俞筱晚，說她是故意拉著君二公子滾下山坡的，末了冷冷地笑道：「她以為這樣就能攀上楚王府？人家救了她，還想賴上人家？」

曹中燕小小聲地道：「楚太妃昨晚說願意負責的。」

其實曹中雅也聽到了，特意忽略，聽曹中燕提起，覺得萬分刺耳，「人家才不會要這般不要臉的貨！」

「閉嘴！」嚴嬤嬤本來是坐到隔間休息了，實在聽不下去，就走過來喝斷她。

曹中雅很怕嚴嬤嬤，當即住了這個話題，卻還是不甘，嘀咕道：「妳得弄清楚妳是誰的奴才！」

嚴嬤嬤正色道：「我是你們曹府請來的教養嬤嬤，是自由身，不是妳的奴才，妳最好記住了！」緩了緩，她終是個有良好職業操守的人，不得不教導一番，「昨晚的事牽涉到刺殺，可是妳一個深閨小姐能妄議的？而且妳剛才所說的人中有皇室子弟，妳可知人家願意聽妳談論？不要無意中得罪了人還不知道，人家要毀了妳，輕而易舉！」

將目光在曹家三姊妹的臉上轉了一圈，嚴嬤嬤厲聲道：「可聽明白了？」

三姊妹唬得忙應道：「聽明白了。」

房門口，一道窈窕的身影迅速地扭頭跑了。

俞筱晚使人送了兩盤子小金錠和小銀錠過去，趙嬤嬤開始還覺得俗了，送了禮回來後，卻笑得合不攏嘴，「吳小姐說謝謝小姐。還是小姐想得周到，的確是真金白銀的才好。」

吳氏母女給山賊劫了一次，又給歐陽辰劫了一次，早沒了貼己銀子，嫁妝都是曹家幫著置辦的，以後有人幫曹家吹枕頭風，這些銀子當然花得值。只是曹老夫人等人都是不缺錢的，給她添置的都是撐場面的貴重物品，現銀卻是不多，可是到了王府，打點奴才怎麼能沒有銀子？

俞筱晚笑道：「外祖母以為她們還有銀子。」

正說著話兒，美景咚咚地跑進來，撲通一聲跪下，哭著懇求俞筱晚收下自己，「再不會三心二意了，若是婢子有違此願，天打雷劈！」

俞筱晚笑了笑，拿起桌上的帕子遞給她，「這就成了，別哭了，先出去做事吧！」

趙嬤嬤看著美景一步三回頭地出去，若有所思地道：「她必定是聽說小姐您有可能嫁入楚王府。」隨即皺眉，「這丫頭心太大了，不堪用。」

俞筱晚低頭看書，語氣淡淡地道：「沒關係，我又沒打算用她一世。」

前世美景幫著做過偽證，也是害死她的幫兇之一，她怎麼會忘記？

張氏刷的坐直了，柳眉倒豎，「把三小姐給我叫來！」

不多時，曹中雅就扶著丫頭紅兒的手到了延年堂，張氏將人都打發出去，只留了曲嬤嬤服侍，「妳叫美景給妳偷什麼？」

曹中雅道：「拿支簪子。那個沒用的丫頭，居然跟我說沒拿到。」

「收起妳那些小心思！」張氏聲色俱厲，「妳想設計俞筱晚？真是不自量力！我上回是怎麼跟妳說的，美景現在不能輕易用！」

曹中雅滿不在乎，「我知道，她會派人盯著美景嘛，可總有盯不住的時候。再說，母親妳所說的用處，就是讓美景做陪嫁丫頭，奪她的寵，可是到那個時候，君二公子已經被俞筱晚給搶走了！」說著心裡覺得委屈了起來，「憑什麼啊！她害我被惟芳長公主打了兩個巴掌，就算以後我是正室她是側室，我心裡都不舒服！」

張氏身心俱疲，真不想多說，可是現在的情形對她們母女不利，必須安穩老實一點，她只得用手按著太陽穴，強打精神說道：「妳胡扯些什麼，妳的親事還沒定……」

「沒定也不能讓她占了！」曹中雅哼了一聲，「我挑剩下的也不給她！韓二公子雖然沒有爵位，可也不是她一個小孤女能配得上的！」

「所以啦，哪家選媳婦都會看門第看身世，何況她還要守兩年多的孝，不能談婚論嫁，到時候妳早就定下親事了。她無父無母的，只要以後我對她冷淡一點，讓旁的府上的夫人們知道了，誰還會要她？妳這麼急幹什麼？」

張氏好說歹說，才讓曹中雅點了頭，暫時不輕舉妄動。

「吳姑娘……呃，吳庶妃是用八抬大轎抬走的，真是威風啊！」美景比手畫腳地描述著：「宮裡還賞了好多珠寶給吳奶奶，老太太說，把南偏院歸整出來，重新修葺一下，臨街牆上開道門，給吳奶奶用。」

這兩天俞筱晚允許美景時常來自己跟前湊熱鬧，打聽八卦是美景的愛好，知道俞筱晚不方便參加吳庶妃的婚禮，她就跑去看了個盡，再回來學給俞筱晚聽。

俞筱晚顯得很有興致，這樣的場面不多見，也的確是有興致，聽完了，便叫趙嬤嬤給看賞。美景喜孜孜地接過荷包，掂了掂，竟有三四兩重，忙推辭道：「太厚重了！」

趙嬤嬤含笑道：「小姐賞妳的，妳就接著。只要妳以後好好跟著小姐，自然少不了妳的好處。雖然院子裡有定例，二等丫頭只有兩名，但小姐心裡惦記著妳，剛才還跟我商量著，私下給妳把月錢補足成二等丫頭的。」

美景心中大喜，漂亮的臉蛋上就掩飾不住地笑開了。俞筱晚親切地笑著勉勵了幾句，就讓她下去了，順道告訴趙嬤嬤：「以後還是按以前的，不必安排她做任何事。」不能讓舅母看出端倪來。

第二天一早，俞筱晚去延年堂給曹老夫人請安的時候，發現大傢伙都在，舅父、舅母、姨娘、表兄、表姊、表妹，一個不落。因攝政王大婚，朝廷休沐三日，曹清儒沒去上朝，帶了兩個兒子也坐在延年堂裡。這情形跟往常不同，男人白天很少會待在內宅，就算休沐，曹清儒也會要兒子們去前院讀書。這好像在等什麼消息？

俞筱晚請完了安，便沒走，安靜地坐在一旁聽武氏給曹老夫人報帳。武氏已經是平妻了，管理內宅師出有名，只是出席外府的宴會之時還有些不便，畢竟她出身商戶，旁的夫人並不大看得起。

張氏的臉還是描畫得十分精緻，可是卻掩飾不住眼底的憔悴。她有心事，俞筱晚幾乎可以篤定與歐陽辰有關，不過沈天河一直盯著歐陽辰的動向，並沒發現他有什麼特別的舉動。

正思量著，就聽得院子裡一陣歡快又嘈雜的腳步聲，杜鵑興奮地聲音響起：「回老太太，牛嬤嬤過來了。」

這牛嬤嬤是吳家以前的僕人，服侍吳麗絹的，特意去接了來。雖然曹家出銀子幫買了一批丫頭婆子，但她進了王府，身邊總得有自己信得過的人。

芍藥忙去門邊打起了靛青色印牡丹花的薄棉簾子，牛嬤嬤風風火火地走了進來，蹲身福了福，笑得見牙不見眼，「昨兒個晚上，王爺是在水風景下榻的，今日宮裡的嬤嬤來驗了喜，王妃讓老婆子過來派喜餅。」

後頭跟著的丫頭就捧了喜盒上前，屈了屈膝，一身的宮裝打扮，的確是攝政王妃差來的人。

曹清儒和曹老夫人、武氏等人都是一臉喜氣，「恭喜庶妃了！快，給牛嬤嬤和這位姑娘看座！」

芍藥忙去接了喜盒，小丫頭們搬了錦杌安置好，杜鵑拿了荷包派賞銀。

牛嬤嬤和那名丫頭略略推辭，就收下賞銀坐下了，聊了聊昨日大婚時的盛況……

其實就是宴會，側妃是不必拜堂的。這次選出的五人中，另外三人都是從三品的姬，身分差些，因此攝政王爺必定是從張君瑤和吳麗絹中選一人洞房，卻沒想到會選吳麗絹，畢竟張君瑤的身分還是要高一些的。

武氏和小武氏喜得手都在發抖，張氏卻更加鬱卒了。送走了牛嬤嬤和宮女，曹中雅就小聲哼道：「早洞房也不過是一天的事，懷上了才是有本事！」

張氏覺得女兒真是與自己貼心，想事都想到一塊去了。

俞筱晚這才知道大夥兒原來都是在等這個消息，前世曹中貞和曹中燕出嫁的時候，她還沒出孝期，所以不知道成親的程序。新娘子被花轎抬過門，還不能算是夫家的人，必須得到新婚的第二天，驗過了元帕，夫家放了喜炮，才算真正成了夫家的人。若沒有元帕，夫家就會用一頂小轎，直接將新娘子送回來——那就是真正的丟人現眼了。

歡喜地分食了喜餅，聊了會兒閒話後，各人便散了。張氏心肝脾肺腎都疼，剛回屋躺下，就聽曲嬤嬤來通稟道：「舅夫人來了。」

張夫人和張氏兩個前幾日撕破了臉，不過只是一時之氣，過後都後悔得不行，而且兩人有了共同的祕密，心理上就有種說不清道不明的感覺，一時覺得對方才是自己能信任的人，一時又恨不能請老天除了這個知道自己醜事的人。

想了想，張氏便坐起身，理了理頭髮，示意曲嬤嬤請人進來。

張夫人是來訴苦的，「……堂堂的王爺，行事竟然是這麼沒章法，不按照尊卑來，怎不叫人寒心？還想著瑤兒若是得了寵，好歹幫上小姑妳一把……」

聽了這話，張氏原本要出口的取笑就在舌尖上轉了個圈，變成了安慰，「不要緊，最重要的還是早些懷上。」的確是只有張君瑤得寵了，她才有機會扳倒武氏，於是低聲告訴大嫂：「有個方子，很靈驗。」

張夫人聽得眼睛一亮，歡天喜地地記錄下來，忙忙地去了。

這些亂七八糟的事，美景都自動自覺地打聽了，告訴俞筱晚。

時間一晃就是一個多月，眼看著就要過年了，攝政王府那邊終於傳出了喜訊，張側妃有喜了。

曹家跟張家是姻親，自然是要上門恭賀一番的。張長蔚和張夫人就逮著機會對曹清儒道：「不是我們偏心自家的妹妹，姑爺您心裡也當有桿秤，武氏是什麼出身，別人會怎麼看她，你應當是清楚的。這馬上要年節了，這幾次的宴會都是武氏去應酬的，難道你真沒聽到一星半點的閒話？」

曹清儒也知舅兄說得在理，回到府中就跟母親商量。曹老夫人沉吟了許久，微微嘆道：「武氏一人管著也累，就讓她二人分管吧。」說著讓人請了張氏過來。

張氏一個多月來頭一回揚眉吐氣，但面對曹老夫人還是顯得十分恭敬，謙虛推辭了一番，說武妹妹管得就很好。曹爵爺要她收下，才半推半就地接下了帳冊。雖然只是一半，但有了權，才有辦法漏銀子出來。歐陽辰那裡已經找她要過兩回銀子了，她可不想都從自己的私房錢裡掏。

趙嬤嬤從廚房點了菜回來，就聽得美景又在學舌，「三小姐神氣得……走路都是看著天的，又不是她懷……」

俞筱晚就抬眼睛看向美景，美景訕笑著住了嘴。

趙嬤嬤皺著眉頭走進去，斥責道：「主子也是妳能編派的？」這丫頭為了在小姐面前賣好，說起舅夫人和三小姐來，沒有一點顧忌，不管束著一點，會給小姐惹來麻煩。

俞筱晚就看向趙嬤嬤，「美景的規矩還得再學學，嬤嬤看著辦吧。」

趙嬤嬤點了點頭，「跟我來。」

美景小臉一白，想辯解或者求饒，看著俞筱晚平靜無波卻隱含威脅的雙眸，就沒來由的怯了，乖乖跟著趙嬤嬤出去。趙嬤嬤黑臉訓導了一番，讓她跪在院中剛掃了積雪的青石板上。

俞筱晚放下書，看向窗外，白茫茫的一片，院中的枯枝上鋪著一層厚厚的雪，遠遠看去，黑白相間，竟有一種獨特的美感。

新年真的近了！

父母已經過世一年……不，五年了，她獨自一人活在世上，也有一年了。一時千萬種愁緒湧上心頭，俞筱晚忙仰起小臉，用力眨了眨眼睛，將淚水逼回。她不要天上的父母擔憂，她會好好地活著，活得瀟脫、活得幸福，總有一天，要將害她的人都踩在腳底。

冬季的白晝短，傍晚去延年堂請安的時候，天色已經黑了。初雲打著琉璃燈籠，初雪扶著小姐，小心翼翼地踩在麻石小徑上。掃過雪之後，石上特別容易結冰，比積雪還容易滑。

身後突然撞來一股力，俞筱晚早就聽到了腳步聲，裝作踉蹌了一下，卻沒滑倒。只聽得曹中雅冷哼一聲，嘲笑道：「路都不會走，哪裡有名門閨秀的風範！」然後一揚頭，就越過她往前而去。

俞筱晚淡淡一笑，輕輕踢了一腳地下的冰稜子，曹中雅正好一腳踩上去，冰稜子還在往前滾著，帶著曹中雅往前一撲，紅兒都沒扶得住，也跟小姐滾成了一團。

俞筱晚「哎呀」一聲，「雅兒妹妹怎麼連路都不會走？名門閨秀的風範學了這麼久都沒學會嗎？」

丟下這句話，就扶著初雪的手走遠了，連扶她起來的意思都沒有。

給外祖母請過安，俞筱晚就乖巧地陪坐在一旁，聽張氏跟外祖母商量結親的事。不管多不情願，賜婚的旨意下了，又找了藉口拖了一個來月，必須去何家下聘了。

「至少年前要把納采給走完。」曹老夫人沉吟片刻，「你請了誰當保山？」

張氏道：「想託大哥當保山。」

張長蔚當時也在場，就不會問東問西，再說張長蔚是戶部侍郎，身分上也相襯。曹老夫人沒有異議，又說起了宴會的事。年節前各府都會辦宴會，張府安排在大年二十八，只有六天了，有許多的事情要準備，但今天收到了晉王府的帖子，再忙也得去，只是武氏不便去。曹老夫人將帖子遞給張氏，「指名要晚兒同去。」

張氏遲疑，「說起來不方便，晚兒還在孝期，不合適。」

曹老夫人淡淡地道：「晉王妃是太后娘娘的親姊姊，難道還不知孝期的規矩？」

張氏只好應下，她實在是不願讓晚兒拋頭露面。上一回只是隨意回答了幾個問題，那些夫人就對晚兒的印象好得不得了，大嫂都說好幾次被人問起晚兒來，她怎麼放心讓這樣的人跟雅兒一起去赴宴？可是帖子上又寫明了……

曹老夫人看了看牆上掛的自鳴鐘，「雅兒怎麼還沒來？」

芍藥就打了簾子出去問，一會兒折回來稟道：「路上滑倒了，回去換衣。」

張氏心疼了，「也不知摔傷了沒有。」

曹老夫人也心疼，打發了芍藥去拿些藥酒準備著。

一炷香後，曹中雅一瘸一拐地走了進來，曹老夫人便不用她行禮，心疼地責怪道：「怎麼不走穩些？」又怒道：「哪個服侍的？扣一個月月錢！」

曹中雅裝親善，「祖母，不關她們的事，是孫女自己沒留神地面。」

曹老夫人覺得十分欣慰，「跟著嚴嬤嬤學了幾個月，的確懂事多了，但奴才們做得不好，該罰的要罰。明天晉王府有宴會，妳這樣子可不成。」說著接過芍藥遞來的藥酒，親自給她上藥，又叮囑道：「晚上讓丫頭多揉幾次就好了。」

第二天，曹家的女眷整裝出發，曹中雅跟張氏坐一輛馬車，向母親抱怨：「怎麼讓晚兒表姊去？說不定有機會見到君二公子的。」

張氏笑得十分神祕，「妳君瑤表姊也去，怕她做什麼？」

到了晉王府，曹家的馬車直接駛到了二門，才換乘了王府內宅裡的小油車到了正廳。曹清儒這個二品大員上任不過一個月餘，張氏的誥命沒有下來，只能帶著小輩們在小偏廳裡等著，等晉王妃什麼時候有空了，再去請安。

才上了茶，就有小丫頭過來福了福，笑盈盈地道：「王妃暫時不得空，不過攝政王府的張側妃此時有空，在雪海的暖閣裡歇息，請夫人和幾位小姐過去呢。」

張氏笑了笑道：「有勞引路。」

小丫頭又福了福，才在前面引路。從小偏廳到雪海不遠，走過一個曲廊，穿過一道垂花門就到了。

小丫頭訓練有素，邊引路邊介紹府中的景致，「曲廊那邊是飄萍閣，世子請了藝伎在表演，有不少貴公子在呢。」

眾人就想，這世子怎麼在內院請客？小丫頭笑著接話，「雖然能看到這裡，但飄萍閣其實是外院的。」

曹家的姊妹就偏頭去看，那邊正有人打開了推窗，幾個年輕公子遙遙看了過來，其中一人的輪廓顯得格外俊美些，只是看不真切，幾人朝這邊指指點點，嚇得曹氏姊妹忙嬌羞地低了頭。俞筱晚始終目不斜視，神態恬靜，舉止端莊，小丫頭就暗暗點了點頭，「曹家也就這位小姐出得了檯面。」

到了雪海，張氏打賞了小丫頭，便帶了小輩們進去。張君瑤正斜倚在美人榻上，一身金線繡大朵牡丹的銀紅棉襖，頭上赤金鑲多寶團花冠。她本就美豔，很適合這樣張揚的裝扮，顯得貴氣逼人。張夫人陪在一旁，滿臉喜氣。

張氏帶了人行禮，張氏是有誥命的，不用行大禮。曹中雅要跪下，張君瑤就親切地招手叫她坐到自己身邊，曹中貞、曹中燕行過大禮後，張君瑤叫了起。輪到俞筱晚的時候，卻半晌不叫起，而是笑問張氏：「這位就是姑父的外甥女吧？」

明明見過好幾次的，卻假裝不認識。俞筱晚垂眸掩飾不屑，這手段太拙劣，失了側妃的風度。

張氏小聲地回話：「正是我那外甥女。」

張君瑤十分好奇，「不是說……她父母亡故了嗎？」

張夫人也訝然道：「是啊，為什麼她會來這裡？這可是宴會啊！」

張氏微微一嘆，「有什麼辦法，晉王妃大約是不知情，才會在帖子上寫了她的名。其實像今日這樣的聚會，喜慶歡愉，她還在孝期，本不應當參加的，可她不主動提，我也不好自作主張就不讓她來，我、我……真是為難，不讓她來，母親會不高興，讓她來，又怕被人知道了她還在孝期，生生毀了她的清譽。」

真是說得比唱的還好聽！

張君瑤的眼神就顯得嚴厲了，「本朝最注重孝悌，妳還在孝期，就應當緬懷父母，食不知味、寢不能安才對，居然這般喜氣洋洋地來參加宴會，真是不知廉恥！若是讓王爺知道我有這樣的親戚，還不知會……」她似乎真被俞筱晚氣著了，張夫人忙勸著，「想法子解決便是了，不會讓王爺知道的。」

張君瑤琢磨了一番，問身邊的蘭嬤嬤：「蘭嬤嬤，您說這怎麼辦才好？若是傳揚出去，旁人還會以為是曹府沒規矩，不知管束她。好歹是親戚，不能讓姑父姑母擔這樣的罵名。」

那蘭嬤嬤就建議道：「這樣的行為的確有違婦德，這位俞小姐想必是沒認真學過女訓，不如就讓她在這裡抄女訓，待宴會結束了，再跟曹夫人一同回府便是。」

張君瑤點了點頭，朝俞筱晚道：「妳就去內室抄女訓吧。」

俞筱晚抬頭看了張君瑤一眼，張君瑤得意地一挑眉，「怎麼？妳不服？」又轉向張氏道：「姑母，若是妳家老太太問起，就說是我的意思，老太太若是不滿意我這般處置，讓她來王府找我便是了。」

張氏就笑了起來，看著俞筱晚的眼神裡盡是嘲諷。妳有心機又如何？會討人喜歡又如何？在絕對的權威面前，什麼都是虛的！要妳生就生，要妳死就死！

俞筱晚沒理張氏，看著張君瑤笑道：「我可以起來了？」

張君瑤點頭，「可以了，進去抄女訓吧。」

俞筱晚優雅地起身，像春風撫過枝頭的鮮花一樣，身形輕輕搖擺，風情點點，屋中人都不自覺地瞇起眼睛欣賞。然後她找了一處牆壁，靠著站好。

張君瑤就皺了眉，「我叫妳進去抄女訓聽到沒有？」

俞筱晚淡笑，「聽到了。」

「那還不快去。」

「不去。」

俞筱晚笑得有如最乖巧聽話的孩童，說出的話卻氣得張君瑤豎起了眼睛，「妳敢不聽令？」

俞筱晚淡然問：「請問，張側妃以什麼身分來命令我？」

張君瑤將精巧的小下巴一揚，張氏就急巴巴地代她答道：「瑤兒是攝政王殿下的寵妃，妳敢無禮？」

俞筱晚淡淡地道：「見命婦，差三級者，行大禮。我沒有品級，剛剛已經行了大禮，張側妃已經讓我起身了，我何曾無禮？若是指抄女訓這一節，我一不是攝政王府的丫頭，二不是張側妃的晚輩，為何要聽令？」

按規矩，平輩可沒資格處罰平輩。

「妳——」張氏氣得站了起來，她真想直接命令俞筱晚抄女訓，可是這樣一來，老太太必不會饒她，只能是張君瑤下的令，她才好圓話。

張君瑤也氣得不輕，自打她懷上之後就各種順意，這還是頭一次有人敢不聽她的指令，「來人，給我掌嘴！」

「喲，妹妹好大的威風啊！」隨著這動聽的聲音，攝政王妃笑盈盈地扶著一位嬤嬤的手走了進來。君逸之也一臉淡笑地跟在後面。

一屋子人忙見禮。

攝政王妃免了禮，笑坐在上首，淡然道：「妹妹千萬別動，妳動了胎氣，王爺可不會原諒我。」

張君瑤慌張的心立即穩了，心中得意。妳是正妃又如何，還不是隻不會下蛋的雞！

君逸之唇含淺笑，看看這個，又看看那個，最後指著張君瑤問俞筱晚：「她是不是欺負妳？」

俞筱晚欠身福了福，輕柔地答道：「回公子的話，張側妃沒有欺負我，只是在教導我。」

君逸之瞇起眼睛。這臭丫頭，居然不配合！

他頗為惱火地迎向俞筱晚怯怯的目光——自打攝政王妃進了屋，俞筱晚就收起了身上的刺，又是一副乖乖女的楚楚可憐之貌。

真會裝！君逸之幾不可見地抽了抽嘴角，隨即又恍然。以她的身分，的確是不能指責一名正二品的命婦，更何況張側妃還是懷著皇叔唯一骨肉的寵妃。

他是親王嫡子，有著天生高貴的血統，待他年滿十六歲，就會被冊封為郡王，因此，所有人都是以對待郡王的態度和禮儀來對待他，就算他沒有任何官職，也不敢隨意指責他。別說張君瑤只是個側妃，就是正妃本人，若不是因為輩分高一級，也不敢對他大呼小叫。他一時沒想到俞筱晚的處境，就問出了這樣的問題。

不過也沒關係，無論她怎麼回答，他都能接下話去。君逸之於是看向攝政王妃笑道：「原來這裡沒有人欺負人，那麼張側妃為何要掌俞小姐的嘴呢？皇嬸，你們王府教導人是用這種方式的嗎？」

攝政王妃啐了他一口，「別胡說八道！你皇叔愛民如子、待人寬厚，府中的奴才就是犯了錯，也多是小罰大戒，怎麼會用掌嘴的方式來教導自家親戚呢？」

這嬸侄倆一唱一和，把張君瑤說得小臉通紅，急切地辯解道：「非是我苛責她，而是她行事無良，有失婦德，我好意讓她多學些女訓，她竟衝撞於我。若是這樣我還忍下，豈不是丟了王府的臉面？」

君逸之手指捋著金冠上垂下的殷紅絲絛，要笑不笑地看著張君瑤，黑寶石一樣的眼珠流轉著，波光熠熠，帶出萬千風情。僅僅只是出於單純的兩性之間的吸引力，一屋子的老的幼的女子都看得暈紅了臉，總算張君瑤謹記著自己的身分，半側了臉，不敢與他的目光相對。

這屋裡靜得火盆裡火苗跳動的聲音都清晰可聞，君逸之似乎不知道是自己眼波亂飛之故，笑嘻嘻地對攝政王妃道：「皇嬸，通常動不動會丟的東西，我根本就懶得要的，您說是不是這個理？」

攝政王妃柔笑道：「那是因為你出身皇族，天生高貴，有些東西自然便有的，何須你費力去維護？莫再說這些與身分不相襯的話。」

張君瑤聽得俏臉漸漸蒼白，她出身也算不錯的，只不過父親貪花，家裡姨娘小妾一大堆，往常在家中之時，跟哪個姨娘或庶妹起了衝突，她要囂張又要占理，張口就會以「丟了張府的臉面」為由，出手教訓對方，所以剛才為了證明自己不是仗勢欺人，是站在理字上的，她才會說「若是這樣我還忍下，豈不是丟了王府的臉面」。

剛剛聽了王妃之言，她才領悟過來，王府與張府有著本質上的不同，張府會隨著父親職位的起伏而起伏，但王爺卻是生而高貴的，同理，王府的臉面也是生而神聖的，不是誰說會丟就會丟的。說俞筱晚的幾句話會讓王府丟臉，是她低看了王府，甚至是低看了王爺，將王爺擺在了跟俞筱晚這個小孤女同樣的地位上去了。若真是丟了王府的臉面，也是她張君瑤丟的。

攝政王妃含笑看向俞筱晚，態度親切和藹，「俞小姐又是為何不聽訓導、衝撞張妹妹？」說著眼神一厲，威嚴忽現，「妳可知藐視皇族乃是殺頭之罪？」

聽了這話，張氏等人才略感心安，王妃再怎麼嫉妒瑤兒，也不能不維護皇室的尊嚴，否則瑤兒在王爺面前告上一狀，她也吃不了兜著走。只要她還記得瑤兒受辱就是皇族受辱，就不怕俞筱晚能翻天！

俞筱晚似是被攝政王妃嚴厲的用詞嚇壞了，漂亮的杏眼中淚光盈盈，深深地福下身子，聲音顫抖：「王妃容稟，臣女不敢藐視皇族，實在是因為張側妃並未查清事情原委，便給臣女安上了罪名，臣女不為自己，也得為悉心教導臣女的外祖母、舅母討個公道。皇室尊嚴凜然不可侵犯，但臣女乃官家之女，外祖母和舅母更是功臣之眷，清白的名聲也不能隨意被人抹黑。」

張氏聽俞筱晚言語裡攀扯上自己，惱得嘴角直抽，「什麼為我討回公道，我有什麼公道要妳幫著討回的，妳休想狡辯，分明是……」

「嘖嘖嘖！」君逸之嘖了幾聲，也不看張氏，只看向攝政王妃，痞氣地笑，「皇嬸，您太少出府走動了，許多夫人都不認得您是誰呢，您在這問話，誰都敢打斷！」

張氏臉色一白，忙滑到地上跪下，「臣婦萬死。」

攝政王妃一團和氣地道：「快過年了，什麼死啊死的可千萬別掛在嘴邊，多不吉利！逸之這孩子就是喜歡捉弄人，沒惡意的，曹夫人千萬別往心裡去，本妃可根本沒有怪罪夫人的意思！」卻不叫起身，「咱們先聽聽妳外甥女怎麼說吧！」

俞筱晚便繼續說道：「晉王妃厚愛，請帖上寫了臣女的名字，臣女感動萬分，這才前來赴宴。張側妃以為晉王妃不知臣女在孝期，其實上個月晉王妃來曹府做客之時便問過臣女的，還教導臣女多抄經為父母祈福，而且往日裡舅母言傳身教，都是教臣女如何孝悌恭順，臣女不敢一日或忘。張側妃說臣女不守婦德，本來側妃的教導當有則改之，無則加勉，但是臣女的一言一行都是模仿舅母，無德的罪名，卻是不能接受。臣女不怕自己受委屈，只是一則怕旁人說舅母教導臣女不悉心，壞了舅母慈愛的名聲，一則怕旁人以為晉王妃也……也……。」

後面的話，俞筱晚吞吞吐吐不敢說了，給晉王妃冠惡名，總是不好，便求助一般地看向張氏，「舅母，您說晚兒說得對不對？您的教導，晚兒真是一時也不敢或忘的。」

張氏頓時像吃了一嘴黃蓮，苦不堪言。要她怎麼接話才好？她若說我沒教過妳，俞筱晚是妹妹、妹夫臨終託孤請他們夫妻照料的，養而不教就是失職，傳出去會被人唾棄；若說教過，那麼俞筱晚為了她的慈愛名聲與張側妃據理力爭，就是對她的孝順，是占了理的。若是俞筱晚占了理，那麼不占理的自然是張君瑤了——人家懷了身子還來助她，她難道能指責人家的不是？

就連俞筱晚學得不好這種藉口都說不出來，旁人便會說，妳可有悉心教導？若是悉心教導了，外甥女教不好，女兒怕是也教不好吧？這不是連累了雅兒嗎？總不能把教導失職之過推到已故的小姑頭上，小姑也是正三品的伯爵夫人，況且死者為大，對死者不敬，那她以後也別想在人前抬起頭來了。

怎麼答都不對，張氏欲哭無淚，裡外不是人了。

張君瑤幾次想插話進去，剛抬了眼，就撞見君逸之望過來，她實在是怕被君逸之損得沒臉，只好硬生生將話吞下。

攝政王妃暗笑在心，滿臉做了然狀，「原來如此。」又求證般地問張氏：「曹夫人可曾教導過俞小姐孝悌之道？」

攝政王妃這話問得她太揪心了，俞筱晚的話她可以不接碴，王妃的話不行啊，只得苦著臉擠出笑容道：「自然是教過的……」

攝政王妃便和藹地笑了，「那本妃就弄清楚原由了，不過是一點小誤會。俞小姐快起來吧，別總是蹲著，累不累得慌？啊，曹夫人也請起，我這記性，難道忘了免禮了嗎？」

張氏訕訕地笑，您真是忘了嗎？還是根本就不想免？

攝政王妃可不管妳心裡怎麼腹誹，含笑看向張君瑤，「原來只是一點誤會，說起來也是妹妹太心急了，問問清楚便是了。晉王妃可是太后的親姊姊，禮儀規矩難道不比咱們這些晚輩熟悉？」

攝政王妃身後的許嬤嬤便笑道：「是啊，孝期之內的子女只是不能參加喜慶的聚會，今日的宴會是一年到頭了，晉王爺請諸臣們過來犒勞一年的辛苦，放鬆放鬆，算不得喜慶。」

張君瑤只得乾笑，「是我莽撞了，當問下俞妹妹的。」

張氏就在這裡，還要問嗎？人人心裡都清楚，卻都附和著點頭。

攝政王妃便拍了拍她的手，輕柔地說道：「自家親戚姊妹之間有些微口角也是常事，俞小姐說話大約是沒注意語氣，但妳提到婦德就不對了，這話哪是隨便能拿出來說的？說得重點，小姑娘若是想不開，有個三長兩短怎麼辦，妳這不是給腹中的胎兒造孽嗎？別為了一點小衝撞就揪著人不放，心胸放開闊一點，許多事笑一笑也就過去了。妹妹大概是不知王爺的脾氣，王爺最不喜歡旁人拿王府說事兒，不要動不動就說丟了王府的臉面，只要王爺在一天，王府的臉面就在，妳……代表不了王爺。」

若是只說俞筱晚衝撞了我，便沒事了，張君瑤的臉漲得通紅。我不過是說錯了一句話而已，妳犯得著這樣擠兌我嗎？又是暗指我拿仗著王爺的寵愛作威作福，又是措辭不當，又是心胸狹窄，連給胎兒造孽這樣的罪名都要扣到我頭上！

她跟著母親學管理家務也有些年頭了，自認為內宅的爭鬥不過如此，以她在張府磨礪出來的手段，定會在攝政王府立於不敗之地。卻不曾想到，王妃只幾句話就給她定下數條罪名，還條條反駁不得。

張君瑤暗暗將指甲掐進掌心，揚起小臉，難為情地笑，「君瑤真是不該，讓姊姊操心了。」

張夫人也看出王妃不是個善碴，怕女兒得罪了她，便也陪笑道：「王妃，您大人有大量，萬莫怪罪。」

攝政王妃咯咯笑起來，精緻的容顏生出幾分爽朗的味道，一點也不在意什麼貴婦的風範，「張妹妹啊，妳真是可愛，難怪王爺總說妳最單純最直率！我是逗妳玩的，當不得真，我這話妳聽著有理就聽，覺得沒理就丟到耳後不理就是！妳是當姊姊的，教訓一下不聽話的親戚也是應當的，不過要占理！」

說到最後還是說張君瑤不占理。打一棒子給個甜棗，當妳以為是甜棗的時候，吞下去卻發現核卡得嗓子疼。俞筱晚垂眸暗笑，這個王妃可不一般，就算不論家世背景，當只論心計，張君瑤恐怕都不是她的對手。

攝政王妃說是玩笑，旁人只得擠出笑容陪著笑。

攝政王妃給俞筱晚和曹家姊妹賜了座，又讓上茶，比之端著側妃身分的張君瑤，顯得和善親切得多。就連曹中雅都暗暗佩服她，這才是真正的高位者，不用特意強調自己的高貴，只需憑幾句施恩的話，就能將地位顯現出來。

張君瑤哪裡不知自己被比了下去，心中氣苦，面上卻不敢流露一星半點，強打起精神應酬王妃。

也沒聊多久，攝政王妃便朝君逸之道：「你不是想來賞梅的嗎？這屋裡可無梅可賞。」又笑著看向張氏和張夫人，「叫小輩們陪我們嬸侄兩個走一走，不知可否應允？」

兩位夫人高興都來不及，哪裡會不允？張夫人親生的女兒已經成了側妃，帶來的都是庶女，自沒什麼，但張氏卻只想讓曹中雅去，便笑道：「想讓貞兒、燕兒陪張側妃說會兒話，就讓雅兒陪您去可好？」

攝政王妃的眼底就升起一股譏誚，嘴裡卻笑道：「當然可以。」

曹中雅便在兩位庶姊羨慕的眼神中，羞答答地跟著攝政王妃出了門。

這處院子之所以叫雪海，是因為院子裡種了一叢白梅林，此時正是梅花盛放的季節，花比雪白，的確是美不勝收。

眾人在丫頭婆子的陪同下，慢慢踱到林中的小亭裡，丫頭們在石墩上鋪上錦墊，攝政王妃坐下後，笑盈盈地道：「你們也坐。」

除了君逸之，誰也不敢跟王妃並肩而坐，亭邊還有欄杆，婆子們便將欄杆鋪上錦墊，讓小姐們坐了。

張家的四個庶女也生得十分漂亮，有兩個年紀與君逸之相仿，都是訂了親的，相對就老實得多。另外兩個沒訂親，都或明或暗地朝君逸之猛看。曹中雅已經盡力端莊了，可是管不住自己的眼神，偶爾總要瞟上一眼，唯有俞筱晚從頭到尾只賞梅花。

攝政王妃瞧在眼裡，就含笑問：「俞小姐，梅花真這麼美嗎？」

她更好奇的是，晉王妃為何會對這個小孤女另眼相看。晉王妃大約是王爺的伯母嬸母中最難討好的一個，脾氣怪異，性格古板，可一般寫請帖都只會寫「請某某攜家眷同往」，若是專門寫了俞筱晚的名字，就是真的非常得伯母的歡心了。雖然剛才她也看出這個小丫頭並不像她外表顯出來的那般柔弱，言辭也鋒利，但似乎也有不少名門千金是這樣的，甚至比俞筱晚更能言善道。

俞筱晚忙起身回話，「的確很美，梅須遜雪三分白，雪卻輸梅一段香。」

攝政王妃便笑著褪下一只金鐲，讓許嬤嬤賞給她，「書讀得不錯。」

俞筱晚屈膝謝了賞，將金鐲用絹帕包好，收在懷裡。上面鑲了紅藍寶石，她此時不方便戴上。攝政王妃暗暗點頭，知禮守節，舉止恬靜可人，是長輩們喜歡的乖巧類型，難怪……於是就放下了心，跟君逸之道：「你帶幾位小姐去摘幾支梅花吧，一會兒給太妃送去，太妃定會誇你。」

君逸之挑眉笑道：「我自己去摘就行，幹麼要帶她們去？」

這不是給你製造機會嗎？攝政王妃給他一個心知肚明的眼神，催促道：「快去。」

君逸之便帶了幾位千金去摘梅花，其實主要是當勞力，哪位小姐看中了哪枝，他就伸手摘下，誰讓他個子最高呢。

許嬤嬤陪著王妃坐在亭子裡，看了半晌，便笑道：「還以為二公子多喜歡那個小丫頭呢，巴巴地拖了您過來，原來也不過如此，倒像對哪個都有情似的。」

攝政王妃淡淡一笑，「男人不都是這樣，各花有各的美，巴不得都收攏在懷裡。」

許嬤嬤便嘆息，「也是，男人想納多少可以納多少。」又想到了屋裡那個，悄聲耳語，「真是不知羞，您叫她一聲妹妹，她就敢回您姊姊，也不看看自己什麼身分。」

攝政王妃的秀眉略略一抬，淡淡地笑，「人家有了身子，自然金貴了。」

俞筱晚喜歡賞梅，卻不大愛賞瓶中的梅，所以並沒請君逸之幫忙採摘花枝，而是自己貪看一路美景，與眾人漸行漸遠。君逸之在梅林裡轉著轉著，幾位千金就跟不上他的腳步了，回頭看時，早不見了君逸之的身影。

俞筱晚忽然發現一株梅樹下竟長著一棵忍冬，忍不住趨前幾步，蹲下來細細地看。剛剛生出的忍冬還貼著地面，但已有細小的枝蔓伸向了一旁的梅樹。忍冬是藤蔓植物，全年蔥綠，最長可達數丈……她仔細回想著醫書上對忍冬的描述，輕撫著嫩綠的枝葉。

「就這麼點小綠芽，妳也有興趣？」君逸之徐緩的聲音在腦後響起，他不知何時站在她的身後，好奇地打量這株小忍冬。

他今日穿著一身天水碧的宮緞立領長衫，頭上髮髻用金冠束著，兩條各串了六顆大東珠的殷紅絲絛自金冠兩旁垂到胸前，迎風而立，英姿颯爽，再加上他鳳目瀲灩，唇角含笑，難怪張家和曹家的姊妹都看他看得直了眼。

想起曹中雅又要花癡又要故作端莊的傻樣，俞筱晚不禁彎起唇角。

君逸之有些期待，又有些莫名緊張地半轉了身子，一手背負身後，一手輕拈胸前的絲絛，擺了個玉樹臨風的姿勢，得意地挑眉問道：「我這身衣裳怎麼樣？這可是我贏回來的。」

俞筱晚有些莫名其妙，一件衣裳而已，就是贏回來的又如何？眸光隨意一瞥，才發覺這衣料的確有些不同，剛看是天水碧的，可他側過身子，半擋了光線之後，竟顯現成絳紫色，而且顏色深淺不一，華光流轉。她真心地讚道：「不錯，會變色。」

君逸之啐道：「女人就是只會看顏色，你沒注意到我今日穿得極少嗎？」

俞筱晚一愣，這才發現他的確穿得不多，難怪怎麼看都比旁人挺拔俊逸一些。

君逸之轉了個圈，這才得意洋洋地道：「妳不知道吧？這可是天蠶絲織成的料子，冬暖夏涼，全天下大約也就我這一件成衣，我用了一整晚才贏回來的。」

俞筱晚眨了眨眼睛，「哦」了一聲，就轉身往小亭子走。

君逸之不滿地跟上，「妳怎麼不問問我是怎麼贏的？」

俞筱晚嘆氣，「請問你是怎麼贏的？」

君逸之得意極了，「跟人打牌九，他輸了我九十三萬兩銀子，我不用他付現銀，就要這料子。他心疼死了，可是沒辦法，願賭服輸，只能給我。」

「恭喜。」俞筱晚腳步不停，想找到張家或曹家的姊妹，免得被人說孤男寡女。

君逸之氣死了，「妳聽懂沒有？」

俞筱晚這才回過勁來，忙從袖袋裡掏出早準備好的另外半份藥方，遞給他道：「哪，願賭服輸是吧？」

君逸之眸光一閃，接了過來，嘀咕了一句：「算妳識趣！」

俞筱晚鄙視他，「我才不會賴帳！」

「你們在幹什麼？」曹中雅清脆的聲音突兀地響起，身影立在兩人右側不遠處的梅樹下，俏生生的，只是眼裡的陰鷙怎麼掩飾都掩飾不住。

君逸之眸光一冷，「怎麼說話的？我們兩人站得這麼遠，能幹什麼？」

曹中雅被他突如其來的陰狠嚇得不由自主往後退了一步，從前見到的君逸之，總是唇邊帶一點玩世不恭的笑，有時說話衝一點，但從來不曾這般陰狠，眼神像利刀一樣直刺心房，戳得她的心劇痛不已，雙膝都在發抖。

她吶吶地道：「我……我的意思是……你們在……聊什麼？」

君逸之不屑地瞥她一眼，用眼神告訴她「不關妳的事」，就瀟灑地邁開步子揚長而去。

連話都不願意與她多說！曹中雅狠狠地攥緊拳頭，暗含恨意地瞪向俞筱晚，偏還要以為俞筱晚看不出來，端著假笑道：「表姊跟君二公子聊得真歡，都聊了些什麼？」

俞筱晚唇角含笑，「沒有之前你們聊得歡。」說完也嫋嫋婷婷地走了，把曹中雅一人丟在梅林裡，想怎麼跺腳大吼就怎麼跺腳大吼。

曹中雅狠狠地踏了幾腳地上草皮，才恢復了淑女狀，提裙小步地回了小亭。

許嬤嬤正在說著，「外頭風大，還是回屋暖和。」

攝政王妃見人到齊了，便道：「回吧。」

眾人便又回了雪海的暖閣。張君瑤的妝重新畫過，想是之前哭了一場的，攝政王妃只當不知。許嬤嬤指揮小丫頭們搬了張軟榻過來，放在主位上，給攝政王妃倚著。

曹中貞和曹中燕都好奇地看著妹妹和表姊妹們手中的梅花，「真漂亮。」

張家的姊妹臉兒紅紅的，「君二公子幫忙摘的。」

若沒之前梅林中那一幕，曹中雅也要高興的，可是現在卻看著這梅花就刺眼，若真要摘，就應當只給她一人摘，若是人人有份，就不如像表姊那樣，陪著他說說話。想到這兒，斜了眼睛去看俞筱晚，仔細地看，仔細地比較，只覺得她除了比自己好看一點之外，真沒有別的長處了。論家世，就算姑父還健在，地方官總是不如京官的。

張君瑤主動坐到攝政王妃身邊，小聲聊些風花雪月的閒話，倒也顯得妻妾和睦。

有一名晉王府的小丫頭挑了簾進來，蹲身福了福，稟報道：「幾位世子要來給王妃請安，不知王妃意下如何？」

攝政王妃便道：「此處不方便，去正院吧。」說著便站了起來。

眾人躬身送其出了門，君逸之也一同去了。

沒了能壓制自己的人，張君瑤便兇相畢露，瞪著俞筱晚道：「妳給我跪下！」

俞筱晚坐著不動，唇邊含著淡淡的嘲笑，「為什麼要我跪？」

張夫人和張氏都勃然大怒，「要妳跪還要理由？」

俞筱晚慢條斯理地道：「當然要理由，我已經行過禮了，縱使表姊是王爺的寵妃，也不能無故發落我的。」

張君瑤尖聲說道：「妳這樣說話就是頂撞本妃，就得下跪賠罪！」

俞筱晚面冷聲更冷，「按制，只有六妃和親王正妻才能自稱本妃，就是郡王的正妻，也不能這般自稱。表姊，妳逾制了。」逾制，就等同於謀逆。

張夫人、張氏和張君瑤的臉色瞬間蒼白，張君瑤不過是覺得這樣自稱具有威懾力，可以嚇唬住俞筱晚，況且屋子裡外都是她的人，才敢這樣隨口自稱，卻不曾想這丫頭居然懂得這麼多，隨即反握住了她的把柄。

張氏乾巴巴地道：「妳休想恐嚇誰！去告狀呀，去呀！」

俞筱晚看著她恭順地一笑，「舅母多慮了，這屋子裡裡外外都是你們的人，晚兒哪敢去告狀？沒有證人，反倒成了誣告，還得過堂子滾釘板，多不划算！」

張氏等人就得意地笑了。俞筱晚將話峰一轉，表情萬分真誠地道：「晚兒有句肺腑之言想說給表姊聽。您這心計和手段，還是老實安分一些為好，我真怕您萬一生下個女兒，日後的日子會很難熬呢！畢竟這一回一同入府的，有五位貴人呢！」

張君瑤的俏臉立時白成了一張紙，嘴唇哆嗦著，長長的護指幾乎要指到俞筱晚的鼻尖上，「妳──妳敢咒我？」

俞筱晚誇張地嘆氣，「忠言逆耳！」

「真是缺教養！妳舅母不教妳，我來教妳！」張夫人走過來就揚手要給俞筱晚一個耳光，哪知才走了兩步，腳下就絆到了柔軟的地衣，撲通朝著俞筱晚的方向跪了下來。

俞筱晚忙半側了身子，謙虛道：「張夫人請起，晚兒只是說幾句肺腑之言，不敢當您的大禮。」

「妳——」張夫人和張君瑤都氣炸了，「妳搗了什麼鬼？」

俞筱晚咬著紅潤的下唇，一臉無辜的表情，「我哪裡搗了鬼？原來張夫人不是來謝我的？」心中卻暗笑，難怪那時蔣大娘會說：妳現在這點本事，在內宅裡可以橫著走了，原來真的管用。

張夫人狼狽不堪地讓蘭嬤嬤扶了起來，指著俞筱晚就想罵，正巧有晉王府的小丫頭進來傳話，晉王妃現在得空了，請張曹兩家的人過去見一見。

眾人只得拾掇拾掇，隨著小丫頭到了正院中廳。晉王妃還是那般嚴肅，就是俞筱晚給她見禮時，也沒露出什麼歡喜的表情來，張氏和張夫人便定下了心。請過安，便坐到大偏廳裡，跟貴婦人們閒話家常，順道推銷自己的女兒。俞筱晚被打發去了角落坐著，理由是她不適合這種熱鬧的場合。

貴族交際圈也分上中下三等，曹家以前只能算是中等，張長蔚早就是正二品大員，張夫人自然早與上流貴婦們混熟了，便幫著小姑介紹了幾位侯夫人和國公夫人。曹中雅俏麗端莊，贏得讚譽一片。便有人好奇地問起坐在角落的俞筱晚，「那個小姑娘是妳家什麼人，生得真是俊，怎麼不叫她過來坐？」

張氏微微一嘆，露出幾分一言難盡之態，勾起了諸人的好奇心。張夫人幫著說道：「是我這位小姑夫家的外甥女，託孤寄養的，怎麼教都……唉，可憐舅母難當，說重了怕婆婆說她苛刻，說輕了又不聽。就比如早晨的點心，雅兒有的，她一定要有，不愛吃也要廢著。」

雖然是很小的事，但也說明了霸道的本性，幾位夫人就露出了瞭解的神色，「真是難為妳了。」投親的孤女就應當如庶女一般，懂得看人臉色，這個小姑娘居然還敢挑剔，「恐怕是模樣生得好，慣大的，輕狂了。」

張氏一臉為難的樣子，「我妹妹夫只有這麼一個女兒……不說這些了，聽說剛才幾位世子都來請安了？」雖然是不說，可是也側面坐實了她們的猜測：獨女，必然是寵慣著長大的，以致於到了親戚家裡，還擺不正自己的位置。

幾位夫人就不再說讓俞筱晚過來坐的話了，「是，幾位世子和君二公子。」

曹中雅就「啊」了一聲，「君二公子也過來了嗎？」

張氏問道：「怎麼？」

曹中雅支吾道：「沒、沒什麼。」

幾位夫人看了她一眼，沒當回事，張夫人就悄悄拉著她問：「到底怎麼了？」

曹中雅很為難的樣子，小小聲地道：「方才來之前，看見表姊跟君二公子在梅林那邊……聊天，沒想到君二公子就過來了。」

聲音很小的，可是也讓幾位夫人聽到了，臉上就有點鄙棄的意思瞥了俞筱晚一眼。像君逸之那樣的名聲，想攀權貴的人家，送個庶女當側妃或者侍妾都沒問題，但若是嫁嫡女，真正的豪門是不願的，偏還有人上趕著巴結，怎不叫人鄙視？

張氏萬分得意，期待地看向俞筱晚，見她依然是淡然恬靜著端坐著，心裡就有些疑惑，難道她沒聽見？明明特意沒壓低聲音啊！

她是多麼盼望俞筱晚能像剛才在雪海的暖閣裡那樣張牙舞爪，好讓大傢伙都來瞧一瞧這丫頭的張狂樣兒，看老太太還敢放她出來見人不！可惜她盼了好一會兒，俞筱晚都沒動靜，也只得專心與夫人們寒暄了。

俞筱晚其實聽到了，只是在心裡暗笑。妳愛說只管去說，謊言累積得越多，戳破的時候，反噬的威力才越大！不過，她也不喜歡這樣窩囊受氣，自有辦法回敬。

說話間到了宴時，晉王妃請諸人落坐，女賓們在內院開席，男子則在外院。酒至酣時，小輩們便到內院裡來給晉王妃敬酒，由一眾丫頭小廝們陪著，浩浩蕩蕩地行了過來。雖然少女們在坐，不過身邊長輩眾多，也沒必要特意迴避，都微低了頭。少年們也不敢眼睛亂轉，恭恭敬敬地給晉王妃敬了酒，便是要離開的。

剛巧張曹兩家人和之前聊天的幾位夫人坐在一桌，幾位夫人就有意無意地觀察她有沒有與君逸之眉目傳情。俞筱晚被看得煩躁，抬眼看向瞧她瞧得最多的陳國公的夫人莫氏，「夫人，我臉上有飯粒嗎？」

莫氏臉色尷尬，「沒有……妳長得漂亮，我不免多看幾眼。」

俞筱晚羞澀地笑道：「夫人謬讚，晚兒與夫人相比，只是蒲柳之姿，哪有夫人您妝容精緻，眉目如畫！」

被人讚了，莫氏多少要謙虛一下，「哪裡哪裡！」

俞筱晚很認真地說：「眉毛！主要是眉毛！」

噗哧！就有人在旁邊忍不住笑了出來，莫氏臉上的粉猶如重新刷了一遍牆，五官再重新描畫，當然是妝容精緻、眉目如「畫」啦。若是那人不笑，莫氏還沒品出味來，這會兒自然是反應過來了，一張臉紅了又白、白了又紅，不過隱在重重的脂粉之下，倒也看不出來，還是那般鎮定自若。

待散宴後，眾人都坐到觀月臺聽戲。莫氏就跟交好的夫人咬耳朵，「真是個沒規矩的。」那位夫人贊同地點頭，可是方才嗤笑的那人也將這話傳到了交好的夫人的耳朵裡，就有人朝莫氏的眉毛不住地看，然後接頭結耳，「的確是畫的，剃光了再畫的。」

莫氏氣得半死，一想到這個臭丫頭是張氏帶過來的，順帶著對張氏和張夫人都沒了好臉色。陳國公在朝中權勢頗大，別的夫人有看她眼色行事的意思，對張氏和張夫人也就不慍不火起來。張氏和張夫人無故受牽連，心裡嘔得幾欲吐血。

可是當著這麼多夫人的面教訓俞筱晚，也會顯得她們沒有氣度，只能瞪著眼看向俞筱晚。俞筱晚一臉無辜的表情，好像完全不知自己怎麼得罪了她們。

一場戲結束，晉王妃朝她們的方向看了過來，眾人都忍不住坐正了身子，不知是不是晉王妃要召見誰。晉王妃回頭交代了幾句，便有一名管事嬤嬤走了過來，朝俞筱晚福了福，「王妃請俞小姐幫忙點幾齣戲。」晉王妃還朝她招了招手。

張氏和張夫人大驚失色，原來晉王妃真的喜歡她！

俞筱晚忙起身跟在這位嬤嬤身後，到晉王妃的身邊坐下。晉王妃將手中的唱本交給俞筱晚，「幫我點幾齣，我眼睛不好，看不清字了。」

俞筱晚仔細看了看單子，回想了一下剛才聽的戲，判斷晉王妃大概是喜歡聽武戲，就點了一齣《秦瓊賣馬》、一齣《羅成叫關》。晉王妃忽然神祕地笑了一下。

點好了戲，臺上就唱了起來，末了，晉王妃問俞筱晚：「當不當賞？」

俞筱晚笑道：「唱、念、做、打無一不精，自然當賞。」

晉王妃就笑道：「那就聽妳的，賞！」又朝臺上笑道：「得意了嗎？」

先演秦瓊後扮羅成的那名武生，笑著從臺上跳下來，幾步飛奔到高臺之上，朝俞筱晚抱拳拱手，「多謝這位小姐。」

俞筱晚與他的目光一對，心中一驚，是他，就是那晚的那名黑衣人！

晉王妃身邊一左一右陪坐著的，是攝政王妃和楚太妃，楚王府和晉王府的女眷及張側妃坐在她們身後，俞筱晚則是搬了張錦杌坐在晉王妃的腳邊。這是打橫的正座，然後才是兩邊燕翅排開的客座，韓丞相夫人、諸位親王妃和郡王妃，攜了家眷，按品級依次坐下去。

老老小小二百來號人，都仰頭看著這邊。

「這是妳家之勉吧？」楚太妃輕笑著問。

晉王妃的嫡長孫君之勉喜歡唱戲，楚太妃知道，便猜是他，只是心裡也暗想，居然捨得臉皮讓孫子親自登臺。

晉王妃不無寵溺地笑道：「可不就是。勉兒，還不快給叔奶奶見禮。」

君之勉笑道：「容孫兒去洗把臉。」飛快地鑽進了氈簾後頭，讓丫頭服侍著淨了面，換了常服，才出來給在座的長輩請安。

觀月臺上點了數十盞玻璃宮燈，明亮的燭光透過五彩繪花紋的玻璃均勻地灑在他臉上。

眾人登時眼前一亮。

少年大約十六七歲，膚色偏深，但劍眉星目，五官深邃，眉峰微微上挑，很是英俊。他的五官和晉王妃依稀相似，淺栗色的瞳孔裡，透出了一股清冷的神韻。唇角雖然噙著笑，但給人的感覺卻很高傲。

見過了長輩，君之勉又向俞筱晚拱了拱手，神情遠不如方才柔和，有些冷淡，好像因為之前是扮伶人，才要對她笑一樣。打量她的眼神中，帶著些許挑剔和審視，這讓俞筱晚十分不解。

俞筱晚忙站起來半側了身子，只敢受他半禮，又還了個全禮。

換了常服之後，就有了股權貴少年特有的優越感和灑脫感，銳利的感覺倒是不強烈了。俞筱晚低頭垂眼，暗暗思忖。其實那晚的男子從頭蒙到腳，連眼睛都沒有讓她看到，只是方才那一瞥之下的凌厲，讓她一瞬間體會到一種脊背一僵的熟悉感，這才就斷定是他……現下，卻又有了幾分躊躇。晉王世子的嫡長子，跑舅母的屋裡去幹什麼？

君之勉行完禮便要去前院，晉王妃卻道：「坐著陪我聽聽戲，我耳朵不好使了，你說給我聽。」

君之勉的俊臉上閃過一絲尷尬，他出入自家的內院沒什麼，問題是現在這觀月臺上全是女眷，於是就帶幾分哀求地看向晉王妃。但晉王妃不再看他，聽是慢聲道：「坐這兒別亂走。」

早有婆子搬了一張小交椅過來，安置在晉王妃的右手邊後面的位置，君之勉只得坐下。

楚太妃看了看君之勉，又看了看俞筱晚，神色沉了下來，瞟向姊姊輕聲問道：「妳這是何意？」

晉王妃只是笑了笑，沒有回答。

楚太妃就暗哼了一聲，妳不說我也知道，無非就是看中了晚兒乖巧，想討了給之勉做側室，可是曹家的老太太是不會讓她疼愛的外孫女當側室的！

想當年，她看中了曹清蓮，就是因為曹清蓮乖巧，是真正的乖巧，可人疼，原本是想給兒子當正妃的，只是沒想到先帝不允，所以她後面委婉地託人跟老太太說，想娶曹清蓮給兒子當側室，依兩家之間地位的差距，這都算是抬舉曹清蓮了，換成別人高興都來不及，可那老太太卻立即將女兒嫁到外地，好像生恐她會仗勢欺人，將人強搶了去似的。

所以晉王妃的這個算盤，只怕是會落空。

楚太妃淡淡一笑，側頭掩嘴，吩咐身後的嬤嬤去帶二少爺進來。逸之可比之勉俊得多了，女孩兒家都愛俏，妳家之勉可比不得。

楚王妃就坐在楚太妃身後，立即將身子傾前，小聲道：「太妃，這不合禮數。」

楚太妃皺起眉頭，「我叫我孫子來陪我聽聽戲也不合禮數？」

明明知道我不是指的這個！楚王妃心中惱怒，嘴裡說得柔軟，可態度卻是堅決，「讓逸之陪您聽戲是應當的，只是前頭玩耍的花樣多得多，他又正是愛玩鬧的年紀，您好歹心疼心疼他，讓他今日好好地耍一耍。」

楚太妃笑道：「那些個玩意兒平日裡逸之都耍膩了，他時常會跟我說，我都知道的。」又順勢訓導，「倒是妳，別一見著他就是訓斥，他也會願意多跟妳說說話兒，母子倆就不會這般生分了。」

臺上鑼鼓喧天，婆媳兩個談話的聲音也小，但晉王妃還是偏了頭瞥了一眼，也不知聽見多少，楚王妃就不好再說什麼了。家裡婆媳兩個關係再僵硬，也不能讓旁人看出來，不然只會是她這個當媳婦的不是。心中惱火，就挑剔而不屑地盯了俞筱晚的後腦勺一眼。

忽然多出個皇族的嫡長孫，未來的晉王王位繼承人，觀月臺上就開始熱鬧了。聽說，這位公子才十五歲就中了武狀元，得了先帝的盛讚，說他日後必成大器。聽說，本是跟安國公家的嫡長女定了親的，可惜那位小姐沒福，出水痘過世了，如今還是單身……

各種議論聲嗡嗡響起，雖然每個人都將聲音壓得很低，但這麼多人說，合在一起就大了。俞筱晚悄悄打量了君之勉一眼，對他深表同情。雖是皇族子孫，可也跟店鋪裡的貨品似的，被人評頭品足。

不多時，君逸之被人請了進來，原以為發生了什麼事，到了近前才知道是陪祖母聽戲，不由得有些哭笑不得。前院子裡男賓們也有聽戲、聽曲，還可以耍牌鬥酒，晉王府家養的美姬穿梭期間，軟語鶯聲，紅袖添香，比在內院聽戲自在多了，也快活多了……

君逸之苦哈哈地撒嬌，「老祖宗，這麼多人陪著您，都是女眷，孫兒在這多彆扭！」

楚太妃真想用拐杖敲他的頭，拿眼睛睨了君之勉一下，「誰說都是女眷？」

君逸之這才看見君之勉，不得不拱了拱手，「堂兄好。」

君之勉點了點頭算是回禮，神情冷淡，顯得十分不願與這位堂弟來往一般。

君逸之渾不在意，又一眼瞥到了俞筱晚坐在下面，小小的一團，一開始他還以為是哪個為晉王妃捶腿的小丫頭。君逸之又瞟了君之勉一眼，心裡閃過一絲怪異的猜測，暗自撇了撇嘴，這回老實地在楚太妃身邊的椅子上坐下了。

楚王妃嘴裡卻不敢再說什麼，先狠狠地盯了俞筱晚的脊背一眼，又狠狠地盯了兒子一眼，警告的意味非常明顯。君逸之表情無辜地朝母妃笑了笑，又不是我要賴在這的。

晉王妃問俞筱晚：「這戲文是什麼？」

臺上唱的是韓夫人點的《狀元媒》，正是柴郡主唱到「這樁事悶得我柔腸百轉，不知道他與我是否一般」，俞筱晚就細細地說與晉王妃聽。晉王妃含笑輕輕點頭，回眸朝孫兒笑道：「這也是個愛戲文的。」

君之勉瞟了俞筱晚一眼，面上竟多了幾絲笑意，「俞小姐喜歡文戲多些吧？」

俞筱晚答道：「是。」

其實她不怎麼愛聽文戲，相比之下，她更喜歡武戲，熱熱鬧鬧的。前世的時候，張氏總將她困在後宅裡，表姊們依次出嫁了，表妹又忙於應酬，表哥要下了學溫完書才能偷點閒，她一個人除了繡花看書，就再沒別的消遣，也是天真爛漫愛玩耍的年紀，實在是無聊了，就陪著外祖母聽戲打發時間。花旦青衣，動輒哭得淒婉哀怨，就是她平素沉悶生活的寫照，哪裡還會喜歡？

君之勉便道：「其實武戲更要功夫，臺上一刻鐘，台下十年功。」

君逸之噗哧笑道：「再十年功，也是花拳繡腿，遠不如鬥雞好看，還可以小賭怡情。」

君之勉的臉色有些難看，眼神犀利地道：「只要賭了，就會有癮頭，哪裡能把握好分寸，多少百姓因為賭而傾家蕩產？我勸堂弟別沾這些。」

君逸之漫不經心地道：「我也勸堂兄沒事兒別把自己的喜好強加於人，你愛唱戲是你的事，我愛賭錢是我的事，唱戲也不見得就比賭錢高雅，況且你又如何知道我不能把握好分寸？」

君之勉冷笑，「那你只管去賭，小心別哪天輸得只剩褲衩，可就難看了。」

君逸之痞笑，「請堂兄放心，等我哪天贏了大錢，就搭個臺子，請堂兄來唱個盡夠。」

俞筱晚趕緊扭頭看向戲臺，不曉得這兩堂兄弟之間到底有什麼恩怨，揀這麼點小事也要吵，跟小孩子一樣。熱鬧她也愛看，但千萬不要拿她當筏子。

晉王妃和楚太妃怕再吵下去鬧得臉上不好看，都約束了自己的孫子。那兩人相互橫了一眼，才又正經地看戲。

兩人的聲音不大，臺上又唱得熱鬧，客座上的女賓們倒是想知道他們在說什麼，卻又聽不清，就嫉妒地看向俞筱晚。

攝政王妃靈活的眼珠轉來轉去，看看晉王妃，又看看楚太妃，再看看坐成品字形的三個小輩，心中暗笑。這兩姊妹在閨中之時多麼親密，各自出嫁之後就有了隔閡，開始打起了自己的小算盤。難得兩位孫兒都配合，倒是這個小丫頭難做人了。

之後兩位少年又尋了機，鬥了幾句嘴，俞筱晚都只當沒聽到，不敢回頭打量。聽戲一直聽到戌時初刻，終於散了場。回府的時候，客人們都在二門處登自家的馬車，一時間候了不少人，自然是要讓位高權重的夫人們先登車，其他人就在二門處的花廳裡稍候。

等的時間並不長，卻前前後後有十幾位小姐過來熱情地與俞筱晚打招呼，只寒暄上一兩句，就問到了君逸之和君之勉聊了些什麼。俞筱晚只當自己是鋸了嘴的葫蘆，打著哈哈含糊過去。

這些小姐們沒套到話兒，嘴裡不說什麼，心裡肯定是不滿的。曹中雅萬分高興，回府的時候，特意擠上了小姐們坐的馬車，跟俞筱晚道：「不要以為被王妃叫到身邊就是好事兒，王妃不過是圖個新鮮跟妳聊幾句，可暗地裡得罪的人卻數不過來。」

俞筱晚就回敬她一句：「不要以為沒被王妃叫到身邊就不會得罪人，若不然莫夫人她們後來為何不願再搭理妳了？白白拿自己的熱臉去貼人家的冷屁股！」

曹中雅氣得直指著她，「妳——還不都是妳亂說話！」

「黑白顛倒的話妳都敢說，我為何不能暗諷幾句？」俞筱晚看著曹中雅冷笑，忽而傾過身子，壓低了聲音，附在曹中雅的耳邊道：「妳想毀我名聲，這筆帳我記下了！」

這話一絲一絲地飄進曹中雅的耳朵裡，帶著幾分陰冷幾分凌厲，曹中雅不自覺地抖了抖，「妳待如何？」

俞筱晚輕輕一笑，「且等幾日。」

然後就再也不說話了，只拿那雙漆黑明亮，又深不見底的眼睛，陰沉沉地注視著曹中雅。

曹中雅被她嚇得心底生寒，不敢再待在這輛車裡，尖聲叫道：「停車！停車！」

車夫不知何故，忙停下馬車。曹中雅不待丫頭來攙扶，自己跳了下去，飛奔進了母親坐的馬車，一頭撲到張氏的懷裡就開始哭。

張氏聽完了她的話，也不禁有氣，「她當自己是個什麼人物，還敢來威脅妳！」

曹中雅拉了拉母親的袖子，「母親，讓君瑤表姊來收拾她！」

張氏就是一嘆，「妳君瑤表姊的日子也不好過，咱們先忍一忍，忍到妳君瑤表姊生下了麟兒，她俞筱晚就是咱們的下酒菜了。」又將張夫人說給自己的隱情告訴女兒，「原本剛懷上身子是要靜臥休息的，可以往別的王府有宴會，攝政王妃都會帶上幾個姬妾同往，這一次竟只說自己一人來赴宴，妳表姊這才要堅持跟來，妳明白了嗎？」

曹中雅細細品了一番，才恍然大悟，「攝政王妃想借刀殺人！」

攝政王妃自己沒開懷，請了最好的御醫也診不出什麼毛病，日後怕是也難懷上，為了自己的地位，她肯定是希望將妾室生下來的男孩兒抱到自己名下來養，而且為了王位有人繼承，也必須有個名義上的嫡子。這對於妾室們來說，也是一個極好的機會。庶出的兒子只能封個鎮國將軍，雖然有封地和月俸，但不能世襲，保不得永世富貴，日後還要汲汲營營，但嫡子就不同了，世襲親王，而且總歸是從自己身上掉下來的肉，對自己就會多加照拂。

但王府的妾室不會少，至少這一回一同入選的就有五人，攝政王妃會選誰的兒子，難說得很了。當然，如果側室的娘家也強硬，生下了兒子之後，還有可能問鼎正妃之位……這是後話，怎麼也得是生下了兒子再說，而且必須是長子，否則就沒有那麼金貴了。張君瑤率先有喜，對攝政王來說是喜訊，對她自己來說，卻是喜憂參半，憂的是旁人會不會讓她順利生下孩子，所以這些日子一直小心翼翼如履薄冰。

這一回晉王府的宴會攝政王妃一反常態不帶妾室同往，張君瑤心裡就生出了無數想法，王爺和王妃都不在府中，別的妾室會不會趁機加害？甚至有可能就是王妃授意安排個局，或者直接在飲食中下藥，害她滑胎不說，王妃不在府中，還能將自己推個一乾二淨，因此張君瑤才纏著攝政王，堅持要一同來赴宴。跟在王妃的身邊，王妃就必須小心照拂著，不然王爺饒不了她。

曹中雅頭一回嘆息，「王府真是水深！」

張氏抱著她笑道：「妳放心，蘭嬤嬤很精明，必定會顧得妳表姊周全。咱們只要為妳表姊祈福，求老天保佑她一舉得男，日後咱們娘倆的好日子就來了，所以這段時間先忍一忍，妳別去招惹晚兒，咱們以後一塊兒給她算帳！」

曹中雅想像著俞筱晚跪在自己面前痛苦求饒的樣子，就得意地笑了。張氏憐愛地看著女兒，其實還有一事，更為機密的事，不過雅兒沉不住氣，不能告訴她。

（未完待續）

漾小說 76

君心向晚❶

國家圖書館出版品預行編目資料

君心向晚/ 菡笑著. -- 初版. -- 臺北市 :
麥田, 城邦文化出版 : 家庭傳媒城邦分公司發行,
2013.01
冊； 公分. --（漾小說；76）
ISBN 978-986-173-859-8（第1冊：平裝）

857.7 101026576

作者 菡笑
封面繪圖 若若秋
責任編輯 施雅棠
副總編輯 林秀梅
編輯總監 劉麗真
總經理 陳逸瑛
發行人 涂玉雲
出版 麥田出版
城邦文化事業股份有限公司
104台北市中山區民生東路二段141號5樓
電話：（886）2-25007696 傳真：（886）2-25001966
發行 英屬蓋曼群島商家庭傳媒股份有限公司城邦分公司
104台北市中山區民生東路二段141號2樓
客服服務專線：（886）2-25007718；25007719
24小時傳真專線：（886）2-25001990；25001991
服務時間：週一至週五上午09:00~12:00；下午13:00~17:00
劃撥帳號：19863813；戶名：書虫股份有限公司
讀者服務信箱：service@readingclub.com.tw
麥田部落格 http://blog.pixnet.net/ryefield
香港發行所 城邦（香港）出版集團有限公司
香港灣仔駱克道193號東超商業中心1樓
電話：852-25086231 傳真：852-25789337
E-mail：hkcite@biznetvigator.com
馬新發行所 城邦（馬新）出版集團【Cite (M) Sdn Bhd】
41, Jalan Radin Anum, Bandar Baru Sri Petaling,
57000 Kuala Lumpur, Malaysia.
電話：(603) 90578822 傳真：(603) 90576622
Email：cite@cite.com.my
美術設計 洸譜創意設計股份有限公司
印刷 鴻霖印刷傳媒股份有限公司
初版一刷 2013年1月3日
定價 250元
ISBN 978-986-173-859-8